Gisa Pauly
Jeder lügt, so gut er ka[nn]

PIPER

Zu diesem Buch

Nach dem Tod ihres Ehemanns beschließt Anna, dass es höchste Zeit ist für einen Neuanfang. Sie kehrt Deutschland den Rücken, lässt sich in der Toskana nieder und entscheidet kurzerhand, mit ihrem Erbe ein Hotel in Siena zu eröffnen. Doch die Renovierungsarbeiten haben gerade erst angefangen, da gerät Annas neues Leben schon durcheinander: Erst steht ihre von Liebeskummer geplagte Tochter vor der Tür, dann flirtet Annas Nachbar heftig mit ihr. Als schließlich auch noch bei ihr eingebrochen wird und ein attraktiver Commissario zu ihrer Rettung eilt, muss sich Anna nicht nur mit Geldsorgen, sondern auch mit einem zweiten Verehrer herumschlagen. So hatte sich Anna ihren Neuanfang nicht vorgestellt! Und wenn es nach ihrer Tochter ginge, sollte sie sich dringend mal ausruhen bei so viel Aufregung, noch dazu in ihrem Alter. Aber nicht mit Anna! Energisch nimmt sie ihr Schicksal in die Hand.

Gisa Pauly hängte nach zwanzig Jahren den Lehrerberuf an den Nagel und veröffentlichte 1994 das Buch »Mir langt's – eine Lehrerin steigt aus«. Seitdem lebt sie als freie Schriftstellerin, Journalistin und Drehbuchautorin in Münster, ihre Ferien verbringt sie am liebsten auf Sylt oder in Italien. Ihre turbulenten Sylt-Krimis um die temperamentvolle Mamma Carlotta erobern ebenso regelmäßig die SPIEGEL-Bestsellerliste wie ihre Italien-Romane.

Gisa Pauly

JEDER *lügt,* SO GUT ER KANN

Roman

PIPER

Mehr über unsere Autoren und Bücher:
www.piper.de

Wenn Ihnen dieser Roman gefallen hat, schreiben Sie uns unter Nennung des Titels »Jeder lügt, so gut er kann« an empfehlungen@piper.de, und wir empfehlen Ihnen gerne vergleichbare Bücher.

Von Gisa Pauly liegen im Piper Verlag vor:

Mamma-Carlotta-Reihe:
Band 1: Die Tote am Watt
Band 2: Gestrandet
Band 3: Tod im Dünengras
Band 4: Flammen im Sand
Band 5: Inselzirkus
Band 6: Küstennebel
Band 7: Kurschatten
Band 8: Strandläufer
Band 9: Sonnendeck
Band 10: Gegenwind
Band 11: Vogelkoje
Band 12: Wellenbrecher
Band 13: Sturmflut

Siena-Reihe:
Band 1: Jeder lügt, so gut er kann
Band 2: Es wär schon eine Lüge wert

Schöne Bescherung (Hg.)
Dio Mio! Mamma Carlottas himmlische Rezepte
Der Mann ist das Problem
Venezianische Liebe

Ich danke meiner Freundin Gisela Tinnermann, die wieder einmal bereit war, meine Erstfassung zu lesen und mit ihren guten Ratschlägen die Endfassung maßgeblich beeinflusst hat.

MIX
Papier aus verantwortungsvollen Quellen
FSC® C083411

Ungekürzte Taschenbuchausgabe
ISBN 978-3-492-31473-2
Januar 2020
© Piper Verlag GmbH, München 2018, erschienen im Verlagsprogramm Pendo
Umschlaggestaltung: u1 berlin/Patrizia Di Stefano
Umschlagabbildung: Patrizia Di Stefano
unter Verwendung mehrerer Motive von dim86b/istockphoto;
Sonsedska Yuliia/shutterstock; msv/123RF; pixhook/Getty Images;
Jorg Greuel/Getty Images
Satz: Uhl + Massopust, Aalen
Gesetzt aus der Liberation Serif
Druck und Bindung: CPI books GmbH, Leck
Printed in the EU

Doch, ich liebe meine Tochter! Wo denken Sie hin? Sie ist mein einziges Kind, es war nicht leicht, sie alleine in Deutschland zurückzulassen. Aber als es dann geschafft war, als ich ihr genug Geld zugesteckt hatte, als die Gier aus den Augen ihres grässlichen Freundes vorübergehend gewichen war und aus ihren Augen die Angst, da ist mir klar geworden, dass das Leben mehr zu bieten hat, wenn man das Muttersein hinter sich lässt. Ehefrau bin ich nun nicht mehr, Tochter ebenfalls nicht. Schön, wenn man sich sagen kann, dass diverse Lebensabschnitte bewältigt sind, dass keine Lücken hinterlassen wurden, sondern jeweils die Tür zu einem Neuanfang geöffnet wurde. Schwester? Ja, das bin ich immer noch, aber von meinen Brüdern will ich hier nicht reden. Und von meinem Onkel, der mich seine Lieblingsnichte nannte, obwohl ich seine einzige war, auch nicht. Ich sehe da so ein Glitzern in Ihren Augen! Stellen Sie sich gerade ein Leben ohne erdrückende Lebenspartnerschaft, fordernde Kinder und lästige Verwandte vor? Dann machen Sie es doch so wie ich. Hauen Sie ab. Nach Siena. Oder irgendwo anders hin, egal. Hauptsache, weg!

Seit sie eine erwachsene Frau war, hatte sie nicht mehr in der Öffentlichkeit gesungen, weil sie wusste, dass sie nicht singen konnte. Nun tat sie es trotzdem – oder sogar gerade deswegen. »Strangers in the night...«

Die Seitenscheiben heruntergedreht, ließ sie die Stadt Siena, ihre Einwohner und sämtliche Touristen an dem teilhaben, was ihren Musiklehrer regelmäßig dazu veranlasst hatte, sämtliche Fenster zu schließen. Als sie den Wunsch erkennen ließ, dem Schulchor beizutreten, war ihm sogar der Angstschweiß auf die Stirn getreten. Damals war ihr noch nicht klar gewesen, dass sie keinen Ton traf und sich maßlos überschätzte, wenn es um Koloraturen ging. An denen hatte sie sich einmal während des Musikunterrichts derart unbekümmert versucht, dass der Hausmeister hereinstürzte und besorgt nachfragte, ob er den Notarzt alarmieren müsse. Erst als sie einem Mann, in den sie sich verliebt hatte, »Erinnerung« aus *Cats* vorsang, weil er Geburtstag hatte und mit etwas Besonderem beschenkt werden sollte, begann sie zu ahnen, wie es um ihr Talent bestellt war. »Hoffnung, in mir lebt noch die Hoffnung...« brachte den jungen Mann bereits komplett aus der Fassung, und »Spür mich, komm zu mir und berühr mich...« schlug ihn in die Flucht. Und zwar endgültig!

Am Singen hinderte sie diese Erfahrung nicht, sie sorgte aber von da an dafür, ihre Stimme maßvoll einzusetzen, zum Beispiel bei der Hausarbeit und immer bei geschlossenen Fenstern.

Seit sie in Siena lebte, war es mit dieser Zurückhaltung allerdings vorbei. Sie fühlte sich wieder so sorglos und auch naiv wie zu jener Zeit, als sie von ihrer Talentfreiheit noch nichts mitbekommen hatte. Italiener waren ja gottlob mit lautem Gesang und falschen Tönen nicht zu erschrecken, sondern allenfalls zu erheitern. Diejenigen, die sich missbilligend umblickten, waren garantiert deutsche Touristen. Doch die kümmerten sie nicht. Irgendwie musste es doch raus, ihr neues, ihr strahlendes, ihr in Regenbogenfarben glitzerndes Glück. Sie war selbstständig, unabhängig! Auf sich allein gestellt, dabei aber nicht allein. Auf Hilfe zwar angewiesen, aber in der Lage, sie zu bezahlen. Einfach himmlisch! Und jung! Ja, jung war sie auch. Total verrückt, aber sie fühlte sich in diesem neuen Leben wirklich jung. Und das mit sechzig Jahren und trotz ihrer Kniearthrose.

»Strangers in the night...«

Sie machte es wie der Postbote, gab Gas, als sie in die Via Valdambrino einbog, schoss durch die Straße, die durch unzählige fahrlässig abgestellte Autos sehr eng geworden war, bis zur Grundstückseinfahrt. Dort hupte sie zur Warnung, statt den Blinker zu setzen, und stieß mit einem letzten Gasgeben auf den Platz neben dem Haus, ohne auf den Schrecken des Fahrers zu achten, der ihr entgegenkam. Grellbunter Leichtsinn! Wie viel Spaß es machte, leichtsinnig zu sein, hatte sie in Siena zum ersten Mal erfahren. Das Erbe ihrer Vorfahren, die ohne Leichtsinn ein besseres Leben gehabt hätten? Dann besser nicht daran denken. Und auf keinen Fall an Clemens, dem Leichtsinn zuwider gewesen war.

Sie stieg aus, dehnte den Rücken, lockerte unauffällig ihr Kniegelenk, klopfte sich imaginären Schmutz von den Händen und betrachtete ihren weißen Fiat wie ein Cowboy sein neues Pferd. Ihr eigenes Auto! Sie tätschelte dem Wagen sogar die Blesse, ehe sie sich unter dem Gerüst duckte, um zum Eingang ihres Hauses zu gelangen. Ihr Haus! Stolz blickte sie an der Fassade hoch, alt, verwittert, alltagsgrau und bröckelig. Aber das würde niemand mehr sehen, wenn erst der Name ihres Hotels daran leuchtete. *Albergo Annina!* Das einzige Hotel in dieser Straße, in der sonst nur Wohnhäuser für sozial schwache Mieter standen, eine Straße mit viel Grau, aber auch voller hellblauer und zartgelber Tupfen in der Luft, sobald die Sonne auf die Dächer gestiegen war; eine Straße, die leider nicht zu den bevorzugten Adressen gehörte, da die Touristen nicht zufällig auf dem Weg zum Campo hindurchströmten. Dennoch bot sie einen guten Start für die Besichtigung von Siena, wenn sie auch außerhalb der Stadtmauer lag. Anna würde damit Werbung machen können, dass der Weg in die historische Altstadt nicht weit war. Auch mit dem Blick auf die Basilica di San Francesco, die dem heiligen Franz von Assisi gewidmet worden war, würde sie werben können. Sie lag oberhalb einer breiten Senke, direkt hinter der Stadtmauer, auf der Piazza San Francesco. Ein Anblick, der niemanden kaltließ, bei dem man vergaß, dass das Hotel nicht gerade mit zentraler Lage punkten konnte. Wenn erst ein paar Touristen, die eine gute und günstige Unterbringung suchten, davon erfuhren, das *Albergo Annina* mit der deutschen Hotelleitung kennenlernten und dann durch Mundpropaganda das Haus bekannt machten, würde ihr Vorhaben gelingen, da war Anna ganz zuversichtlich.

»I turned out so right for strangers ...«

»Attenzione!«

Sie konnte sich gerade noch mit einem beherzten Satz unter das Gerüst retten, bevor der Dachziegel neben ihr zerschellte. »Sind Sie wahnsinnig geworden?« Die Freude über ihre Reaktionsschnelle hielt nicht lange an.

Sie klaubte ihren linken Flipflop unter den Ziegelscherben hervor und starrte nach oben, wo ein fragendes Gesicht erschien, das sich jedoch schnell wieder zurückzog. Die deutsche Signora wollte mal wieder auf Bauvorschriften pochen und über Sicherheit reden? Dann durfte sie sich nicht wundern, wenn sich die Bauarbeiten weiter in die Länge zogen und der Umbau von Tag zu Tag teurer wurde.

Aber die deutsche Signora hatte, seit sie in Siena lebte, einiges gelernt. Die Hoffnung der Arbeiter auf eine sanftmütige ältere Dame, die jeden kleinen Fortschritt mit Espresso und Gebäck belohnen und über alle Fehler milde lächelnd hinwegsehen würde, hatte sich schnell zerschlagen. Als die Gefahr vorüber war, von einem herabstürzenden Dachziegel erschlagen zu werden, trat Anna so weit unter dem Gerüst hervor, dass sie ungehindert nach oben schimpfen konnte. Die Bauarbeiter auf dem Dach und in der oberen Etage wunderten sich nicht schlecht über die Grobheiten, die zu ihnen herauf flogen. Und da sie, wenn sie sich wunderten, stiller waren als im Zustand der Verärgerung oder männlicher Überheblichkeit, kam von oben nichts zurück, was Anna dazu hätte bewegen können, in Zukunft auf das Anbieten von Limonade, Likör und deutschen Mettendchen zu verzichten.

Sie hatte ihr gesamtes Repertoire an Beleidigungen von sich gegeben und fühlte sich erleichtert, obwohl sie wusste, dass sie die Situation damit vermutlich nicht verbessert, sondern eher verschlechtert hatte. Es war ihr egal. Die Bauarbeiter waren schlampig und faul und würden es bleiben, aber sie hatte wenigstens dafür gesorgt, dass sie den Ärger darüber nicht in sich hineinfraß und am Ende mit einem Magengeschwür dastand.

»Idioten allesamt! Deppen! Armleuchter!«

Wenn einer der Arbeiter mit einem weiteren Dachziegel darauf geantwortet hätte, wäre sie weit weniger erschrocken gewesen als über die Reaktion, die sie nun traf wie ein Blitz aus heiterem Himmel.

»Mama!« Die Betonung auf der ersten Silbe, mit so viel Vorwurf, wie darin unterzubringen war, und die Entrüstung, mit der die zweite Silbe nicht ausgesprochen, sondern ihr geradezu vor die Füße geworfen wurde.

Anna fuhr herum. »Henrieke?«

Die Stimme, so jung, war angefüllt mit der Herablassung und Anmaßung des Alters, das blasse Gesicht voller Zurechtweisung. »Ich habe dich singen hören.« Das klang so vorwurfsvoll, als wäre ihre Mutter wegen Erregung öffentlichen Ärgernisses verhaftet worden. Henriekes Blick wanderte von Annas Füßen zu den knappen Shorts, über das grellgelbe Top zu dem blond gefärbten Pixiecut, ihr Kopf bewegte sich im Rhythmus der riesigen Kreolen hin und her, die an Annas Ohren baumelten. »Mama, du siehst unmöglich aus.«

»Was machst du hier?«

Die Sonne kletterte an den Fassaden von Siena hoch und stieg in einem klaren Himmel über die Dächer, der Morgen nahm ganz allmählich seine himmelblaue Farbe an. Die Gassen blieben noch eine Weile im katzengrauen Schatten liegen und verteidigten die blasse Feuchtigkeit ihrer Pflaster. Sie waren im Morgengrauen von den Müllmännern abgespritzt worden, nachdem sie die Säcke mit dem Abfall eingesammelt und sämtliche Mülleimer geleert hatten. Das Gerumpel und Gepolter und die lauten Rufe der Männer waren zuverlässige Wecker. Anna hatte sich nur zwei-, dreimal darüber geärgert, als sie länger schlafen wollte, sich dann aber daran erinnert, dass sie von nun an Italienerin sein wollte. Daraufhin hatte sie sich schnell mit dem frühen Lärm abgefunden. Siena war so. In jeder italienischen Stadt ging es so zu, laut und lustig oder aggressiv, je nachdem. Aber auf jeden Fall laut.

Wenn es eben ging, begann sie ihren Tag auf der Terrasse, über die schon gegen neun die ersten Strahlen der Morgensonne huschten, häufig mit silbernen Spitzen, manchmal mit orangefarbenen Rändern. Die Terrasse war klein, darauf hatten nicht viel mehr als ein Tisch und ein paar Stühle Platz. Der Rest des Gartens stieg steil an, bis zu dem Zaun, hinter dem das Nachbargrundstück begann, das in der Via Boninsegna lag, die Straße über dem *Albergo Annina*. Dieser Garten war genauso steil, dort gab es allerdings hinter dem Haus eine gepflasterte waagerechte Fläche, die über die ganze Breite des Grundstücks verlief.

Auch Annas Wohnung war klein, eine enge Küche, ein winziges Schlafzimmer, ein kleiner Wohnraum, aber ein Bad, das erstaunlicherweise größer war als jedes andere Zimmer der Wohnung. Doch sie dachte selten an die geräumige Eigentumswohnung in Stuttgart zurück, in der für sie alles viel enger gewesen war als hier. Die Möbel waren allesamt verkauft worden, kein einziges Stück hatte sie nach Siena begleitet. Wenn schon ein Neuanfang, dann auch richtig! Kein blasser Start, sondern ein kunterbunter.

Sie goss sich eine Tasse Kaffee ein und zwang sich, die ersten Schlucke so zu genießen, als begänne dieser Tag genauso anemonenblau und sorglos wie der vorherige. Henrieke würde nicht mehr lange auf sich warten lassen. Mit einigem psychischen Kraftaufwand hatte Anna angezogen, was sie auch dann aus dem Schrank geholt hätte, wenn Henrieke nicht in Siena erschienen wäre: nein, nicht das dunkelblaue Sommerkleidchen mit den weißen Punkten, das Clemens gern an seiner Frau gesehen hatte, sondern über den Knien abgeschnittene Jeans und ein trägerloses Top. Henrieke würde ihr vermutlich vorhalten, dass sie auf einen BH verzichtete, aber Anna wollte sich diesen weiten Morgen nicht durch einen engen Wonderbra einschnüren lassen. Und dass sie dem Tag neuerdings unter brombeerfarbenem Lidschatten und aus kohlschwarz umrandeten Augen entgegensah, musste Henrieke einfach akzeptieren. Und wenn nicht...

»Dann eben nicht.«

Anna liebte diese frühe Stunde in Siena, wenn die Sonne bunte Flecken auf die grauen Hauswände malte und auch die fahle Müdigkeit zu buntem Leben wurde. Aber diesmal konnte sie die Frische des Morgens, die frühe, leichte Wärme nicht unbeschwert genießen. Henriekes Erscheinen hatte alles Beschwingte schwer gemacht und zu Boden gedrückt. Warum war sie nach Siena gekommen? Was wollte sie hier? Warum besuchte sie ihre Mutter schon so bald, wo sie doch vor deren Abreise angekündigt hatte, Anna mindestens ein Jahr nicht sehen zu wollen? Ihre Mutter sollte einsehen, wie verrückt ihr Umzug nach Siena war, schleunigst das Hotel wieder verkaufen und reuevoll nach Deutschland zurückkehren, wo ihre Tochter weiterhin lebte. Leben musste! Noch am Tag vor Annas Abreise hatte sie hinausposaunt, dass eine Mutter, die ihr Kind verließ, sehr fahrlässig mit der Liebe dieses Kindes umging. Dass es sich dabei um ein über dreißigjähriges Kind handelte, war angeblich ohne Bedeutung. Immerhin handle es sich nach Henriekes Bekunden um eine Tochter, die in Not war, die ihre Mama brauchte, die sich auf deren Unterstützung verlassen hatte – und zwar nicht nur auf emotionale. Anna wusste, dass Henrieke Dennis' Sprachrohr war, dass sie seine Worte und Wünsche äußerte.

11

Aber ihr war ebenso klar, dass auch ihre Tochter auf eine kräftige Finanzspritze gehofft hatte, als ihr Vater plötzlich starb und sich offenbarte, dass sein lebenslanger Geiz zu einer beträchtlichen Hinterlassenschaft geführt hatte.

Anna hatte in ihrer Kindheit und Jugend immer wieder den Satz gehört: »Wenn wir genug Geld zusammenhaben, machen wir ein Hotel in Siena auf.« Dann, wenn ihre Eltern gerade in Freiheit waren, fiel dieser Satz, von ihren Brüdern ebenfalls, wenn sie für eine Weile nicht einsaßen, aber Tante Rosi hatte sich jedes Mal an die Stirn getippt und Anna geraten, nicht auf diesen Unsinn zu hören. Sie war es auch gewesen, die aus ihrem Namen Annina, mit dem sie aus der Masse der vielen Heikes, Petras, Susannes und Sabines heraustach, den bescheidenen Namen Anna machte. »Ein Mädchen wie du sollte nicht auffallen.« Das war Tante Rosis Begründung gewesen. Und das Hotel in Siena, das sie ein Luftschloss nannte, sollte sie am besten schnell wieder vergessen. Aber in diesem Fall war es Tante Rosi nicht gelungen, aus den irisierenden Wolkenkuckucksheimen der Eltern und Brüder ein solides, blau gekacheltes Lebenskonzept zu machen. Der Satz war schon früh dort gesät worden, wo in Anna die Hoffnung saß, und die Saat war aufgegangen. Tante Rosi hatte es zum Glück nicht mehr erlebt.

So hatte sie auch nicht verhindern können, dass Henrieke ebenfalls mit diesem Satz aufwuchs. Aber Anna hatte ihn immer nur leise ausgesprochen, wenn ihr Mann es nicht hören konnte, der über solche absonderlichen Ideen nur den Kopf geschüttelt hätte. Ein Hotel in Siena! Total übergeschnappt! Dann jedoch stellte sich heraus, dass der Wunsch mit dem, was er seiner Frau hinterließ, erfüllt werden konnte, so verrückt und absonderlich er auch genannt worden war. Hätte Clemens geahnt, dass seine Frau noch immer dieser Idee nachhing, hätte er sein Geld vermutlich lieber einem Karnickelzuchtverein oder den Zeugen Jehovas vermacht.

Anna sah hoch, blinzelte in die Helligkeit und versuchte, ihre dunkelgrauen Sorgen von der Himmelsbläue erhellen zu lassen. Aber es gelang ihr nicht. Es würde nicht lange dauern, und ihr farbenfreudiger Neuanfang würde aussehen wie Buntwäsche, die mit schwarzen Socken gewaschen worden war. Am Abend ihrer Ankunft hatte Henrieke noch den Anstand besessen, nicht mit ihrem Anliegen ins Haus zu fallen, aber es würde nicht mehr lange dauern, bis sie damit herausrücken würde. Und dann?

»Ich habe es nicht mehr ausgehalten, Mama«, hatte sie erklärt und ihre Mutter noch einmal in die Arme gezogen, so vorsichtig, wie es die ganze Familie bei Clemens' Tante getan hatte, die stets kränklich, von zarter Statur gewesen war und so zerbrechlich gewirkt hatte, dass niemand es wagte, ihr auch nur kräftig die Hand zu schütteln. Tante Erica war ja von so hinfälliger Konstitution, dass man ständig mit ihrem Dahinscheiden rechnen musste, was sich erstaunlicherweise von einem Jahr aufs nächste verzögerte. Am Ende hatte Tante Erica sogar Clemens um drei Monate überlebt.

Anna hatte sich so behutsam von ihrer Tochter frei gemacht, wie es auch Tante Ericas Art gewesen war. Dann aber hatte sie gefragt, was der alten Tante niemals über die Lippen gekommen wäre: »Prosecco oder Hugo?«

Sie war Henrieke vorausgegangen, hatte das Wohnzimmer durchquert, was lediglich drei, vier Schritte erforderte, und sich erst auf der Terrasse zu ihrer Tochter umgedreht. Die war damit beschäftigt, erst die Wohnungstür zu schließen, dann die Wohnzimmertür ins Schloss zu drücken und schließlich sogar die Terrassentür hinter sich zuzuschieben. »Dass du immer noch alle Türen offen lässt! Papa hat das wahnsinnig gemacht.«

»Papa lebt nicht mehr. Ich wohne hier allein. Niemanden stört es, wenn ich die Türen offen lasse.«

Henrieke betrachtete ihre Mutter mit einem nachsichtigen Lächeln, wie Tante Rosi es immer aufgesetzt hatte, wenn es ihr angemessen erschien, Anna an ihre Herkunft zu erinnern, damit sie nicht übermütig wurde und am Ende noch meinte, ihre Familie sei genauso gut wie jede andere.

»Ich weiß schon, warum du dich nicht gern in einem Raum mit

geschlossener Tür aufhältst«, sagte Henrieke, wie es auch Tante Rosi gelegentlich beim Namen genannt hatte. »Du willst niemals so leben wie deine Eltern und deine Brüder. Hinter Schloss und Riegel.«

Anna antwortete nicht darauf. Sie sah in das Gesicht ihrer Tochter, die ihrem Vater so ähnlich war, und erkannte in ihren Augen etwas, das auch in Tante Rosis Blick gelegen hatte. Wohlanständigkeit, Ehrlichkeit, alles in verlässlichem Linoleumbraun. Was Clemens anging, leider auch Pedanterie und Geiz, während Tante Rosi neben ihrer Beharrlichkeit und Konsequenz auch viel Verständnis und Liebe ausgestrahlt hatte. Der Leichtsinn, an dem Annas Eltern gescheitert waren, und die Gewissenlosigkeit, die ihre Brüder daraus gemacht hatten, waren in Henrieke nicht zu erkennen. Manchmal hatte Anna es sich sogar gewünscht, hätte gern das Hausbackene mit pinkfarbener Leichtigkeit betupft und Henriekes konsternierte Spitzmündigkeit in ein breites Lächeln verwandelt. Aber Henrieke war geblieben, wie sie war, daran hatte nicht mal Dennis Appel etwas ändern können, der es sicherlich versucht hatte. Anna fragte sich wieder einmal, warum er sich in Henrieke verliebt hatte. War er überhaupt in sie verliebt? Die Angst, dass ihre Tochter ausgenutzt wurde, war Anna bis nach Siena gefolgt, das wurde ihr jetzt klar. Ihr geliebtes kleines Mädchen! Warum war es nicht gelungen, aus ihr eine selbstbewusste junge Frau zu machen, die auf ihrem Recht beharrte?

Henrieke hatte mit der Unterbringung in einem komfortablen Hotelzimmer gerechnet und war enttäuscht, als sie hörte, dass sie im Wohnzimmer schlafen sollte. »Auf dieser unbequemen Couch?«

Anna bot ihr das eigene Bett an und behauptete, ihr mache es nichts aus, auf dem Sofa zu nächtigen. Aber davon wollte Henrieke nichts wissen. »In deinem Alter! Ich will nicht schuld daran sein, dass du es morgen im Kreuz hast.«

Missbilligend betrachtete sie später Annas knappes Nachthemd mit den Spaghettiträgern. »Wenn du dir den Nacken verkühlst, bist du wieder wochenlang verspannt.« Auch Tante Rosi hatte manchmal diesen besorgten Blick aufgesetzt, der in Wirklichkeit ein einziger Vorwurf war. »Oder hast du etwa jemanden kennengelernt, Mama?« Und wieder der Zusatz: »In deinem Alter!«

Anna antwortete darauf nicht, sondern verzog ihrerseits missbilligend das Gesicht, als sie sah, wie Henrieke schlafen ging: in den uralten Adidas-Shorts, die sie schon besessen hatte, als sie noch zur Schule ging, und einem Shirt, das längst in die Altkleidersammlung gehörte. Es war das erste Mal, dass Anna einen freundlichen Gedanken für Henriekes Freund erübrigte. Seine Freundin tat wirklich nicht viel, um für ihn begehrenswert zu sein. Erstaunlich, dass er das hinnahm, ohne sich zu beklagen. Wo er sich doch sonst so ziemlich über alles beklagte, was das Schicksal ihm ungerechterweise vorenthielt, alles, was ihm nicht in den Schoß fiel, sondern mit etwas Aufwand erarbeitet werden musste. Das Leben war ja so ungerecht und das Schicksal mit Blindheit geschlagen! Dass Dennis Appel keine gut bezahlte Anstellung fand, konnte natürlich nur daran liegen, dass er für die meisten Bereiche des Arbeitsmarktes überqualifiziert war, und dass es keinen Markt für seine wirren Geschäftsideen gab, lag selbstverständlich daran, dass die Investoren, die die Kohle besaßen, nicht die Eier hatten, etwas zu riskieren. Und dafür, dass Megan Fox sich nicht für ihn entschieden hatte, konnte es nur einen Grund geben: Er hatte nie die Gelegenheit bekommen, ihr unter die Augen zu treten. Wenn er mit dieser Litanei noch nicht genug Aufmerksamkeit erhalten hatte, verstieg er sich auch gern zu der Behauptung, er habe sich einfach für die falsche Freundin entschieden. Henrieke verdiente kein Geld, hatte ihren Job riskiert und verloren, so musste er sie mit seiner kleinen Unterstützung durchfüttern. Also war sie schuld, dass er seine Pläne nicht in die Tat umsetzen konnte...

Henrieke trug noch die alten Adidas-Shorts, als sie zu ihrer Mutter auf die Terrasse kam. Sie war sehr blass, ihre Augen waren ohne Glanz, ihre Haare stumpf und trocken, die Haut sah schuppig und ungepflegt aus. Ihr ganzes Erscheinungsbild trug einen Grauschleier. Anna betrachtete ihre Tochter und spürte, dass sich ein Ring der Verzweiflung um ihr Herz legte. Henrieke war unglücklich, und es war schrecklich, ihr nicht helfen zu können. Sie hatte es daheim, in Stuttgart, oft genug versucht, war aber immer wieder an der Erkenntnis gescheitert, dass Henrieke unter Hilfe etwas anderes verstand als ihre Mutter. Anna wollte ihre Tochter aus der unglückseligen Verbindung mit Dennis lösen, ihr helfen, beruflich wieder Fuß zu fassen und auf eigenen Beinen zu stehen, Henrieke dagegen war nur auf finanzielle Unterstützung aus. Sie wollte Dennis Geld geben, damit er frohgelaunt war, sie sein Häschen nannte und ihr endlich einen Heiratsantrag machte. In Hundert-Euro-Scheinen wollte sie für ein Glück bezahlen, das es bei Dennis Appel nicht umsonst gab. Dass Liebe mit Geld nicht zu erkaufen war, hatte Henrieke nach und nach vergessen.

Aber wie bei einem suchtkranken Kind half es nichts, die Sucht zu unterstützen, damit ein paar Tage Ruhe war. Wirkliche Hilfe bot nur derjenige, der bereitstand, wenn das Kind ganz unten angekommen war und endlich einsah, was geändert werden musste. Anna erkannte, dass Henrieke noch längst nicht so weit war.

Schweigend sah sie zu, wie ihre Tochter ein Brötchen aufschnitt, und betrachtete dabei ihre abgekauten Fingernägel und die zerfetzte Nagelhaut. Erst als Henrieke ihr Brötchen mit Marmelade bestrichen hatte und zum Mund führte, fragte sie: »Du bist wegen Geld gekommen?«

Henrieke versuchte es mal wieder mit Entrüstung. »Ich bin da, weil ich sehen will, wie es dir geht. Ich habe mir Sorgen um dich gemacht, Mama. Ganz allein in Siena! Andere Frauen in deinem Alter setzen sich zur Ruhe und pflegen ihre Gesundheit. Gelegentlich mal eine Kaffeefahrt oder meinetwegen eine Busreise in die Toskana ... aber was machst du?« Zum Glück erwartete sie keine

Antwort. »Du bist nicht mehr die Jüngste, Mama. Du hast dir zu viel vorgenommen. Wie willst du das alles schaffen?«

»Bis jetzt geht es ganz gut.« Anna wischte sich ihre Liebe zu Henrieke aus den Augen. »Ich glaube dir nicht, es geht dir nicht um mich. Es geht um Dennis. Wie immer! Du willst Geld, nur deshalb bist du hier.«

Henrieke rutschte das Brötchen aus der Hand, mit der Marmeladenseite auf ihren nackten Oberschenkel. »Wie kommst du nur darauf?«

»Ich sehe doch, dass es dir schlecht geht.« Anna beobachtete, wie Henrieke die Marmelade von ihrem Schenkel strich und den Zeigefinger ableckte. »Wenn es dir schlecht geht, hat das immer mit Dennis zu tun.«

In Henriekes Augen traten Tränen, aber sie schluckte sie tapfer herunter. »Er kann in ein Start-up-Unternehmen einsteigen. Eine tolle Gelegenheit! Ein alter Schulfreund…«

Aber Anna fegte mit einer Handbewegung alle weiteren Sätze aus der Luft, bevor sie ausgesprochen werden konnten. »Schon wieder eine tolle Gelegenheit? Die wievielte? Und so todsicher wie die, für die du in deiner Firma Unterschlagungen begangen hast? Todsicher an dieser Sache war nur, dass du deinen Job verloren hast und nie wieder einen neuen finden wirst.«

Nun weinte Henrieke doch. »Ich weiß, dass das ein großer Fehler war. Aber es war meine Schuld, nicht Dennis'.«

»Er hat dich dazu überredet.« Anna stand auf, um sich größer zu machen, um alles, was Henrieke auf der Zunge lag, all das, was sie schon tausendmal gehört hatte, zu unterbinden. »Du kannst dir alle weiteren Erklärungen sparen. Ich denke nicht daran, das Geld, das dein Vater zusammengespart hat…«

»Zusammengegeizt!«

»Egal! Dieses Geld werde ich jedenfalls nicht Dennis Appel in den Rachen werfen.«

»Ich bin es, die dich um Geld bittet, Mama.«

»Ich weiß doch, dass es bei Dennis landen wird. Solange du

mit ihm zusammen bist, wirst du kein Geld von mir bekommen. Nichts!« Sie atmete tief durch und setzte sich wieder. Sie spürte, dass sie zitterte. Es war schrecklich, dass sie so mit ihrer Tochter sprechen musste. »Es geht sowieso nicht. Ich habe alles in dieses Hotel gesteckt. Was noch übrig ist, brauche ich für die Innenausstattung. Was meinst du, was das alles kostet!«

Sie betrachtete ihre weinende Tochter eine Weile und nur mit größter Willensanstrengung gelang es ihr, die eigenen Tränen zurückzuhalten. Mit aller Kraft kämpfte sie gegen den Wunsch an, Henrieke mit einem ganz und gar unvernünftigen Versprechen ein Lächeln ins Gesicht zu zaubern. Schließlich griff Anna nach der klebrigen Hand ihrer Tochter. »Wir gehen heute Nachmittag in die Stadt und kaufen dir ein hübsches Sommerkleid. Einverstanden? Zum Friseur und zur Kosmetikerin gehen wir auch. Dann noch ein leckeres Eis ... wir machen uns einen richtig schönen Tag. In Blaubeerenblau und Babyrosa.«

Henrieke betrachtete ihre Mutter kopfschüttelnd. »Du und deine Farben! Versuchst du noch immer, dir das Leben bunt zu machen?«

Anna schwieg und fühlte, wie die Verlegenheit in ihre Wangen stieg. Granatapfelrot fühlte sie sich an. Schon als Kind hatte sie jedes Gefühl in Farbe getaucht und auch ihren Alltag nach Farben sortiert. Anna war unfähig, ihre Emotionen anders einzuteilen als in die Katalogisierung, die die Farben boten. »Bei mir ist das nun mal so«, erklärte sie hilflos. »Mir weisen nicht Worte den Weg, sondern Farben. Auch meine Gefühle sind farbig. Also machen wir uns einen bunten Tag.«

Das Krachen einer Leiter unterbrach sie, als sie mit voller Wucht auf das Terrassengeländer fiel.

»Scusi, Signore!«

Anna seufzte. »Vorausgesetzt, die Bauarbeiter bringen uns vorher nicht um.«

Sie meinen, ich hätte nachgiebiger sein sollen? Nein, ich bin sicher, das wäre ein Fehler gewesen. Dennis Appel ist ein Fass ohne Boden. Das Geld, das Henrieke ihm beschafft, rinnt ihm durch die Finger. Es wäre in kurzer Zeit in dubiosen Geschäften versickert, und meine Tochter würde erneut vor der Tür stehen. Sie kauft sich damit nur ein paar unbeschwerte Tage, Wochen oder Monate, je nachdem, wie groß der Betrag ist, den sie bei Dennis abliefern kann. Ich verstehe nicht, warum sie bei ihm bleibt.

»Schlägt er dich? Droht er dir?« Anna stellte diese Frage, während sie vorm Spiegel ihre Haare zurechtzupfte und ihre Tochter die Schuhe wechselte.

Henrieke zuckte zusammen. »Wie kommst du darauf?«

»Warum trennst du dich nicht von ihm?«

»Weil ich ihn liebe.« Das kam wie aus der Pistole geschossen, so als brauchte Henrieke darüber nicht nachzudenken.

»Wie kannst du einen Mann lieben, der dich unglücklich macht?«

»Papa hat dich auch nicht glücklich gemacht. Und trotzdem bist du bei ihm geblieben.«

Touché! Anna wusste, dass es jetzt besser war, den Mund zu halten. Henrieke hatte ja recht, sie war mit Clemens nicht glücklich geworden. Aber er hatte sie geliebt. Auf seine Weise! Er hatte sie nie belogen, nie betrogen, hatte alles für sie getan – vorausgesetzt, es kostete nichts. Er hatte sie geliebt, ja, nur dass seine Liebe sie nicht hatte glücklich machen können, sie hatte nie gestrahlt, sie war immer dämmriggrau geblieben. Sein Geiz war immer unerträglicher geworden, je älter er wurde, aber seine Liebe war geblieben, wie sie war. Und deshalb hatte Anna es nicht fertiggebracht, sich von ihm zu trennen. Stattdessen hatte sie kleine Hoffnungen zu hübschen Wolkentürmchen aufgebaut und wie ihre Eltern oft vor sich hin gemurmelt: »Wenn ich frei bin ... dann!« Und schließlich hatte sich das Gefühl von Freiheit eingestellt. Lange vor Clemens' Tod. Noch keine wirkliche Freiheit, aber die Chance dazu. Das hatte schon gereicht, für eine ganze Weile. Henrieke hatte ja keine Ahnung, wie ihre Mutter dem Schicksal auf die Sprünge geholfen hatte. Und sie durfte es auf keinen Fall erfahren. Niemand durfte das! Ihr Geheimnis hatte sie mit nach Siena genommen, und hier würde es bleiben, von der Sonne beschienen, von Wärme umhüllt, von einem blauen Himmel behütet.

Es wurde ein schöner Nachmittag, wenn er auch durch Henriekes fortwährende Missbilligung nur schwer in Gang kam. Mit ihrer altjüngferlichen Miene erstickte sie zunächst jeden Übermut im Keim und war noch mit der »unmöglichen Aufmachung« ihrer Mutter beschäftigt, als sie schon im Gewimmel der Gässchen rund um den Campo angekommen waren, wo sich eine Boutique an die andere reihte.

»Was hast du dich verändert, Mama!«

»Gott sei Dank! Das wurde auch Zeit!«

Das wollte Henrieke auf keinen Fall bestätigen. Annas Frisur erschien ihr nicht altersgemäß, ihre enge Hose für eine Sechzigjährige geradezu skandalös, das tief dekolletierte Shirt erst recht und ihr Make-up war angeblich ein einziger Schrei nach männlicher Aufmerksamkeit. »So was gehört sich nicht für eine Frau in deinem Alter.«

Anna warf den Ball zurück. Nach ihrer Meinung gehörte es sich nicht, dass eine junge Frau auf jedes Make-up verzichtete, sich für eine Frisur ausschließlich nach praktischen Kriterien entschied, ein sackähnliches Kleid überwarf, wie es Annas Oma bei der Gemüseernte zu tragen pflegte, und in Gesundheitssandalen schlüpfte, als wäre ihr die psychische Gesundheit aller Ästheten total egal.

Dann aber stieg in Henriekes Augen endlich der Glanz, der bewies, dass sie noch jung war, noch unbeschwert sein und etwas genießen konnte, was oberflächlich, überflüssig und komplett banal war. Schon lange waren sie nicht mehr gemeinsam shoppen gewesen und noch nie so unbekümmert wie an diesem Tag. Normalerweise war es für Henrieke schwer, mit gut gefüllten Einkaufstaschen zu Dennis zurückzukehren, der ihr dann vorrechnete, dass das verschwendete Geld für etwas so Wichtiges wie das Tuning seines Autos besser hätte genutzt werden können. Und als Annas Mann noch lebte, waren ausschweifende Einkaufstouren sowieso undenkbar gewesen. Er hätte sich jeden Posten auf der Liste ihrer Einkäufe erklären lassen, Anna vorgehalten, dass sie überhöhte Preise gezahlt hatte, ohne zu handeln, und ihr auseinandergesetzt, dass der Kaffee bei McDonald's billiger gewesen wäre als in einem alteingesessenen Café der Stadt. So lange hätte er geprüft und nachgerechnet, bis alle Freude in den Zahlen aufgegangen und die farbenfrohe Spontanität zu fahler Vernunft geworden wäre.

An diesem Nachmittag konnten sie Dennis und Clemens vergessen, jedenfalls für eine Weile. Henrieke stimmte sogar leise ein, als Anna auf der Rückfahrt die Seitenscheiben herunterließ und sich ohne Rücksicht auf das Andenken von Giuseppe Verdi zum Teil des Gefangenenchors aus seiner Oper Nabucco machte. Immerhin hielt es Henrieke so lange aus, bis sie merkte, dass ihre Mutter einen selbst erdachten Text sang, in dem sich Liebe auf Triebe reimte. Danach war Schluss!

Bei ihrer Rückkehr schwenkten sie Einkaufstüten und kicherten albern, als vom Dach des Hotels Pfiffe zu hören waren. Henrieke redete nicht einmal mehr davon, dass es unverzeihlich sei, die kurze Strecke mit dem Auto zu fahren, das Anna schon gleich hinter der Stadtmauer hatte stehen lassen müssen, weil der Stadtkern praktisch autofrei war. Aber Anna hatte kurz nach ihrer Ankunft in Siena eine junge Frau kennengelernt, die in der Nachbarschaft wohnte und an der Rezeption des Hotels *Minerva*, direkt hinter der Stadtmauer, arbeitete. Tabita hatte dafür gesorgt, dass Anna jederzeit die Hotelgarage benutzen konnte, die direkt neben dem *Minerva* lag und durch eine Schranke vor der Benutzung Unbefugter geschützt wurde.

Henrieke ging schnurstracks ins Bad, bewunderte im Spiegel ihren neuen Haarschnitt mit dem Fransenpony und lamentierte darüber, dass es zu gewagt gewesen sei, sich für türkisfarbenen Nagellack zu entscheiden. Währenddessen holte Anna einen Piccolo aus dem Kühlschrank. Ihr Herz war leicht, in ihrer Brust saß ein Kichern, durch ihren Kopf nebelte die apricotfarbene Hoffnung, Dennis Appel ein für alle Mal zu vertreiben und mit Henrieke ein glückliches Leben in Siena zu führen... da klingelte das Handy ihrer Tochter. Anna warf einen Blick aufs Display: Dennis.

Sie nahm die Flasche und zwei Gläser und ging auf die Terrasse, damit sie den flackernden Namen nicht mehr sehen musste. Dass sie die Badezimmertür schlagen und Henriekes schnelle Schritte hörte, erbitterte sie. Es kam ihr so vor, als hätte Dennis »Bei Fuß!« gerufen und Henrieke sich neben ihn gesetzt und zu ihm aufgeblickt. Zornig ließ sie den Korken knallen, während Henrieke mit dem Handy am Ohr an ihr vorbeiging, das Törchen öffnete, das von der Terrasse in den Garten führte, und dann die Steine hinaufstieg, die der Vorbesitzer im Garten verteilt hatte, damit man von Beet zu Beet kam, ohne abzurutschen und den steilen Garten herunterzupurzeln. Henrieke stieg, so hoch es ging, während Anna die Gläser füllte, als rechnete sie damit, dass das Gespräch nicht lange dauern würde.

Henrieke drehte ihrer Mutter den Rücken zu und hielt sich am Zaun fest, während sie mit Dennis sprach. Ihre Haltung veränderte sich, sie zog die Schultern hoch, senkte den Kopf, machte sich klein. Das neue Kleid schien plötzlich nicht mehr richtig zu sitzen, die bunten Farben waren mit einem Mal blasser, das Türkis passte nicht mehr zu den Fingernägeln.

Anna hörte, wie die Wohnungstür knarrte, die sie wieder einmal nicht geschlossen hatte. Schritte kamen auf die Küchentür zu, die ebenfalls offen stand. »Jemand da?«

Levi Kailer, der Architekt, den sie mit den Umbauarbeiten beauftragt hatte, machte einen langen Hals, als er Anna auf der Terrasse sah. »Ich muss mal eben nach den Leitungen im Badezimmer schauen.« Er schenkte ihr sein jungenhaftes, verlegenes Lächeln und verschwand wieder.

Anna hatte sich schon oft gefragt, wann das Unweigerliche passieren und sie Levi Kailer in einem Zustand begegnen würde, in dem man höchstens einem nahen Angehörigen gegenübertreten möchte. Schon einige Male hatte sie im allerletzten Moment eine Decke um sich gewickelt oder ein Badehandtuch vor ihre Blöße gehalten, »Besetzt!« geschrien, wenn seine Schritte auf die Toilettentür zukamen, und eine Feuchtigkeitsmaske eilig vom Gesicht gewischt, ehe er im Türrahmen auftauchte. Vielleicht hätte sie ihm den Schlüssel doch nicht anvertrauen sollen. Oder sie hätte ihn besser mit dem Hinweis übergeben, dass er nur im Notfall zu benutzen sei, also dann, wenn sie nicht anwesend war, Levi Kailer aber unbedingt ein Aufmaß nehmen oder irgendeinen baulichen Zustand überprüfen musste. Andererseits benutzte er ihn sowieso nur selten, da Anna in Siena niemanden hatte, der ihr einschärfte, die Türen hinter sich zu schließen. Bis jetzt jedenfalls...

Levi hatte wie immer eine Antwort gar nicht abgewartet und war im Bad verschwunden, ohne sich zu fragen, ob er dort auf die Dessous vom Vortag, einen vergessenen BH oder ein paar Slipeinlagen stoßen könnte. Anna hörte ihn rumoren und entspannte sich wieder. Der schnörkellose, geradlinige Levi war jemand, der über einen auf dem Boden liegenden Strumpfgürtel hinwegsteigen würde, ohne ihn zu sehen.

Er wohnte in dem Haus, dessen Garten an Annas Grundstück grenzte. Ein junger Architekt in Henriekes Alter, der sich über den Auftrag gefreut hatte, Annas Hotel umzubauen. Noch mehr hatte er sich gefreut, dass sie auch die Dienstleistungen seiner kleinen Bauunternehmung benötigte, die er seinem Architekturbüro angeschlossen hatte. Ein großer Name für das, was diese Bauunternehmung bot, aber immerhin. Levi beschäftigte einige Arbeiter, meist nur stundenweise und im Allgemeinen entweder Arbeitslose, die sich etwas dazuverdienten, wovon der Staat nichts wusste, oder junge, kräftige Kerle, denen das Gehalt in ihrer Festanstellung nicht reichte. Im Erdgeschoss seines Hauses waren nicht nur seine kleine Wohnung und ein Büro eingerichtet worden, dort gab es auch ein Sammelsurium von Abstellräumen voller Gerätschaften und Werkzeuge und eine Werkstatt, in der repariert wurde, was nicht mehr funktionierte. Ein paar alte Baufahrzeuge, die Levi in einer Konkursmasse entdeckt hatte, waren bei einem Bauern außerhalb der Stadt untergebracht worden. Zu Levis Leidwesen wurden sie selten benötigt. Er war immer hocherfreut, wenn es einen Grund gab, die kleine Raupe zu benutzen oder gar den Bagger, der bisher noch nie hatte zeigen müssen, ob er funktionierte.

Anna hatte sich auch gefreut. Darüber, den Architekten und Bauunternehmer in unmittelbarer Nachbarschaft zu haben und ständig mit Fragen zu ihm kommen zu können. Als Lohn für seine Dauerpräsenz hatte er ihren Wohnungsschlüssel bekommen, damit er jederzeit Zutritt zu sämtlichen Aufmaßen, Leitungen, Tür- und Fensteröffnungen hatte. Als sie ihn kennenlernte, war ihr der Gedanke durch den Kopf geflogen, dass er gut zu Henrieke passen könnte. Jetzt flatterte diese Idee erneut auf sie zu. Und gleichzeitig der Einfall, dass ein anderer Mann die Lösung sämtlicher Probleme sein könnte. Henrieke wusste ja gar nicht mehr, wie schön die Liebe sein konnte. Sie kannte nur noch deren Schattenseiten und hielt diese für den Preis, den sie für die kurzen Zeiten im Licht der Liebe zu zahlen hatte.

Andererseits hatte Levi eine schwere Enttäuschung hinter sich und war nicht bereit, sich auf eine neue Beziehung einzulassen. Das hatte Konrad, sein Vater, erzählt. Levi hatte sich während des Studiums in eine italienische Kommilitonin verliebt, deren Vater ein Architekturbüro in Florenz betrieb. Das sollte die Tochter später weiterführen, und ein Architekt an ihrer Seite war dem Vater hochwillkommen gewesen. So waren die beiden nach bestandenem Examen gemeinsam nach Florenz gegangen, mussten jedoch bald feststellen, dass ihre Liebe dem Alltag nicht gewachsen war. Levi hatte es an Sensibilität fehlen lassen, hatte jeden Jahrestag verpennt, nie bemerkt, wenn seine Freundin vom Friseur kam, kein neues Kleidungsstück erkannt und gewürdigt und nicht einmal reagiert, wenn sie ihn im Abendkleid empfing, um ihn zunächst mit einem großen Dinner und danach mit ganz viel Liebe zu verwöhnen. Irgendwann hatte sie sich gefragt, warum ihr nicht schon in Deutschland aufgefallen war, dass Levi zwar ein fürsorglicher und verlässlicher Typ war, aber nichts von Romantik verstand und seine Freundin so behandelte wie einen Kumpel, einen Geschäftspartner oder seinen besten Freund. Immer freundlich, immer fair, immer höflich. Aber ein leidenschaftlicher Liebhaber? Fehlanzeige! Für eine Italienerin ein Unding! So hatte sich Levi von seiner großen Liebe trennen müssen, war aber in Italien bereits derart heimisch geworden, dass er beschloss, nicht nach Deutschland zurückzukehren. Und als ihm ein Auftrag in Siena winkte, ließ er sich in dieser Stadt nieder, eröffnete ein Architekturbüro und schuftete sich seitdem zu Tode, weil er sich keine Angestellten leisten konnte. Er hechelte jedem Auftrag hinterher, der sich bot, weil er ihn dringend nötig hatte. Trotzdem hatte er Mühe, die Raten für das Haus zu bezahlen, das er gekauft hatte, um es nach seinen Architektenträumen umzugestalten. Dazu war es bisher zwar nicht gekommen, aber Levi hatte seine Träume noch nicht begraben. Im Gegensatz zu Henrieke lief er der Zukunft entgegen, nicht hinterher, wartete auch nicht auf sie und legte erst recht nicht die Hände in den Schoß. Nein, die beiden würden wohl doch nicht zusammenpassen. Zielstrebigkeit war nie Henriekes Ding gewesen.

Sie stand noch immer in der Nähe des Gartenzauns, hinter dem das Grundstück der Kailers begann. Dort löste sich in diesem Augenblick eine männliche Gestalt aus den Büschen der Gartenbepflanzung und stieg vorsichtig zu dem niedrigen Zaun hinab. Ein Mann von Mitte sechzig, sehr groß, schlank und muskulös, mit riesigen Händen und Füßen, einem Schädel, der bei einem kleinen Mann den Verdacht der Mikrosomie geweckt hätte. Auf seinen Schultern wirkte er mächtig, ohne seiner Gestalt etwas anhaben zu können. Konrad Kailer, Levis Vater, hatte trotz seines Alters keine Schwierigkeiten, den Zaun zu übersteigen, und das sogar sehr lässig und elegant, ohne sich daran festzuklammern, bis seine Füße einen Halt gefunden hatten. Er lächelte Henrieke zu, die ihm perplex hinterherblickte, den Zaun losließ und beinahe ins Rutschen gekommen wäre. Als Konrad zur Terrasse herabstieg, sah Anna, dass Henrieke ihr Handy sinken ließ. Sie hoffte, Konrad möge es nicht übertreiben mit der Darstellung seiner männlichen Interessen. Er ließ sie ja immer gern wie Ansprüche aussehen, sooft Anna ihn schon in seine Schranken verwiesen hatte. Er versuchte trotzdem bei jeder Gelegenheit zu zeigen, wie gut ihm Anna gefiel und wie gerne er darauf vertraute, dass Hartnäckigkeit irgendwann zum Ziel führte.

In diesem Vertrauen begrüßte er Anna jedes Mal mit einem Kuss, meistens mit dem Anhauchen ihrer Schläfe. Aber ausgerechnet an diesem Tag küsste er ihre Lippen, was Anna derart überraschte, dass sie glatt vergaß, sich ihm rechtzeitig zu entziehen. Als sie sich aus seinem Arm wand und halblaut »Bist du verrückt? Was soll denn das?« zischte, machte sie alles noch schlimmer. Sie begriff es bereits im nächsten Augenblick, aber da war es schon zu spät. Sie hatte reagiert, als wäre sie erwischt worden, als hätte sie ein schlechtes Gewissen, als wäre etwas ans Tageslicht gekommen, was im Verborgenen bleiben sollte. Nichts davon kam der Wahrheit auch nur nahe, aber dass Henrieke in diesem Moment zu einer Meinung gekommen war, an der sich nicht rütteln ließ, war sofort klar. Mit jeder Rechtfertigung würde Anna nun scheinbar ein Schuldgefühl verstecken, das nur in Henriekes Fantasie existierte.

Mit einer barschen Bewegung beendete Henrieke das Telefonat, wandte sich brüsk um, stieg mühsam wieder herab, ließ sich anmerken, dass dieser steil ansteigende Garten sie ärgerte, durch den man nicht rauschen konnte wie eine beleidigte Diva, und warf ihrer Mutter zu, während sie das Haus betrat: »Ich bin dann mal weg.«

Anna antwortete nicht. Sie lauschte auf Henriekes Schritte, hörte Levis freundlichen Gruß, der jedoch nicht erwidert wurde, dann das Schlagen der Tür und Levis enttäuschtes Gemurmel, der sich wohl über Henriekes Unhöflichkeit ärgerte. Er hatte an diesem Tag doppeltes Pech. Sein »Ciao!«, das er zurückwarf, ehe er ging, fand ebenfalls kein Echo.

Anna schwieg, bis die Tür ein zweites Mal ins Schloss gefallen war, und verzichtete darauf, die Wohnungstür wieder zu öffnen, weil es natürlich objektiv vernünftiger war, irgendwelchem Gesindel mit finsteren Absichten den Zutritt zu ihrer Wohnung zu verwehren. Sie glaubte zu wissen, was in Henrieke vorging. Dennis hatte soeben erfahren müssen, dass mit einer Finanzspritze von Anna nicht zu rechnen war. Seine Reaktion war sicherlich nicht freundlich gewesen. Kein Wunder, dass Henrieke Zeit brauchte, um seine Beschimpfungen oder sogar Drohungen zu verarbeiten. Und dann noch ein fremder Mann, der ihre Mutter küsste!

»Musste das sein?« Anna griff nach den beiden Sektgläsern und trug sie in die Küche. Konrad sollte bloß nicht auf die Idee kommen, beim Sekt als Lückenbüßer einspringen zu können und später als Etappensieger nach Hause zu gehen.

»Was habe ich Böses getan?« Als Anna auf die Terrasse zurückkam, hatte es Konrad sich auf einem Stuhl bequem gemacht und sah ihr entgegen wie ein kleiner Junge, der versprochen hatte, den ganzen Tag artig zu sein. Sie kannte diese Stimmung an ihm, lederhosengrau und bunt kariert.

Er sah gut aus in seinen kakifarbenen Bermudas, dem knallroten Polohemd und mit der großen Sonnenbrille auf der Nase. Anna ärgerte diese Feststellung, sie kam ihr in diesem Augenblick äußerst ungelegen. Sie wollte wütend auf Konrad Kailer sein, wollte ihm zeigen, wie zornig sie war.

»Wer war das?« Er deutete auf den Gartenzaun, wo Henrieke gestanden und telefoniert hatte. »Etwa deine Tochter?«

»Hundert Punkte für den Schnellmerker!« Anna ließ sich auf den Stuhl fallen, der am weitesten von Konrad entfernt stand. Dass es sich um den Stuhl handelte, der schon seit Tagen nicht mehr an den Tisch gerückt wurde, sondern an die Hauswand geschoben worden war, damit sich niemand versehentlich darauf niederließ, fiel ihr zu spät ein. Die beiden Schrauben, die den Stuhl noch auf den Beinen hielten, solange er keinerlei Belastung ausgesetzt war, gaben mit einem hässlichen Knirschen nach.

Später sah Anna ein, dass Konrad in diesem Moment nur alles hatte falsch machen können. Dass er aufsprang und ihr auf die Beine half, erboste sie, weil er schuld war, dass sie auf die Idee gekommen war, sich auf den morschen Stuhl zu setzen. Hätte er ihr nicht geholfen, wäre er natürlich trotzdem schuld gewesen und überdies ein Banause, der nichts von Kavalierspflichten wusste. Seine besorgte Frage, ob sie sich verletzt habe, war nichts als lästige Rhetorik, hätte er sie aber nicht gestellt, wäre er natürlich in der Kategorie »Grobian« gelandet. Dass er sich nicht einmal rauswerfen ließ, war der Gipfel. Von ihrem Zorn ließ er sich einfach nicht treffen, fand sogar, dass sie seine Unterstützung brauche, und reagierte nicht einmal auf die Wut, die seine Hilfsbereitschaft hervorrief. Man konnte tatsächlich glauben, dass er sie besser kannte, als Anna für möglich gehalten hätte, und diese Erkenntnis setzte ihrer Aufgebrachtheit die Krone auf.

Konrad ließ sie so lange schimpfen und fluchen, wie sie wollte, und brachte sie ein letztes Mal damit auf, dass er auch damit recht tat. Dann erst fiel endlich Annas ganze Empörung in sich zusammen, und sie konnte auf die Frage antworten, was denn eigentlich los sei.

Was sie an ihm auf den ersten Blick gemocht hatte, war sein sanftes Lächeln, das sogar in seinem Gesicht stand, wenn es ernst war. Ein blaugraues Lächeln, das manchmal die Farbe von Lavendel annehmen konnte.

»Hat deine Tochter ein Problem?«

Was sie jedoch von Anfang an nicht gemocht hatte, war seine Besserwisserei, die grasgrün war und aus jeder anderen Farbe ein schmuddeliges Braun machte, wenn sie sich mischte.

»Mach ihre Probleme nicht zu deinen eigenen. Sie ist über dreißig, weiß Gott erwachsen. Wenn in ihrem Leben was schiefläuft, ist das nicht deine Sache.«

»Du fragst nach Henriekes Problemen und hast schon eine Antwort parat, ehe ich dir davon erzählen kann?«

Kennen Sie diese Männer auch? Clemens war ebenfalls stets der Meinung, er müsse mich belehren, egal, worum es ging. Auch er wusste oft schon die Antwort, bevor ich die Frage gestellt hatte. Was weiß Konrad Kailer von meiner Tochter und ihren Problemen? Er kann sich ja gar nicht vorstellen, wie es ist, mit einem Mann wie Dennis Appel zusammen zu sein. Henrieke wäre, wenn sie ihn nicht kennengelernt hätte, noch bei der Stadtverwaltung, würde nicht viel, aber regelmäßig verdienen, könnte ihre Ansprüche befriedigen, die ja nicht hoch sind, und wäre zufrieden mit ihrem Leben. Dennis hat sie überredet, zu einem Immobilienmakler zu wechseln, wo sie mehr verdiente. Natürlich, damit er mehr ausgeben konnte. Er war ja schon seit Jahren arbeitslos. Was würden Sie denken, wenn Ihre Tochter mit einem solchen Kerl zusammen wäre?

»Ich habe gesehen, dass sie geweint hat.« Zu Konrads hervorstechenden Eigenschaften gehörte, dass er sich nicht aus der Ruhe bringen ließ und selten eingeschnappt war. »Und sie hat gefragt: Wie kannst du das tun?«

Anna ließ sich auf den Stuhl sinken, der Konrad gegenüberstand und todsicher nicht zusammenbrechen würde. Konrad war nicht nur ein Besserwisser, sondern auch ein einfühlsamer, hilfsbereiter Mann, das wurde ihr in diesem Augenblick mal wieder klar. Er wusste, dass es Anna guttun würde, über Henrieke zu reden. »Dennis setzt sie unter Druck. Er ist auf mein Geld aus. Er wollte Henrieke sogar überreden, ihren Pflichtteil einzuklagen. Aber Clemens hat dafür gesorgt, dass zunächst alles an mich fällt und Henrieke erst nach meinem Tod erbt.«

»Du hast ihr also kein Geld gegeben«, stellte Konrad fest.

Anna musste gegen ihr Schuldgefühl ankämpfen. »Es ist richtig, ihr nichts zu geben. Ich würde nicht ihr helfen, sondern Dennis.«

»Besser wäre es, deine Tochter würde sich von dem Kerl trennen.«

Konrad verstand sie, ohne auf eine Erklärung zu warten. »Wir sind Seelenverwandte«, hatte er an dem Abend gesagt, den sie noch immer bereute. Ein paar Stunden Euphorie und violetter Leichtsinn – seitdem glaubte Konrad, sie küssen zu können, sogar dann, wenn ihre Tochter in der Nähe war.

Der Abend war schön gewesen. Konrad hatte über seine verstorbene Frau geredet, Anna über Clemens. Konrad hatte ihr von seinen Eltern und Geschwistern erzählt, aber von Anna hatte er nur erfahren, dass ihre Eltern tot waren, was immerhin der Wahrheit entsprach, und dass sie zu ihren Brüdern keinen Kontakt hatte, was eine glatte Lüge war. Sie waren sich nähergekommen, nicht nur körperlich, sondern vor allem emotional. An diesem Abend hatte Anna sich eingestanden, wie gern sie Konrad Kailer hatte. Er war angeblich bis über beide Ohren verliebt, aber sie? Über diese Frage dachte sie nicht weiter nach. Sie wollte sich nie wieder verlieben. Keine Abhängigkeiten, keine Kompromisse mehr, nie wieder leben, wie sie es eigentlich nicht wollte.

»Lass uns Freunde bleiben.« Mit diesem erbärmlichen Satz hatte sie jede Romantik vertrieben.

Anna strampelte sich von den Erinnerungen frei. »Wie kannst du das tun?«, wiederholte sie nachdenklich.

Konrad sah sie verwirrt an. »Ich? Was habe ich getan?«

»Ich meine Henrieke.«

»Was hat sie getan?«

»Ich meine natürlich Dennis!«

Nun reagierte Konrad nicht mehr, sah sie nur abwartend an.

Anna sprach langsam und nachdenklich und betonte jedes Wort: »Du hast gehört, dass Henrieke zu Dennis gesagt hat: Wie kannst du das tun? Richtig? Was kann sie damit gemeint haben?«

Jetzt verstand Konrad. Als Antwort hob er gleichzeitig die Schultern und die Augenbrauen.

»Vermutlich wird sie gleich morgen wieder zurückfahren. Sie hat ihm gesagt, dass bei mir nichts zu holen ist, und er hat irgendwas angekündigt, um sie dafür zu bestrafen, dass sie mich nicht rumgekriegt hat. Die Wohnung kündigen, weil er die Miete nicht mehr zahlen kann, oder einen seiner schrecklichen Freunde als Untermieter einziehen lassen oder ihre Klamotten auf dem Flohmarkt verkaufen… Sie muss zurück nach Stuttgart, um all das zu verhindern.«

Konrad unterbrach sie. »Er will, dass sie zurückkommt? Meinst du wirklich?«

»Klar! Sonst muss er sich am Ende noch selbst was zu essen machen. Und wer sonst sollte seine Wäsche waschen und die Bude aufräumen? Dennis Appel jedenfalls nicht. Wenn Henrieke in Siena nichts erreicht, soll sie gefälligst wieder nach Hause kommen. Ein längerer Aufenthalt hier war sicherlich nicht geplant.«

Sie lehnte sich zurück und blickte an der mörtelgrauen Hauswand hoch, unerreicht von dem blauen Himmel. So sickerten die Tränen in die Augenhöhlen zurück und konnten ihr nicht die Wangen herunterlaufen. Die eine, die aus dem rechten Augenwinkel trat und zum Ohr lief, würde Konrad nicht bemerken.

»Kotzgrün, dieser Dennis Appel«, murmelte sie. »Vielleicht sogar kackbraun.«

Konrad Kailer lachte. »Ich habe übrigens im Internet recherchiert. Du bist Synästhetikerin.«

Anna setzte sich wieder auf. »Hä?«

Bevor Konrad zu näheren Erklärungen ansetzen konnte, wehrte sich schon alles in ihr dagegen, sich seine Ausführungen anzuhören. Sie mochte es nicht, wenn er seine sympathischen Züge, die immer hell und ohne Schatten waren, mit Besserwisserei verdunkelte.

»Synästhetiker fühlen Farben, manche können sie sogar schmecken.« Konrad sah sie an, als erwartete er Beifall. »Zahlen sind für viele farbig ...«

»Klar, die Sieben ist gelb«, murmelte Anna.

»Und wie ist es mit den Buchstaben?« Konrad beugte sich gespannt vor.

»Am schlimmsten ist es mit dem Ypsilon«, antwortete Anna. »Das ist so grüngelb wie eine Zitrone.« Sie schüttelte sich. »Gut, dass das nicht häufig vorkommt.«

Anna verbrachte am nächsten Nachmittag viel Zeit mit Lebensmitteleinkäufen, mehr Zeit, als nötig gewesen war. Und während sie Preise studierte, die teils rosarot und andererseits zu hoch, also zinnoberorange waren, versuchte sie zu vergessen, was Konrad ihr über Synästhesie erzählt hatte. Das hatte sich ja angehört, als wäre sie krank! Nein, sie wollte sich nicht vorhalten lassen, dass die Musik im Supermercato manchmal sanddornfarben war und dann wieder dottergelb, und sie wollte auch nicht, dass Konrad darüber lachte und von dieser angeblichen Synästhesie sprach, als wäre sie eine talentierte Bauchrednerin oder könnte auf einem Seil tanzen. Tante Rosi hatte ihre Affinität zu Farben nur belächelt, Clemens hatte sie bedeutungslos gefunden, Henrieke erwähnte sie nur, wenn sie ihrer Mutter weismachen wollte, dass sie anders sei. Allen anderen war ihre Art der Wahrnehmung gar nicht aufgefallen.

Henrieke hatte sie nicht begleiten wollen, sondern verkündet, währenddessen eins der Hotelzimmer herzurichten. Das Musterzimmer! Levi hatte dafür gesorgt, dass die Handwerker dieses Zimmer vorab fertigstellten, damit Anna, die sich die Vorschläge des Innenausstatters nicht recht vorstellen konnte, wusste, ob ihre Entscheidungen richtig gewesen waren. Das Mobiliar verströmte noch einen unangenehmen Geruch, die Matratze des Bettes steckte noch in einer Plastikhülle, die Bettwäsche war noch nicht geliefert worden. Aber Henrieke entschied, dass ihr eine alte Wolldecke und saubere Laken ausreichten. Dass es im Badezimmer noch keinen Föhn gab, war ihr gleichgültig, und die fehlenden Handtücher holte sie sich aus dem Bad ihrer Mutter.

»Auf dem Wohnzimmersofa übernachten, das ist ja auf die Dauer kein Zustand.«

Auf die Dauer? Anna hatte es geschafft, diese Frage nicht laut auszusprechen. Wollte Henrieke doch bleiben? Sich endlich von Dennis trennen? Auf ihre Mutter aufpassen, die ja viel zu alt für ihr italienisches Abenteuer war? Darüber wachen, dass sie sich nicht zu viel zumutete, dass sie ihren Rücken schonte, jeden Abend ihren Salbeitee trank, möglichst wenig Alkohol zu sich nahm und sich so kleidete, wie es sich für eine Frau von sechzig Jahren gehörte? Oder wollte sie in Deutschland ebenfalls alles aufgeben und mit ihrer Mutter gemeinsam das Hotel in Siena leiten? Anna hatte einmal diesen Wunsch geäußert, aber von Henrieke damals eine deutliche Abfuhr bekommen. »Du willst ja nur, dass ich mich von Dennis trenne.«

Nun aber sprach sie von einer Dauer, die zwei Tage oder zwei Wochen bedeuten konnte, vielleicht sogar zwei Monate. Oder zwei Jahre? Während Anna durch die Markthalle auf der Piazza Mercato schlenderte und einkaufte, lauschte sie diesen Gedanken nach. Während die Händler auf sie einredeten, ließ sie die Bilder und ihre Farben vorüberziehen, während sie Obst betastete und Käse in Augenschein nahm, stand Henriekes Gesicht vor ihr. Sie sah die säuerliche Miene ihrer Tochter, kaktusgrün mit hellen Dornen, die es nur schwer ertrug, dass die Mutter als Witwe eine andere, Jüngere, Glücklichere war, dachte über das Altjüngferliche nach, das nicht zu Henriekes Alter passte, die farblose Entrüstung, die sich hinter jedem ihrer Worte versteckte. Sie schien sich gern zu entrüsten, vermutlich, um der Entrüstung anderer zuvorzukommen. Es würde nicht leicht sein, mit ihr zu leben, das wurde Anna klar, als sie sich ins Auto setzte und den Zündschlüssel drehte. Aber es würde ganz und gar unmöglich sein, solange Dennis Appel die Fäden zog.

Sie versuchte es mit »One Moment in Time«, konnte aber mit einem Mal nicht daran glauben, dass ihr ein Whitney-Houston-Fan verzeihen würde. Und das, nachdem sie es doch gerade geschafft hatte, sich über solche Zweifel hinwegzusetzen. Auch als sie die Seitenscheibe wieder heraufgedrückt hatte, blieb ihr der Versuch, das Letzte aus ihrer Stimme herauszuholen, im Halse stecken. Es mussten die Gedanken an Dennis Appel sein, die ihr den Spaß an der Sorglosigkeit verdarben.

Der vergangene Abend hatte Anna zugesetzt. Sie hatte auf ihre Tochter gewartet wie früher, als sie Angst haben musste, dass Henrieke auf einer Party in falsche Gesellschaft geriet, Drogen probierte oder zu viel Alkohol trank. Wie belastend Warten sein konnte, hatte sie zwischenzeitlich vergessen. Gestern Abend war es ihr wieder eingefallen. Warten, ohne zu wissen, was geschehen würde. Warten, ohne etwas tun zu können.

Und dann die Erleichterung, als sich der Schlüssel im Schloss drehte. Diese Erleichterung hatte tatsächlich zwanzig Jahre überdauert, war nur ein wenig in Vergessenheit geraten, aber genauso groß gewesen wie zwanzig Jahre vorher, als Henrieke ins Wohnzimmer getreten war.

»Ich bin müde, ich gehe gleich schlafen.«

Das hatte sie früher auch gesagt, wenn sie sich einem mütterlichen Verhör entziehen wollte. Und wie damals sah sie aus, als hätte sie zu viel getrunken.

»Wo warst du?«

»In irgendeiner Bar«, hatte Henrieke gemurmelt. »Keine Ahnung, wie die hieß. Da waren viele deutsche Touristen. War echt lustig.«

»Bar?«, wiederholte Anna verwundert.

»Na, in Italien redet man doch von einer Bar, wenn wir in Deutschland ein Café meinen.«

Henrieke hatte ihr Bettzeug geholt und sich auf dem Sofa eingerichtet. Derart breitarmig, breitbeinig, von so breiter Gegenwart und mit so weit ausholenden Gesten, dass Anna ihr eine Gute Nacht wünschte und sich ins Schlafzimmer vertreiben ließ.

»Zieh dir einen warmen Schlafanzug an.« Das hatte Henrieke ihr noch hinterhergerufen. Aber Anna hatte es vorgezogen, darauf nicht zu antworten und die Schlafzimmertür, wenn auch ungern, hinter sich zu schließen. Erst nach einer Stunde, als es im Wohnzimmer still geworden war, hatte sie die Tür ganz leise wieder geöffnet, damit es eine spaltbreite Fluchtmöglichkeit gab, die sie selbst nie nötig gehabt, von der ihre Mutter vergeblich geträumt hatte.

Henrieke hatte am Morgen lange geschlafen, war nach dem Aufstehen barfuß, nur in ihren alten Adidas-Shorts und dem vergilbten Shirt, durch Annas Wohnung getapst, hatte den einen oder anderen Gegenstand aufgenommen und betrachtet und allen Erinnerungsstücken, die ihre Mutter aus Stuttgart mitgebracht hatte, einen beschwörenden Blick zugeworfen. Alles Neue schien sie mit Angst zu erfüllen, das Alte mit einer Sehnsucht, die Anna unangemessen vorkam. Die bunte Glasschale, die früher auf dem Sideboard im Wohnzimmer gestanden hatte, betrachtete sie, als müsste sie vor einem Leben in einer Küche Sienas gerettet werden, die Kissen, die es schon in Stuttgart gegeben und die sie am Abend, bevor sie sich schlafen legte, achtlos zur Seite geworfen hatte, wurden nun sorgsam an die Rückenlehne des Sofas gestellt, wie Clemens' Mutter es getan hatte. Nur auf den Knick verzichtete sie, den die Oma mit einem Handkantenschlag Morgen für Morgen jedem ihrer Kissen verpasst hatte. Dann machte sie sich weiter auf die Suche nach vertrauten Gegenständen...

Anna hatte dieses Suchen und Finden, dieses Wegschieben und Heranziehen, Verstoßen und Betasten nicht lange ertragen. Sie war froh, dass sie mit Levi am Vormittag einen Termin bei dem Bauunternehmer hatte, der überredet werden sollte, zwei, drei Arbeiter mehr zur Verfügung zu stellen, damit das Hotel wirklich in drei Monaten eröffnet werden konnte. Zu spät natürlich für ein gutes Geschäft in diesem Jahr, die Saison würde dann vorbei sein, aber das war Anna nicht so wichtig. So würde sie über den Winter das *Albergo Annina* zu einem funktionierenden Betrieb machen können, in dem Fachpersonal arbeitete, das wusste, worauf es ankam, in dem alle Bauschäden beseitigt waren und die Technik ihre ersten Schwächen überwunden hatte. Mit ihrer Witwenrente würde sie über die Runden kommen, bis die nächste Saison anbrach.

Als sie vom Termin mit dem Bauunternehmer, der sich zu Annas Erleichterung bereit erklärt hatte, die Arbeiter zur Verfügung zu stellen, zurückkehrte, hatte Henrieke das Haus verlassen. Einen Zettel mit einem Hinweis, wohin sie gegangen war und wann sie zurückzukehren gedachte, suchte Anna vergeblich. Das erleichterte sie. Henrieke wollte sich also keinen Regeln ergeben, was sicherlich bedeutete, dass ihr Aufenthalt so kurz sein würde, dass sich das Eingehen auf Gewohnheiten nicht lohnte. Anscheinend durfte Anna hoffen, dass ihre Tochter sich bereits damit abfand, kein Geld von ihrer Mutter mit nach Deutschland nehmen zu können. Wenn das der Fall war, würde sie nicht mehr lange bleiben. Das hatte Anna zumindest gedacht, bis Henrieke ein paar Stunden später wieder aufgetaucht war und verkündet hatte, auf Dauer sei das Sofa nichts für sie und sie würde sich stattdessen das Musterzimmer herrichten.

Während Anna ihren Fiat über die breite Landstraße lenkte, platzte ausgerechnet Konrad und ihr Gespräch vom Vorabend in ihre Gedanken. Dass er sofort erkannt hatte, womit sie sich beschäftigte und was sie bedrückte, war ihr überhaupt nicht recht.

Wie soll man einem Mann erklären, was man als Mutter empfindet? Begreifen Sie, wie schwer das ist? Tatsächlich tut Konrad, als könnte er mich verstehen, aber ich bin nicht sicher. Dass er es versucht, mag ja sein, dass er dazu fähig ist, kann ich nicht glauben. Doch es tut mir gut, dass er mir mein schlechtes Gewissen nimmt. Ich konnte es ihm tatsächlich sagen, konnte eingestehen, dass es mir lieber wäre, wenn Henrieke nach Stuttgart zurückkehren würde, und er versteht mich. Sagt er jedenfalls. Er hat sofort erkannt, worum es mir geht. Nicht um Henrieke, sondern um Dennis. Solange meine Tochter mit ihm zusammen ist, wird er immer irgendwie anwesend sein, wenn Henrieke zu mir kommt. Das kann ich nicht ertragen. Außerdem, sagt Konrad, muss man ein Kind von über dreißig Jahren loslassen können. Auch loslassen dürfen! Ach, Konrad! Ich kann mir mein Leben ohne ihn nicht mehr vorstellen. Als Freund! Blöd nur, dass er partout mehr werden will.

Konrad hatte sie in seine Arme gezogen, was sie genießen konnte wie ein himmelblaues Gefühl, obwohl sie es nicht wollte. Kurz war ihr der Gedanke durch den Kopf geschossen, dass der Autor einer Komödie dafür sorgen würde, dass Henrieke in diesem Moment hereinkam und mal wieder eine Kostprobe ihrer nilpferdgrauen Entrüstung abgab – aber nichts dergleichen war geschehen. Ihr Leben war wohl doch keine Komödie, sondern... ja, was eigentlich? Ein Drama?

»Hoffentlich nicht«, stöhnte Anna.

Konrad schob sie von sich weg. »Vergiss diesen dummen Dennis.«

Und dann hatte er sie küssen wollen. Wie er sie an jenem Abend geküsst hatte, als sie zu viel Rotwein getrunken hatte und es sich mit einem Mal so anfühlte, als könnte eine neue Liebesbeziehung zu ihrem neuen Leben passen. Aber schon am nächsten Tag war es mit diesem Gefühl wieder vorbei gewesen. Nein, keine Liebe mehr!

Commissario Emilio Fontana konnte seufzen wie kein Zweiter, dazu die Augen verdrehen und mit einer eindrucksvollen Geste den Himmel anflehen. Schließlich war er Italiener. »Schon wieder dieser Deutsche!« Wie dessen Stimme geklungen hatte! Wichtigtuerisch, geradezu schwärmerisch, obwohl der Grund seines Anrufs nun wirklich keinen Anlass zur Freude bot. Aber er war anscheinend glücklich, dass in seinem langweiligen Leben mal was passierte, dieser deutsche Kriminalhauptkommissar, der mit fünf Sternen auf den Schulterklappen frühzeitig in Pension gegangen war, sich aber nicht damit abfinden konnte, dass er in Siena keinen Titel mehr trug. Garantiert würde er ihn mit guten Ratschlägen empfangen, ihm erzählen, wie die deutsche Kriminalpolizei in solchen Fällen vorging, würde alle italienischen Polizisten kritisieren und sie damit aufhalten, dass er sich Dienstvorschriften erklären ließ, um ihnen dann auseinanderzusetzen, wie sie sich von den deutschen unterschieden. Er würde mit Anregungen kommen, die keiner brauchte, und garantiert nicht von Emilios Seite weichen, nur weil es ihm einmal gelungen war, einen entscheidenden Hinweis zu geben. Dass er seitdem so häufig im Polizeirevier vorbeikam, war garantiert kein Zufall. Dann riss er jedes Mal die Tür auf und rief »Buon giorno!« ins Revier, als wäre er einer von ihnen und wollte zeigen, dass er längst auf Verbrecherjagd war, während seine italienischen Kollegen noch bei der Schreibtischarbeit saßen, die keinem Polizisten gefiel. Bei seiner Nachbarin sei eingebrochen worden, hatte er gesagt. Nicht bei ihm. Emilio seufzte noch einmal. Aber wetten, dass er am Tatort stehen würde, um ihn und seinen Assistenten zu empfangen? Selbst dann, wenn die Geschädigte zu Hause war und selbst die Tür öffnen konnte? »Accidenti!«

Anna zögerte, als sie die Stadtmauern von Siena hinter sich gelassen hatte. Nach Hause, wo Henrieke auf sie wartete oder sie auf Henrieke warten musste? Das war so wie nach Hause kommen und mit Clemens' Frage konfrontiert werden, wie viel Geld sie schon wieder ausgegeben habe.

»Nein!« Anna beschloss, mal wieder im *Lampada Rossa* einzukehren, das sie nicht mehr oft besucht hatte, seit Herd und Kühlschrank in ihrer Küche angeschlossen waren und der Abfluss der Spüle funktionierte. Eine sehr urwüchsige rot-weiß-grüne Trattoria, ohne den Schnickschnack, den die Restaurants boten, die glaubten, dass Touristen sich nicht gern auf Urwüchsigkeit einließen, mit einfachen Holztischen und -stühlen, auf den Sitzflächen Kissen in den italienischen Farben, die noch die Mutter des Wirtes genäht hatte, mit rot-weiß karierten und grün gepaspelten Decken auf den Tischen und bretthart gestärkten Servietten. Natürlich hing über jedem Tisch eine Lampe und über der Theke ein ganzes Dutzend roter Glühbirnen. Vor dem Haus hatte es auch einmal eine rote Laterne gegeben, die aber entfernt worden war, als sich herausstellte, dass sie missverstanden wurde.

Ricardo, der Wirt, empfing sie so freundlich, als nähme sie nach wie vor jedes Abendessen bei ihm ein. »La Signora tedesca! Buona serra! Come sta?«

Er komplimentierte sie an einen Tisch in der Mitte des Restaurants, obwohl sie lieber in einer Nische am Fenster gesessen hätte. In Anna erwachte prompt der Verdacht, dass er sie wieder anpreisen wollte wie seinen teuersten Brunello, der sich einfach nicht verkaufen ließ. Und da kam es auch schon! Ricardo beugte sich vor, als sie sich niedergelassen hatte, so weit, dass sich seine langen grauen Haare direkt vor ihren Augen kräuselten. »Soll ich den Herrn an Ihren Tisch bitten?«

Er zwinkerte mit dem rechten Auge, das der Ecke neben seiner Theke am nächsten war. »Ein Engländer. Scheint vermögend und alleinstehend zu sein.«

»No, Ricardo! Veramente no!«

Ricardo hatte, als er erfuhr, warum Anna nach Siena gekommen war, die Hände über dem Kopf zusammengeschlagen. Ein Hotel in einem fremden Land! Ohne einen männlichen Beschützer an ihrer Seite! Es waberte über seinem Kopf, dieses »Und das in Ihrem Alter!«, aber Ricardo hatte es Gott sei Dank nie ausgesprochen.

Er war ein typischer Italiener, im besten, aber auch im weniger guten Sinne. Immer höflich, immer charmant, stets mit einem Kompliment auf den Lippen. Jedoch war er auch der Meinung, dass ein Haus einen Herrn brauchte und dass ein Hausherr etwas ganz anderes war als eine Hausfrau, auch anders als die Frau des Hauses. Im Klartext: Eine Frau ohne Mann war nur die Hälfte wert, vielleicht sogar noch weniger. Die Welt außerhalb der Küche gehörte den Männern, Business war nichts für eine Frau, sie durfte zwar arbeiten, aber keine Geschäfte machen, durfte durch ihre Schönheit ihr Haus repräsentieren, aber nicht durch beruflichen Erfolg. Dass sich die Welt geändert hatte, auch die der Machos in Italien, seit Ricardos Mama die Familie als Putzfrau durchgebracht hatte, war noch nicht in seinen Gedanken verankert. Frauen wie die italienische Verteidigungsministerin, die Staatsanwältin Ilda Boccassini und der Donna-Boss bei der Cosa Nostra hielt er nach wie vor für Ausnahmeerscheinungen. Und Ausnahmen bestätigten die Regel. Basta! Somit war Ricardo sicher, dass Anna einen Mann brauchte, um ihre Pläne in die Tat umzusetzen. Nicht ganz leicht in ihrem Alter, das ließ er ebenso durchblicken, ohne es jedoch auszusprechen, aber in ihrem Alter besonders wichtig, da wurde er durchaus gelegentlich deutlicher. Eine Frau um die sechzig, obwohl er sie, wie er mehrfach betonte, für fünfzig hielt, brauchte männlichen Schutz. So hatte er schon versucht, sie mit dem Bäcker am Ende der Straße zu verkuppeln, der Witwer war, sein Geschäft in die Hände seiner Söhne legen und demnächst eine Weltreise machen wollte. Jeder alleinreisende Gast, der bei ihm einkehrte, wurde aufs Korn genommen, durch die männliche Brille betrachtet und angepriesen, wenn er nicht gerade aussah wie Quasimodo, seinen Namen fehlerfrei schreiben konnte und gebildet genug war, drei und drei zusammenzuzählen.

Ricardo setzte ihr ungebeten einen roten Prosecco vor und ließ sich von Henriekes Überraschungsbesuch erzählen. Sie bereute es schon im nächsten Augenblick, denn Ricardo, das hätte sie sich denken können, beurteilte diese Angelegenheit auf seine Weise. Italienisch eben. Dass erwachsene Kinder bei ihrer Mama sein wollten, war für ihn das Normalste der Welt, und dass eine Mutter nichts anderes wollte, als lebenslang für ihre Kinder da zu sein, ebenfalls. Bei jedem Gang, den er ihr servierte, kam er mit neuen Argumenten, die dafürsprachen, dass Henrieke mit offenen Armen aufgenommen und unbedingt zum Bleiben bewegt werden musste. Dass sie einen geldgierigen Freund hatte, bestärkte ihn sogar in seiner Meinung.

»Stuttgart ist weit weg, der Freund also auch. Ecco – tutto bene!«

Dass der Freund ein fauler Nichtsnutz war, dass er auf Annas Geld spekulierte, erbitterte Ricardo auch nicht so, wie Anna es gern gehabt hätte. Es kam ihr sogar so vor, als gäbe es in Ricardos Familie ähnliche Exemplare, die sich durchfüttern ließen. Und dass dieser Nichtsnutz seinen Einfluss bis nach Siena geltend machen konnte, wollte Ricardo einfach nicht glauben. Er selbst umschiffte die Klippen des Lebens, indem er sie eine sportliche Übung nannte, die seiner Gesundheit guttaten, Hindernisse überstieg er, als wären sie nicht da, und ließ sie hinter sich, als hätte er sie nicht gesehen.

Als sie ihren Espresso trank, war Anna demnach noch verunsicherter als zuvor. War sie wirklich eine schlechte Mutter, weil sie der Besuch ihrer Tochter nicht durch und durch glücklich machte?

Und als Ricardo sie auf den späten männlichen Gast aufmerksam machte, der vom Sightseeing derart erschöpft war, dass er nur noch an Pizza und Vino Rosso, aber garantiert nicht an Frauenbekanntschaften interessiert war, fand sie, dass es Zeit wurde zu gehen.

Das flackernde Blaulicht sah sie schon, als sie die steile Straße hinabfuhr, die die Via Valdambrino mit der Via Boninsegna verband, an der das *Lampada Rossa* und auch das Haus Levi Kailers lag. Stand der Polizeiwagen etwa vor ihrem Haus? Vor dem *Albergo Annina*? Anna drückte aufs Gas und kam kurz darauf in einer Staubwolke zum Stehen. Dass sie in falscher Richtung in die Einbahnstraße gefahren war, hätte sie nicht einmal interessiert, wenn ein paar Uniformierte neben dem Polizeiwagen gestanden und ihr entgegengesehen hätten. Pedanterie hatte sie in Siena noch nie erlebt. Und wenn sie Zeit gehabt hätte, wäre sie in diesem Moment vielleicht darüber erfreut gewesen, dass sich schon eine Menge italienischer Lebensart in ihre schwäbische Gemütsruhe gemischt hatte. Aber daran konnte sie jetzt nicht denken.

Der Streifenwagen stand tatsächlich vor ihrem Haus! Was war geschehen?

»Henrieke!« War ihrer Tochter etwas zugestoßen? »Henrieke!!«

Anna sprang die vier Stufen hoch, die zum Hauseingang führten, und suchte währenddessen in ihrer Handtasche nach dem Hausschlüssel. Leider verdiente ihre Handtasche ihren Namen nicht. Es handelte sich eher um einen großen Lederbeutel, in den Anna hineinwarf, was sie während eines Einkaufsbummels, eines Kinobesuchs, einer Theateraufführung oder der Durchquerung der Wüste Gobi gebrauchen konnte. Ihre Schlüssel landeten immer zuletzt in dem Chaos, schafften es aber jedes Mal, am Boden der Handtasche angekommen zu sein, wenn sie benötigt wurden. Bis dorthin hatte Anna sich gerade durchgewühlt, an Lippenstifthülsen, Vokabeltrainern, Vitamintabletten und einer Packung Heftpflaster vorbei, als sie glaubte, Stimmen zu hören. Sie zog die Hand in einem plötzlichen Entschluss aus der Tasche und griff nach der Türklinke. Tatsächlich! Die Tür war offen.

Sie führte in den Eingangsbereich des Hauses, in dem es demnächst die Rezeption geben und der dann Lobby heißen würde. Links ging es in die Hotelzimmer, rechts in Annas Wohnung. Sie machte einen großen Schritt auf die Tür zu, von ihrer Angst getrieben, in deren Schwärze grelle Blitze zuckten – und blieb wie vom Donner gerührt davor stehen. Sie war nur angelehnt, und dahinter waren Stimmen zu hören. Eine fremde, sehr ruhige, bedächtige, heidelbeerfarbene Stimme und eine ebenso fremde, junge Stimme in Grellorange, die schnell redete, so schnell, dass Anna kein Wort verstehen konnte. Dann Konrads Stimme, admiralblau wie immer, die sich begütigend anhörte, und schließlich ... Henriekes. Gott sei Dank! Henrieke war da, also war ihr nichts zugestoßen.

Was aber machte Konrad in ihrer Wohnung? Anna stieß die Tür auf, und im selben Moment wurde es still. Eine schwarze Stille mit hellen Flecken. Vier Augenpaare richteten sich auf sie, zwei, die sie kannte, zwei, die ihr fremd waren.

»Was ist hier los?« Mit einem Mal wurde ihr schwindelig. Sie griff nach dem Türpfosten und musste tief durchatmen, ehe sie auf diese Stütze wieder verzichten konnte.

Als sie die Polizeiuniform vor sich sah, fiel ihr schlagartig ein, dass sie nach dem Prosecco zwei Gläser Rotwein und einen Grappa getrunken hatte, und dann fiel ihr noch ein, dass Ricardo ihr zudem einen Limoncello aufgenötigt hatte, der ihr nicht schmeckte, obwohl Ricardo ihn selbst, nach dem Rezept seiner verstorbenen Mutter, hergestellt hatte. Mit Todesverachtung hatte sie ihn heruntergestürzt, was in Ricardo den Eindruck erweckt hatte, dass sie nicht genug davon bekommen könne. Den letzten Limoncello hatte sie dann zwar in einer der kümmerlichen Topfpflanzen entsorgt, die im *Lampada Rossa* ihr freudloses Dasein fristeten, aber dass sie zu viel getrunken hatte, stand fest. Die beiden Polizisten durften auf keinen Fall mitbekommen, dass sie sich nach dem Genuss einiger alkoholischer Getränke noch ans Steuer gesetzt hatte. Dass es sich bei dem Heimweg nur um etwa dreihundert Meter gehandelt hatte, würden sie nicht gelten lassen.

»Mama!«, ertönte da Henriekes Stimme. »Hast du etwa getrunken?«

Anna bedachte ihre Tochter mit einem vernichtenden Blick und hoffte, dass er den beiden Polizisten entging. »Natürlich nicht«, gab sie pampig zurück und setzte die Miene auf, die sie vor ihrer Witwenschaft beherrscht hatte wie keine Zweite. Immer dann, wenn sie Clemens weismachen wollte, dass sie selbstverständlich während des Einkaufs die Preise in sämtlichen Läden des Umkreises verglichen hatte, ehe sie sich zum Kauf entschloss. Da sie mit dem Auto unterwegs gewesen sei, habe sie selbstverständlich keinen einzigen Tropfen zu sich genommen, und was überhaupt der Besuch der Polizei in ihrem Haus zu bedeuten habe?

Da trat Konrad auf sie zu und zog sie an seine Brust, ehe sie es verhindern konnte. »Du musst jetzt stark sein, Liebes.«

Liebes? War der Mann von allen guten Geistern verlassen? Sie stieß ihn von sich, aber es schien zu spät zu sein. Die Entrüstung in Henriekes Augen hatte sich schon potenziert. Nun durfte sie sich zusätzlich zu dem unangemessenen Alkoholkonsum ihrer Mutter auch noch über die weitaus unangemessenere Beziehung zu Konrad Kailer entrüsten.

»Was ist hier los?« Annas Angst und Sorge, die für einen Moment unter ihrem Zorn über Konrads Übergriff und dem Unbehagen angesichts Henriekes Entrüstung vergraben gewesen waren, brachen hervor. Sie nahm die beiden Polizisten näher in Augenschein. Der Ältere kam ihr bekannt vor, ein außergewöhnlich attraktiver Mann, in Zivil, etwa in ihrem Alter, vielleicht etwas jünger, sehr sorgfältig gekleidet, die schwarzen Haare zu einer gepflegten Unordnung gegelt. Den hatte sie doch schon mal gesehen! Aber es wollte ihr nicht einfallen, wo und wann. »Was machen Sie hier?«

Der Jüngere, der eine Uniform trug, begann zu reden, ohne dass sie ein Wort verstand, rasend schnell, in einem grauenhaften Dialekt, der in Annas Sprachkurs, den sie in Stuttgart absolviert hatte, garantiert nicht vorgekommen war. Der ältere Polizist, anscheinend der Ranghöhere der beiden, versuchte seinen jungen Kollegen, den er Giuseppe nannte, zum Schweigen zu bringen, was ihm aber nicht gelang. So ließ er ihn einfach reden, ignorierte ihn und fing an, Anna langsam und deutlich, in gut verständlichem Italienisch, den Aufbau der italienischen Polizei zu erklären, während sein Assistent für die Wände redete. Er gab einen Überblick über die Zuständigkeiten, erläuterte die Kriminalstatistik und drückte sein Bedauern darüber aus, dass die Einbruchsdiebstähle in Siena stark zugenommen hätten. Zunächst dachte Anna, er gäbe sich Mühe, weil er erkannt hatte, dass sie Ausländerin war, dann aber wurde ihr klar, dass es einfach seine Art zu sprechen war. Sehr ungewöhnlich für einen Italiener. Obwohl er aussah wie ein Südländer mit seinen schwarzen Haaren, den dunklen Augen und der getönten Haut, redete er wie ein Bio-Bauer aus dem Oldenburgischen, der sich allenfalls von einem brennenden Schweinestall aus der Ruhe bringen ließ.

Anna starrte in sein Gesicht, ohne ein Wort von dem zu verstehen, was er ihr erklärte. Die Frage, warum die Polizei in ihrer Wohnung war, was in ihren neuen vier Wänden geschehen war, war immer noch nicht beantwortet worden. Oder doch? Am liebsten hätte sie noch einmal gefragt, aber die Angst vor der Antwort war plötzlich so groß, dass sie beides beiseiteschob, die Frage und alles, was darauf folgen würde. Um das, was geschehen war, noch eine Weile von sich fernzuhalten, beschäftigte sie sich stattdessen mit dem Erscheinungsbild des Polizisten und stellte fest, dass er Ähnlichkeit mit George Clooney hatte. Und wieder fragte sie sich, wo sie ihn schon mal gesehen hatte, aber auch diesmal fiel es ihr nicht ein.

Dann kam ihm in den Sinn, dass er sich noch nicht vorgestellt hatte, und deutete eine kleine Verbeugung an. »Emilio Fontana. Commissario der Polizia di Stato. Es tut mir sehr leid, Signora.«

Er sprach sogar Deutsch. Nicht besonders flüssig, noch langsamer, als er seine Muttersprache handhabte, aber sein Wortschatz schien beachtlich zu sein. Er habe ein deutsches Kindermädchen gehabt, erzählte er lächelnd, als er Annas erstaunten Blick bemerkte. Bei Bedarf könne er sogar unanständige Witze erzählen. »Ich hoffe, wir können trotzdem Italienisch reden, damit mein junger Kollege mitkommt.« Auf Italienisch wiederholte er: »Es tut mir leid. Mi dispiace.«

Anna riss sich von seinen Augen los. Was tat ihm leid? Hatte er ihr schon erklärt, was geschehen war, während sie noch versuchte, das Schreckliche ein paar Minuten hinauszuzögern?

Schon wieder spürte sie Konrad an ihrer Seite. »Ich habe Glas splittern hören und sofort die Polizei gerufen.«

»Glas? Splittern?« Nein, das konnte nicht wahr sein! Völlig unmöglich! Niemand wusste davon. Es war vollkommen ausgeschlossen, dass jemand hier gesucht hatte, was doch kein Mensch bei ihr vermuten konnte. Und erst recht nicht, dass jemand gefunden hatte, von dem niemand wissen konnte, wo es war! »Bei mir ist eingebrochen worden?«

»Ich kam kurz darauf nach Hause«, mischte sich Henrieke ein. »Da war die Polizei gerade eingetroffen.«

»Das Schlafzimmer ist durchwühlt worden«, sagte Konrad.

Das Schlafzimmer? O mein Gott! Das Schlafzimmer! »Woher weißt du das?«, fragte Anna, noch immer darum bemüht, sich ein bisschen Zeit zu geben, bis ihr Glück, ihr neues, ganz großes Glück zusammenbrechen würde.

»Ich habe nachgesehen.«

»Du warst in meinem Schlafzimmer?« Ein Nebenschauplatz! Bestens geeignet, um das große, rabenschwarze Unglück noch ein bisschen hinauszuschieben. »Wie kommst du dazu? Du kannst doch nicht einfach...«

Es war sinnlos. Das Unglück rückte näher heran, immer näher. Es setzte zum Sprung an...

»Ich habe selbstverständlich in der ganzen Wohnung nachgesehen. Ich wollte den Kerl erwischen.« Anna merkte, dass Konrad nervös wurde. »Du musst kontrollieren, was fehlt.«

Der Blick, den Emilio Fontana ihm zuwarf, war alles andere als freundlich. Als er sich Anna zuwandte, waren seine Augen jedoch voller Liebenswürdigkeit. »Viele Damen haben die Angewohnheit, Wertgegenstände in der Wäsche zu verstecken. Einbrecher suchen daher immer zuerst im Wäscheschrank.« Sogar das R rollte er so bedächtig, wie es bei der westfälischen Landbevölkerung üblich war, und nicht enthusiastisch und heißblütig wie ein Italiener.

Henrieke trat einen Schritt zur Seite, und jetzt konnte Anna sehen, wie der Einbrecher in ihre Küche gekommen war. Ein Loch prangte neben dem Schloss der Terrassentür. Der Dieb hatte hindurchgegriffen und die Tür geöffnet.

Sie sah sich um, immer noch nicht bereit, sich der Katastrophe voll und ganz zu widmen. »Hier ist alles unberührt.«

»Ich habe ihn gestört«, entgegnete Konrad stolz. »Er hat offenbar im Schlafzimmer angefangen, danach wäre sicherlich das Wohnzimmer dran gewesen. In der Küche ist ja nichts zu holen. Aber als ich kam, hatte er bereits die Flucht ergriffen.«

Der Commissario wandte sich ihm wieder zu. »Sie haben den Täter also gesehen? Oder gehört?«

Konrad schüttelte den Kopf. Anna sah, dass sein Blick schlagartig wachsam wurde und sich seine Augen verengten. Er schien zu ahnen, was nun kam.

»Woher wissen Sie dann, dass Sie ihn vertrieben haben?«

»Das vermute ich«, gab Konrad ärgerlich zurück. »Sonst hätte er doch die ganze Wohnung durchsucht und nicht nur das Schlafzimmer. Er konnte es also nicht zu Ende bringen.«

»Vermutungen«, sagte der Commissario nun besonders langsam und bedächtig, »helfen uns nicht weiter. Das sollten Sie doch am besten wissen.«

Anna spürte, dass sie in einen Konflikt geraten war, der sie nichts anging, der sie auch nicht interessierte und mit dem sie nichts zu tun haben wollte. Aber sie flüchtete nicht vor ihm, sie blieb zwischen den Fronten stehen und wartete, bis sich nicht mehr aufschieben ließ, was sie befürchtete. Vielleicht war alles gar nicht so schlimm? Vielleicht war ihr Geheimnis unentdeckt geblieben? Gefasst beobachtete sie, wie sich die Spannungen zwischen Konrad Kailer und Emilio Fontana entluden. Dass Konrad früher bei der deutschen Kriminalpolizei gearbeitet hatte, wusste sie natürlich, und dass er einmal der Polizei von Siena mit einem Hinweis die Arbeit erleichtert hatte, wusste sie ebenfalls. Konrad nutzte ja jede Gelegenheit, sich damit zu brüsten. Und dass ein italienischer Polizist sich nicht gern von einem pensionierten deutschen Kollegen dreinreden ließ, dafür hatte sie vollstes Verständnis.

Sie bewegte sich auf die Schlafzimmertür zu. »Ich sehe mal nach, ob was fehlt.« Die Hoffnung hatte sich endlich durchgekämpft, noch fahl und blass. Vielleicht war doch alles nicht so schlimm.

Henrieke kam ihr nach. »Bewahrst du denn etwas Wertvolles im Schlafzimmer auf?« Sie griff nach dem Arm ihrer Mutter, als fürchtete sie, dass sie unter der Last der Ereignisse zusammenbrechen könnte. Anscheinend hatte sie ihre Entrüstung nun endlich überwunden. »Das ist alles zu viel für dich, Mama, in deinem Alter...«

Anna hätte Henrieke am liebsten abgeschüttelt. »Behandle mich bitte nicht wie eine alte Frau.«

Nein, ihre Tochter wollte sie in diesem Augenblick nicht an ihrer Seite haben. Nicht nur, weil Henrieke keine Ahnung hatte, was in ihr vorging, und den Namen ihrer Angst nicht kannte, sondern weil Anna vor allem nicht die Kraft aufbringen würde, ihr etwas vorzumachen. »Mein Schmuck«, zählte sie mit schwacher Stimme auf, »die Uhr meiner Mutter, die Manschettenknöpfe deines Vaters...«

Sie war erleichtert, als Henrieke von dem jungen italienischen Polizeibeamten zurückgehalten wurde. »Haben Sie jemanden flüchten sehen, als Sie nach Hause kamen?« Diese Frage brachte er in einem Italienisch vor, das sogar Henrieke verstand. Es ging also! Er konnte auch hohes Italienisch sprechen, wenn er wollte, und das sogar in einer Geschwindigkeit, in der nicht ein Wort das andere überholte.

Anna hörte, dass Henrieke verneinte. »Mir ist niemand aufgefallen.«

Die weiteren Fragen bekam sie nicht mehr mit. Sie war froh, dass niemand sie mehr beachtete, dass der Commissario die Fragen seines Assistenten an Henrieke verfolgte und Konrad zur Terrassentür ging, um sie mit fachmännischem Blick zu untersuchen. Sie zog die Schlafzimmertür hinter sich zu, vergewisserte sich sogar, dass sie fest im Schloss saß, und starrte auf das Chaos, das sich ihr bot. Sämtliche Schranktüren standen offen, der Inhalt aller Fächer war herausgezerrt und auf den Boden geworfen worden. Die Nachttischschubladen lagen vor ihrem Bett, ihr Inhalt zum Teil darunter, sogar ihre Matratze war angehoben worden. Doch das alles interessierte sie nicht, sie wusste, dass der Einbrecher dort nichts hatte finden können. Mit zitternden Händen durchsuchte sie ihre Bettwäsche, einen Wust von Laken, Kopfkissen und Bezügen, der anscheinend zuerst aus dem Schrank geholt worden war. Die Bezüge lagen zuunterst und die lila Bettwäsche ganz unten, unter allen anderen Teilen, die ohne Bedeutung waren. Dass der lila Bettbezug leer war, sah sie sofort. Trotzdem tastete sie mit bebenden Fingern hinein, nahm ihn hoch und suchte auch die Umgebung ab, den Boden darunter, die anderen Bezüge, und legte sich auf den Bauch, um unter den Schrank blicken zu können. Nichts! Schwerfällig kam sie wieder in die Höhe, zunächst auf die Knie, dann auf alle viere, anschließend begab sie sich in die Hocke, drückte sich schließlich vom Boden hoch und ließ sich auf die Bettkante sinken. Henrieke hätte sich in diesem Augenblick darin bestätigt gefühlt, dass ihre Mutter mit ihren sechzig Jahren eine alte Frau war, die man nicht aus den Augen lassen durfte.

Anna spürte, wie in ihrem Inneren etwas brach, was sie bis zu dieser Stunde aufgerichtet hatte. Vorbei! Keine Designermöbel in den Hotelzimmern, nicht die gehobene Ausstattung der Bäder, die sie sich gewünscht hatte, keine Tischdecken und Servietten mit Hohlsaum, keine Leinenkissen, keine Vorhänge aus venezianischer Spitze und keine Stuhlkissen von Busatti aus Florenz. Aus dem

Albergo Annina musste ein Haus werden wie viele andere, nicht das Schmuckstück, dessen gediegene Ausstattung unter den Touristen berühmt werden würde.

Sie starrte auf das Durcheinander zu ihren Füßen und merkte nicht, dass ihr die Tränen auf die Füße tropften. Alle Wäschestücke, die auf der Erde lagen, waren neu, in Italien gekauft, Accessoires für einen Neuanfang, der nicht mit verwaschenen Farben, verschlissenen Stoffen und unzeitgemäßer Form kleingemacht werden sollte. Nur die lila Bettwäsche, die war geblieben. Ein Erbstück von Tante Rosi! Sie war nie aufgezogen worden und hatte nie eine Waschmaschine von innen gesehen.

Sie wollen wissen, was es mit dieser lila Bettwäsche auf sich hat? Sorry, aber ich kenne Sie ja gar nicht. Sie lesen dieses Buch, okay, das bringt uns natürlich ein gutes Stück näher, aber etwas verraten, was außer mir niemand weiß? Kein einziger Mensch! Jedenfalls keiner, der noch lebt. Nein, das können Sie nicht von mir verlangen. Vielleicht kommen Sie ja auf den nächsten Seiten dahinter, obwohl es mir lieber wäre, die Sache bliebe im Dunkeln. Zwar habe ich nichts Unrechtes getan, wer mir etwas vorwirft, dem kann ich gute Gründe entgegenhalten. Aber es gibt sie ja überall, diese Moralapostel, die keinen Deut besser sind als andere, nur besser argumentieren können und ihre eigenen Leichen am liebsten im Keller eines anderen verstecken. Und wie Henrieke reagieren würde, wenn sie wüsste... darüber will ich gar nicht nachdenken. Nein, es bleibt dabei: Kein Wort kommt über meine Lippen! Und bitte... sollten Sie dahinterkommen, reden Sie nicht darüber. Die Sache muss unter uns bleiben. Einverstanden?

Die Tür öffnete sich, und Henrieke steckte ihren Kopf herein. »Wer konnte dir nur so was antun, Mama?«

Im Nu erschien Konrads Kopf hinter Henrieke. »Sie will sich was antun? Um Gottes willen!«

Anna starrte die beiden an, während sie hörte, dass Emilio Fontana auf Italienisch wiederholte: »Sie will sich umbringen?« Aber das kam so langsam und unaufgeregt heraus, als spräche er einem Kind etwas nach, was kein Erwachsener glaubte. War ganz Siena von allen guten Geistern verlassen worden?

Giuseppe wand sich zwischen den beiden durch, warf einen Blick auf Anna, die möglicherweise so aussah, als suchte sie nach einem Revolver. Hastig, mit der Miene eines Mannes, dem kein Problem zu heikel ist, um es zu lösen, zog er sein Handy aus der Tasche und wählte eine Nummer. Anna hörte etwas von psychologischem Dienst und Suizidversuch und sprang auf, um ihm das Handy aus der Hand zu schlagen. »Lassen Sie diesen Unsinn!« Ihr Zorn war hellrot, mit goldenen Spitzen. Wie kamen Henrieke, Konrad und die Polizei dazu, aus ihrem schönen neuen Heim ein Tollhaus zu machen?

Erst die schleppende Stimme des Commissarios, der sich erneut einmischte und auch diesmal ohne jede Erregung, zeigte Wirkung. Der jugendliche Überschwang fiel von seinem Assistenten ab, der Übereifer ebenfalls. Mit betretener Miene ging er, mit dem Handy am Ohr, ins Wohnzimmer zurück und bat in erstaunlich verständlichem Italienisch darum, von dem Besuch eines Psychologen Abstand zu nehmen. Dann fing er wieder an, in seinem Dialekt und rasend schnell zu reden, aber Anna bekam trotzdem mit, dass er darüber diskutierte, ob bei einer Frau, die durch einen Einbruch aus dem seelischen Gleichgewicht gebracht worden war, überhaupt eine Zwangsjacke ins Notfallgepäck gehörte.

Emilio Fontana war in seiner ruhigen, bedächtigen Art die reinste Labsal. Er stand in der Tür, scheinbar unbeeindruckt von dem Chaos in Annas Schlafzimmer, ließ Emotionen außen vor, beendete Henriekes Gejammer und Konrads Versuche, Anna durch Körperkontakt zu beruhigen, mit einer energischen Handbewegung, zog seinen Notizblock hervor und beschränkte sich aufs Dienstliche, was Anna sehr angenehm war. »Ecco ... was ist gestohlen worden?«

Anna sah in Henriekes ängstliche und Konrads mitfühlende Augen und antwortete: »Nichts.« Dieses Wort lag in farbloser kratziger Glaswolle, aber das merkte niemand.

»Nichts?« Das Echo kam aus Henriekes und Konrads Mund gleichzeitig, von Henrieke entgeistert und von Konrad ungläubig.

Emilio Fontana machte sich eine Notiz. »Und der Schmuck, von dem Sie sprachen? Die Uhr Ihrer Mutter, die Manschettenknöpfe Ihres verstorbenen Mannes?«

Anna fragte sich, woher er wusste, dass ihr Mann nicht mehr lebte, dann erst stand sie auf, griff in die Tiefe eines Schrankfachs und holte ein ledernes Schmuckkästchen hervor, das dem Einbrecher entgangen sein musste. Sie klappte es auf und sagte: »Alles noch da.«

Ihre eigene Stimme war ihr fremd, und sie fragte sich, ob auch Henrieke und Konrad merkten, dass sie anders klang. Sonst war sie himmelblau, wenn sie verärgert war, auch mal mit giftigem Grün vermischt oder lila, wenn sie deprimiert war. Jetzt aber war sie schneeweiß und so glatt und ausdruckslos wie frisch gestärktes Leinen.

Emilio Fontana ging zurück in die Küche und blieb dort, ohne sich umzudrehen, kerzengerade stehen, sodass einem nach dem anderen klar wurde: Sie hatten ihm zu folgen. Als sein Auditorium sich eingefunden hatte und ihn erwartungsvoll ansah, fragte er Konrad: »Wie sind Sie ins Haus gekommen?« Er zeigte auf die zerstörte Terrassentür. »Auf diesem Weg?«

Konrad sah ihn an, als müsste Emilio Fontana sich auf eine Lektion in Sachen Polizeiarbeit gefasst machen. Es fehlte nur noch, dass er sich an die Stirn tippte. »Auf Glasscherben ins Haus? Das hätte der Kerl sofort gehört.«

Nun mischte sich eine weitere Stimme ein. »Was für ein Kerl?« Levi Kailer erschien in der zersplitterten Terrassentür und machte einen vorsichtigen Schritt ins Zimmer. Es knirschte laut und vernehmlich. »Was ist denn hier passiert?« Sein junges, rundes, weiches Gesicht war so voller Staunen, dass es geradezu dümmlich wirkte. Die krausen Haare, die sich nie bändigen ließen, schienen an diesem Tag besonders widerborstig zu sein. Sie machten aus dem Architekten, trotz Zollstock in der Hemdtasche, einen Künstler, der er aber nicht war.

»Sehen Sie!«, trumpfte Konrad auf und wies auf Levis Schuhe, unter denen es schon wieder knirschte. »Ich bin natürlich durch die Haustür rein.«

Levi Kailer wurde von Giuseppe im Schnellverfahren über den Einbruch in Annas Wohnung informiert und verstand erstaunlicherweise jedes Wort. Offenbar hatte er sich während der Zeit an der Seite seiner temperamentvollen Freundin an wasserfallartige Konversation gewöhnt.

Währenddessen wurde Konrad gefragt, wie es möglich war, dass er durch die Haustür spazieren konnte, nachdem er, wie der Commissario betonte, durch besonderen Scharfblick zu der äußerst klugen Erkenntnis gekommen war, sich nicht durch Schritte auf den Glasscherben zu verraten.

An Konrad tropfte die Ironie ab. »Ich habe den Hausschlüssel genommen.«

Levi ließ Giuseppe nun weiterreden, ohne sich den Rest anzuhören, den er sich vermutlich denken konnte. Die Mitteilsamkeit von Fontanas Assistenten glich einem Rad, das, einmal ins Rollen gekommen, Zeit brauchte, um anzuhalten. Auch die ausschweifenden und vermutlich überflüssigen Erklärungen brauchten einen langen Bremsweg, und die Stimme war noch nicht zum Stehen gekommen, als Levi klarstellte: »Ich habe den Schlüssel zu der Wohnung von Frau Wilders. Ich brauche ihn, ich bin der Architekt dieses Hotels.« Er warf Anna einen Blick zu. »Eigentlich benutze ich ihn selten, weil Frau Wilders die Türen meist offen lässt.«

Fontana sah Anna fragend an. »Sie schließen die Türen nicht?«

»Natürlich nur dann nicht, wenn ich zu Hause bin«, antwortete sie hastig.

Fontanas Blick war noch genauso fragend, als er sich Konrad

Kailer zuwandte. »Sie haben auch Zutritt zu der Wohnung von Frau Wilders?«

Konrad bestätigte die Worte seines Sohnes. »Annas Schlüssel hängt im Büro. Das ist Teil unseres Hauses.«

»Unseres?« Fontana zog die Augenbrauen hoch.

»Das Haus meines Sohnes«, korrigierte Konrad. »Ich wohne bei ihm, mein Sohn im Erdgeschoss, ich in der ersten Etage. Sie wissen doch, dass ich frühzeitig in Pension gegangen und zu meinem Sohn gezogen bin. Solange er sich keine Mitarbeiter leisten kann, helfe ich ihm im Büro. Ich mache den Schriftkram, organisiere seine Termine und...«

Diese Informationen reichten Fontana. »Sie haben also jederzeit Zugang zu dem Wohnungsschlüssel der Signora?«

Diese Frage war nicht staubgrau wie die eines Beamten, sondern hellrot, als käme sie von einem eifersüchtigen Liebhaber. Das merkte nicht nur Anna, sondern schien auch Konrad aufzufallen. Der Blick, mit dem er sie ansah, sollte in ihr wohl die Hoffnung wecken, dass er demnächst den Schlüssel nehmen und mit einer Flasche Champagner vor ihrem Bett erscheinen würde. Aber vor allem – das wurde Anna schlagartig klar – wollte Konrad den Commissario glauben machen, das Erscheinen vor Annas Bett gehöre längst zu seinen Gewohnheiten. Die beiden maßen sich mit Blicken, als wollte sich jeder über die Kräfte des anderen klar werden. Zwei Rivalen? Diesen Eindruck schien auch Henrieke zu gewinnen, der schon wieder die Entrüstung aus den Augen sprühte. »Was unterstellen Sie meiner Mutter? Eine Witwe von sechzig Jahren! Sie wollen doch nicht etwa andeuten...«

Fontana ließ Henrieke nicht ausreden, ließ den unvollendeten Satz einfach davonflattern, als wäre er viel zu leicht und vor allem zu belanglos, um ihn festzuhalten. »Wer hat noch einen Schlüssel?« Er sah sich um, als wären seine Gedanken nun wieder mit nichts anderem als der Tatortarbeit beschäftigt.

Anna war es, die antwortete: »Meine Tochter natürlich. Sie benutzt den dritten Schlüssel, solange sie in Siena ist.«

»Aha.« Fontana fuhr sich mit gespreizten Fingern durch die lackschwarzen Haare, was ziemlich lange dauerte, dann richtete er den Kragen seines makellosen weißen Hemdes und schien anschließend zu einem Schluss gekommen zu sein.

Bevor er ihn aussprechen konnte, fragte Konrad gereizt: »Was sollen diese Fragen?«

Emilio Fontana ließ das Geschwätz seines Assistenten an seinen Ohren vorbeiplätschern, darin hatte er mittlerweile genug Übung. Er grinste, ohne es zu bemerken. Das war dem superschlauen deutschen Polizisten also nicht klar geworden! Dabei lag es doch auf der Hand. Konrad Kailer hatte ausgesagt, dass er Glas splittern gehört und sich gleich darauf den Schlüssel zur Wohnung von Frau Wilders geschnappt hatte. Dann war er ins Nachbarhaus gelaufen. Während dieser kurzen Zeit sollte der Einbrecher die Wäsche aus den Schränken geholt und das ganze Schlafzimmer durchsucht haben? Das konnte er in den wenigen Minuten unmöglich geschafft haben. Da hatte sich also jemand Zutritt zu Anna Wilders' Wohnung verschafft und hinterher den Eindruck erwecken wollen, es habe sich um einen Einbruch gehandelt. Warum? Weil derjenige, der Zugang zu dem Schlüssel der Wohnung hatte, nicht in Verdacht geraten wollte, ganz klar! Er hatte also die Wohnung betreten, hatte sich geholt, was er wollte, und dann erst die Terrassentür eingeschlagen. Vermutlich kurz bevor er geflüchtet war. Immerhin von außen. Ganz dumm war er also nicht gewesen.

In so einem Fall wurde normalerweise der Geschädigte verdächtigt. Versicherungsbetrug! Das lag auf der Hand. Anna Wilders hatte sich vielleicht mit ihrem Hotel übernommen, brauchte Geld ... und ließ sich ihren Familienschmuck stehlen. Sicherlich hatte sie vorher Fotos davon gemacht, und ihre Tochter war extra aus Deutschland angereist, um zu bezeugen, dass die Mama sehr wertvollen Schmuck besessen hatte. Andererseits... Anna Wilders hatte ausgesagt, es sei nichts gestohlen worden. Also doch kein Versicherungsbetrug.

Er merkte, dass Giuseppe ihn von der Seite ansah, der wohl erwartete, dass sein Chef etwas zu dem sagte, was er an Vermutungen äußerte. Aber Emilio winkte nur ab und sagte ins Blaue hinein: »Später! Morgen früh!«

Scheinbar hatte er richtig reagiert, Giuseppe nickte und fuhr weiter, sogar schweigend, und Emilio konnte weiterhin seinen Gedanken nachhängen. Hatte Anna Wilders vielleicht unter Schock gestanden und deshalb nicht bemerkt, was ihr fehlte? »Ich werde morgen noch mal bei ihr vorbeigehen«, murmelte er. »Vielleicht hat sie dann alles gründlicher durchsucht und weiß, was ihr gestohlen wurde.«

Giuseppe grunzte bestätigend, was er nicht getan hätte, wenn er über die weiteren Gedanken seines Chefs informiert gewesen wäre. Aber die behielt Emilio Fontana tunlichst für sich.

Womöglich konnte er dann ein bisschen länger bleiben, auf einen Espresso oder sogar auf ein Glas Vino? Eine tolle Frau, diese Anna Wilders! Er war sicher, sie würde sogar Mamma gefallen. Eine zupackende, eine mutige Frau! Ließ nach dem Tod ihres Mannes in Deutschland alles stehen und liegen und erfüllte sich ihren Traum in Italien! Grande! Sie ahnte nicht, dass er sie seit ihrer ersten Begegnung, die noch gar nicht lange zurücklag, schon ein paar Mal beobachtet hatte. Auf der Piazza del Campo, vor der Garage des Hotels *Minerva*, wo sie immer parkte, obwohl sie nicht zu den Hotelgästen gehörte, in der Nähe des Polizeireviers, wenn sie vom Campo zum Dom ging. Das tat sie häufig, wie eine Touristin, die sich nicht sattsehen konnte an den Herrlichkeiten Sienas. So richtig angekommen war sie anscheinend noch nicht, sie betrachtete die Stadt immer noch mit den Augen einer Durchreisenden, die nicht lange bleiben wollte.

Sie gefiel ihm. Er nahm sich vor, alles zu tun, um diesen mysteriösen Einbruch aufzuklären. Am liebsten wäre ihm ja, dieser deutsche Hauptkommissar hätte Dreck am Stecken. Unmöglich war das nicht! Er hatte schließlich Zugang zu Annas Wohnungsschlüssel. Doch dass er so plump war, konnte Emilio sich nicht vorstellen.

Aber sein Sohn! Der hatte finanzielle Schwierigkeiten. Sein Architekturbüro lief nicht besonders gut, er hatte Schulden, das wusste Emilio. Allerdings... auch sämtliche Arbeiter, die mit dem Umbau des Hotels beschäftigt waren, hatten Zugang zu dem Schlüssel. Tagsüber standen alle Türen offen, die Arbeiter gingen ins Büro, in die Lagerräume, in die Werkstatt, holten sich, was sie brauchten, kamen dann am Schlüsselbrett vorbei, an dem auch der Schlüssel von Anna Wilders hing. Und dann noch die Tatsache, dass sie selbst die Angewohnheit hatte, die Türen ihrer Wohnung nicht zu schließen.

Hm, der Fall konnte schwieriger werden, als er zunächst ausgesehen hatte. Vor allem dann, wenn Anna dabei blieb, dass nichts gestohlen worden war...

Kurz nachdem er ihr seine Visitenkarte in die Hand gedrückt und sich verabschiedet hatte, war Anna klar geworden, wo ihr der Commissario schon mal begegnet war. Er war derjenige, der die Messerstecherei auf dem Baugerüst verhindert hatte. Commissario Emilio Fontana hatte dafür gesorgt, dass das *Albergo Annina* nicht schon vor der Eröffnung durch einen Skandal in die Schlagzeilen geriet. Dass die beiden Maurer sich ausgerechnet auf dem wackeligen Gerüst in die Haare gerieten, war aber auch wirklich ein unglücklicher Zufall gewesen. Doch leider hatte sich während der Arbeit an der Außenfassade herausgestellt, dass der eine ein Auge auf die Verlobte des anderen geworfen hatte. Er hatte sich zu einer fatalen Bemerkung hinreißen lassen, der betrogene Bräutigam, ein glutäugiger Sizilianer, hatte nicht lange nachgefragt, sondern sofort ein Taschenmesser gezückt, während der andere genauso blitzartig die Maurerkelle erhob. Das Geschrei, das über Annas Kopf einsetzte, hatte sie damals fürchterlich erschreckt. Und als sie sah, dass die beiden Männer mit erhobenen Waffen auf dem schmalen Brett, knapp zehn Meter über ihr, jede Vorsicht fahren ließen, fiel ihr nichts anderes ein, als die Polizei zu alarmieren. Bevor sie eintraf, hatte Levi sich um gutes Zureden bemüht, womit er aber nicht viel ausrichtete, Konrad hatte es mit Autorität versucht und als diese nichts bewirkte, mit Drohungen, aber erst der Commissario mit seiner Märchenonkelstimme und seiner Bio-Bauer-Mentalität hatte erreicht, dass die beiden Streithähne aufgaben. Möglich natürlich auch, dass sie zufällig in diesem Moment begriffen hatten, wie sinnvoll es war, die Kontroverse auf einem stabilen Untergrund fortzusetzen. Denn der eine hing mittlerweile nur noch mit einer Hand am Gerüstbrett und drohte abzustürzen, und der andere war bei dem Versuch, ihm auf die Fingerspitzen zu treten, ebenfalls ins Straucheln geraten, hatte im letzten Augenblick Halt an einer der Verstrebungen gefunden, mit dem das Gerüst in der Fassade verankert war, sie dabei aber gelockert und die ganze Angelegenheit damit zu einem gefährlichen Drahtseilakt gemacht. Als die beiden sich dann auf der Erde gegenübergestanden hatten, war es Anna egal gewesen, dass sie gleich wieder aufeinander losgingen, ihr war nur wichtig, dass Levi sich um die Stabilität des Gerüstes kümmerte und sie sicher sein konnte, dass es nicht aufs Nachbarhaus fiel. Als die beiden Kontrahenten, während sie sich ineinander verkeilten, sowohl das Messer als auch die Maurerkelle verloren und ihren Streit mit bloßen Fäusten fortführten, ließ sie sie einfach gewähren und ging ins Haus. Eigentlich hatte sie den Commissario zum Dank zu einem Espresso einladen wollen, aber gerade in diesem Augenblick hatte sein Handy geklingelt, und er war zu einem anderen Tatort gerufen worden. Sie wusste noch, dass es ihr leidgetan hatte. Und sie erinnerte sich genau, dass sie Emilio Fontana ausgesprochen attraktiv gefunden hatte. Allerdings stellte sie auch fest, dass sie ihn danach sehr schnell wieder vergessen hatte.

Sie war froh, dass endlich Ruhe herrschte. Und es wäre ihr lieber gewesen, wenn Henrieke darauf verzichtet hätte, ihr dabei zu helfen, die Wäsche wieder in den Schrank zu räumen. Sie wäre jetzt gern allein gewesen. Aber Henrieke konnte natürlich nicht ahnen, dass ihre Mutter ihr Leben neu ordnen musste, dass alle Pläne über den Haufen geworfen worden waren und die Zukunft sich nicht mehr wie ruhige See, sondern wie das Meer bei Sturm vor ihr ausbreitete.

Die lila Bettwäsche hatte Anna, als Henrieke gerade nicht hinsah, ganz hinten in den Kleiderschrank gestopft, damit sie ihrer Tochter nicht unter die Augen geriet. Henrieke wurde ja jedes Mal sentimental, wenn sie etwas sah, was ihre Mutter aus ihrem alten Leben mitgenommen hatte. Anna ließ sich nicht gern mit dieser Zartsinnigkeit konfrontieren, und wenn es um die lila Bettwäsche ging, hätte sie es nicht ertragen. Sie war froh, als das Sinnbild ihres Scheiterns nicht mehr zu sehen war.

Sie stemmte sich aus der Kniebeuge hoch, zugegeben nicht besonders elastisch. Der Schreck und das Entsetzen schienen sie zehn Jahre älter gemacht und ihre Kniearthrose verstärkt zu haben. Oder hatten ihre Gelenke schon vor diesem Einbruch geknackt und war ihre Oberschenkelmuskulatur schon gestern so kraftlos gewesen? Trotz der Schwäche, zu der sie sich in diesem Augenblick heimlich bekannte, wehrte sie Henriekes Hände ärgerlich ab.

»Lass dir helfen, Mama. Du bist nicht mehr die Jüngste.«

»Aber noch lange keine alte Frau.« Als wollte sie das Gegenteil beweisen, ließ sie sich auf die Bettkante plumpsen wie ein nasser Sack. Henrieke hat wohl doch recht. Derartige Heimsuchungen waren zu viel für sie.

»Ich will schlafen gehen«, stöhnte sie. »Ich bin fix und fertig.«

Henrieke stimmte ihr umgehend zu, deckte ihr Bett auf und stellte sich vor ihre Mutter hin, mit ausgestreckten Armen, als wollte sie ihr beim Auskleiden behilflich sein.

Anna sprang auf, lief ins Badezimmer und ließ sich ein Bad ein. Das Poltern des Wasserstrahls, der erst sanfter wurde, als der Boden der Wanne bedeckt war, tat ihr gut. Er schied sie für einen Augenblick von dem Lärm ab, der zum Rest der Welt gehörte.

Henrieke folgte ihr bald und betrachtete wohlgefällig die Flasche mit dem Badeöl, das Anna ins Wasser fließen ließ. »Melisse, Baldrian und Lavendel. Ja, das ist jetzt genau richtig für dich. Du musst zur Ruhe kommen.« Sie ließ sich auf dem Badewannenrand nieder, als wollte sie ihre Mutter nicht mehr aus den Augen lassen, bis sie im Bett lag und schlief.

»Willst du mir den Rücken waschen und später auch noch ein Schlaflied singen?«, brummte Anna und schämte sich dafür, dass sie Henriekes Hilfe ablehnte.

Ihrer Tochter schien es nun wieder wichtig zu sein, die Autorität derer zu beweisen, die solider und vernünftiger waren. Sie wischte ihren neuen Fransenpony zur Seite und sorgte dafür, dass er nur noch ihren Haaransatz bedeckte. Prompt schauten ihre Augen, die capriblau unter dem Pony hervorgesehen hatten, nicht mehr keck, als gäbe es dort Vorwitz, jugendliche Neugier und ein bisschen Heimlichtuerei. Jetzt lag der Blick wieder so alltagsgrau in ihrem Gesicht wie zwei Pfützen, in denen sich der Regenhimmel spiegelte. Anna merkte, dass ihr die Tränen kamen. Ihre Tochter, das einstmals glückliche, selbstgenügsame Kind, ein stilles, zurückhaltendes Mädchen zwar, aber eins, das mit dem zufrieden war, was es bekam und erreichen konnte, und nie darunter litt, dass es Grenzen für es gab. Grenzen nicht zu akzeptieren, das hatte ihr erst Dennis Appel gezeigt. Er hatte aus der still leuchtenden Henrieke eine Frau gemacht, deren Licht erloschen war. Henrieke konnte nicht mehr lebensfroh sein, sie war grämlich, nörglerisch und verdrießlich geworden. Selbst in der Fürsorge für ihre Mutter, in der sie sich selbst zu gefallen schien, war nichts Rosiges und nichts Wohltuendes, weder für Anna noch für Henrieke selbst. Und als Anna den missbilligenden Blick sah, mit dem Henrieke ihren Stringtanga betrachtete, unterband sie jeden Kommentar, indem sie ihre Tochter bat, sie allein zu lassen. »Aber mach die Tür nicht zu.«

»Lass dir doch helfen, Mama.«

Anna stieg unter dem wachsamen Blick ihrer Tochter in die Wanne und fühlte sich wie vor zwei oder drei Jahren beim Hautkrebs-Screening. Da hatte ein sehr junger Arzt jeden Zentimeter ihrer Haut untersucht und ihr mit aufgesetzter Fröhlichkeit weismachen wollen, das sei das Normalste der Welt. Wahrscheinlich machte er das noch immer bei allen Patientinnen so und war nach wie vor der Ansicht, dass er damit zum Sieger über jegliche Schamhaftigkeit geworden war. Sie war froh, als sie im Wasser lag, und hätte nun doch eigentlich lieber ein Schaumbad gehabt, in dem sie sich hätte verstecken können.

Aber zum Glück konnte Henrieke nun daran glauben, dass ihre Mutter während des Vollbades nicht ertrinken würde. »Ich kümmere mich um die Scheibe der Terrassentür«, sagte sie mit wichtiger Miene und lief aus dem Bad.

»Lass doch«, rief Anna ihr nach. »Es ist ja warm draußen.«

»Und dass während der Nacht jeder hier reinspazieren kann, interessiert dich nicht?«

Anna wagte nicht, es zu bestätigen. Zwei Einbrüche in einer einzigen Nacht, so was gab's doch nicht.

Aber sie zog es vor, im Badewasser liegen zu bleiben, und hörte zu, wie Henrieke mit Levi telefonierte. Aus dem zufriedenen Tonfall ihrer Stimme hörte sie heraus, dass ihr Architekt bereits alles in die Wege geleitet hatte.

Als Henrieke kurz darauf erneut neben der Badewanne erschien, rieb sie sich die Hände, als hätte sie soeben den Eiffelturm vorm Umfallen bewahrt. »Levi Kailer kennt einen Glaser. Der kommt heute noch und setzt eine neue Scheibe ein.«

Anna zeigte so viel Dankbarkeit, wie Henrieke erwartete, und dazu das verklärte Lächeln, das alte Menschen an den Tag legten, denen abgenommen wird, was sie gut und gerne allein geschafft hätten. Anna rutschte so tief wie möglich in die Wanne, damit ihr das Wasser nicht nur bis zum Hals, sondern bis zur Unterlippe stand und sie von wohliger Wärme komplett umhüllt wurde. Sie musste aufpassen, dass sie nicht als flotte Sechzigjährige nach Siena gezogen war und schon wenige Monate später als hinfällige Seniorin im Garten saß und auf die Rückkehr nach Deutschland wartete.

Sie konnte nicht fassen, dass sie tief und fest geschlafen hatte und sich so erholt und stark fühlte, als hätte sie einen durch und durch glücklichen oder mindestens einen normalen Tag hinter sich. Merkwürdigerweise änderte nicht einmal die Erinnerung etwas daran, die ihr schlagartig nach dem Erwachen kam, grellbunt und blendend. Ein Teil ihrer Zukunft zerstört! Ihre Träume ins Unerfüllbare zurückgestoßen! Sie zwang sich, die Dusche mit einem eiskalten Guss zu beenden, und fühlte sich, während sie sich abrubbelte, noch immer nicht so schwach und niedergedrückt wie am Vorabend. Aus der dunklen Verzweiflung war etwas Neues erwachsen: zartrosa Widerstand, Auflehnung, Vergeltung, gleich nach dem Aufwachen in die Höhe geschossen, gewachsen auf dem Nährboden von unbändiger Wut. All das würde bald Rachsucht sein.

Sie musste sich ihr Eigentum zurückholen! Auch ohne Hilfe der Polizei. Sie würde nicht zulassen, dass jemand sie um ihr Glück betrog. Jemand? Sie war sich vom ersten Augenblick an sicher gewesen, wer sie bestohlen hatte. Ein anderer kam nicht infrage. Am Abend hatte sie diesen Verdacht noch weggeschoben, ihn nicht an sich herankommen lassen, jetzt aber stand er vor ihr, hell, glasklar und transparent. Was hindurchschien, war nicht die Nacht, sondern ein leuchtender, blauer Sommermorgen.

Doch nun beschlich sie doch ein leiser Zweifel. Vielleicht war ihr die dumme Angewohnheit zum Verhängnis geworden, die Türen nicht zu schließen? In Stuttgart, in ihrer Wohnung mitten in der

Stadt, in einem riesigen Apartmenthaus, in dem keiner seine Nachbarn kannte, hatte sie es nicht gewagt, die Wohnungstür offen stehen zu lassen. In Siena jedoch, außerhalb der Stadtmauer, in dieser Straße mit Familien, die nicht vom Tourismus lebten, hatte sie von Anfang an die Gewissheit gehabt, dass sie ein offenes Leben führen konnte, bei geöffneten Türen und Fenstern. Auch deshalb hatte sie sich für dieses Haus entschieden. Nur nach Sonnenuntergang schloss sie die Haustür, aber niemals drehte sie den Schlüssel um. Darauf hatte sie auch in Stuttgart bestanden. Eine Tür musste immer, zu jedem Zeitpunkt, von innen aufzureißen sein. Ihre Mutter hatte ihr oft erzählt, wie grausam es war, wenn der Wärter von außen die Tür verriegelte. Kein Entkommen, Jahr für Jahr, keine Chance, den Raum zu verlassen, wenn der Wärter es nicht zuließ. Sogar Tante Rosi hatte irgendwann eingesehen, dass sie die Haustür niemals verriegeln durfte. Clemens hatte oft heimlich den Schlüssel umgedreht, bevor er schlafen ging, aber Anna hatte ihn jedes Mal zurückgedreht. Und in Siena genoss sie es, die Wohnung durch eine stets geöffnete Tür zu verlassen oder die Stimme einer Nachbarin zu hören – »Permesso?« – und sie kurz darauf neben sich in der Küche stehen zu haben. Tabita, die junge Rezeptionistin aus dem *Minerva*, kam gelegentlich auf dem Weg zur Arbeit auf einen Espresso bei ihr vorbei und murmelte eine Entschuldigung, wenn sie auf der Terrasse erschien, die vollkommen überflüssig war. Ein schönes Gefühl, dieses offene Haus. Eins, das mehr Sicherheit in ihr erzeugte als die verriegelte Tür bei einem anderen.

Als sie am Vorabend das Haus verließ, hatte sie die Tür ins Schloss gezogen, das wusste sie genau. Wenn sie ging, durfte der Schlüssel sogar umgedreht werden. Aber darüber brauchte sie nicht lange nachzudenken, das hatte sie nicht getan. Und die Wohnungstür trug keine Einbruchspuren, das hatte Emilio Fontana sofort festgestellt und es sich später von der Spurensicherung bestätigen lassen. Aber der Dieb konnte schon vorher einmal heimlich in ihre Wohnung eingedrungen sein, konnte sich umgeschaut, konnte vielleicht sogar beobachtet haben, wie sie die Schranktür im Schlafzimmer öffnete und die lila Bettwäsche herauszog. Nicht nur Levi konnte es gesehen haben, nicht nur Konrad, auch irgendein Fremder, einer der Bauarbeiter, der Postbote, der sich längst daran gewöhnt hatte, die Briefe in die Wohnung zu bringen und sie nicht in den Kasten an der Hauswand zu stecken, der Vertreter eines Reiseunternehmens, der ihr Hotel in seinen Katalog aufnehmen wollte, der Bäcker, der sich darum beworben hatte, ihr demnächst die Panini fürs Frühstücksbuffet zu liefern, die Schneiderin, die gekommen war, um die Fenster auszumessen und ihre Gardinenstoffe zu präsentieren...

Am wahrscheinlichsten jedoch war es, dass Levi Kailer mitbekommen hatte, was es mit dem lila Bettbezug auf sich hatte. Und da er stets unter finanziellen Schwierigkeiten litt, war es naheliegend, dass die Verzweiflung ihn dazu geführt hat, etwas Böses zu tun. Konrad hingegen bekam eine gute Pension, mit der er sogar seinen Sohn unterstützen konnte. Und außerdem war er in sie verliebt. Oder... gaukelte er ihr die Gefühle nur vor, um bei ihr ein und aus gehen zu können? Er hatte sich einmal gewundert, dass sie, als Levi die Handwerker bezahlen musste, mit dem Geld in der Hand aus der Wohnung kam, statt erst zur Bank zu fahren. Das war an einem frühen Morgen gewesen, und er hatte sie erschrocken gefragt, ob sie etwa so viel Geld während der Nacht im Hause gehabt habe. Das sei doch viel zu gefährlich.

»Nur wenn es jemand weiß«, hatte Anna lachend zurückgegeben.

Und dann war Levi dazugekommen und hatte sie wie sein Vater vor allzu großem Leichtsinn gewarnt...

»Ich kriege euch«, murmelte sie. »Wenn ihr es gewesen seid, hole ich mir mein Eigentum zurück.«

Sie wusste, wo der Tresorschlüssel hing, denn Levi war nicht weniger leichtfertig als Anna. Vielleicht deshalb, weil er dort normalerweise lediglich Arbeitsunterlagen aufbewahrte, die für ihn zwar wichtig, für andere jedoch ohne Wert waren. Nach diesem unscheinbaren Schlüssel würde sie zuerst gucken. Wenn er nicht mehr an seinem Platz hing, wäre der Beweis erbracht, dass sich im Inneren des Tresors etwas verändert hatte.

Sie kochte sich einen Espresso und trat auf die Terrasse. Voller Unruhe war sie, unfähig, sich an den Tisch zu setzen, die Sonne aufgehen zu sehen und den Müllmännern bei ihrer Arbeit zuzuhören. Sie war sogar zu nervös, um etwas zu essen, und machte es so wie die Italienerinnen, die sich am Morgen mit einem Zwieback begnügten oder einen Espresso für ein ausreichendes Frühstück hielten.

Ja, ich höre Ihre mahnende Stimme. Es ist nicht in Ordnung, jemanden zu verdächtigen, ohne Beweise oder auch nur schwerwiegende Indizien zu haben. Aber ich rede ja mit niemandem darüber, nur mit Ihnen. Ich zeige Levi nicht an, ich nenne der Polizei nicht seinen Namen. Das werde ich nicht einmal tun, wenn ich ihn entlarvt habe. Dann hole ich zurück, was mir gehört, suche mir ein neues Versteck, nehme Levi meinen Schlüssel ab und mache der Sache mit den stets offenen Türen ein Ende. Wenn es mir auch schwerfällt. Nur gut, dass ich noch Geld auf der Bank habe, um die Handwerker zu bezahlen. Aber das Geld, das Clemens mir vermacht hat, wird nicht mehr lange reichen. Ich muss mir was einfallen lassen. Dann, wenn Levi außer Haus ist, wenn Konrad abgelenkt und Henrieke unterwegs oder nach Stuttgart zurückgekehrt ist. Und ich muss es bald tun. So schnell wie möglich. Lange wird das Geld vermutlich nicht in Levis Tresor liegen, er hat ja viele Schulden zu begleichen. Andererseits könnte er gefragt werden, warum er mit einem Mal flüssig ist. Aber wer würde schon Verdacht schöpfen? Niemand! Wer von dem Einbruch in meinem Haus erfährt, wird auch zu hören bekommen, dass mir nichts gestohlen worden ist. Nein, es gibt keinen Grund für Levi zu warten. Vermut-

lich muss er sich nur erst von seiner Entgeisterung erholen. Wie mag er sich meine Aussage erklären, dass mir nichts gestohlen worden ist?

»Griechischer Wein...«

Die Frau, die mit einem Kinderwagen an der Ampel stand, sah sie missbilligend an. Sollte Anna italienischen Wein statt griechischen besingen? War es das? Sie wehrte sich dagegen, den Unmut der Frau anders zu erklären. Sie mochte auch nicht glauben, dass das Baby zu schreien begann, weil es von ihrem Gesang gestört worden war. Das Kind musste an Lärm gewöhnt sein, in einer italienischen Stadt war es ja niemals still.

»...und wenn ich dann traurig werde, liegt es daran...«

Nein, Traurigkeit kam nicht infrage. Nur Wut! Giftgrüne, schillernde Wut! Sie würde sich ihren Traum von dem Hotel in Siena nicht kaputt machen lassen. Von Levi Kailer nicht, von seinem Vater nicht, von niemandem.

»...von daheim, du musst verzeihen...«

Nichts würde sie verzeihen, gar nichts. Das Hotel musste fertig werden, und danach würde sie Levi und Konrad Kailer aus ihrem Leben streichen. Nein, nur Levi. Dass Konrad etwas mit dem Diebstahl zu tun hatte, erschien ihr, während sie von Ampel zu Ampel vorstieß, immer unwahrscheinlicher. Levi aber hatte einen Traum wie sie: ein Architekturbüro in Italien. Dafür würde er wahrscheinlich alles tun. Auch etwas Kriminelles.

»...denn ich spür die Sehnsucht wieder...«

Antonio verzog das Gesicht, als sie auf dem Parkplatz der *Castano-Bank* in der Via Esterna di Fontebrande einbog, der eigentlich keiner war. Es handelte sich lediglich um ein unbebautes Quadrat, das viel zu klein war, um die Autos der Bankkunden aufzunehmen.

»Tutto bene, Signora?«

Antonio sah so aus, als meinte er Annas Gesang, als könnte er sich nicht vorstellen, dass ein gesunder Mensch etwas von sich gab, was sich anhörte wie das Krakeelen von Amy Winehouse auf dem letzten Liveauftritt vor ihrem Tod. Aber Anna ließ sich, seit sie in Siena lebte, nicht mehr kränken, ließ sich nicht einmal mehr von Unverständnis tangieren und sich erst recht nicht mehr auslachen.

»Singe, wem Gesang gegeben«, rief sie Antonio lachend entgegen und sagte sich, als dieser nur Mund und Augen aufsperrte, dass sie wohl Uhlands Worte nicht richtig ins Italienische übersetzt hatte. Am liebsten hätte sie Antonio erzählt, dass ihr Gesang nicht aus spiegelblankem Glück, sondern aus rabenschwarzer Wut entstanden war und dass sie an diesem Morgen erkannt hatte, dass Glück und Wut sehr nah beieinanderliegen konnten. Nun war so etwas entstanden wie eine spiegelnde Schwärze, an der sich alle, die sich mit ihr anlegen wollten, den Kopf einschlagen mussten. Tatsächlich schien Antonio nicht zu entgehen, dass ihre Stimmung hochexplosiv war. Er blickte sie ängstlich an und nahm das Trinkgeld entgegen, als könnte es Falschgeld sein oder Schokoladenmünzen, die in der Hand schmelzen würden. Hastig steckte er sie in die Hosentasche und winkte Anna an einen Platz, direkt neben einer niedrigen Mauer, so nah, dass sie kaum aussteigen konnte. Anna grinste, als sie die Wagentür gegen die Mauer schlug und sich durch den gerade ausreichend breiten Spalt quetschte. Für Clemens wäre dieser Tag gelaufen gewesen. Erst Trinkgeld und dann eine Schramme an der Fahrertür des neuen Autos! Ersteres hätte ihm die gute Laune verdorben und das Zweite den ganzen Tag versaut.

Den Schlüssel ließ sie stecken, wie es alle machten, die hier ihr Auto abstellten. Der Parkplatz war so klein und eng, dass bei korrekter Parkordnung nur ein Drittel der Wagen hier Platz gefunden hätte. Monatelang hatte es Ärger gegeben, war die Leitung der Bank beschimpft worden, weil sie ihren Kunden nicht genug Raum zur Verfügung stellte, nachdem der ehemals geräumige Parkplatz durch einen Anbau drastisch verkleinert worden war. Dann hatte jemand die großartige Idee gehabt, Antonio als Parkwärter einzustellen. Er sorgte seitdem dafür, dass genug Autos Platz fanden. Die Bankkunden stellten ihren Wagen am Straßenrand ab, und er schob sie ineinander, sodass er oft nur durch das geöffnete Schiebedach aussteigen konnte, fuhr die Wagen derjenigen, die lange für die Beantragung eines Kredits brauchten, ganz nach hinten und ließ die Wagen der eiligen Hausfrauen, die nur Bargeld für den Besuch des Marktes aus dem Geldautomaten holen wollten, vorne stehen. Er fuhr sie zur anderen Seite, wenn wider Erwarten ein Auto schneller ausparken wollte, als Antonio angenommen hatte, und verschachtelte sie in den hinteren Teil des Platzes, wenn ein schreiendes Kleinkind die Mutter zur Eile antrieb. Immer schaffte Antonio es, die Autos so ineinander zu verkeilen, dass der eine Wagen, der gerade gebraucht wurde, auf die Straße zurückfahren konnte und kein Fahrer darauf warten musste, dass ein anderer den Weg frei machte. Wer nicht bereit war, den Autoschlüssel stecken und Antonio gewähren zu lassen, hatte auf diesem Parkplatz nichts verloren.

Anna kletterte aus dem Wagen, quetschte sich an den anderen parkenden Autos vorbei, fragte sich, wie die wohlbeleibte Signora das Gleiche bewerkstelligen wollte, deren Kleinwagen gerade von Antonio neben das Postauto dirigiert wurde, dessen Fahrer es immer sehr eilig hatte, und eilte zum Eingang der Bank. Als sie einen Blick zurückwarf, bemerkte sie, dass gerade ein weißer Fiat, der genauso aussah wie ihr eigener, auf den Parkplatz fuhr und so nachlässig abgestellt wurde, als gäbe es Antonio nicht, als könnte hier jeder machen, was er wollte.

Anna hatte den dicken Batzen Bargeld unter den kritischen Augen des Kassierers in einen Stoffbeutel mit dem Aufdruck »Miss Piggy« gesteckt, den sie in der Speisekammer gefunden hatte, als sie das Haus nach der Vertragsunterzeichnung von allem Überflüssigen befreite. Genau das richtige Behältnis für etwas von großem Wert! Kein Mensch würde darin was Kostbares vermuten und diese Tasche, die aussah, als wäre sie von einem Fischhändler vom Tag der Geschäftseröffnung bis zu seiner Pleite benutzt und nie gewaschen worden, nicht einmal mit spitzen Fingern anfassen. Genau deshalb hatte sie den Beutel nicht weggeworfen, sondern ihn für den Transport besonders wichtiger Dinge aufbewahrt. Anna war sicher, dass niemand die Finger danach ausstrecken würde.

Als sie wieder auf den Parkplatz trat, hatte Antonio ihren weißen Fiat schon in die erste Reihe bugsiert. Er hatte ein untrügliches Gespür dafür, wie lange sich ein Kunde in der Bank aufhalten würde. Angeblich hatte er anfänglich eine Stoppuhr benutzt, um aus den Messungen Durchschnittswerte zu ermitteln, die er später mit Menschenkenntnis, Erfahrung und gesundem Menschenverstand anreicherte und vervollständigte.

Anna lachte ihn an, ein schuldbewusstes Lächeln, weil sie wusste, dass sie nun womöglich Antonios ausgeklügeltes Parksystem gefährdete. »Ich hole mir nur eben ein Eis aus der Gelateria. Geht ganz schnell.«

Sie warf den Beutel mit dem Wochenlohn der Dachdecker und Maurer auf den Rücksitz und wusste, dass er unter Antonios Obhut besser aufgehoben war als an ihrem Arm in der Gelateria. Über seinen missbilligenden Blick sah sie hinweg und nahm sich vor, ihm ein Gelato mitzubringen. Das würde ihn besänftigen und ihm Lohn genug dafür sein, dass er ihr Auto noch für ein paar Minuten in der ersten Reihe halten und eventuell zur Seite fahren musste, wenn der Besitzer des grauen Opels dahinter seine Geldgeschäfte erledigt haben würde, bevor sie mit den Gelati zurück war.

Es dauerte wirklich nicht lange, bis sie, mit zwei Eistüten in der Hand, wieder die Straße überquerte. Trotzdem hatte sie ein schlechtes Gewissen. Antonio war gerade dabei, einen nagelneuen Mercedes im hinteren Bereich des Parkplatzes besonders sorgfältig zu parken, und sie wollte so schnell wie möglich zu ihm, damit er erstens sein Eis erhielt, ehe es dahingeschmolzen war, und zweitens sicher sein konnte, dass Anna auf keinen Fall sein ausgeklügeltes Parksystem boykottieren wolle – da wurde die Tür der Bank aufgerissen, und drei Männer stürmten heraus. Sie waren jung und drahtig, gut zu Fuß und außerordentlich behände. Die Rasanz, mit der sie auf den weißen Fiat zustürmten, die Türen aufrissen und sich auf die Sitze warfen, war eindrucksvoll. Erst recht das Tempo, mit dem der Fahrer den Schlüssel drehte und startete. Die Räder drehten durch, der Motor heulte auf, die Reifen quietschten, als der Wagen auf die Straße brauste.

Anna schüttelte den Kopf und leckte das Schokoladeneis von der Waffel, das sich bereits Richtung Daumen bewegte. Diese Angeber! Sie sah, dass Antonio aufschreckte, die Tür des teuren Neuwagens unvorsichtig öffnete, sie einem alten Lieferwagen in die Seite schlug und sich aufgeregt an den Rückspiegeln vorbeidrängte, die sich ihm in den Weg stellten, die er sonst in aller Seelenruhe umkurvte. Am liebsten hätte Anna ihm zugerufen, er solle sich nicht über solche Idioten aufregen, die ihr Selbstbewusstsein mit einem derart auffälligen Verhalten aufpolieren wollten. Aber dass Antonio dermaßen außer sich war, während er sonst nicht einmal die Ruhe verlor, wenn jemand beim Ausparken seinen Parkwächterstuhl oder den daneben stehenden Sonnenschirm über den Haufen fuhr, machte sie stutzig. Und schon im nächsten Augenblick, als Antonio vor ihr erschien und zu erregt war, um ein Wort herauszubringen, begriff sie ebenfalls, was geschehen war. Sie drückte ihm sein Erdbeereis in die Hand, und da seine andere frei war, auch noch ihr eigenes Schokoladeneis, und sprang in den weißen Fiat, der schon abfahrbereit mit den Vorderreifen auf dem Bürgersteig stand. Antonio hätte sie womöglich zurückgehalten, wenn er nicht durch zwei Gelati daran gehindert worden wäre. So aber stand er nur mit offenem Munde da, die eine Hand schokoladeneisverklebt, die andere erdbeerrosabekleckert, und starrte Anna hinterher.

Die Meldung kam, als sie gerade mit dem Streifenwagen die Porte Fontabreda passiert hatten. Emilio, der vor sich hin gedöst hatte, setzte sich aufrecht hin. »Schon wieder die *Castano-Bank?*«

Da hatte es im vergangenen Jahr mehrere Überfälle gegeben und im Frühjahr sogar eine Geiselnahme. Wenn er sich richtig erinnerte, war dabei ein Kollege verletzt worden, aber zum Glück nur leicht. Seitdem war er mit der Geisel zusammen, die Sache hatte also ein Happy End gehabt, wenn auch die Bankräuber nie erwischt worden waren. Sie hatten fliehen können, allerdings mit leeren Händen, sodass die Angelegenheit auch für die Bank und die Polizei glücklich endete.

Giuseppe gab Gas. »Das ist nicht weit von hier.« Er war Feuer und Flamme. So ähnlich hatte Emilio anfangs auch reagiert, wenn etwas geschah, was ihm so spannend vorkam wie ein Fernsehkrimi, der mit einem Mal Realität geworden war. Aber das hatte nicht lange angehalten. Schon im ersten Jahr seiner Tätigkeit als Kriminalbeamter war ihm alles, was unerwartet kam, lästig geworden, obwohl er wusste, dass das Unerwartete zu seinem Beruf gehörte. Schließlich kündigte kein Mörder, kein Dieb, kein Einbrecher seine Taten an, damit sich die Polizei gemütlich darauf einstellen konnte. Und jetzt, kurz vor seiner Pensionierung, war ihm jeder Alarm zuwider. Sein sechzigster Geburtstag war nicht mehr weit. Wenn er da an seine Mutter dachte… Die würde sich mit ihren achtzig Jahren bereitwilliger auf Verbrecherjagd begeben als er. Vorausgesetzt, ihre Frisur litte keinen Schaden und es käme ihr kein Kosmetiktermin dazwischen.

Giuseppe dagegen war in einem Alter, in dem man sich noch über jeden außergewöhnlichen Einsatz freute. »Avanti!«

Emilio stöhnte, als wollte er die Bitte äußern, auszusteigen und Giuseppe alleine weiterfahren zu lassen. Hoffentlich waren diesmal keine Geiseln genommen worden! Hoffentlich hatte der Bankangestellte früh genug den Alarmknopf gedrückt. Hoffentlich waren die Täter schon auf der Flucht! Eine Festnahme im Bankgebäude wurde ja oft durch Geiselnahme vereitelt. Wenn sie die Ganoven auf der Flucht stellten, konnten sie leichter agieren, dann wurden keine Unschuldigen in das Geschehen hineingezogen. »Va bene! Auf zur Jagd!«

Was hatte er doch für einen grässlichen Beruf!

Giuseppe stellte das Blaulicht an und sorgte dafür, dass alle Autos zur Seite wichen, während Emilio kontrollierte, ob sein Sicherheitsgurt gut saß. Er hatte seinem Assistenten immer noch nicht beibringen können, dass es selten sinnvoll war, sich einen Vorteil von Sekunden zu verschaffen, wenn anschließend die Verhandlungen mit dem Geiselnehmer Stunden und Tage dauerten.

»Der Portier der Bank ist rausgelaufen und hat die drei Ganoven wegfahren sehen. In einem weißen Fiat. Er hat sich das Kfz-Kennzeichen gemerkt.«

»Ecco, das bedeutet, dass tatsächlich zur Jagd geblasen wird.« Möglicherweise kam es nun doch auf jede Sekunde an. Das Bankgebäude war nicht weit entfernt. Und da die Täter sicherlich stadtauswärts flüchteten, konnte das eine schöne Aufholjagd geben, während sie mit dem Martinshorn die besseren Karten hatten.

```
    ॥॥
```

»Mein Auto! Mein Geld!«

Entgeistert sah Antonio zu, wie Anna mit ebenso quietschenden Rädern startete wie der Fahrer, der am Steuer ihres Wagens saß. Ein nagelneuer weißer Fiat, ihr erstes eigenes Auto und darin gut zehntausend Euro! Mein Auto! Mein Geld! Das war das Einzige, was sie denken konnte. Die lila Bettwäsche flog vor ihrem geistigen Auge vorbei, leer und schlaff. Und nun schon wieder? Nein! Anna trat das Gaspedal weiter durch, als es eigentlich zu verantworten war. »Ich kriege euch.«

Ihr italienischer Traum! Ihre neue Freiheit! Ihr zweites Leben als selbstständige, unabhängige Frau! Das ließ sie sich nicht von drei durchgeknallten Kerlen kaputt machen, die sich stark fühlten, wenn sie der Verkehrsordnung trotzten und andere glauben ließen, dass für sie keine Vorschriften galten. Diese Typen durften auf keinen Fall auf die Miss-Piggy-Tasche aufmerksam werden. Sie musste unbedingt versuchen, die Kerle vorher zu stellen. Vermutlich würden sie bereit sein, ein fremdes Auto gegen ihr eigenes zurückzutauschen, aber wenn sie einen Blick in die speckige Tasche geworfen hatten, würden sie später Stein und Bein schwören, dass es in dem weißen Fiat, den sie bedauerlicherweise mit ihrem eigenen verwechselt hatten, keinen einzigen Geldschein gegeben habe. Anscheinend sei die deutsche Signora darauf aus, den Irrtum, der den drei unbescholtenen jungen Männern widerfahren sei, für ihre persönliche Bereicherung zu nutzen. So etwas würde dabei herauskommen. Dem musste sie vorbeugen! Wenn die Kerle begriffen, dass sie in ein falsches Auto gestiegen waren, durften sie keine Zeit haben, sich darin umzusehen und die Euro-Scheine in ihren Jacken verschwinden zu lassen.

Sie rasten Richtung Massa Marittima. Anna konnte ihr Glück kaum fassen, als es so schien, als wäre sie mit allen Verkehrsampeln im Verbund. Noch nie hatte sie derart unangefochten den Verkehr durchpflügt. Der weiße Fiat vor ihr machte mehr als einmal Anstalten, bei Rot über die Kreuzung zu fahren, stoppte dann aber doch, hupte aufgeregt, als wollte der Fahrer sich die Vorfahrt erzwingen, die er scheinbar für sein angeborenes Recht hielt, aber sobald der Wagen, in dem Anna saß, sich der Ampel näherte, wechselte sie auf Grün. So blieb der Abstand kurz. Es war so, als folgte sie ihm nicht, als triebe sie ihn vor sich her. Die Verkehrspolizei war ihr Verbündeter, jedenfalls kam es ihr so vor.

Als sie das Stadtgebiet verließen, gab es keine Behinderungen in Form von Verkehrsampeln mehr. Der Fiat mit Annas Kennzeichen ließ sich nicht mehr aufhalten, holte das Letzte aus dem Motor heraus, der aufjaulte, wenn der Fahrer Gas gab, während die Bremsen kreischten, sobald eine Kurve ihn zur Mäßigung zwang. Wie dieser Idiot mit ihrem schönen Auto umging!

Allmählich lockerte sich die Anspannung, die Anna bis zu diesem Augenblick nur auf eins konzentriert hatte: auf das Auto vor ihr, auf den weißen Fiat, der ihr gehörte. Zwar umklammerte sie das Lenkrad immer noch so fest wie möglich, ließ den Blick nach wie vor nicht von dem Nummernschild des Autos, das sie verfolgte, spürte noch immer das Vibrieren der grauen Angst in sich, das allmählich zum dunkelgrünen Jagdfieber wurde, konnte nun aber den einen oder anderen klaren Gedanken fassen.

Und damit fiel ihr das Martinshorn auf. Es war schon seit einer Weile zu hören und wurde nun lauter. Bis zu diesem Augenblick hatte sie es nicht weiter beachtet. In Siena war es ja oft zu hören, dann hatte sie sich bisher immer die Ohren zugehalten, gewartet, bis es sich entfernte, und es sofort wieder vergessen. Nun kam ihr mit einem Mal in den Sinn, dass es ihr und dem weißen Fiat vor ihr gelten könnte. Auch der Fahrer ihres Autos schien es zu hören, sie merkte, dass er die Nerven verlor. Er ließ nun jede Vorsicht fahren, steigerte das Tempo weiter und kümmerte sich um andere Verkehrsteilnehmer so wenig wie möglich. Anna fragte sich, wie lange sie die Verfolgung noch durchhalten würde. Das Tempo zerrte mehr und mehr an ihren Nerven, die Rücksichtslosigkeit, mit der sie fahren musste, um nicht zurückzufallen, machte ihr zu schaffen. Das konnte nicht mehr lange gut gehen. Über kurz oder lang würde sie aufgeben müssen. Und dann war sie diejenige, der der Einzug in die Verkehrssünderkartei winkte.

Ob Antonio die Polizei alarmiert hatte? Aber warum? Motorverrückte Männer, die sich auf der Straße benahmen, als wollten sie allen anderen Verkehrsteilnehmern den Krieg erklären, gab es in Italien massenweise. Antonio war keiner, der es wichtig fand, dass Geschwindigkeitsbeschränkungen eingehalten wurden. Er musste sich doch sagen, dass er, wenn er die Polizei alarmierte, auch sie, eine gute Kundin, der Gefahr auslieferte, erwischt und zur Kasse der Staatsgewalt gebeten zu werden. Wie konnte er ihr das antun? Wo sie doch nie mit dem Trinkgeld gegeizt hatte!

Der weiße Fiat nahm eine langgezogene Linkskurve viel zu

schnell, konnte die Spur nicht halten und begann zu schlingern. Und das genau in dem Augenblick, in dem ihm ein rotes Cabrio entgegenkam. Anna stockte der Atem. Sie bremste, viel zu heftig, viel zu unüberlegt, viel zu verzweifelt – und verlor selbst die Gewalt über ihr Fahrzeug. Die linken Räder griffen über die Mittellinie, erschrocken sah sie, wie der entgegenkommende Wagen, der sich gerade vor dem ersten Fiat in Sicherheit gebracht hatte, auswich. Er kam zum Glück an ihr vorbei, ohne dass die Karosserien sich berührten, aber dann schlug er aus und begann zu trudeln. Das Auto machte, was es wollte.

Anna stieg in die Bremse, den Blick auf den Außenspiegel gerichtet. Mit großer Erleichterung sah sie, dass das Cabrio zwar von der Straße abkam, aber auf einer Wiese landete, auf der die Räder griffen. Es drehte sich einmal um sich selbst, dann fassten auch die Bremsen, und es kam zum Stehen. Anna gab wieder Gas. Niemand war zu Schaden gekommen, der Wagen würde sicherlich aus eigener Kraft den Weg aus der Wiese finden. Der Fiat, den sie verfolgte, hatte seinen Vorsprung ausbauen können, sie musste sehen, dass sie wieder näher herankam.

Dies war der Augenblick, in dem sie das flackernde Blaulicht wahrnahm. Der Polizeiwagen war ihr näher, als sie vermutet hatte. Nun tauchte er in der hinter ihr liegenden Kurve auf. Auch er bremste kurz, als er den Wagen in der Wiese stehen sah, aber sein Fahrer erkannte schnell, dass dort niemand in Not war, und setzte die Verfolgung fort. Ja, er verfolgte sie, da war sich Anna mittlerweile sicher. Sie? Nein, wohl die Männer in ihrem Fiat. Hatten die etwa noch mehr auf dem Kerbholz als überhöhte Geschwindigkeit und Missachtung diverser Verkehrsvorschriften? Die Sache wurde ihr unheimlich.

Nun folgte sie nicht mehr ihrem weißen Fiat, sondern floh vor dem Polizeiwagen. Wenn er sie einholte und zum Anhalten zwang, würden die Polizisten ihr einiges vorwerfen können. Sie mochte sich gar nicht vorstellen, um wie viele Stundenkilometer sie die Höchstgeschwindigkeit überschritten hatte. Und wenn die Polizisten beobachtet hatten, wie das Cabrio von der Straße abgekommen und in der Wiese gelandet war, dann würde man sie als Verursacherin ausmachen. Dass es der erste weiße Fiat gewesen war, der den Fahrer verunsichert hatte, würde sie nicht nachweisen können. Was sollte sie tun? Wie musste sie sich verhalten? Wie kam sie aus dieser Situation wieder heraus?

Die Antwort auf diese Fragen kam wie ein Hagelschauer auf sie zu, der die Windschutzscheibe durchschlug. Wie hatte sie so dumm sein können? Warum war ihr nicht das Naheliegende in den Sinn gekommen? Warum hatte sie mal wieder versucht, etwas Unbegreifliches mit südländischem Leichtsinn zu erklären? Während ihrer ersten Zeit in Siena war es anders gewesen, da hatte sie mit ihrer schwäbischen Mentalität in jedem Raser einen flüchtenden Ganoven vermutet. Nun hatte sich also ihre Einschätzung ins Gegenteil verkehrt. Sie erkannte einen Verbrecher nicht mehr, wenn er sich so verhielt, wie sie alle italienischen Machos beurteilte.

Die Polizeisirene näherte sich, es konnte nicht mehr lange dauern, bis die Polizisten es schafften, einen weißen Fiat zu stoppen, der vor ihnen floh, der scheinbar ein rotes Cabrio von der Straße gedrängt und zu einer Notbremsung in einer Wiese gezwungen hatte.

Und dann kam die Gelegenheit. So wie damals, als Onkel Heinrich, der Bruder ihres Vaters, sie genötigt hatte zu handeln. Damals hatte sie gelernt, dass es auf den richtigen Augenblick ankam. Eine Chance nutzen! Wenn sie verstrichen war, würde es keine zweite geben! Wenn sie sich damals nicht genommen hätte, was ihr gehörte, worauf sie ein Recht hatte, dann hätte Onkel Heinrich dafür gesorgt, dass es für immer unerreichbar gewesen wäre. Und ihre lila Bettwäsche wäre leer geblieben.

Noch während diese Gedankensplitter durch ihren Kopf gesprengt wurden, handelte sie, wie sie damals gehandelt hatte. Als sich eine Waldschneise auftat, nach einer flachen Biegung, die es nicht notwendig machte, das Tempo zu drosseln, die sie aber für einen Moment dem Blick der Polizisten entzog, entschloss sie sich zu einer

Vollbremsung. Sie riss das Steuer herum, schlitterte in eine Schonung hinein, weil sie den Waldweg nicht getroffen hatte, und nahm mit großer Erleichterung ein Geräusch zur Kenntnis: Zweige und leichtes Geäst schlugen an ihre Frontscheibe, schlossen sich über ihr und verdeckten den kleinen weißen Fiat. Sekunden später hörte sie den Polizeiwagen vorbeirasen. Sie lauschte auf das Geräusch des Motors, das sich nicht veränderte, sich nur entfernte.

Anna lehnte sich zurück und schloss die Augen. Noch bevor sie sich fragte, wie sie aus diesem Gestrüpp wieder herauskommen sollte, erschien ihr das Bild der drei Männer, wie sie aus der Bank gestürmt kamen und in den weißen Fiat sprangen, den Antonio für Anna bereitgestellt hatte. Ein Überfall! Das war die einzige Erklärung. Die Bankräuber flüchteten in ihrem Auto. Und noch dazu mit ihrem Geld!

Emilio Fontana presste sich an die Rückenlehne des Beifahrersitzes und tastete nach dem Haltegriff über der Tür. Gut, dass er nicht am Steuer saß! Hohe Geschwindigkeiten waren einfach nicht sein Ding, Überraschungen konnte er nicht leiden, beides zusammen ging über seine Kräfte. Schrecklich, dieses mörderische Tempo! Wenn das nur gut ging!

Giuseppe war sogar noch in der Lage, klare Gedanken zu fassen. Die Jugend eben! Wirklich eine gute Idee, mal nachzufragen, wer der Halter des Fahrzeugs war, das sie verfolgten. Ein Kennzeichen von Siena: SI-701ZZ. »Sie sollten sich mal erkundigen.«

Emilio nickte und zog sein Handy aus der Tasche. Er ließ die Straße nicht aus den Augen, während er die Nummer eines Kollegen wählte, der ihm schnell eine Auskunft geben konnte. Sehr schnell sogar! Er musste nur zwei-, dreimal ein- und ausatmen, dann wusste er, dass es dieses Kfz-Kennzeichen gar nicht gab. Sein

Kollege war ganz sicher. Also hatten die Bankräuber das Kennzeichen entweder gefälscht oder ...

Weiter kam er nicht, denn der Leiter des Reviers, Vicequestore Scroffa, rief an. Ob es richtig sei, dass er einen Fiat mit dem Kennzeichen SI-701ZZ verfolgte? Und wieso er überhaupt schon den Tätern auf der Spur sei?

Was für eine Frage! Emilio wunderte und ärgerte sich über den aggressiven Tonfall seines Chefs. Sollte der sich doch freuen, dass sie gerade in der Nähe gewesen waren und so schnell reagiert hatten. Eigentlich hatten sie für dieses Tempo Lob verdient, ganz sicher aber nicht diese Frage, die sich so anhörte, als hätten sie einen Fehler gemacht.

Doch der Vicequestore war weit von Anerkennung entfernt. Der Polizeipräsident habe angeordnet, dass der weiße Fiat nicht zu verfolgen sei. »Also sofort die Aktion abbrechen!«

»Come?« Der Polizeipräsident höchstpersönlich mischte sich in diesen Fall ein?

»Sie stellen die Fahndung unverzüglich ein. Der Wagen steht unter dem Schutz des Ministers.«

Das konnte ja wohl nicht wahr sein! Bankräuber standen unter dem Schutz des Ministers? Aber die Frage des Commissarios blieb unbeantwortet, natürlich ließ der Leiter des Polizeireviers nicht mit sich reden. Er sagte, was gemacht werden sollte, und diskutierte diese Entscheidung selbstverständlich nicht. Nicht einmal eine Erklärung gönnte er ihm. Er knurrte noch ein »Ciao!« ins Telefon, dann herrschte Stille.

Giuseppe machte aufgeregte Zeichen. Wenn er zu aufgewühlt war, um Worte zu finden, machte Emilio sich wirklich Sorgen. Giuseppe zeigte nach vorn, auf die Straße, wedelte aufgeregt mit beiden Händen, statt wenigstens eine am Steuer zu lassen, was Emilio wesentlich lieber gewesen wäre. Nun gab er sogar noch mal kräftig Gas. Eine Kurve! Nur eine leichte, aber immerhin garniert von einem Haus mit einigen Platanen davor. Wenn sie schon von der Straße abkamen, dann wollte Emilio Fontana lieber in einer Wiese landen wie das rote Cabrio. Nun musste er sich sogar mit beiden Händen festklammern, verlor dabei sein Mobiltelefon, musste lange vor seinen Füßen herumsuchen, als er sich wieder traute, den Griff loszulassen ... und begriff, als er wieder auftauchte, endlich, warum Giuseppe so aufgeregt war. Der weiße Fiat war weg!

Der Himmel über Siena war blassblau, die Mittagssonne versteckte sich hinter hellem Dunst, die Temperatur war frühlingsmild. Der Sommer schien eine Pause einzulegen. Anna hätte sich gern eine Strickjacke über die Schultern gelegt. Aber dann hielt sie es auch für möglich, dass sie nur deswegen fröstelte, weil sie in einen Raubzug hineingezogen worden war, ohne es zu wollen. Warum hatte sie nicht auf den ersten Blick gemerkt, was da los war? Tante Rosi hatte ihr früher oft genug erklärt, wie schmal der Grat zwischen einem unbescholtenen Leben und einem auf der Flucht oder im Gefängnis war. Solange sie denken konnte, hatte sie Angst davor gehabt, diese Grenze versehentlich zu überschreiten und in einem Leben zu landen, wie ihre Eltern und Brüder es führten. Niemals! Das hatte sie nicht nur Tante Rosi, sondern auch sich selbst geschworen. Nur die Sache mit Onkel Heinrich ... Anna schüttelte den Gedanken ab. Nein, das war etwas ganz anderes.

Sie fuhr so langsam in die Stadt hinein, dass sie vom Hupen eines ungeduldigen Autofahrers zur Eile angetrieben wurde. Aber sie nahm es kaum zur Kenntnis. Sie brachte einfach nicht mehr zustande, als vor einer roten Ampel zu bremsen und anzufahren, wenn sie auf Grün wechselte. Erst nach und nach kehrten die klaren Gedanken zurück, die bis zu diesem Augenblick unter einem Wust von Schreck und Bestürzung verbuddelt gewesen waren. Sie war wieder in der Lage, sich Fragen zu stellen, wenn sie auch nicht sicher war, ob sie zu vernünftigen Antworten fähig war. Ein Resümee schien ihr jedoch schon zu gelingen, und es war hell und klar, hatte die Farbe von Kristall: Drei Bankräuber hatten ihr Fluchtauto mit Annas weißem Fiat verwechselt. Und darin lagen zehntausend Euro, mit denen sie Levis Rechnung begleichen musste. Er wollte das Geld immer bar, in passender Stückelung, um es den Dachdeckern dann hinzublättern, die ebenfalls Wert auf Barzahlung legten, weil das Geld oftmals direkt in ihre Hosentaschen wanderte und von dort über die Theke in die Kasse einer Bar geschoben wurde. Das war immerhin Geld, das sie einklagen konnte, aber ... wenn die Bankräuber nicht gestellt wurden, wenn ihnen die Flucht gelang, dann war ihr Geld weg. Zwar konnte sie beweisen, dass sie zehntausend Euro abgehoben hatte, und Antonio würde aussagen, dass sich ihr Geld in dem Auto befunden hatte, das sich die Bankräuber schnappten, um zu fliehen. Aber ob ihr eine Versicherung das Geld erstatten würde?

Sie fand sich vor der *Castano-Bank* wieder, ohne zu wissen, wie sie hingekommen war, entdeckte aber auf dem Parkplatz daneben keinen Fleck, auf dem sie den Wagen hätte abstellen können. Kein Wunder! Antonio war nirgendwo zu sehen, hatte anscheinend schon Feierabend gemacht. Dafür waren diverse Autofahrer damit beschäftigt, sich gegenseitig zu beschimpfen, weil einer den anderen zugeparkt hatte. Und vor dem Eingang der Bank wetterten die Fußgänger darüber, dass sie auf die Fahrbahn ausweichen mussten, weil der Bürgersteig voll von Autos stand, die es dort nie gab, wenn Antonio Dienst hatte. Vermutlich hatten die Ermittlungen der Polizei alles durcheinandergebracht. In der Schalterhalle, in den Büros der leitenden Bankangestellten wimmelte es wahrscheinlich vor Polizisten.

Anna fuhr weiter. Mit Antonio konnte sie auch morgen noch reden. Es gab wohl nur eine Möglichkeit: Sie musste zur Polizei. Nicht zu denen, die in der Bank ermittelten, sondern zu Emilio Fontana! Sie dachte an seinen Blick, tief und samtweich, mit diesem kleinen, blinkenden Interesse auf dem Grund, das er mit erlesener Freundlichkeit tarnte. Wie ein sonniger Tag im tristen Herbst! Er würde Verständnis für sie haben. Zumindest würde er sich darum bemühen. Ihm konnte sie vielleicht erklären, warum sie sich so merkwürdig verhalten hatte. Er würde ihr hoffentlich glauben, dass es ihr schrecklich leidtat, das rote Cabrio auf die Wiese gedrängt zu haben, und dass sie nur deswegen in den Waldweg geflüchtet war, weil ihr in diesem Augenblick erst klar geworden war, dass sie in einen Raubüberfall geraten war. Vielleicht würde er sich an die Stirn fassen, sie fragen, wie sie so dumm hatte sein können, das nicht auf den ersten Blick zu erkennen, aber sie war dennoch voller Hoffnung, dass er letzten Endes versuchen würde, ihr zu glauben.

Ich kann mir vorstellen, was Sie denken. Ja, in Stuttgart hätte ich sofort geschnallt, dass ich Bankräuber vor mir habe. Wer in Deutschland nicht gemessenen Schrittes eine Bank verlässt, sondern aus dem Eingang stürmt, sich hinter das Steuer eines Autos wirft und mit durchdrehenden Rädern startet, ohne sich anzuschnallen, gilt immer als verdächtig. Aber Sie können mir glauben, in Italien ist das anders. In den ersten Wochen bin ich ein paar Mal darauf reingefallen. Wenn ich da an den jungen Mann denke, der aus dem Alimentari von Signora Monti kam und die Straße herunterlief, als wäre die Polizei hinter ihm her. Ich war sicher, dass Signora Monti hinter der Theke in ihrem Blut lag, direkt neben der offenen Lade ihrer Kasse... Stattdessen erzählte mir eine quicklebendige Signora Monti, dass dem jungen Mann nur soeben eingefallen war, dass sein Chef ihm am Vortag mit Kündigung gedroht hatte, sollte er noch einmal zu spät zur Arbeit erscheinen. Oder die Nachbarin, für die ich den Arzt geholt habe! Ich hatte beobachtet, wie sie weinend vor ihrer Tür zusammenbrach, nachdem sie die Post aus dem Kasten geholt hatte. Ich dachte, sie hätte eine Todesnachricht erhalten und daraufhin einen Herzanfall erlitten, dabei war es nur um eine Steuernachzahlung von knapp tausend Euro gegangen. Ich bitte Sie! Hätte ein Schwabe, Westfale oder Sachse deswegen einen Zusammenbruch erlitten? Niemals! Er wäre sauer gewesen, hätte gründlich und lange auf den Finanzminister und seine Handlanger geschimpft, sich aber letztlich, wenn auch zähneknirschend mit der Situation abgefunden. Tränen in der Öffentlichkeit? So etwas war ich wirklich nicht gewöhnt, als ich in Siena eintraf. Die Nachbarin hat mich lange nicht gegrüßt, weil sie die Arztrechnung bezahlen musste, die ich ihr eingebrockt hatte. Und der Arzt ist nicht bei mir erschienen, als einer der Maurer sich einen Finger quetschte. Er soll gesagt haben, die Signora tedesca neige zu Übertreibungen. Unfassbar!

Dennoch musste ich irgendwann einsehen, dass alte Männer, die mit Küchenmessern aufeinander losgehen, sich nur an Kriegserinnerungen erfreuen, und Signora Zanchetti, wenn sie schluchzend durch den Garten läuft, keine christliche Nächstenliebe oder den Besuch des Pfarrers nötig hat, sondern nur jemanden, der ihr suchen hilft, weil sie mal wieder vergessen hat, wo sie ihren Ehering abgelegt hat. Ihr eifersüchtiger Ehemann hat ihr schon mehrfach mit einer Tracht Prügel gedroht, wenn er sie noch einmal ohne ihren Ring antrifft.

Sehen Sie jetzt ein, dass ich nicht unbedingt erkennen musste, was sich in der Bank abgespielt hat? Hätten die drei Strumpfmasken getragen, wäre mir natürlich alles klar gewesen. Aber allein die Tatsache, dass sie es eilig hatten und sich wie Verkehrsrowdys benahmen, war für mich kein Indiz dafür, dass sie sich auf der Flucht befanden. Ob ein Italiener von der Liebe oder von der Angst vor Verhaftung getrieben wird, äußert sich ja immer auf die gleiche Weise. Oder sagen wir… mir kommt es jedenfalls so vor. Kann natürlich auch sein, dass ich bei der Beurteilung des italienischen Temperaments immer noch nicht ganz sicher bin.

Das Polizeirevier von Siena lag in der Via del Castoro, zwischen dem Campo und dem Dom, in einer engen Gasse, in der sich die Polizeiwagen ans Gemäuer drängten und man sich nicht vorstellen mochte, was passierte, wenn ein Alarm sie zwang, alle miteinander, und das so zügig wie möglich, durch das Touristengewühl zu kommen. Die gläserne Tür mit der Aufschrift »Polizia di Stato – Questura di Siena« war geöffnet, dahinter saß in einer Pförtnerloge ein Beamter, der sich von jedem Besucher erklären ließ, was ihn hergeführt hatte. Erst wenn die Auskunft befriedigend ausgefallen war, gab er den Weg frei.

In der Nähe der Questura einen Parkplatz zu finden, war natürlich illusorisch. Anna stellte den Fiat schließlich in der Via Mascagni im Halteverbot ab und schaltete die Warnblinkanlage an, als Zeichen dafür, dass sie sich ihres Parkvergehens bewusst war und sich als Dank für die Toleranz der Anwohner und aller anderen Verkehrsteilnehmer mit ihrer Rückkehr beeilen würde.

Sie löste den Gurt... und stockte. Was war das? Die Sonne fiel in diesem Augenblick durch die Windschutzscheibe ins Auto. Wie in einem Prisma zerbrach das Licht, bestand für einen Augenblick nur aus Zacken und Blitzen und bündelte sich dann wieder in dem schönsten Rot, das sie je gesehen hatte. Groß wie der Nagel ihres kleinen Fingers. Was mochte das sein?

Sie schob ihre flache Hand an der Sitzkante entlang, bis ihre Fingerspitzen etwas berührten. Ein Ring? Sie bekam ihn mit Mittel- und Zeigefinger zu fassen und zog die Hand vorsichtig wieder in die Höhe. Tatsächlich ein Ring!

Im letzten Moment versagten ihr die Fingerspitzen, der Ring entglitt ihnen. Aber diesmal fiel er so günstig, dass sie ihn ohne Weiteres erreichen konnte. Staunend betrachtete sie ihn. Viel verstand sie nicht von Schmuck, aber dieser Ring sah kostbar aus. Ob er den Bankräubern gehörte? Wenn ja, dann war er natürlich gestohlen. Hatten sie vor dem Banküberfall einen Juwelier ausgeraubt? Oder eine reiche Witwe? Hatte sich der Sack, in den sie vermutlich die Juwelen gestopft hatten, geöffnet, sodass dieser Ring herausgefallen war? Vielleicht konnte Emilio Fontana etwas dazu sagen. Andererseits ... Sie starrte den großen roten Stein in der Mitte des Rings an, der die Form einer Erdnuss hatte, und die vielen Steine, die ihn einfassten. Strass? Oder etwa ... Diamanten?

Vorsichtig platzierte sie den Ring auf der Ablage neben zwei Eurostücken und einem Lippenstift, stellte die Warnblinkanlage aus und legte zaghaft den ersten Gang ein, ohne den Ring aus den Augen zu lassen. Diese Kerle hatten ihr Geld, da konnte ihr niemand einen Strick draus drehen, wenn sie diesen Ring behielt. Zumindest so lange, bis sie ihr Geld zurückbekommen hatte. Den Gedanken, einen Besuch bei Commissario Fontana zu machen, gab sie wieder auf.

Mit einem Mal war es sowohl mit Vorsicht als auch mit Zaghaftigkeit vorbei. Sie fuhr an und bog derart unachtsam auf die Straße ein, dass ein anderes Auto zu einer Notbremsung gezwungen wurde. Auf das empörte Hupen achtete sie nicht, sondern fuhr auf die Ampel zu, die gerade auf Rot umsprang. Anscheinend war es jetzt mit dem Glück der ständig freien Fahrt vorbei. Egal! Sie würde erst mal nach Hause fahren und sich Zeit mit der Entscheidung lassen, ob sie den Ring wirklich behalten sollte. An Tante Rosi durfte sie dabei nicht denken.

Ihre Stimme hallte trotzdem durch ihren Kopf, grün wie Petersilie. »Du willst doch nicht so enden wie deine Eltern und Brüder!«

Henrieke sah es sofort. »Das ist nicht dein Auto, Mama!« Sie deutete auf das Kfz-Kennzeichen und sah ihre Mutter an, als wäre sie nach einer durchtanzten Nacht in Strapsen und mit Knutschflecken am Hals nach Hause gekommen. »Du bist in ein falsches Auto gestiegen.« Nun kam der Blick hinzu, den Angehörige von Demenzkranken aufsetzten, kurz bevor ein Arzt die Diagnose bestätigte.

Anna nahm hastig den Ring und steckte ihn in die Tasche ihrer Bermudas. Dann erst stieg sie aus, derart schwungvoll, dass sie mit diesem Beweis ihrer in Hochform befindlichen geistigen und körperlichen Kräfte beinahe kopfüber in dem Stapel aufeinandergeschichteter Gerüstbretter gelandet wäre. Im letzten Augenblick konnte sie sich an der Fahrertür festklammern und wusste, dass sie ein denkbar schlechtes Bild abgab.

»Mama!« Henrieke sprang hinzu, griff nach dem Arm ihrer Mutter und hielt ihn viel länger, als nötig war. »Wieso kommst du nicht mit deinem Auto? Eine Verwechslung? Hast du etwa nicht gemerkt, dass du in ein falsches Auto gestiegen bist? O mein Gott!«

Anna machte sich von ihr frei. »Hältst du mich für senil?«

»Du bist über sechzig, Mama.«

Henrieke wäre eine geharnischte Antwort sicher gewesen, wenn Anna sich in diesem Augenblick nicht wie achtzig gefühlt hätte. Sie hatte das unangenehme Gefühl, dass die Ereignisse wie eine große Welle über sie hinwegschwappten und dass sie vergessen hatte, vorher tief Luft zu holen.

Ärgerlich machte sie sich von Henrieke frei und hätte sie am liebsten gefragt, ob sie noch ganz bei Trost sei. Aber als sie das ehrlich besorgte Gesicht ihrer Tochter sah, brachte sie es nicht fertig, sie zurückzuweisen. »Ich konnte nichts dafür.«

Konrad kam die steile Verbindungsstraße hinab, die die Via Valdambrino mit der darüberliegenden Via Boninsegna verband. Anscheinend war er beim Kiosk neben dem *Lampada Rossa* gewesen, denn in den Armen hielt er mehrere Kekstüten und zwei Colaflaschen. Umgehend wurde er von Henriekes Besorgnis angesteckt. »Ist was passiert?«

Erneut musste sich Anna zusammenreißen, um nicht aus der Haut zu fahren und es sich zu verbitten, dass man mit ihr umsprang wie mit einem Kind, das unbedingt flügge werden wollte, dem jedoch noch kein kräftiger Flügelschlag zugetraut wurde. »Drei Idioten sind mit meinem Wagen auf und davon.«

Henrieke schrie auf: »Dein Auto wurde gestohlen?«

»Eine Verwechslung! Du siehst doch, dass sie das gleiche Modell haben.«

»Hast du etwa den Schlüssel stecken lassen?«

Diesmal übernahm Gott sei Dank Konrad das Antworten und setzte Henrieke auseinander, dass es vor der *Castano-Bank* gang und gäbe war, den Schlüssel nicht abzuziehen, damit Antonio dafür sorgen konnte, dass die Autos hin und her geschoben wurden. Es erbitterte Anna, dass Henrieke seine Erklärungen wohlwollend zur Kenntnis nahm, während sie ihre Mutter mit einem Blick bedachte, der nach wie vor so misstrauisch war, als zweifle sie an ihrem Verstand.

Anna betrat das Haus, durchquerte den Raum, den sie bereits Lobby nannte, ging in ihre Wohnung, lief durch die Diele und Küche und blieb erst auf der Terrasse stehen. Der schwere Vorhang aus Perlenschnüren, der Insekten und Ungeziefer fernhalten sollte, klirrte noch aufgeregt, als Konrad ihr folgte. Dass Henrieke zurückblieb, schien ihm zu gefallen. Er schob die Tür, die in die Küche führte, zu und stellte sich neben Anna, abwartend, genauso ruhig. Sie starrte in den Garten, als suchte sie nach ersten Beweisen für die Kraft ihres grünen Daumens, aber er merkte, dass sie aufgewühlt war, dass sie Zeit brauchte, dass es etwas gab, was sie verarbeiten musste, bevor sie darüber reden konnte.

Anna schob die Hand in die Tasche ihrer Bermudas und umschloss den Ring mit ihrer geballten Faust, ehe sie sagte: »Ich kann Levis Rechnung nicht bezahlen.«

»Was?« Konrad trat einen Schritt zur Seite, als wäre Zahlungsunfähigkeit eine ansteckende Krankheit. Dann verstand er. Ziemlich flott, wie Anna fand. »Das Geld war in deinem Auto?« Auf eine Bestätigung wartete er gar nicht erst. Selbstverständlich lag für ihn die Lösung des Problems bereits auf der Hand. »Diese drei Idioten werden doch ein Interesse daran haben, die Autos zurückzutauschen. Sobald sie gemerkt haben, dass sie den falschen Wagen erwischt haben...«

»Drei Bankräuber?«

Dazu fiel auch Konrad nicht auf Anhieb etwas ein. Sprachlos starrte er sie an. Noch bevor seine virile Klugheit ihrer schwachen Weiblichkeit überheblich kommen konnte, ergänzte Anna: »Ich möchte nicht, dass Henrieke etwas davon mitbekommt. Sie wird mich nicht mehr allein auf die Straße lassen.«

»Was willst du mir verschweigen?« Henrieke erschien auf der Terrasse. Wie früher Tante Rosi, wenn sie merkte, dass Anna etwas Verbotenes tun wollte und dem Kind weisgemacht werden sollte, dass die Augen ihrer Tante überall waren und ihr nichts entgehen würde.

Konrad übernahm die Erklärungen, und Anna fügte nur an: »Ich wollte dich nicht beunruhigen.«

»Mama!« Henrieke strich sich den Fransenpony aus der Stirn, als wollte sie Tante Rosi ähnlicher sehen. »Du hast dich mit Kriminellen angelegt?«

Dass es sich um Bankräuber gehandelt hatte, konnten Konrad und Henrieke erst glauben, als Anna ihnen die Situation in allen Einzelheiten geschildert hatte und von jeder Seite beleuchtete.

»Du musst die Polizei verständigen.« Für Henrieke war klar, wie diese Angelegenheit zu lösen war: Sie musste an die Zuständigen weitergereicht werden. Mit der bedeutungsvollen Miene derer, die aus einem großen Problem im Handumdrehen ein kleines gemacht haben, ging sie in die Wohnung zurück, als wäre damit alles erledigt.

Annas Faust schloss sich so fest um den Ring, dass er sich schmerzhaft in ihre Handfläche bohrte. »Die Polizei war hinter mir her.«

»Hinter den Bankräubern«, korrigierte Konrad.

»In deren Auto ich saß.«

Es entstand eine Stille, die mit nebelgrauer Ratlosigkeit angefüllt war. Anna hörte Henriekes Stimme aus der Tiefe der Wohnung, ohne jedoch ein Wort von dem zu verstehen, was sie sagte. Telefonierte sie etwa mit Dennis? Erzählte sie ihm, dass man ihre Mutter einfach nicht allein lassen konnte? Und dass sie es ja gleich gesagt hatte? Wahrscheinlich fügte sie sogar an, man müsse die Mama nach Deutschland zurückholen. Was sie sich vorgenommen habe, könne sie nicht bewältigen. Nicht in ihrem Alter...

»Das kann dir niemand vorwerfen«, sagte Konrad nun. »Du wolltest dir dein Auto und dein Geld zurückholen. Eine verrückte Idee zwar, aber doch irgendwie verständlich.« Dass Anna ein Auto von der Straße gedrängt, diverse Verkehrsvorschriften außer Acht und viele Geschwindigkeitsbegrenzungen überschritten hatte, tat er mit einer wegwerfenden Geste ab. »Ich rede mit Emilio Fontana. Von Kollege zu Kollege.« Er legte einen Arm um Annas Schultern. »Wir biegen das wieder hin.«

Dieses Wir tröstete Anna viel mehr, als sie zugeben wollte. Konrad gehörte zu den Männern, die alles, was sie in die Hand nahmen, zu einem Ende führten, meist zu einem guten. Er war absolut verlässlich, eine seiner allerbesten Eigenschaften. Das Problem war allenfalls, dass derjenige, der seine Hilfe annahm, jegliche Kontrolle über das eigene Problem verlor und das gute Ende eventuell anders aussah als das, was er selbst anvisiert hatte. Anna wusste das mittlerweile. Im Hotel gab es ein Treppengeländer, das ein ganz anderes Design hatte, als sie selbst es haben wollte, und das riesige Bett in ihrem Schlafzimmer ärgerte sie mehrmals täglich, weil zwischen Wand und Bettkante so wenig Platz war, dass sie seit der Lieferung ständig blaue Flecken unterhalb der Kniescheibe hatte. Andererseits würde der Treppengeländerlieferant sie vielleicht heute noch mit unverschämten Ausreden vertrösten, wenn Konrad ihm nicht die Pistole auf die Brust gesetzt hätte, und der Besitzer des Bettengeschäftes würde ihr nach wie vor versichern, dass er an der dreizehnten Verschiebung des Liefertermins völlig unschuldig sei. Aber was die Breite des Bettes anging, wurde Anna den Verdacht nicht los, dass Konrad in diesem Falle höchst eigennützig entschieden hatte.

»Keine Angst«, raunte er ihr ins Ohr. »Ich rede mit Levi. Das war alles zu viel für dich. Er wird den Arbeitern erklären, warum sie auf ihr Geld warten müssen. Mach dir keine Sorgen.«

Und tatsächlich machte sie sich im selben Moment schon viel weniger Sorgen, das Nebelgraue löste sich auf, Optimismus vertrieb es. Anna war sogar entschlossen zu nicken, wenn Konrad der Polizei erklären würde, dass sie sich mit dem Hotel in Siena wohl zu viel zugemutet habe. Hauptsache, sie bekam ihr Geld zurück und keinen Ärger mit der italienischen Obrigkeit.

Henriekes Stimme unterbrach Annas Gedanken und Konrads Versuch, sich von Annas Haaren die Nase kitzeln zu lassen. »Emilio Fontana kommt vorbei. In etwa einer Stunde.«

Anna fuhr herum, ihre Rechte verlor sogar den Kontakt zu dem Ring in ihrer Hosentasche. »Du hast mit der Polizei telefoniert?«

»Wenn du selbst nicht auf diese Idee kommst, muss es dir jemand abnehmen.« Henrieke, die Altenpflegerin, die Sozialpädagogin, die Anwärterin für die Telefonseelsorge.

Konrad konnte seinen Ärger nur schwer verhehlen. »Das wollte ich erledigen. Sie wissen vielleicht nicht...«

»...dass Sie in Deutschland mal Kriminalkommissar waren?«

»Hauptkommissar.«

»Das weiß ich«, antwortete Henrieke. »Sie lassen ja keine Gelegenheit aus, es zu erwähnen.«

Die Feindschaft zwischen Henrieke Wilders und Konrad Kailer schien damit besiegelt. Anna spürte es, das Bedauern darüber, aber vor allem die Sorge, dass sie Konrad verlieren könnte. Bis zu diesem Augenblick war ihr nicht klar gewesen, dass er ihr zwar gelegentlich mit seiner aufschneiderischen Hilfsbereitschaft auf die Nerven ging, dass die Abende, die sie gemeinsam verbracht hatten, aber schön gewesen waren, dass sie es genoss, von ihm umworben zu werden, und froh war, nach so kurzer Zeit im Ausland einen Freund gefunden zu haben. Eine Liebesbeziehung wünschte sie sich zwar nicht, aber die Freundschaft mit Konrad wollte sie nicht verlieren.

»Ich habe vorhin Nudeln gekocht, Mama.« Henriekes Stimme blieb professionell karitativ. »Du musst etwas essen. Du klappst mir sonst noch zusammen.« Sie griff nach Annas Arm, schickte Konrad mit einem eisigen Blick von der Terrasse und führte ihre Mutter wie eine Schwerkranke in die Küche. Konrads Bitte, informiert zu werden, sobald Emilio Fontana auftauchte, ignorierte sie.

Anna machte sich ärgerlich frei. »Mir geht's gut.«

Das jedoch hielt Henrieke für ausgeschlossen. Sie gab ihrer Mutter eine Portion Nudeln auf den Teller, als wären besonders viele Kohlenhydrate ein Allheilmittel. »Das hast du bewiesen«, konterte sie lakonisch. »Du erkennst einen Bankräuber auf der Flucht nicht und kommst nicht auf die Idee, zur Polizei zu gehen, wenn dir jemand ein Auto klaut. Du begibst dich sogar auf Ganovenjagd.« Henrieke schüttelte den Kopf, und Anna sah ihrer Tochter an, dass sie jetzt gern mit einem Hinweis auf die Familie gekommen wäre. Nur die Tatsache, dass auch Henrieke Teil dieser Familie, Nachfahrin von Annas Eltern war, hielt sie davon ab. Tante Rosi hatte es da leichter gehabt, sie war nur eine Cousine zweiten Grades von Annas Mutter gewesen.

»Und dann noch der Einbruch gestern. Das war alles zu viel für dich.« Henrieke gab ihrer Mutter Tomatensoße auf die Nudeln und sah so aus, als wollte sie ihr das Besteck in die Hand geben und ihr eine Serviette um den Hals knoten. »Bist du wirklich sicher, dass dir nichts gestohlen wurde? Die Versicherung würde es dir erstatten. Oder hast du etwa keine Versicherung abgeschlossen?«

Anna befreite sich von der Fürsorge ihrer Tochter, indem sie derart unvorsichtig mit der Tomatensoße umging, dass der Tisch in Sekundenschnelle rot gesprenkelt war, und handhabte den Parmesan wie Frau Holle einen Schneesturm, der außer Kontrolle geraten war. Henriekes Empörung über das schlechte Benehmen ihrer Mutter tat ihr gut, besser als ihre Fürsorge, die sie heimlich Bevormundung nannte. Im selben Moment schämte sie sich jedoch. Henrieke meinte es gut. Es war nicht richtig, darauf mit Rebellion zu reagieren. Das hatte sie doch nie getan. Immer hatte sie versucht, sich anzupassen, und meist war es ihr gelungen. Tante Rosi hatte es ihr eingebläut, und Anna war noch heute dankbar dafür. Sie durfte nur das tun, was als normal galt, musste sich so verhalten wie die meisten anderen. Wer eine Familie wie Anna hatte, musste aufpassen, nicht unversehens in einen Topf mit Kriminellen geworfen zu werden. Sie war zu einem ehrlichen Mädchen, zu einer grundanständigen Frau geworden. Sie hatte einen ehrlichen und grundanständigen Mann geheiratet und es in ihrer Ehe ausgehalten. Niemals wäre sie auf die Idee gekommen, Clemens zu verlassen, weil sie von ihm eingeengt und daran gehindert wurde, sich selbst zu verwirklichen. Nein, sie hatte jedem gezeigt, dass bei ihr alles in bester Ordnung war. Eine brave Ehefrau, die alles tat, was von ihr erwartet wurde.

Anna nahm ihrer Tochter das Spültuch aus der Hand und wischte den Tisch sauber. »Sorry, ich habe einfach keinen Appetit.«

»Am besten, du legst dich ein wenig hin.«

Anna stand auf und ging zur Kaffeemaschine. »Ein Espresso ist besser als eine Siesta. Außerdem muss ich nachdenken. Hoffentlich legen die Maurer und Dachdecker die Arbeit nicht nieder, wenn sie heute nicht bezahlt werden.«

»Du musst doch noch Geld auf deinem Konto haben.«

Schon war es wieder so, als schaute Dennis sie an. Anna wusste, dass ihre Tochter eigentlich nicht gierig war, aber das ewig Suchende in ihrem Blick hatte sie längst von Dennis übernommen, der immer darauf aus war, zu Geld zu kommen. Womöglich war dies eine gute Gelegenheit, Henrieke ein für alle Mal auszureden, dass bei ihrer Mutter was zu holen war.

»Papa hat dir eine Menge hinterlassen«, setzte Henrieke nach.

Anna wollte auf keinen Fall, dass jetzt Zahlen ins Spiel kamen und ihr am Ende sogar vorgerechnet wurde, wie viel sie ausgegeben haben konnte und wie viel sie noch besitzen musste.

»Das Geld liegt in Stuttgart auf der Bank. Ich meine ... der Rest des Geldes.«

»Warum?«

»Meine eiserne Reserve. Die wollte ich eigentlich nicht antasten.«

»Das heißt ... das Geld, das die Bankräuber jetzt spazieren fahren, war dein letztes?«

Anna merkte, dass sie nun vorsichtig sein musste. Auf keinen Fall durfte sie konkret werden. Nur vage Erläuterungen, keine Zahlen, die Henrieke an Dennis weitergeben konnte. Sie wusste ja selbst nicht, wie es weitergehen sollte. Sie war sicher gewesen, dass sie das Geld auf der deutschen Bank nicht würde anrühren müssen.

Während der Espresso gemahlen wurde und das Dröhnen des Mahlwerks sich zwischen sie und Henrieke stellte, schloss Anna die Faust wieder fest um den Ring in ihrer Tasche und ging wortlos ins Schlafzimmer. Sie drückte die Tür nicht ins Schloss, weil sie damit womöglich verraten hätte, dass sie etwas vorhatte, von dem Henrieke nichts wissen sollte. Sie summte sogar leise vor sich hin wie jemand, der sich mit einer Lappalie beschäftigte. Eilig öffnete sie den Kleiderschrank, horchte, während sie die lila Bettwäsche hervorsuchte, auf den Flur, auf Henriekes Stimme und auf deren Schritte. Dann ertastete sie das weiche Flanell der Bettwäsche, riss sie eilig heraus, schüttelte den Kopfkissenbezug auf und ließ den Ring in eine Öffnung der Knopfleiste fallen. So klein wie möglich faltete sie den Kopfkissenbezug wieder zusammen, schob ihn in den Bettbezug und versteckte wieder alles hinter der Bettwäsche, die vornehmlich grau und beige war. War es richtig, noch einmal dasselbe Versteck zu wählen? Aber es fiel ihr kein anderes ein. Sie war daran gewöhnt, alles, was niemand außer ihr sehen sollte, in die lila Bettwäsche zu stecken. Und wer auch immer sie bestohlen hatte, er würde kein zweites Mal kommen und nicht noch einmal in die Bettwäsche greifen.

Auf dem Flur war es nach wie vor ruhig, Geräusche drangen nur aus der Küche, wo Henrieke das Geschirr zusammenstellte und Wasser in die Spüle laufen ließ.

Anna schloss den Schrank sorgfältig, ging zur Tür und drehte sich dort noch mal um wie jemand, der einen letzten Blick auf das werfen will, was er geleistet hat. Doch gerade in diesem Augenblick änderte sich das Bild jäh. Entsetzt machte sie einen Schritt zurück, prallte mit dem Rücken gegen die Schlafzimmertür, die mit einem Geräusch ins Schloss fiel, das endgültig schien. Dabei wusste sie, dass sich kein Schlüssel drehen würde, wie es ihre Mutter täglich mehrmals gehört hatte, wenn der Wärter sie allein ließ. Aber an ihrem vergitterten Zellenfenster hatte sich auch garantiert nie ein Gesicht gezeigt und sie zu Tode erschreckt. Durch Annas Schrei war das Lachen aus Levis Gesicht gefallen, er machte ihr Zeichen, dass es ihm leidtat und dass ihre Angst völlig unbegründet sei. Er wies auf den Zollstock in seiner Hand und auf den äußeren Rahmen des Fensters. Dann zuckte er die Schultern und setzte ein Grinsen auf, das sie davon überzeugen sollte, wie lustig der Zufall sei, der zwar zu einem großen Schreck geführt hatte, aber eigentlich nichts als ein heiterer Umstand war.

Endlich konnte Anna sein Grinsen erwidern, und sie sah Levi die Erleichterung an. Der Schreck war überwunden, prompt stellte sich die Kurzatmigkeit ein, die sie immer überfiel, wenn sie sich in einem geschlossenen Raum befand. Sie löste sich von der zugefallenen Tür, riss sie auf und lief in die Küche.

Ein merkwürdiger Anruf war das. Emilio war immer noch verdutzt. Diese Henrieke Wilders hatte ziemlich konfuses Zeug geredet. Das Auto ihrer Mutter sei gestohlen worden, und die Mama habe die Diebe verfolgt, weil in dem Auto viel Geld lag. Nun stehe das Auto vor der Tür. Ja, der Fiat, der nicht Anna Wilders gehöre.

Emilio war froh, dass Giuseppe nicht mitbekommen hatte, welches Kfz-Kennzeichen durchgegeben worden war. Er hätte sich niemals darauf eingelassen, seine Mittagspause zu genießen, während sein Chef allein zum *Albergo Annina* fuhr, um zu hören, was sich zugetragen hatte. Wenn es stimmte, was er vermutete... Emilio mochte es nicht zu Ende denken. Santo Dio, dann hatten sie Anna Wilders verfolgt und nicht die Bankräuber. Dann waren die drei in Anna Wilders' Wagen auf der Flucht. Und dann wäre Giuseppe in seinem Übereifer garantiert auf die Idee gekommen, Anna alles Mögliche anzuhängen: Gefährdung des Straßenverkehrs und Überschreitung von Höchstgeschwindigkeiten mindestens. In dem Fall hätte er sogar in ihrem plötzlichen Verschwinden einen kriminellen Akt gesehen. Emilio wusste, das musste er verhindern. Wenn er mit Anna geredet hatte, sah er hoffentlich klarer. Und dann würde er einen Weg finden, ihr zu helfen, ohne dass es ihr an den Kragen ging. Eine gute Gelegenheit, ihr zu zeigen, dass sie auf ihn bauen konnte. Er musste unbedingt mit seiner Mutter über sie reden. Mamma würde es gefallen, dass dieses Teufelsweib drei Bankräubern nachgejagt war. Sie würde auch eine Idee haben, wie dieser deutsche Polizeibeamte aus dem Rennen zu schlagen war. Hoffentlich machte er ihm keinen Strich durch die Rechnung. Ach ja, und dann sollte er natürlich auch eine Fahndung nach dem anderen Auto durchgeben, nach dem weißen Fiat, der Anna Wilders gehörte ...

Anna wäre froh gewesen, wenn sie mit Emilio Fontana hätte allein sein können. Aber Henrieke wich ihr nicht von der Seite, und Konrad hatte wohl heimlich Posten hinter seinen Holunderbüschen bezogen und daher mitbekommen, dass der Commissario erschienen war. Kurz nach Emilio stand auch er auf der Terrasse und gab sich überrascht. »Du hast Besuch?« Aber nun, da er schon mal da sei, könne er ja seinen italienischen Kollegen unterstützen ...

Ich weiß immer noch nicht, wie viel ich von der Wahrheit bekennen soll. Was meinen Sie? Dass ich den Bankräubern gefolgt bin, kann ich wohl nicht bestreiten. Henrieke hat es ja längst verraten. Dass ich gerast bin wie Sebastian Vettel beim Großen Preis in Budapest, weiß Emilio Fontana vielleicht nicht. Kann ja sein, dass der Fahrer des Polizeiwagens, der mich verfolgt hat, darüber nicht geredet hat. Aber die Sache mit dem Ring? Ich bin sicher, dass er kostbar ist. Zu oft habe ich Fotos von Schmuckgegenständen gesehen, vornehmlich auf Fahndungsplakaten, auf denen daneben die Konterfeis meiner Brüder zu sehen waren. Wertvolle Beute, die bei einem Juwelier gemacht worden oder antiker Schmuck, der aus einem Museum verschwunden war. Jedes Mal war er den Tätern schnell wieder abgejagt worden. Wenn ich es mir recht überlege… mit ihren Juwelendiebstählen haben die beiden stets Pech gehabt. Erstaunlich eigentlich, dass sie es dennoch immer wieder versucht haben. Valentino war verrückt nach diesen Kostbarkeiten. Nachdem er sie an einen Hehler verkauft hatte, war er immer noch glücklich, dass er die Klunker für eine kurze Zeit besessen hatte. Wenn ich ihn dann im Gefängnis besuchte, hat er mir oft erklärt, wie kostbar die Steine gewesen waren, woran man ihren Wert erkannte und – bei alten Stücken – wer den Schmuck getragen hatte, wem er geschenkt worden war. So habe ich einiges gelernt, ohne es richtig zu merken. Und es würde mich sehr wundern, wenn der Ring, den ich im Fluchtauto der Bankräuber gefunden habe, nicht aus einem dicken Rubin mit Diamanten besteht.

Sie meinen, er gehört mir nicht? Ja, Sie haben recht. Natürlich nicht! Andererseits war mein lila Bettbezug leer. Alles, was ich darin versteckt hatte, ist weg. Und das gehörte mir! Nein, fragen Sie mich nicht, warum ich es nicht einklage. Es geht nicht, basta! Und nun noch das Geld für die Handwerker in meiner Miss-Piggy-Tasche! Kommen Sie mir bitte nicht mit Moral. Auf den Inhalt meiner lila Bettwäsche hatte ich ein Anrecht. Und ist es etwa moralisch, mir den Lohn der Handwerker zu klauen? Na also! Solange diese Kerle mit meiner Miss-Piggy-Tasche auf der Flucht sind, kann ich auch ihren Ring behalten. Das ist nur gerecht. Also hören Sie bitte auf, von Anstand und Gerechtigkeit zu reden. So was können sich Leute erlauben, die alles haben, was sie brauchen. Ich aber brauche mein Hotel! Das müssen Sie verstehen. Mein Lebenstraum! Mein größter Wunsch, der gerade in Erfüllung geht. Ihn soll ich mir kaputt machen lassen? Okay, ich verstehe… Sie meinen, die Versicherung wird mir den Schaden ersetzen. Ich kann ja beweisen, dass das Geld für die Arbeiter in meinem Auto gelegen hat. Okay, wenn das klappt, bin ich bereit, den Ring zurückzugeben. Sobald die Erstattung auf meinem Konto ist oder ich auch nur eine schriftliche Zusicherung habe. Bleibt aber immer noch der lila Bettbezug…

Auch Emilio Fontana schien verärgert, dass er nicht mit ihr allein sein konnte. Anna wunderte sich, dass er nicht die Autorität aufbrachte, ein Gespräch unter vier Augen zu fordern.

Woran dies lag, begriff sie erst, als Konrad fragte: »Sind Sie privat hier?« Er blickte sich um, als suchte er nach Fontanas Assistenten. »Zu einer Vernehmung kommt man doch nicht allein. Oder ist das in Italien anders?«

Anna entging der vernichtende Blick nicht, den Fontana seinem deutschen Kollegen zuwarf, und auch nicht die Bitte in seinen Augen, die er ebenso wenig aussprach, als er sie wieder ansah. Sie sollte Konrad wegschicken und ihre Tochter am besten gleich mit? Eine private Entscheidung der Geschädigten sozusagen. Aber Henrieke machte gerade in diesem Moment einen Schritt auf Anna zu, als wollte sie ihre Mutter vor dem Commissario beschützen, und Konrad stellte sich derart breitbrüstig, breitarmig und breitbeinig in die Tür, dass Anna es nicht wagte. Es wäre ihr wie ein Zugeständnis erschienen, die Bestätigung, zu schwach, zu dumm, zu alt und sogar ein bisschen wie ihre Eltern und Brüder zu sein.

Fontana ließ Konrads Frage unbeantwortet. Er tat so, als hätte er sie gar nicht gehört, und widmete sich ausschließlich Anna. Anscheinend hoffte er, dass er Konrad und Henrieke nur lange genug ignorieren musste, bis sie sich selbst überflüssig vorkamen und gingen.

Sie saßen nun auf der Terrasse, und Anna war nicht überrascht, dass Emilio Fontana mit einem rhetorischen Umweg begann. Vermutlich wollte er Konrad und Henrieke langweilen. Umständlich und noch langsamer als sonst begann er mit dem Einbruch in ihrem Haus, sodass Henrieke schon auf ihrem Stuhl hin und her rutschte und ihn daran erinnerte, dass es diesmal um etwas anderes ging. Aber Emilio Fontana achtete nicht auf sie. Er blickte weiterhin ausschließlich Anna an.

»Haben Sie noch einmal nachgesehen? Ist wirklich nichts gestohlen worden?«

Anna bestätigte es erneut und machte es nun so wie er. Lang und breit redete sie von dem wenigen, was kostbar und teuer genug wäre, um in einem Dieb Begehrlichkeiten zu wecken, dass aber alles noch an seinem Platz sei. Dann berichtete sie ausführlich von einem Einbruch in Stuttgart, von dem sie gehört hatte, kurz bevor sie nach Siena zog. Danach fiel beiden nichts mehr ein, um das Gespräch in die Länge zu ziehen, und da weder Konrad noch Henrieke Anstalten machten, aufzustehen und zu gehen, bat Fontana schließlich darum, sich das Auto ansehen zu dürfen, mit dem Anna heimgekommen war.

»Das habe ich Ihnen doch schon gezeigt«, ging Henrieke dazwischen. »Es sieht genauso aus wie das meiner Mutter.«

Diesmal antwortete Emilio Fontana mit einem derart energischen Blick, dass Henrieke ihren Einwand nicht wiederholte.

»Wir müssen es natürlich auf Spuren untersuchen«, sagte Fontana zu Anna.

Henrieke stand auf, als wollte sie ihrer Mutter nachgehen, war dann aber bereit, sich um Kaffee zu kümmern, als Anna sie darum bat. Und auch Konrad ließ sich aufhalten, als Anna ihn daran erinnerte, dass er mit den Arbeitern sprechen wollte, die an diesem Tag ohne Wochenlohn nach Hause gehen mussten.

Sie griff nach Fontanas Arm und zog ihn von der Terrasse, durch den Garten, zur Seite des Hauses, wo es einen kleinen Abstellplatz gab. Dort stand der weiße Fiat mit dem Kennzeichen SI-701ZZ. Ein ums andere Mal versicherte sie ihm, dass sie tatsächlich nicht durchschaut habe, was vor sich gegangen sei. »Dass ich Bankräubern folgte, habe ich erst begriffen, als ich merkte, dass die Polizei hinter mir her war.«

Ängstlich sah sie ihn an. Würde er ihr diese Geschichte abnehmen? Mittlerweile kam sie ihr selbst total unglaubhaft vor. Aber eigentlich kam es jetzt nur darauf an, dass er ihr dabei half, ihr Geld zurückzubekommen, und nichts davon erfuhr, was sie sich alles hatte zuschulden kommen lassen, während sie die Bankräuber verfolgte.

Sein Blick war so tief und ausdrucksvoll, dass sie sogar in Erwägung zog, ihm von dem Ring zu erzählen, vorausgesetzt, er sicherte ihr zu, dass ihr das Geld in der Miss-Piggy-Tasche zurückgegeben wurde...

Da aber sagte Fontana: »Die Versicherung zahlt nicht, wenn das Auto nicht abgeschlossen war und sogar der Schlüssel steckte.«

»Aber das machen alle, die neben der *Castano-Bank* parken.«

»Das interessiert die Versicherung nicht. Sie spricht dann von Fahrlässigkeit. Und dieser Fall ist nicht versichert.«

Anna lehnte sich gegen die Fahrertür, weil sie befürchtete, dass ihre Beine unter ihr nachgaben. Sie war sicher, dass sie es nur schaffte, stehen zu bleiben, weil sie der Gedanke an den Ring aufrecht hielt. Ihr Rettungsanker! Der Strohhalm, an dem sie sich festhalten konnte, vorausgesetzt, er war so wertvoll, wie er aussah, und es gelang ihr, ihn zu Geld zu machen.

Emilio Fontana lehnte sich neben sie. »Wie ist Ihnen die Flucht geglückt?«, flüsterte er. »Sie waren mit einem Mal weg. Wie haben Sie das geschafft?«

Sie brauchte eine Weile, bis sie verstand. Dann erst wandte sie langsam, ganz langsam den Kopf. »Sie... haben in dem Streifenwagen gesessen?«

Fontana lächelte. »Sie sind gefahren wie der Teufel.«

»Was werden Sie mir jetzt aufbrummen? Kann ich es bezahlen?« Ängstlich sah sie ihn an.

Fontanas Lächeln vertiefte sich. »Was glauben Sie, warum ich allein hier bin? Ohne Giuseppe!«

Ich hätte dieses Angebot nicht annehmen dürfen? So was kann man nur sagen, wenn man sich eine Sache aus der Entfernung ansieht und selbst in einem warmen Sessel sitzt und sich in keiner Gefahr befindet. Dann lässt sich gut moralisieren. Nein, ich bin froh, dass Fontana bereit war, mir die Strafe für alle Verkehrswidrigkeiten zu erlassen. Doch, das durfte ich annehmen. Ich fühle mich nicht schuldig. Aus gutem Grund habe ich so gehandelt. Die anderen, die drei Bankräuber, sind die Schuldigen. Hätte ich ihnen nicht mein Eigentum überlassen müssen, wäre alles nicht ganz so tragisch gewesen. Die Sache mit meiner lila Bettwäsche ist weiß Gott schlimm genug. Es wäre unfair, mir nun auch noch vorzuhalten, dass ich zu schnell gefahren bin und den Fahrer eines roten Cabrios geärgert habe. Das ist nichts gegen das, was mir angetan wurde. Also sollte mir niemand einen Vorwurf daraus machen, dass ich die Gefälligkeit eines Polizeibeamten angenommen habe. Ob es ihm außerdem gelingt, mir mein Auto zurückzugeben, kann mir so lange egal sein, wie ich über den anderen Fiat verfügen kann. Und wer weiß, wie die Bankräuber reagiert haben, als sie merkten, dass sie im falschen Auto sitzen. Vielleicht haben sie meinen Fiat irgendwo stehen lassen, sind abgehauen und haben meiner Miss-Piggy-Tasche keinen Blick gegönnt. Dann bekomme ich mein Geld wieder und kann mir überlegen, ob ich unter die-

sen Umständen den Ring zurückgebe. Oder... sollte ich erst mal herausfinden, was er wert ist? Mal sehen...

Anna ging langsam in den Garten zurück. Emilio Fontana würde ihr helfen. Warum er das tat, warum er so großzügig reagierte, warum er bereit war, ihr die Konsequenzen für ihre Raserei zu ersparen, fragte sie sich nicht. Oder vielmehr... sie verdrängte die Frage erfolgreich. Dass sie nach einer langen und langweiligen Ehe, mit über sechzig Jahren, mit einem Mal zwei Verehrer haben sollte, mochte sie nicht glauben. Dass sie sich von Konrad Kailer an einem Abend hatte küssen lassen und um ein Haar mit ihm im Bett gelandet wäre, war weiß Gott verrückt genug. Henrieke würde vor Entrüstung sprühen, wenn sie davon wüsste. Aber nun auch noch Emilio Fontana! Ein Polizeibeamter, so attraktiv wie George Clooney, wenn auch mit einem Temperament wie eine Schlaftablette. Nein, das konnte nicht sein. Wahrscheinlich interpretierte sie seinen Blick völlig falsch. Sie hatte keine Übung mehr im Flirten, sie verstand die Signale nicht mehr richtig. Vermutlich war Fontana sogar verheiratet. Nein, nein, wenn sie sich wirklich auf ein kleines Abenteuer einlassen würde, dann mit Konrad. Er war Witwer, es bestand keine Gefahr, dass irgendwann eine eifersüchtige Ehefrau auftauchen und ihre Rivalin aufs Korn nehmen konnte. Außerdem war Konrad ein Mann, der zu ihr passte. Besser als dieser Commissario, der viel zu attraktiv war. So einer wollte eine blutjunge Frau, das wusste doch jeder. Konrad dagegen besaß dieses Maß an Attraktivität, das zwar keine Frau erzittern ließ, aber eine wohlige Wärme erzeugen konnte. Er war genau richtig. Als Freund sowieso, vielleicht auch als Geliebter.

Sie blickte die steile Rasenfläche hinauf, als sie seine Stimme hörte. Konrad stand in der Tür zum Büro, das sich nach hinten, zum

Garten hin, öffnete. Vor ihm hatten sich die Arbeiter aufgestellt, erwartungsvoll, einige mit besorgten Gesichtern. Levi stand neben seinem Vater, überließ aber ihm das Gespräch mit den Arbeitern. Und er tat gut daran. Konrad erklärte den Männern derart einfühlsam und gleichzeitig so klar, warum sie auf ihr Geld warten mussten, dass am Ende niemand einen Einwand wagte. Anna hörte ihm fasziniert zu und wunderte sich nicht, dass die Männer zwar murrend, aber doch voller Verständnis für die Signora tedesca abzogen und versprachen, am Montag wieder pünktlich da zu sein. Anna atmete auf. Das hätte sie nicht so gut hinbekommen. Auch Levi schien dieser Ansicht zu sein. Er klopfte seinem Vater wortlos, aber mit deutlicher Anerkennung auf die Schulter, ehe er in seinem Büro verschwand.

Anna kletterte den Hang hinauf und stieg über den niedrigen Zaun, bei Weitem nicht so dynamisch, wie es Konrad Kailer immer gelang. Sie zupfte sich die Blätter von der Kleidung, während sie auf ihn zuging. »Danke«, sagte sie, als sie bei ihm angelangt war. »Ich werde gleich bei meiner Bank in Stuttgart anrufen. Es kann nicht lange dauern, bis das Geld auf meinem italienischen Konto ist.«

Konrad zeigte ihr wieder das sanfte Lächeln, das sie von Anfang an gemocht hatte. »Vielleicht bekommst du dein Geld vorher zurück. Was sagt Fontana? Gibt es Hoffnung?«

Anna zuckte die Achseln. »Immerhin ist es möglich, dass die Bankräuber das Auto irgendwo stehen lassen und zu Fuß oder mit einem anderen Fahrzeug weiter flüchten. Wenn sie nicht in meine Miss-Piggy-Tasche geguckt haben...«

Konrad lachte. »Der Trick ist gar nicht so schlecht. In dieser Tasche vermutet kein Mensch viel Geld.« Er schob Anna ins Büro, drückte sie dort auf einen Stuhl und ging zur Espressomaschine, das einzige teure und neue Stück in diesem Raum, der ansonsten mit ausgedienten Möbeln ausgestattet war und nicht einmal einen neuzeitlichen Computer beherbergte. »Wenn Fontana dir das Geld zurückbringt, legen wir es sofort in den Tresor. Da ist es übers Wochenende sicher aufgehoben.«

Anna lachte, während sie drei Löffel Zucker in ihren Espresso rührte. »Der Tresorschlüssel hängt am Schlüsselbrett. Das nennst du sicher?«

»Normalerweise bewahrt Levi dort nur Arbeitsunterlagen auf, die zwar für ihn wichtig, für jeden anderen aber ohne Wert sind. Wenn Geld im Tresor ist ...«, Konrad lachte freudlos, als wäre dieser Zustand noch nie oder viel zu selten eingetreten, »... dann nehme ich den Schlüssel mit in die Wohnung.«

»Warum besitzt er einen Tresor, wenn jeder an den Schlüssel kommen kann?«

Konrad stellte seine Tasse neben Annas und setzte sich ihr gegenüber. »Der Tresor war hier schon eingebaut, als Levi das Haus kaufte.« Er trank den ersten Schluck, ohne Anna aus den Augen zu lassen. »Nun erzähl schon! Was hat Fontana vor? Gibt es bereits eine Spur von den Bankräubern?«

Anna trank ihre Tasse in einem Zug aus. »Es gibt nichts zu berichten. Ich kann nur abwarten. Fontana will sich Mühe geben.«

»Garantiert«, kam es trocken zurück. »Der will dir imponieren. Das habe ich sofort gemerkt. Und der ist ohne diesen Giuseppe hier aufgetaucht, weil er sich einen gemütlichen Nachmittag mit dir machen wollte.« Er sah Anna zufrieden an, als hätte er verhindert, dass es zu diesem gemütlichen Nachmittag gekommen war. »Wetten?«

»Ich bin erleichtert, dass er mir den Wagen lässt, bis meiner wieder aufgetaucht ist.«

Konrad runzelte die Stirn. »Sehr merkwürdig! So was wäre in Deutschland nicht möglich.« Er fuhr sich mit der flachen Hand über den Schädel, was bei ihm gründliches Nachdenken unterstützte. »Wo hat er den Wagen erkennungsdienstlich untersuchen lassen? Hier? Vor deiner Tür?«

»Er hat gesagt, der Wagen müsse nicht untersucht werden.«

»Wie bitte?« Konrad sah aus, als suchte er nach einer gemäßigten Formulierung, mit der er Anna nicht gegen sich aufbringen würde, da er nämlich der Ansicht war, Frauen hätten zwar eine höhere emotionale Intelligenz als Männer, sachliche Zusammenhänge könnten sie aber und wollten sie vor allen Dingen nicht durchschauen. »Mit diesem Fiat sind drei Bankräuber geflüchtet. Da müssen Fingerabdrücke genommen werden, das ist das Mindeste. Der Innenraum des Wagens muss genauestens auf Spuren untersucht werden!«

»Fontana sagt, der Polizeipräsident habe diese Untersuchung nicht für nötig erachtet.«

»Der Polizeipräsident?« Konrad zerhackte das Wort in seine sechs Silben, als sollte Anna nach jeder Silbe die Möglichkeit erhalten, ihm zu erklären, dass er es falsch verstanden habe. Als nichts dergleichen kam, beschloss er: »Da stimmt was nicht.«

Anna wich innerlich zurück. Wenn Konrad so etwas sagte, folgte im Allgemeinen eine lange Litanei von Schwarzmalerei und Schönfärberei und natürlich von Besserwisserei. Auf nichts davon hatte sie jetzt Lust. Sie war froh, dass sie den Fiat behalten konnte, basta. Dass sie diesen Entschluss Fontanas ebenfalls merkwürdig fand, wollte sie unbedingt vergessen.

»Wo ist eigentlich Henrieke?« Sie blickte durchs Fenster in ihren Garten.

»Die ist in die Stadt gegangen«, antwortete Konrad. »Sightseeing! Du warst ja mit Fontana beschäftigt.«

Sie plauderten noch ein wenig, obwohl Anna von einer Idee nach Hause getrieben wurde, die ihr gekommen war, als sie Fontana hinterherblickte. Aber da sie Konrad dankbar war, weil er die Maurer und Dachdecker vertröstet und erreicht hatte, dass sie nicht wütend die Arbeit niedergelegt hatten, wollte sie wenigstens höflich sein. Als aber Levi nach seinem Vater rief, war sie froh, sich verabschieden zu können. »Ciao!«

»Ciao, Anna!«

Konrad verließ das Büro durch die Tür, die ins Haus führte, Anna trat wieder in den Garten. Dort blieb sie nach zwei Schritten stehen, starrte vor sich hin und machte dann drei Schritte zurück, ohne sich umzudrehen. Nun stand sie wieder in der Tür, neben der das Schlüsselbrett angebracht war. Unzählige Schlüssel hingen dort, Autoschlüssel, Fahrradschlüssel, Garagenschlüssel, Werkstattschlüssel, riesige Schlüssel, die in das alte Schloss des noch älteren Schuppens passten, ein winziger Briefkastenschlüssel, der nie benutzt wurde, weil der Postbote alle Briefe im Büro abgab, dazu unzählige Schlüssel, von denen niemand wusste, zu welchen Schlössern sie gehörten. Und der große, auffällige Tresorschlüssel! Aber der Haken, an dem er zu hängen pflegte, war leer.

Nun drehte Anna sich um und ging auf den Tresor zu, der Teil einer Regalanlage war. Manchmal stand seine Tür offen, und der Schlüssel steckte. Aber diesmal war er verschlossen. Jemand hatte den Tresor sorgfältig abgeschlossen und den Schlüssel mitgenommen. Levi? Natürlich! Wer sonst? Warum war es ihm plötzlich wichtig, den Tresor zu verschließen, der doch nichts enthielt, was einen potenziellen Dieb verlocken könnte?

Der Juwelier hatte sein Geschäft in der Via di Città. Ein alteingesessener Laden, den Anna mit Bedacht ausgewählt hatte. Signor Mattioli war keiner von den Schmuckverkäufern, die über den Ladentisch schoben, was ihm einen möglichst guten Gewinn einbrachte, er gehörte zu denen, die nicht das Geschäft, sondern Schmuck liebten, der bei jedem Stück genau erklären konnte, wie es entstanden war, wie der Goldschmied gearbeitet hatte, welches Material verwendet worden war. Und er war als Experte für alten Schmuck in ganz Siena bekannt, hatte manches Familienerbstück erworben, das ihm angeboten worden war, und zahlte faire Preise. Angeblich besaß er eine Sammlung, von der niemand genau wusste, wie umfangreich sie war. Und dass der Ring ein altes Stück war, glaubte Anna mittlerweile zu wissen. Signor Mattioli würde für sie der Richtige sein. Und auch der Augenblick war genau richtig.

Henrieke war noch nicht nach Hause gekommen, hatte auch diesmal keinen Zettel auf dem Küchentisch hinterlassen, wie es früher in Stuttgart üblich gewesen war, also konnte Anna unbesorgt sein. Wenn Henrieke ihr am Abend etwas von den Sehenswürdigkeiten Sienas erzählte, die sie besichtigt hatte, dann konnte Anna mit einem Besuch bei der Näherin antworten, die sich um die Anfertigung der Gardinen kümmerte, die in der nächsten Woche in den Hotelzimmern angebracht werden sollten.

Sie zögerte, ehe sie die Straßenseite wechselte. So gut es war, dass sie einem Fachmann gegenübertreten würde, so sehr flößte ihr gerade diese Tatsache auch Angst ein. Sie wusste nicht, woher dieser Ring kam. Würde Signor Mattioli erkennen, dass er aus einem Raubüberfall stammte? War er gut vernetzt? Wusste er Bescheid, wenn ein Kollege das Opfer eines Diebstahls geworden war?

Sie schüttelte die Sorge ab, gab sich einen Ruck und ging auf das Geschäft zu. Sie hatte sich extra umgezogen, trug das Kleid, das sie sich für Clemens' Beerdigung gekauft hatte, die Goldkette, die ihr von ihrer Schwiegermutter vermacht worden war, und eine Handtasche mit Gucci-Emblem, die Signora Mattioli hoffentlich nicht gleich als Plagiat erkennen würde. Ihr Selbstwertgefühl trug solides Blau. Im Rhythmus ihrer Schritte sagte sie sich vor, dass sie nichts Böses getan hatte. Nichts wirklich Böses. Nur eine kleine… Ordnungswidrigkeit. Dieses Wort gefiel ihr. Ihrer Meinung nach passte es zu dem, was sie tat. Sie hatte niemandem etwas weggenommen, sondern nur etwas, was sie gefunden hatte, nicht zurückgegeben. An wen auch? Sie kannte diese drei Ganoven nicht, die es verloren hatten. Außerdem hatten sie sowieso keinen Anspruch darauf. Sie hatten den Ring gestohlen, das stand außer Frage. Einen Anspruch hatte nur derjenige, der den Ring besessen hatte. Aber der war natürlich längst von der Versicherung abgefunden worden und würde womöglich in Schwierigkeiten kommen, wenn er die Versicherungssumme zurückerstatten musste, Geld, das er mittlerweile vermutlich gar nicht mehr besaß.

Dennoch verursachte ihr der Gedanke an den rechtmäßigen Besitzer einen Stich, der mitten in ihr schlechtes Gewissen traf. Aber zum Glück war sie in diesem Augenblick an der Tür des Juweliergeschäftes angekommen und konnte sich nun keinen Rückzug mehr erlauben, wenn sie nicht unangenehm auffallen wollte. Sie musste es jetzt tun! Sie hatte doch längst die Erfahrung gemacht, dass es richtig war, nicht zu zögern, wenn eine Entscheidung anstand. Und diese stand an! Sie würde sich niemals verzeihen, wenn sie auf die Chance verzichtet hatte, sich die zehntausend Euro zurückzuholen...

Die Ladentür meldete sie mit einem melodischen Klingeln an. Sie schloss sie vorsichtig hinter sich, überrascht von der Stille, in die sie eintauchte. Draußen auf der Straße war es genauso laut wie vorher, aber der Lärm schien nicht in diesen Laden einzudringen. Mit dem Klingeln der Glöckchen war ihm gesagt worden, dass er hier nichts verloren hatte. Dieser Juwelierladen war ein Ort der Ruhe, schillernde, kristallklare Ruhe. Auch seine optische Darstellung war still. Schlichte dunkle Holzschränke mit dunkler Verglasung, sodass der Schmuck, der dahinter aufbewahrt wurde, nicht zu erkennen war. Die Theke bestand aus dem gleichen dunklen Holz, und auch ihre gläserne Fläche war so dunkel, dass man die Uhren, die darunter ausgestellt waren, nur erkennen konnte, wenn man sich über die Theke beugte. Lediglich das Licht war laut. Grell, geradezu rücksichtslos, gellte es von der Decke, stach senkrecht hinab auf Quadrate aus grünem Filz, auf denen Signor Mattioli sein Angebot präsentierte.

Er kam fast lautlos hinter einem schweren dunklen Vorhang hervor, grüßte aber mit voller, tiefer Stimme: »Was kann ich für Sie tun, Signora?«

Anna bemühte sich um ausgesuchte Höflichkeit, entschuldigte sich schon im Vorhinein dafür, dass sie seine Zeit in Anspruch nehmen wolle, und schmeichelte ihm, indem sie behauptete, man habe ihr gesagt, er sei der Einzige, der ihr helfen könne. Damit holte sie das Schmuckkästchen hervor, in dem sie bislang die Kette ihrer verstorbenen Schwiegermutter aufbewahrt hatte, und legte es auf den Tresen. »Diesen Ring habe ich geerbt. Können Sie mir sagen, was er wert ist?«

Signor Mattioli hob den Deckel mit großem Bedacht... und Anna erkannte sofort, dass er etwas Besonderes erblickte. Etwas besonders Kostbares? Oder etwa einen Ring, von dem er wusste, dass er gestohlen worden war?

Als Signor Mattioli sich umdrehte, um nach einer Lupe zu greifen, war sie drauf und dran, die Schmuckschatulle an sich zu reißen und aus dem Laden zu fliehen. Nur mit größter Kraftanstrengung gelang es ihr, stehen zu bleiben und ruhig zu warten.

Signor Mattioli klemmte sich die Lupe vors linke Auge, dann nahm er den Ring aus der Schatulle. So achtsam, geradezu zärtlich, dass Anna klar wurde: Sie hatte einen teuren Ring in dem Auto der Bankräuber gefunden. Der Juwelier betrachtete ihn von allen Seiten, hielt ihn gegen das Licht, wog ihn in der rechten Hand, als könnte er an seinem Gewicht etwas ablesen, und legte ihn schließlich mit großer Sorgfalt zurück. Seine Obacht schimmerte blasstürkis.

»Ein wunderschönes Stück, Signora. Derjenige, der es Ihnen vererbt hat, meinte es gut mit Ihnen.«

Vor Annas geistigem Auge stand bereits eine Eins mit vier Nullen. Vielleicht wurde sogar eine Zwei daraus?

»Würden Sie ihn mir abkaufen?«

Signor Mattioli betrachtete den Ring, als läge etwas vor ihm, was im nächsten Augenblick auf Nimmerwiedersehen verschwinden würde. »Das ist leider unmöglich, Signora.«

Anna brauchte nicht nach dem Grund zu fragen. Er erläuterte seine Entscheidung, ohne auf eine entsprechende Bitte zu warten. Und dann hob er seine Schultern und sah so aus, als kämpfte er mit den Tränen. »Ich wollte, ich könnte Ihnen ein Angebot machen.«

Emilio Fontana brauchte eine Pause. Ein Espresso im *Fonte Gaia* am Campo würde ihm guttun. Sollte Giuseppe sich doch mit dem Schreibkram rumschlagen! Noch zwei Stunden bis zum Feierabend und dann eine Partie Boccia mit Fabio. Vielleicht begegnete ihm seine Mutter auf dem Campo. Mamma traf sich ja jeden Freitag mit einer ihrer nervigen Freundinnen dort. Zum Glück reichte es, wenn er artig das Händchen gab und auf einen winzigen Small Talk stehen blieb. Dann konnte Mamma zufrieden mit ihm sein, ihm wohlgefällig nachblicken und der jeweiligen Freundin erzählen, wie stolz es sie machte, dass ihr einziges Kind sich für eine Karriere bei der Polizei entschieden hatte. Dabei wusste Emilio genau, dass sie sich eigentlich gewünscht hatte, er würde sich für eine juristische Laufbahn entscheiden oder am besten für den diplomatischen Dienst bewerben. Aber ein Commissario war in ihren Augen zum Glück immer noch besser als ein Lehrer, für den sich eine ihrer reichsten Freundinnen so sehr schämte, dass sie ihren Sohn am liebsten enterben würde.

Als er auf die Piazza del Campo trat, blieb er stehen, sah sich um und atmete tief durch. Er war sicher, dass er den Dienst längst an den Nagel gehängt hätte, wenn das Revier nicht in der Nähe des Campos liegen oder man ihn gar in eine andere Stadt versetzen würde. Einmal am Tag musste er über die Piazza del Campo bummeln, den Glockenturm hinaufblicken, sich an einem kleinen Wasserspender neben dem Brunnen, dem *Fonte Gaia,* die Handgelenke kühlen, das Gewimmel in der Mitte des Platzes betrachten, sich über die vielen Smartphones ärgern und so lange den Palazzo Comunale betrachten, bis ein Stuhl in seinem Stammcafé frei geworden war, das nach dem berühmten Brunnen benannt worden war. Matteo, der Oberkellner des *Fonte Gaia,* erledigte das meist innerhalb weniger Minuten für ihn. Er konnte Touristen genauso wenig leiden wie Emilio, wenn er auch mit ihnen sein Geld verdiente und sicherlich noch viel lauter, durchdringender und länger geklagt hätte, wenn es die Touristen nicht gäbe.

»Tutto bene?« Er wedelte mit einer Serviette den Tisch sauber und sah Emilio fragend an, als interessierte ihn wirklich, ob bei ihm alles in Ordnung war. »Habt ihr die Bankräuber geschnappt?«

Emilio nickte unmerklich. Aha, Matteo war also neugierig. Und er hatte in der Zeitung von dem dreisten Bankraub gelesen. Es ärgerte ihn, dass er keinen Erfolg vermelden konnte, und hätte Matteo am liebsten auseinandergesetzt, dass sein Chef ihn an die Leine gelegt hatte. Angeblich wollte er sich selbst darum kümmern. Chefsache! So nannte er das, weil der Polizeipräsident seine Finger im Spiel hatte. Und sogar der Minister! Aber das glaubte Emilio nicht. Ihm schien, Scroffa wollte sich brüsten, indem er mehrmals täglich den Namen des Ministers nannte. Oder vielmehr... vor sich hin flüsterte. So, als sollten alle anderen es nicht hören. Giuseppe war schon völlig konfus. Er wollte auf die Jagd gehen, aber man ließ ihn nicht.

»Top secret«, erklärte Emilio und zog ein Gesicht, als gäbe es bereits jede Menge Erfolg, als müsste er ihn aber zurückhalten, um die Ermittlungsergebnisse nicht zu gefährden.

Matteo grunzte, als glaubte er ihm kein Wort, und ging mit einem kleinen verächtlichen Lächeln zur Theke, um den Espresso zu holen. Polizisten mochte er noch weniger als Touristen, Emilio war die einzige Ausnahme in seiner Abneigung. Trotzdem hätte er Matteo gern bewiesen, dass die Polizei besser war als ihr Ruf. Vor allem aber würde er gerne Anna Wilders ihr Geld zurückbringen. Doch die drei Kerle waren wie vom Erdboden verschluckt, Annas Auto natürlich auch. Was mochten sie damit gemacht haben? In der Elsa versenkt? Dann womöglich mitsamt dem Geld in der Miss-Piggy-Tasche, weil sie es nicht gesehen hatten. Kein angenehmer Gedanke.

Matteo servierte den Espresso mit der Miene eines Mannes, dem das Schicksal übel mitgespielt hatte. Das machte er immer so. Eigentlich fühlte er sich nämlich zum Akademiker geboren, Arzt oder Staatsanwalt, das wäre das Richtige für ihn gewesen, sagte er gern. Dass er ohne Abschluss von der Schule abgegangen war, schrieb er gerne seinen unfähigen Lehrern zu, aber Emilio wusste, dass er seine Erfolglosigkeit ausschließlich seiner eigenen Faulheit zu verdanken hatte. Die Geschichte von den armen Eltern, die kein Geld für eine Ausbildung des Sohnes aufbringen konnten, oder von dem gewissenlosen Vater, der wollte, dass sein Sohn möglichst früh Geld nach Hause brachte, damit er selbst es versaufen konnte, musste er den Touristen erzählen, die es vielleicht glaubten. Emilio nicht. Trotzdem versuchte Matteo es immer wieder. Diesmal mit einer neuen Variante. Seine alleinerziehende Mutter, von dem Vater ihres ungeborenen Kindes im Stich gelassen ...

»Pscht!« Emilio schob Matteo zur Seite, der darüber so verblüfft war, dass er es sich gefallen ließ.

»Was ist los?«

»Ich muss ermitteln.« Dieses Wort wirkte bei Matteo jedes Mal. Wenn Emilio von Ermittlungen redete, wurde er immer ganz ehrfürchtig. Diesmal auch. Und als er merkte, dass der Commissario jemanden beobachtete, zischte er ihm zu: »Einer der Bankräuber?«

Dass Emilio nicht antwortete, fand Matteo in Ordnung. Ein Ermittler, der Posten bezogen hatte, um jemanden zu observieren, konnte sich um nichts anderes kümmern, das war klar. Observieren war auch so ein Wort, das Matteo sofort den Mund stopfte. Auch weil es sich um ein Fremdwort handelte. Wer viele Fremdwörter benutzte, hatte bei Matteo einen Stein im Brett. Fremdwörter wurden nur von klugen und gebildeten Menschen benutzt, das glaubte er, und nichts beeindruckte Matteo mehr als Klugheit und Bildung.

»Soll ich dir eine Zeitung bringen, damit du dich dahinter verstecken kannst?«, fragte er flüsternd.

Aber auch diesmal blieb er ohne Antwort. Emilio brauchte keine Zeitung. Die Frau hatte ohnehin keinen Blick für ihn. Zielstrebig ging sie auf einen Mann zu, der vor dem *Café Nannini* hockte und mit seinem Handy spielte. Als sie sich zu ihm setzte, blickte er nicht einmal auf.

Anna stolperte über den Campo, als hätte sie ihren Blindenhund zu Hause vergessen, als bemerke sie nicht die Jugendlichen, die auf der Erde hockten, die kleinen Kinder, die über den Platz tapsten, die größeren Kinder mit ihren Laufrädern, die Hunde, die an den Leinen ihrer Besitzer zerrten, nicht einmal die Perserkatze, die an einer roten Leine über den Platz geführt wurde. Die Worte des Juweliers geisterten durch ihren Kopf, stießen mal dort an, wo die Vernunft saß, mal dort, wo der Leichtsinn hockte, und breiteten sich schließlich in der Hoffnung aus, die ein üppiges Gehirnareal füllte. Fabio Mattioli war beeindruckt gewesen. Je länger er den Ring durch seine Lupe betrachtete, desto geblendeter schien er, am Ende regelrecht eingeschüchtert. »Ein großer Rubin, unzählige Diamanten, also ein sehr hoher Materialwert. Aber was den Ring richtig kostbar macht, ist sein Alter und seine Herkunft.« Vermutlich das Geschenk eines Vaters aus königlichem Geblüt an seine Tochter am Tag ihrer Hochzeit, vermutete der Juwelier, oder das eines gekrönten Ehemannes an seine Gattin zur Geburt des Thronfolgers. Der Juwelier war sicher gewesen, dass dieser Ring nicht Teil eines bürgerlichen Vermögens, im Besitz eines reichen Mannes gewesen war, sondern viel mehr. »Mit großer Wahrscheinlichkeit ein Ring aus einem monarchischen Schatz.«

Wie war er in das Auto der Bankräuber geraten? Sie musste so schnell wie möglich ihren Laptop hochfahren und nachsehen, ob es in den letzten Tagen irgendwo einen Juwelenraub gegeben hatte. Vielleicht war der Ring aus einem Museum gestohlen worden?

Sie stieß mit einem jungen Pärchen zusammen, das knutschend am Rande des Campos stand, und holte einen Stuhl von den Beinen, den ein Gast der Gelateria beim Aufstehen in den Weg gestellt hatte.

»Vierhunderttausend dürfte er wert sein«, hatte der Juwelier gesagt. »Die werden Sie vermutlich nicht bekommen, aber unter zweihunderttausend sollten Sie sich nicht abspeisen lassen.«

Sie hatte die Frage kaum aussprechen können: »Wer kauft denn so was?«

Daraufhin hatte er ihr einen Kollegen in Florenz empfohlen, der solche Preise zahlen konnte und Kunden aus der ganzen Welt hatte, die für ein außergewöhnliches Schmuckstück ein kleines Vermögen hinblätterten. Dass sein Blick nun nicht mehr nur freundlich war, sondern skeptisch wurde, konnte sie ihm nicht verdenken. Bevor aus der Skepsis blankes Misstrauen wurde, hatte sie den Ring wieder eingesteckt, sich bedankt und den Laden verlassen. Dass sie sich überlegen musste, was damit geschehen sollte, und erst mal einen guten Platz zur Aufbewahrung suchen wollte, konnte der Juwelier zum Glück verstehen.

Im *Al Mangia* sah sie einen freien Platz und ging darauf zu, ohne lange zu überlegen, ob es irgendwo einen schöneren gab. Kaum saß sie, da erschien schon der Kellner neben ihr. »Sie wünschen bitte, Signora?« Es kam Anna so vor, als hätte er diese Frage schon zweimal gestellt.

»Ein Glas Champagner«, stieß sie hervor, ohne zu überlegen, bereute es jedoch schon im nächsten Augenblick, als Clemens' tadelnder Blick in saftigem Rot vor ihr erschien. Dann aber sagte sie sich, dass Champagner in einer Situation wie dieser genau richtig war.

Während sie wartete, beruhigte sich ihr Herzschlag allmählich, sie nahm wieder die Menschen um sich herum wahr. Aber sie vermied jeden Blickkontakt, rückte ihre große Sonnenbrille zurecht, als könnte sie sich dahinter verstecken. Besser, niemand wurde auf sie aufmerksam. Man würde ihr ansehen, dass in der vergangenen Stunde etwas Ungeheuerliches geschehen war. Wer sie kannte, würde fragen, ob etwas passiert sei, und Auskünfte erwarten, die sie nicht geben konnte.

Als der Kellner das Glas vor sie hinstellte, zahlte sie, damit sie später nicht vergeblich darauf warten musste, die Rechnung zu begleichen. Es war verrückt, sich ausgerechnet auf den Campo zu begeben, wo nicht nur die Touristen hingingen, sondern sich alles traf, was in Siena lebte, Langeweile hatte oder neugierig war.

Hoffentlich hatte der Juwelier nicht gemerkt, dass sie so schnell wie möglich seinen Laden verlassen wollte. Er hatte sie aufhalten wollen, hatte angefangen, Fragen zu stellen. Wer die Erbtante gewesen sei, wie sie an diesen kostbaren Ring gekommen sein könnte, ob sie Vorfahren gehabt hatte, die von königlicher Abstammung waren, oder ob die Kostbarkeit etwa über dunkle Wege in die Hände der Tante und nun in Annas Besitz gekommen war.

Sie hatte auf alles nur die Schultern gezuckt. Sie habe diese Tante kaum gekannt, hatte sie behauptet, wisse nicht viel von ihr, sei nur zur Erbin auserkoren worden, weil sie die letzte lebende Verwandte war... Anscheinend habe niemand gewusst, dass es etwas so Kostbares in ihrem Besitz gegeben hatte. Als der Juwelier ganz offen den staubgrauen Verdacht äußerte, dass der Ring gestohlen worden war, hatte sie sich verabschiedet. »Vermutlich, als Sie noch gar nicht lebten«, hatte er hastig ergänzt, weil er wohl vermutete, dass er sie gekränkt hatte. »Ich will damit nicht sagen, dass Sie oder Ihre Tante...«

Anna hatte ihn nicht ausreden lassen, ihm aber versprochen, sich darüber zu informieren, wie der Ring in den Besitz ihrer Tante gekommen war. Die Adresse des florentinischen Juweliers hatte sie eingesteckt, aber schon auf der Straße vor dem Haus in die Gosse geworfen. Sie kannte einen anderen, besseren Weg, diesen Ring zu Geld zu machen.

Entschlossen und schnell trank sie den Champagner und erhob sich wieder. Ja, sie würde ihn zu Geld machen, nun stand es fest. Die Entscheidung war gefallen! An Tante Rosi durfte sie in diesem Fall nicht denken, an Clemens auch nicht. Sie würde eine ehrliche Frau bleiben, ihre Wohlanständigkeit würde keinen Schaden nehmen, wenn sie dieses eine Mal so handelte, wie ihre Eltern und Brüder ganz selbstverständlich gehandelt hätten. Sie war anders. Das hatte Tante Rosi ihr immer wieder eingeprägt. Sie wusste, was sich gehörte und was nicht.

Mama und Papa waren stolz auf ihre einzige Tochter gewesen, die die Schule abschloss, einen Beruf erlernte und einen anständigen Mann heiratete. Auch Valentino und Filippo hatten ihr immer wieder gesagt, wie froh sie seien, dass aus ihr etwas geworden war. Tante Rosi wurde nach ihrem Tode von der Familie seliggesprochen, weil sie aus Anna einen Menschen gemacht hatte, der ein angesehener Teil der Gesellschaft wurde, ein Mensch, der sie nie geworden wäre, wenn man sie ihrer Mutter nicht weggenommen hätte. Obwohl... manchmal gab es auch einen verächtlichen Unterton, wenn von Tante Rosi gesprochen wurde. Zum Beispiel, als sich herumsprach, dass sie ein gut gefülltes Portemonnaie zum Fundbüro gebracht und einen Taschendieb angezeigt hatte, obwohl er ihr eine Beteiligung angeboten hatte, wenn sie davon absehen würde. Sosehr Tante Rosi zu Lebzeiten geschätzt und nach ihrem Tod verehrt worden war, ein solches Verhalten erhielt in der Familie Kolsky den Begriff »Dummheit«.

Wenn Tante Rosi jetzt auf der einzigen Wolke saß, die über dem Palazzo Comunale schwebte, und auf ihren Schützling herabsah, durfte Anna sich nicht wundern, wenn es bald ein Unwetter gab, das die Wände der Hotelzimmer ruinierte, die noch keine Fenster erhalten hatten. Trotzdem war ihr Gewissen rein, als sie den Campo verließ. Sie hatte viel verloren in den letzten beiden Tagen. Es konnte nicht falsch sein, dass sie es sich zurückholte. Noch dazu, wo es niemanden gab, dem sie damit wehtat. Dieser Ring gehörte... niemandem! Kein Mensch würde um ihn weinen, höchstens der Chef einer Versicherung, die man zur Kasse bitten würde. Und wer hatte schon Mitleid mit einer Versicherung?

Matteo bestand nicht einmal darauf, dass er bezahlte, er flüsterte dem Commissario zu: »Das hat Zeit. Jetzt erst mal... ermitteln!« Das letzte Wort betonte er mit einer geballten Faust. Dann blieb er neben Emilios Stuhl stehen, und der Commissario war sicher, dass Matteo ihm nachblickte und auf eine spektakuläre Festnahme hoffte.

Daran war natürlich nicht zu denken, aber einen Grund musste es ja haben, dass sich Henrieke Wilders so merkwürdig verhielt. Und erst der Mann an ihrer Seite! Gut, dass er ihn rechtzeitig bemerkt hatte. Als Emilio gesehen hatte, wie Anna herankam, wäre er beinahe aufgesprungen, um sie an seinen Tisch zu bitten. Er wusste, dass seine Mutter jetzt in Gelächter ausgebrochen wäre, wenn sie seine Gedanken gehört hätte. »Springen? Du bist in deinem ganzen Leben noch nicht gesprungen.«

D'accordo! Er hätte sich erhoben, hätte Anna zugewinkt und ihr ein Zeichen gegeben, damit sie zu ihm kam und sich von ihm einladen ließ. Natürlich wollte er auch ihrer Tochter zuvorkommen, an deren Tisch sich Anna womöglich gesetzt hätte. Aber diese Gefahr war schnell vorüber, denn Henrieke Wilders bückte sich erschrocken, als sie ihre Mutter sah. Der Mann, zu dem sie sich gesetzt hatte, machte sogar Anstalten, unter den Tisch zu kriechen, so ängstlich schien ihn Annas Auftauchen zu machen. Was hatte das zu bedeuten? Von dem Mann war nichts mehr zu sehen, von Henrieke erkannte er nur den gebeugten Rücken und dann ihr Profil unter der Tischplatte, direkt über ihren Knien. Sie blickte zur Seite, um die Beine ihrer Mutter zu verfolgen. So lange, bis sie sehen konnte, wo Anna Platz nahm. Vermutlich war sie jetzt sehr erleichtert, denn ihre Mutter hatte auf einem Stuhl im *Al Mangia* Platz genommen, das sich mit dichten Kübelpflanzen vom Strom der Flanierenden abgrenzte. Emilio Fontana konnte beobachten, wie Henrieke dem Mann, von dem immer noch nichts zu sehen war, mit einem Stoß ein Zeichen gab. Er hob vorsichtig den Kopf, sah sich aber nicht um, sondern vertraute auf das, was Henrieke ihm zuzischte. Mit hochgezogenen Schultern und eingezogenem Kopf verschwand er im Gewühl der Touristen, während Henrieke sich nun aufrecht hinsetzte und sich umblickte, um den Kellner herbeizuwinken.

Diesen Moment nutzte der Commissario. Annas Tochter drehte dem Glas, aus dem der Mann getrunken hatte, den Rücken zu und ihm auch, als er an dem Tisch vorbeiging. Dass er das Glas packte und blitzschnell in seiner Jackentasche verschwinden ließ, bekam sie nicht mit. Beinahe hätte er es laut gesagt: Ja, Mamma, ich kann auch anders. Etwas schnell und unauffällig zu erledigen, hatte er schließlich in der Polizeischule gelernt. Und für seinen Spürsinn war er damals auch bekannt gewesen. Einer seiner Dozenten hatte einmal zu ihm gesagt, er solle später immer auf sein Bauchgefühl hören, er hätte nämlich das, was man in Polizeikreisen den richtigen Riecher nennt. Und dieser Riecher hatte ihm jetzt gesagt, dass mit dem Kerl, der vor Anna Wilders flüchtete, irgendwas nicht in Ordnung war. Mal sehen, ob er herausfand, worum es ging.

Anna klappte den Laptop zu, als sie hörte, dass die Haustür aufgeschoben wurde. Kurz darauf ertönte Henriekes Stimme. »Bist du zu Hause, Mama?« Ihre Schritte wanderten in die Küche, verloren sich auf der Terrasse, kehrten zurück, wurden im Wohnzimmer vom Teppich verschluckt. Dann klopfte sie an die Schlafzimmertür, die sich durch diesen leichten Druck bereits ein paar Zentimeter öffnete, weil sie natürlich nur angelehnt war.

Henrieke drückte sie ganz auf. »Hier bist du!« Sie sah ihrer Mutter dabei zu, wie sie ihren Laptop im Schrank verstaute, und fragte: »Hattest du einen schönen Nachmittag? Was hast du gemacht?«

Anna wusste, was sie zu antworten hatte: »Ich war bei der Näherin, die mit den Gardinen für die Hotelzimmer beschäftigt ist.«

»Hast du etwa das Auto genommen, das dir nicht gehört?«

»Soll ich zu Fuß gehen, weil mir drei Ganoven das Auto weggenommen haben?«

»Mama!« Es war wirklich erstaunlich, dass eine Frau, die mit einem so windigen Typen wie Dennis Appel zusammen war, über eine solche Lappalie derart viel Entrüstung verströmen konnte.

Schon komisch, dass sich dieses Empfinden nie gegen ihren Freund richtete. »Das Auto muss sicherlich noch polizeilich untersucht werden. Hat Commissario Fontana das nicht gesagt?«

»Kann mich nicht erinnern.« Anna stellte fest, dass ihr schwarzes Kleid noch auf dem Bett lag und Henrieke sich fragen könnte, warum sich ihre Mutter für einen Besuch bei der Näherin genauso anzog wie zur Beerdigung ihres Mannes. »Wenn ich das Auto nicht anrühren soll, kann die Polizei es ja abholen.«

»Das werden sie sicherlich bald. Und was, wenn du dann gerade damit unterwegs bist?«

»Dann müssen sie eben warten. Herrgott!« Anna nahm das Kleid beiläufig hoch und sperrte es mit einer entschlossenen Geste in den Schrank, ohne es auf einen Bügel zu hängen.

»Aha.« Henrieke begann wieder das alte Spiel, suchte nach Dingen aus der Stuttgarter Wohnung, zog sie heran, betrachtete sie und schob sie wieder an ihren Platz. »Ich habe auf dem Campo Espresso getrunken.«

»Da kostet er doppelt so viel wie in den übrigen Bars der Stadt«, entgegnete Anna und erschrak im nächsten Augenblick, als ihr klar wurde, dass diese Entgegnung auch von Clemens gekommen wäre. Nach dieser Erkenntnis erschrak sie gleich ein zweites Mal. Sie hatte doch gewusst, dass es eine dumme Idee war, ausgerechnet auf dem Campo ihren Schreck zu verarbeiten! Wenn Henrieke sie dort mit einem Champagnerglas in der Hand gesehen hätte, wären jetzt viele Erklärungen fällig. Sie atmete heimlich auf. Zum Glück war alles gut gegangen, sonst müsste sie sich längst von der Empörung ihrer Tochter überschütten lassen.

Henrieke nickte zu der Schranktür, hinter der der Laptop verschwunden war. »Klappt das Surfen im Internet? Oder brauchst du Hilfe?«

Anna ging in die Küche, ohne darauf zu achten, ob Henrieke ihr folgte. »Warum glaubst du, dass du das besser kannst?«

»Ich gehöre einer anderen Generation an.«

»Ich kann sehr gut mit meinem Laptop umgehen.«

»Was hast du denn gesucht?«

Anna hatte gerade nach einer Knoblauchknolle gegriffen, um zwei Zehen herauszulösen. Jetzt warf sie die Knolle und auch das Messer zur Seite. »Muss ich dir etwa Rechenschaft ablegen?«

»Natürlich nicht, Mama. Ich dachte nur ...«

»... wenn ich mit dem Laptop nichts anfangen kann, könnte ich ihn genauso gut verkaufen und dir das Geld geben?«

»Mama!«

Anna war selbst erschrocken über ihre Worte, ihren Tonfall, den bösen Verdacht. Sie machte einen Schritt auf Henrieke zu. »Ach, Kind ...«

Verzweifelt breitete sie die Arme aus, um Henrieke zu umfangen, aber ihre Tochter entzog sich. »Vergiss es. Solange du gegen Dennis bist, wird das nichts mit uns.«

Henrieke drehte sich um und lief aus der Küche. Kurz darauf hörte Anna die Wohnungstür zuschlagen. Und warum bist du dann noch hier?, dachte sie und ging, um die Tür wieder zu öffnen. Was erwartest du von mir, Henrieke?

Sagen Sie selbst: Was macht eine erwachsene Tochter bei ihrer Mutter, von der sie nicht bekommt, was sie will? Könnte es sein, dass sie noch nicht aufgegeben hat? Dass sie glaubt, sie könne mich noch umstimmen? Meinen Sie das auch? Sie ahnt ja nicht, dass die Erfüllung ihrer Wünsche heute unmöglicher ist als noch vor ein paar Tagen. Mit einem Mal muss ich nämlich sparen. Ich könnte, selbst wenn ich wollte, keinen großen Betrag abzweigen. Und mit kleinen Beträgen gibt sich Dennis Appel nicht zufrieden, das weiß ich. Doch natürlich kennt Henrieke meine prekäre finanzielle Situation nicht. Ach, da fällt mir ein, dass ich bei der Stuttgarter Bank anrufen muss, damit sie mein Festgeldkonto auflöst. In der nächsten Woche brauchen die Arbeiter ihren Lohn. Sonst sieht es schlecht aus mit meinem Hotel…

Anna ging ins Wohnzimmer und trat ans Fenster. Henrieke hatte soeben die Straße überquert und ging nun mit kleinen, zaghaften Schritten Richtung Stadtmauer. Wann waren ihre Schritte eigentlich immer kleiner geworden? Anna dachte daran, wie oft sie Henrieke nachgeblickt hatte, wenn sie an Dennis' Seite das Haus verließ. Auch Dennis bewegte sich mit kleinen Schritten voran. Aber bei ihm wirkten sie nicht zaghaft, sondern eher gelangweilt, blasiert, gleichgültig. Und natürlich hatte Henrieke sich ihm angepasst. Sie ging wie Dennis, redete wie er und dachte wie er. Würde sie jemals wieder Annas Tochter werden, so unverwechselbar wie früher?

Sie selbst war erst mit sechzig Jahren unverwechselbar geworden. Jetzt erst war ihr klar, dass sie bisher nie so hatte sein können, wie sie war. In Tante Rosis Obhut hatte sie nicht Annina Kolsky sein dürfen, sondern musste sich Anna nennen und den Nachnamen ihrer Tante angeben, wenn sie sich vorstellte. An Clemens' Seite hatte sie darüber glücklich sein müssen, dass sie ihrer Vergangenheit entkommen war und ihr Mann ihr dabei half, endgültig zu einer Frau zu werden, die sich nicht von denen unterschied, die Ansehen besaßen und über jeden Zweifel erhaben waren. Anna wusste, dass es Clemens nicht leichtgefallen war, eine Frau mit einer Herkunft zu heiraten, die man besser verschwieg. Tante Rosi hatte es ihm hoch angerechnet, dass er, nachdem sie ihm reinen Wein eingeschenkt hatte, zu seiner einmal gefassten Entscheidung gestanden und erklärt hatte, seine Liebe sei groß genug, um über Annas Abstammung hinwegzusehen. Ja, sie war tatsächlich groß genug gewesen. Clemens hatte nie über ihre Eltern und Brüder gesprochen, war immer ohne jeden Zweifel gewesen, selbst wenn sie den Wunsch äußerte, einen ihrer Brüder im Gefängnis zu besuchen ...

Nun verschwand Henrieke aus Annas Blickfeld. Wohin ging sie? Wieder in eine Bar, wo es deutsche Touristen gab und man viel Spaß haben konnte? Oder wieder auf den Campo, um sich die Zeit zu vertreiben wie die Siena-Touristen? Die aber vorher für ihren Urlaub gearbeitet und gespart hatten! Anna schwankte noch immer zwischen Liebe, Mitleid und Ärger. Wie konnte sie Henrieke helfen? Irgendwie musste sie ihre Tochter auf einen Weg zurückführen, den sie selbstständig gehen konnte!

Sie riss sich vom Fenster los und ging in die Küche, wo das Smartphone lag. Eine Errungenschaft, die zu Italien, zu Siena gehörte, weil Clemens der Meinung gewesen war, dass seine Frau nichts brauchte, was derart kostspielig war. Insgeheim war Anna mittlerweile geneigt, ihm recht zu geben. Die Technik, die in diesem Gerät steckte, war ihr nach wie vor ein Buch mit sieben Siegeln, und die schwärmerischen Auskünfte anderer, die ihr erklärten, was mit einem Smartphone alles möglich war, erregten bei ihr bestenfalls Verständnislosigkeit, aber nie den Wunsch, ihr mobiles Telefon näher kennenzulernen.

Ihr Blick fiel in den Garten. Weiter oben, hinter den Büschen, machte sie eine Bewegung aus. Konrad? Er würde herüberkommen, sobald sie sich sehen ließ, also war es keine gute Idee, das Telefonat auf der Terrasse zu führen. In ihrer Wohnung dagegen konnte jederzeit Levi auftauchen, um irgendwas zu kontrollieren und auszumessen, an eine Leitung zu klopfen oder den Haupthahn zuzudrehen, den er dann garantiert wieder aufzudrehen vergaß. Nein, hier war sie nicht ungestört. Sie griff nach ihrem Handy und steckte es in die Tasche. Für dieses Telefonat brauchte sie absolute Ungestörtheit. Niemand durfte sie belauschen ...

Der zuständige Kollege gehörte zum Glück zu denen, die gern arbeiteten und noch dazu schnell. »Das haben wir gleich.«

Emilio Fontana war sicher, dass er das Ergebnis bald bekommen würde. Auf dem Glas waren reichlich Fingerabdrücke, das durfte ein leichtes Spiel sein. Seine eigenen Abdrücke waren zwar auch dabei, das war nicht zu vermeiden gewesen, aber die kannte der Kollege, konnte also die Fingerabdrücke gut voneinander unterscheiden. Die Kellnerin hatte das Glas natürlich ebenfalls in der Hand gehabt, aber die Spuren des jungen Mannes würden sie überdecken. »Und dann wollen wir mal sehen«, murmelte Emilio, »ob dieser Galgenvogel, der von Anna nicht gesehen werden wollte, was auf dem Kerbholz hat.«

Dieser fingierte Einbruch gab ihm immer noch Rätsel auf. Levi Kailer, Annas Architekt, hatte Schulden, ein überzogenes Bankkonto, ein Motiv und die Gelegenheit, in Annas Wohnung einzudringen. Und sein Vater war sicherlich bereit, ihn zu decken. Nur... Anna hatte gesagt, es fehle nichts. Wenn Levi Kailer also bei Anna eingebrochen war, weil er Geld brauchte oder Wertgegenstände, die zu Geld gemacht werden konnten, dann hatte er nichts gefunden. Warum also das Bemühen, ein gewaltsames Eindringen vorzutäuschen? Er hätte einfach gehen können, durch eine der Türen, die selten geschlossen waren, oder durch die Tür, die er mit dem Schlüssel geöffnet hatte, über den er verfügen konnte. Und Versicherungsbetrug, der in einem solchen Fall nahelag, fiel auch aus. Merkwürdig, sehr merkwürdig. Darüber musste er noch gründlich nachdenken. Sehr gründlich sogar. Und so was dauerte. Nur gut, dass er einen äußerst bequemen Bürostuhl besaß. Den hatte ihm seine Mutter zu Weihnachten geschenkt, weil er so oft mit Rückenschmerzen heimgekommen war, wenn er den ganzen Tag auf einem der Stühle gesessen hatte, die der italienische Staat seinen Dienern zur Verfügung stellte. Eine Schande war das! Nun aber saß er sehr bequem auf seinem eigenen Bürostuhl. Er hatte eine hohe Rückenlehne, die seinen Kopf beim Nachdenken stützte, breite Armlehnen, sodass seine Arme nicht runterrutschten, wenn er sich entspannte, und eine gut gepolsterte Sitzfläche. Außerdem ließ er sich drehen. Emilio konnte sich dem Fenster zu- und damit von der Tür abwenden, hatte also, wenn jemand hereinkam, genug Zeit, die Augen zu öffnen, sich zurückzudrehen und so zu tun, als hätte er gedankenvoll auf die Häuser von Siena geschaut, während er einem schweren Verbrechen auf die Spur kam. Die Rückenlehne war sogar so hoch, dass man von hinten nicht einmal erkennen konnte, wie er zusammenzuckte, weil das Öffnen der Tür ihn immer erschreckte.

Das geschah leider schon nach einer halben Stunde, weil Giuseppe, der Hitzkopf, immer noch nicht gelernt hatte, sich gemessen zu bewegen und eine Tür behutsam zu öffnen, statt sie aufzureißen, als wäre ein Brand ausgebrochen. In diesem Fall war das aber nicht so schlimm, denn der Commissario hatte ja eine Verabredung, zu der er nicht zu spät kommen wollte. Giuseppe störte also gerade im rechten Moment. Emilio war zum Boccia im *Orto Bottanico* verabredet. Fabio war jedes Mal pünktlich und wartete nicht gern. Der hatte es gut. Seinen Juwelierladen konnte er immer zeitig abschließen, während Emilio schon mal vor lauter Nachdenken über einen schwierigen Fall einschlief und den Feierabend verpasste.

Anna versuchte zu vergessen, dass sie in einem Auto saß, das ihr nicht gehörte. Sie wunderte sich nicht, dass sie die Verwechslung vor der Bank zunächst nicht bemerkt hatte. Dasselbe Modell, die gleiche Innenausstattung, und alle Farben waren identisch. Da die Via Valdambrino eine Einbahnstraße war, musste sie auf die höher gelegene Straße wechseln, an der Levis Haus stand, die ebenfalls eine Einbahnstraße war, aber in anderer Richtung. Anna fuhr langsam an dem Haus vorbei, sah einem Ehepaar zu, das sich an dem Selbstbedienung-Fahrradverleih *Si pedala* zu schaffen machte, und warf einen Blick auf die beiden alten Männer, die am Rande des

Boccia-Platzes auf einer Bank saßen und die Fläche betrachteten, als hätten sie ihre Kugeln vergessen. Weder Levi noch Konrad waren zu sehen.

Sie nahm die Strada Provinciale. Es waren nur zwanzig Kilometer bis Pentolina, diesem alten Dorf auf dem kleinen grünen Hügel, im vierzehnten Jahrhundert gegründet, oberhalb der Kapelle *La Pieve*, die aus dem zwölften Jahrhundert stammte. Im zwanzigsten Jahrhundert war die Ansiedlung jedoch von Graf Edoardo Scroffa zugrunde gerichtet worden, der mehr an die Wildschweinjagd als an seine Bauern und Pächter gedacht hatte. Er lud auch noch zu seinen feudalen Jagdgesellschaften ein, als die Häuser von Pentolina bereits verfielen und die Bauern abgewandert waren. Kurz vor der Jahrtausendwende kaufte dann ein Schweizer Unternehmen das Dorf, baute es so wieder auf, wie es zu seinen Blütezeiten gewesen war, und machte daraus eine Ferienresidenz. Anna hatte den Resortmanager und seine Frau zufällig in Siena kennengelernt, als die beiden bei Ricardo im *Lampada Rossa* tafelten, den sie – allerdings vergeblich – als Koch anheuern wollten. Sie war mit den beiden ins Gespräch gekommen, und als sie sich tief in der Nacht trennten, weil Ricardo schließen wollte, hatte Anna eine Einladung nach Pentolina, ins Restaurant *Tre Tigli* in der Tasche. Seitdem fuhr sie öfter dorthin, besuchte Nona und Sergio oder spazierte, wenn die beiden keine Zeit hatten, durch das Resort, ließ sich auf dem ehemaligen Dorfplatz unter den drei Linden nieder, die dem Restaurant ihren Namen gegeben hatten, aß Schokoladeneis und genoss die Ruhe, die höchstens mal von Kindergeschrei gestört wurde, das vom Pool herüberdrang. Ein herrliches Fleckchen Erde, wo Anna die Ruhe fand, die inmitten der Umbauarbeiten für ihr Hotel gelegentlich abhandenkam. Dort, am Rande des Dorfes, auf einem der vielen Wege, die zur Kapelle, an den Tiergehegen vorbei oder in den Wald führten, würde sie ungestört mit ihrem Bruder telefonieren können. Sie hatte lange nichts von ihm gehört, genau genommen, seit sie in Siena wohnte. Konnte sie überhaupt sicher sein, dass er in Freiheit war? Oder hatte ihn mal wieder ein alter Fall eingeholt, der in irgendeinem Polizeirevier nicht vergessen worden war? Dass er erneut straffällig geworden war, glaubte Anna nicht. Valentino war mittlerweile über siebzig und hatte heftige Kniebeschwerden. Die Arthrose schien bei ihnen in der Familie zu liegen. Einen Wettlauf mit der Polizei konnte er sich jedenfalls nicht mehr leisten. Wovon er lebte, wusste sie nicht genau. Seine Wohnung in Trier war zwar klein, aber hübsch und behaglich eingerichtet. Es schien ihm an nichts zu fehlen. Scheinbar hatte er einiges an die Seite schaffen können, bevor er erwischt worden und mal wieder in den Knast gewandert war. Seine Gefängnisaufenthalte konnte Anna nicht mehr zählen, und ob er für alles, was er sich hatte zuschulden kommen lassen, bestraft worden war, wusste sie nicht. Sie sprachen nie über die Gründe, die zu seinen Festnahmen geführt hatten, davon wollte Anna nichts wissen, und Valentino hielt es genau wie sein Bruder Filippo: Gegenüber der unbescholtenen Schwester, die als Einzige der Kolskys ein ehrliches Leben führte, wollten beide so tun, als wären sie eine ganz normale Familie. Auch wenn sie vom Tod ihrer Eltern redeten, wurde niemals erwähnt, dass sie im Gefängnis gestorben waren, der Vater nach einer wüsten Schlägerei und die Mutter an Krebs.

Die beiden hatten Italien nur einmal, auf der Flucht vor der Polizei, gesehen und in Neapel, kurz vor ihrer Festnahme, beschlossen, später in Siena sesshaft zu werden, wo es ihnen am besten gefallen hatte. Ein Hotel in Siena! Dazu war es jedoch nie gekommen. Sie hatten sich damit begnügen müssen, ihren Kindern italienische Vornamen zu geben, blumige, himmelblaue Namen, und ihnen ihre Träume von Italien überzustülpen. Das Hotel in Siena, dieses Synonym für Freiheit, Wohlstand und das ganz große Glück, hatten sie nie bekommen. Doch sie hatten es ihrer Tochter Annina zugetraut, diesen Traum irgendwann zu verwirklichen. Es tat ihr leid, dass die Eltern es nicht mehr miterleben konnten. Die beiden als Gäste im *Albergo Annina* zu beherbergen, wäre Annas größtes Glück gewesen. Sie hoffte, dass ihr wenigstens die Brüder bald einen Besuch abstatteten. Valentino wollte kommen, sobald alle Hotelzimmer fertig waren, das hatte er angekündigt, bevor sie von Stuttgart wegzog, und dann auch Filippo mitbringen, der noch ein halbes Jahr in der Justizvollzugsanstalt von Mannheim zubringen musste.

Anna wanderte zu der kleinen Kapelle, rüttelte aber vergeblich an der Tür. Sie war verschlossen. Daraufhin machte sie kehrt, ging aber nicht ins Dorf zurück, sondern bog rechts in einen Waldweg ein, der sie in totale Einsamkeit führte. Nach etwa hundert Metern ließ sie sich auf dem Stumpf eines abgeschlagenen Baumes nieder und wählte Valentinos Nummer.

Er nahm schon nach dem ersten Klingeln ab. »Annina! Wie schön, von dir zu hören. Rufst du aus Italien an?«

Immer, wenn sie seine raue Stimme vernahm, die viel davon verriet, wie oft er geschrien, getobt, geflucht und Verwünschungen ausgestoßen hatte, wallte wieder die Dankbarkeit in ihr auf, von der sie Tante Rosi zu Lebzeiten viel zu wenig gezeigt hatte. Sosehr die Tante auch das Leben ihrer Eltern und Brüder verurteilt hatte, so war sie doch immer darum bemüht gewesen, ihrem Schützling den Kontakt zur Familie zu erhalten. Anna fragte sich manchmal, ob es nur die Herzensgüte ihrer Tante gewesen war oder auch Klugheit. Sie wusste ziemlich genau, dass sie, hätte Tante Rosi versucht, den Kontakt zu verhindern, ihn erzwungen und sich am Ende aus Trotz für das Abenteuer und ein spektakuläres Leben am Rande der Gesellschaft entschieden hätte. Aber Tante Rosi war treu und brav mit der kleine Annina zu sonntäglichen Besuchen ins Gefängnis gegangen, hatte sie später allein ziehen lassen und sie sogar manchmal daran erinnert, dass sie ihre Eltern und Brüder in ihren Zellen nicht vergessen durfte. So war Anna mit der Freiheit, sich zu entscheiden, aufgewachsen. Dass sie sich für das Leben entschied, das Tante Rosi ihr vorlebte, hatte nie infrage gestanden. Auch deshalb, weil ihre Eltern vor Glück strahlten, wenn sie ihre Annina im hübschen Kleid und mit ordentlicher Frisur hinter der Glasscheibe, die sie trennte, sitzen sahen und sich ihre guten Zeugnisse zeigen ließen.

»Wie geht es dir gesundheitlich?«, erkundigte sich Anna höflich, da sie Valentino nicht den Eindruck vermitteln wollte, sie riefe ihn nur an, weil sie seine Hilfe brauchte.

Valentino stöhnte auf. »Ich habe jetzt eine Knieprothese. Weißt du, was das bedeutet?«

Anna, die schon seit einer Weile unter ihrer Arthrose litt, wusste es. Ihr Orthopäde hatte sie bereits an den Gedanken gewöhnt, dass eine große Knieoperation irgendwann auf sie zukommen würde.

»Die OP ist gut gelaufen, aber noch humple ich an Gehhilfen durch die Gegend. Das geht mir auf die Nerven.«

Anna ließ sich alle Einzelheiten der Operation schildern und erkaufte sich damit, ohne dass Valentino es merkte, das Recht, in den folgenden Minuten mit ihrem eigenen Problem aufzuwarten. »Du Armer! Aber dass du bald schmerzfrei laufen kannst, ist doch eine tolle Motivation.«

Das fand Valentino auch und fühlte sich so gut verstanden, dass er seine Knieoperation abhaken konnte. »Was macht das Hotel in Siena?«, fragte er, und sein Ton wurde feierlich. Das Hotel in Siena war bisher nie etwas anderes als ein Luftschloss gewesen, jetzt gab es mit einem Mal ein Gebäude, das diesen Namen trug, kein in der Luft schwebendes rosa Schloss, sondern ein solides, gelb gestrichenes Bauwerk, das jeder sehen konnte, nicht nur diejenigen, die ein und denselben Traum hatten.

Anna erzählte vom Stand der Umbauarbeiten, viel ausführlicher als nötig und als es sonst ihre Art war. Sie merkte mit einem Mal, dass sie sich vor der Frage fürchtete, die sie Valentino stellen wollte. Sie schien eine Linie zu markieren, die es unmöglich machte umzukehren. Wenn sie einmal überschritten war, würde es kein Zurück mehr geben. Da konnte sie viele Gründe anführen, warum es in ihrem Fall anders war, sie ahnte, dass Tante Rosi sie zurückgehalten hätte.

Aber die Frage stellte sie dennoch: »Kannst du mir den Namen eines Hehlers nennen, Tino? Ich brauche jemanden, der keine Fragen stellt und faire Preise zahlt.«

Auf der anderen Seite blieb es eine Weile still. Ob Valentino vor lauter Verblüffung schwieg oder in Gedanken die Liste seiner Hehler durchging, mit denen er früher zusammengearbeitet hatte, war nicht zu sagen. Als er endlich antwortete, war seine Stimme ohne Verwunderung, und er ersparte seiner Schwester auch jeden Vorwurf. Es war, als hätte er sowieso nie glauben können, dass ein Mensch tatsächlich ein Leben lang ehrlich sein konnte. Die kriminelle Karriere schien für ihn so zwangsläufig zu sein wie in anderen Familien die Gewohnheit, Käsehändler oder Mönch zu werden. Vielleicht hatte er nie daran glauben können, dass Annina durch den Einfluss von Tante Rosi wirklich zu einem achtbaren Menschen geworden war. Vermutlich hatte er immer den Verdacht gehabt, dass das Erbteil der Familie nur verschüttet war, aber irgendwann hervorbrechen würde. Während Valentino sich schnell damit abfand, hatte Anna große Angst davor, dass es tatsächlich so sein könnte.

So schnell wie möglich erzählte sie ihm, was passiert war. »Diese drei Ganoven sind mit dem Wochenlohn für die Arbeiter abgehauen. Da ist es doch nur gerecht, dass ich mich mit dem Verkauf dieses Rings entschädige. Wie soll sonst das Hotel fertig werden?«

Ihr Bruder war in allem ihrer Meinung. Diesen Ring bei der Polizei abzuliefern, das wäre Valentino Kolsky nie in den Sinn gekommen. Aber immerhin war ihm Ehrlichkeit theoretisch vertraut, und er hatte schon einmal davon gehört, dass ein anständiger Mensch so handelte. Da er als Vier- und Fünfjähriger in der Obhut von Ordensbrüdern gewesen war, hatte er ebenfalls mitbekommen, dass auch grundehrliche Menschen in Versuchung geführt werden konnten und danach immer noch ehrlich genannt wurden, wenn sie bereuten, beichteten und ihnen verziehen worden war.

In diesem Fall brauchte er gar nicht nachzudenken, die Angelegenheit war sonnenklar für ihn. »Da wird ja nicht mal jemand geschädigt. Das zahlt die Versicherung.«

Eine Versicherung zu schädigen, das war etwas ganz anderes, als einer Privatperson etwas wegzunehmen. Versicherungen kamen für

Valentino gleich nach dem Finanzamt. Das hätte er ebenfalls ausgeräumt und wäre sich dabei wie Robin Hood vorgekommen.

Er wurde in Bausch und Bogen bestätigt, als er hörte, dass ein Auto, das nicht verschlossen abgestellt wurde, nicht versichert war und alles, was darin aufbewahrt wurde, auch nicht. »Erst recht, wenn der Schlüssel steckt.«

»Dann musst du ohne Auto zurechtkommen, weil meine Kollegen zu dämlich waren, ihr Auto wiederzuerkennen?«

»Noch habe ich ja den Fiat dieser Bankräuber. Die Polizei hat ihn mir gelassen.«

Valentino konnte nicht fassen, dass die Polizei derart großzügig war. »Hat die erkennungsdienstliche Untersuchung nichts ergeben?«

Anna dachte nach. »Die hat gar nicht stattgefunden.«

Nun herrschte so lange Stille in der Telefonleitung, dass Anna unruhig wurde. »Bist du noch dran, Tino?«

»Da stimmt was nicht, Annina«, kam es düster zurück. »Irgendwas ist da faul. Oberfaul.«

»Ich habe im Internet recherchiert. Über einen Juwelenraub habe ich nichts gefunden.«

»Beschreib mir den Ring mal ganz genau...«

Anna tat ihr Bestes. »Der Juwelier meint, der Ring sei nicht nur wegen seines Materials so kostbar, sondern vor allem wegen seines historischen Wertes. Er meint, irgendein König könnte ihn seiner Gemahlin geschenkt haben oder seiner Tochter...« Anna holte tief Luft. »Stell dir vor, Tino, ich habe vielleicht einen Ring in meiner lila Bettwäsche, der mal Sissi gehört hat!«

Als sie ihre lila Bettwäsche erwähnte, fiel ihr ein, dass es noch etwas gab, was sie ihrem Bruder erzählen wollte. Aber der hatte es plötzlich eilig. »Ich höre mich um, Annina! Wenn ich jemanden finde, melde ich mich. Schade, dass ich den Ring nicht persönlich abholen und verscherbeln kann. Aber sobald ich ohne Gehhilfen auskomme, stehe ich vor der Tür. Ein halbes Jahr wird es dauern. Dann kann auch Filippo mitkommen...«

Fabio war an diesem Tag anders als sonst. Emilio merkte es gleich: Er hatte eine Neuigkeit parat. In Fabios Leben passierte nicht viel, seine Neuigkeiten gingen selten über Lärmbelästigung in der Nachbarschaft oder den Besuch einer Kakerlake in seiner Küche hinaus. Emilios Interesse hielt sich also in Grenzen. Aber er fragte dennoch: »Gibt's was Neues?«

Eine Neuigkeit war es dann doch nicht, aber eine Frage. Fabio stellte sie, als die beiden Rentner, die unbedingt mit ihnen spielen wollten, verschwunden waren. Erst sammelte er seine Bocciakugeln auf, dann erzählte er, dass am Nachmittag eine Frau bei ihm gewesen war. Eine merkwürdige Frau. Nein, eigentlich war nicht die Frau merkwürdig gewesen, sondern ihr Anliegen. Sie hatte Fabio einen Ring vorgelegt, den sie angeblich geerbt hatte.

»Stell dir vor, Emilio! Ein Ring, der vierhunderttausend Euro wert sein dürfte! Den hat sie geerbt, ohne eine Ahnung zu haben, wie wertvoll er ist.«

Emilio warf die Zielkugel, den Pallino, nicht besonders weit, an eine nicht besonders schwierige Stelle und seine Kugel gleich hinterher. Sie rollte nicht besonders nah heran. Zuhören und Boccia spielen war eben nicht leicht. »Glaubst du etwa, dass der Ring gestohlen wurde?«

Aber das konnte Fabio sich nicht vorstellen. »Dann würde sie doch nicht zu mir kommen, um den Wert des Rings schätzen zu lassen.«

»Was hat sie für einen Eindruck gemacht? Gut gekleidet? Teuer? Eine vermögende Frau?«

Fabio warf seine Kugel, ehe er antwortete: »Ich hatte den Eindruck, dass sie versucht hat, sich für den Besuch bei mir seriös zu kleiden. Ein schwarzes Kleid! Nicht besonders schick, nicht besonders elegant und teuer auch nicht. Ein Kleid, wie man es eher zu einer Beerdigung trägt.«

Ein schwarzes Kleid? Emilios nächste Kugel ging weit am Pallino vorbei. Aber das war ihm egal. »Beschreib sie mir. Wie alt war sie?«

Fabio legte seine Kugel auf einer Parkbank ab, als wollte er das Spiel beenden. »Ende fünfzig, schätze ich. Blonder Kurzhaarschnitt. Kräftig geschminkte Augen, ein brombeerfarbener Lidschatten...«

»Du hast sie dir ja sehr genau angesehen.«

Fabio überhörte die anzügliche Bemerkung. »Eine Deutsche«, fuhr er fort. »Sie sprach aber ganz gut Italienisch.« Er nahm seine Kugel wieder auf, warf sie sehr unkonzentriert, sprengte aber dennoch Emilios Kugel weg, die dem Pallino bis jetzt am nächsten gelegen hatte. Natürlich reiner Zufall! »Ich dachte, ich sage dir besser Bescheid. Falls irgendein Verbrechen dahintersteckt. Du kannst ja mal schauen, ob du diesen Ring in deinem Computer findest.« Er sah seinen Freund an, als befürchtete er, der könnte nicht verstehen. »Juwelenraub, Wohnungseinbruch, Plünderung... Diese Frau mag ja unschuldig sein, aber die Erbtante?«

Anna Wilders! Emilio war sicher, dass Fabio von ihr sprach. Er hatte sie ja gesehen. Sie hatte ein schwarzes Kleid getragen, als sie auf den Campo gekommen war. »Sonnenbrille?« Fabio antwortete nicht. Alle Frauen trugen Sonnenbrillen, wenn das Wetter gut war. »Der blonde Kurzhaarschnitt gefärbt?«

Fabio zuckte nur mit den Schultern. Da kannte er sich nicht aus. Nein, Emilio brauchte nicht weiterzufragen. Fabio hatte von Anna Wilders gesprochen, klarer Fall.

Wortlos spielten sie das Spiel zu Ende, dann bat der Commissario seinen Freund, ihm den Ring exakt zu beschreiben und alles sehr genau zu erklären, was ihm bei seinen Recherchen helfen konnte. Anna Wilders! Ein wertvoller Ring! Sehr wertvoll sogar! Wie hing das zusammen? Der Einbruch bei ihr, ohne dass etwas gestohlen worden war, die Verwechslung der Autos, die drei Bankräuber, die ausgerechnet in Annas Fiat geflohen waren, mit ihrem Geld. Und nun so ein kostbarer Ring. War sie gezwungen, ihn zu verkaufen, um ihre Arbeiter zu bezahlen? Andererseits waren in der Tasche in ihrem Auto nicht mehr als gut zehntausend Euro gewesen. Dafür verkaufte man doch keinen Ring, der ein Vielfaches wert war!

Er versprach Fabio, sich um die Angelegenheit zu kümmern, und bedankte sich für seine Aufmerksamkeit. Fabio war zufrieden, warf die Zielkugel sehr exakt, sodass sie auf einer Position landete, die für seine nächste Kugel äußerst günstig war.

In diesem Augenblick klingelte Emilios Handy. Er entschuldigte sich bei Fabio, weil er es annehmen musste. Ein Dienstgespräch! Der Kollege, den er gebeten hatte, das Glas zu untersuchen, meldete sich. Emilio merkte gleich an seinem Tonfall, dass er Erfolg gehabt hatte.

Ja, der Mann, der sich vor Anna Wilders versteckt hatte, war polizeibekannt. Die Spuren waren eindeutig. »Ein Deutscher! Aber ich musste zum Glück kein Amtshilfeersuchen stellen, um den Namen zu erfahren, ich habe einen Kumpel bei der deutschen Polizei.«

Emilio dachte schon, dass er einen großen Fisch an der Angel hatte, aber was nun folgte, war eher enttäuschend. Ein kleiner Betrüger, mehr nicht. Ladendiebstahl, Urkundenfälschung, Erpressung. Bisher hatte er noch nie eingesessen, war mit Geld- und Bewährungsstrafen davongekommen. Schade, Emilio hatte sich mehr erhofft. Der Name sagte ihm nichts. »Dennis Appel.«

Ricardo pfiff durch die Zähne und schnalzte mit der Zunge, als Anna das *Lampada Rossa* betrat. Vorher war sie im *Albergo Annina* vorbeigefahren, um nachzusehen, ob Henrieke zu Hause war, und sie zum Abendessen einzuladen, damit sie sich versöhnen konnten. Aber das Haus war leer gewesen, die Eingangstür verschlossen. Wo mochte Henrieke sein? Sie verriet nie ihr Ziel, wenn sie ging. Und wenn sie heimkam, redete sie nur von irgendwelchen Bars und Leuten, die sie kennengelernt und mit denen sie Spaß gehabt hatte. Bisher hatte Anna angenommen, Henrieke brauche Abwechslung, Zeit zum Nachdenken, Abstand sowohl von Dennis als auch von ihrer Mutter. Aber stimmte das überhaupt? Und was war mit dem Wunsch, der sie nach Siena geführt hatte? Geld für ein Unternehmen, in das Dennis einsteigen konnte! Hatte sie aufgegeben? Hatte auch Dennis aufgegeben? Warum holte er Henrieke dann nicht nach Stuttgart zurück?

Ricardo platzierte sie diesmal an einen Tisch in der Nähe des Fensters und verzichtete darauf, sie in die Mitte der Trattoria zu setzen, wo sie besichtigt werden konnte wie ein Preisochse auf dem Viehmarkt. Dass er ihr darüber hinaus wie ein Komplize zublinzelte, verstand Anna noch weniger. Aber Ricardo würde schon bald damit herausrücken, spätestens, wenn er die Pizzabestellungen für diejenigen abgearbeitet hatte, die zu Hause essen wollten und ihre Pizza in großen Kartons mitnahmen. Es saßen einige Männer an der Theke, die von ihren Frauen geschickt worden waren, weil die Zeit fürs Kochen nicht gereicht hatte.

Endlich waren sie abgefertigt, und Ricardo kam zu ihr an den Tisch, um nach dem Servieren eines roten Prosecco nach weiteren Wünschen zu fragen. Er schaffte es mühelos, gleichzeitig ihre Bestellung aufzunehmen und ihr von dem Mann zu erzählen, der sich nach ihr erkundigt hatte. »Noch ziemlich jung, gut aussehend, schwarze Locken... o, là, là!«

Anna starrte ihn an. »Wie bitte?« Sie kannte keinen Mann, auf den die Beschreibung passte.

Das fand der Wirt noch aufregender, seine Fantasie begann zu wuchern. »Er hat Sie also nur gesehen und hatte keine Gelegenheit, Sie anzusprechen? Auf dem Campo, im Dom, in einer Bank? Sie waren nicht allein, oder er war in Begleitung. Er wollte Sie nicht aus den Augen verlieren, aber dann wurde er angesprochen und – peng!« Ricardos rechte Faust fuhr in seine linke Handfläche.

Anna dachte nach. Der Dom fiel aus, in der Bank war ihr niemand aufgefallen. War sie auf dem Campo beobachtet worden, als sie dort gesessen und Champagner getrunken hatte? Von einem attraktiven, schwarzgelockten Mann? Dass amouröse Absichten dahintersteckten, glaubte Anna keinen Augenblick. Wohl aber, dass einer der Bankräuber nach ihr suchte, um sich den Ring zurückzuholen.

»Hat er vielleicht gar nicht nach mir, sondern nach einem Auto gefragt?«

Diese Frage gefiel Ricardo nicht. Aber leider musste er nach längerem Nachdenken zugeben, dass mehr von einem weißen Fiat mit dem Kennzeichen SI-701ZZ die Rede gewesen war als von der Fahrerin. Aber Ricardo fiel ein, warum das so gewesen war. »Er hat Sie im Auto vorbeifahren sehen, war sofort entflammt, hat versucht, Sie in seinem Wagen zu verfolgen, wurde dann aber von einer roten Ampel gestoppt, konnte nur noch schnell das Kfz-Kennzeichen aufschreiben...« Wieder fuhr seine rechte Faust in die linke Handfläche. Wieder endeten seine Vermutungen mit »Peng!«.

»Und woher weiß er, dass ich in dieser Straße wohne?«

»Das hat er irgendwie rausbekommen. Ein verliebter Mann ist zu allem fähig. Vermutlich ist er heute Nachmittag die Straße herauf und heruntergefahren, bis er auf die Idee gekommen ist, bei mir nachzufragen.«

Ricardo sah kein Entzücken auf dem Gesicht seines Gastes und zog es vor zu schweigen, bis er wusste, wie seine Neuigkeit angekommen war. Nicht, dass die Deutsche ihm noch mit Indiskretion oder gar Datenschutz kam!

Aber Anna dachte nicht an so was. Dunstgraue Angst durchrieselte sie vom Kopf bis in den Magen. Das Herz hatte sie ausgelassen. Dort blieb es erstaunlich ruhig und leer. Anna wusste, warum. Weil sie sich entschieden hatte und nicht wieder zurückkehren konnte. Valentino wusste Bescheid, die Dinge nahmen ihren Lauf. Da kam sie jetzt nicht mehr raus, und sie wollte auch nicht mehr raus. Die Würfel waren gefallen! Ihr Hotel in Siena würde sie nicht aufgeben, nur weil jemand ihren lila Bettbezug und auch die Miss-Piggy-Tasche ausgeleert hatte. Beides würde sie sich zurückholen, indem sie den Ring verkaufte. Das war ihr gutes Recht!

»Unmöglich, Ricardo!« Sie versuchte, belustigt auszusehen.

»Warum fragt er dann nach Ihnen?« Ricardo machte bereits

Anstalten, sich die Haare zu raufen, weil hier mal wieder der Beweis erbracht wurde, dass eine deutsche Signora nichts von Amore verstand.

Anna antwortete nicht, sondern richtete Ricardos Aufmerksamkeit auf sein Pastaangebot, bestellte Spaghetti aglio e olio und bat darum, mit dem Knoblauch nicht zu geizen.

Das weckte in Ricardo die Ahnung, dass tatsächlich keine Liebe im Spiel war, gab aber Anna dennoch eine kurze Bedenkzeit. »Wenn er heute Abend zu Ihnen kommt ...«

»... dann bestimmt nicht, um mich zu küssen. Es bleibt dabei: viel Knoblauch!« Sie sah ihn stirnrunzelnd an. »Haben Sie ihm etwa meine Adresse gegeben?«

»Naturalmente! Eine Frau mit einem weißen Fiat, hat er gesagt. Kurze blonde Haare, schlank, bildhübsch ... Da konnten nur Sie gemeint sein.«

Anna war sicher, dass der Bankräuber sie nicht bildhübsch genannt hatte. Das hatte Ricardo dazugemogelt, um ihre Zweifel zu zerstreuen.

In diesem Moment erschien Levi Kailer im *Lampada Rossa*, stellte sich an die Theke und bestellte eine Pizza Margherita zum Mitnehmen.

Der nette Levi! Anna betrachtete ihn von hinten, seine krausen Haare, die leicht gebeugte Haltung, die viele sehr große Männer hatten, seine Hände, die kleiner waren als die seines Vaters. Im selben Augenblick schien es unmöglich zu sein, dass Levi sie hintergangen hatte. Andererseits ... er war in einer ähnlichen Situation wie sie selbst. Sie wollte unbedingt das Hotel und er unbedingt seine Firma in Siena. Beide waren sie bereit, alles dafür zu tun. Anna würde einen Ring verkaufen, der ihr nicht gehörte, und Levi ... Ja, Anna hielt es für möglich, dass er vor nichts zurückschreckte, wenn seine Existenz in Gefahr war. Aber das war etwas ganz anderes, das wog viel schwerer als ihre eigene Sünde. Sie war Levis Nachbarin, sie war mit seinem Vater befreundet, Levi wusste, dass sie sich einen Traum erfüllte ... Da wog ein Diebstahl viel schwerer, als sich einen Ring zu nehmen, der demjenigen, der ihn verloren hatte, mit Sicherheit nicht gehörte. Ein Bankräuber hatte ihn gestohlen und somit kein Anrecht darauf. Da konnte er noch so attraktiv sein und schöne schwarze Locken haben. Er würde den Ring nicht bekommen. Er stand ihm nicht zu…

Levi drehte sich um und entdeckte Anna. Lachend kam er auf ihren Tisch zu. »Morgen werden die letzten Fenster eingesetzt. Dann steht der kompletten Inneneinrichtung nichts mehr im Weg.«

Sie lächelte ihn dankerfüllt an. Dankbarkeit war er gewohnt, denn mittlerweile wusste Anna genauso gut wie Levi, wie schwer es war, an Versprechungen von Handwerkern zu glauben. Ob er sich nicht fragte, wie sie die komplette Inneneinrichtung bezahlen sollte?

»Ich hoffe, das Geld aus Stuttgart kommt bald. Wenn die Jungs ihren Lohn nicht bekommen, sieht es schlecht aus.«

In der Küche wurde nach dem Gast gerufen, der die Pizza Margherita bestellt hatte, und Levi verließ wenige Minuten später die Pizzeria.

Anna hatte gerade die Spaghetti serviert bekommen, da erschien Konrad in der Tür. Strahlend kam er auf ihren Tisch zu. »Darf ich mich zu dir setzen? Eigentlich wollte ich ja Pizza holen, um sie zu Hause zu essen, aber in deiner Gesellschaft würde sie mir viel besser schmecken.«

Ricardo eilte herbei, um Konrads Bestellung aufzunehmen, machte ein paar Andeutungen, dass die Signora einen neuen Verehrer habe, seine Anspielungen erreichten Konrad jedoch nicht. Das gefiel Anna nur bedingt. Einerseits ging ihr Ricardos Geschwätz von dem schwarzlockigen jungen Mann auf den Geist, andererseits hätte es ihr durchaus gefallen, wenn Konrad ein wenig, nur ein klitzekleines bisschen, eifersüchtig geworden wäre.

Er jedoch trug sich mit ganz anderen Gedanken. »Ich habe deinen Wagen vor der Tür stehen sehen. Oder vielmehr… nicht deinen Wagen, sondern den anderen Fiat.« Er beugte sich über die

Tischplatte und fragte sehr leise: »Wieso hat Fontana ihn noch nicht abholen lassen?«

Anna wickelte ungerührt ihre Spaghetti auf. »Das scheint nicht so eilig zu sein.«

»Nicht so eilig?« Konrad holte sich ein Glas Wein von der Theke, wo so viel los war, dass sich absehen ließ, wie lange es dauern würde, bis Ricardo wieder an den Tisch kam. »Irgendwas stimmt nicht mit dem Auto«, sagte er, als er zurückkehrte.

Anna aß ihre Spaghetti auf, während Konrad ihr auseinandersetzte, wie die deutsche Polizei in einem solchen Fall vorgegangen wäre. Sie betrachtete seine riesigen Hände, zupackend, mit nachlässig geschnittenen Nägeln, und dachte an die von Emilio Fontana, schmal, feingliedrig, perfekt manikürt. Sie vertiefte sich in Konrads Haaransatz, grau meliert, darüber die Farbe, die sie an das Fell von Henriekes Teddy erinnerte, der mit jeder Wäsche unansehnlicher geworden war, und dachte an Fontanas tiefschwarze Haare, die kein einziges graues Haar aufwiesen, was allerdings zu der Vermutung Anlass gab, dass er einen Friseur hatte, der es zu verhindern wusste. Sie dachte auch an Emilio Fontanas dunkle Augen, deren Blick weich wurde, wenn er sie ansah, die aber auch hochmütig über andere hinwegsehen konnten und in denen immer ein Hauch Müdigkeit lag. Konrads Augen waren ehrlich, das war das Erste, was ihr an ihm aufgefallen war. Ja, ehrlich und freundlich, niemals müde und hochmütig. Würde er bereit sein, seinem Sohn dabei zu helfen, seinen Traum in Siena zu erfüllen? Wie weit würde er dafür gehen?

Sie griff nach Konrads Hand, weil sie mit einem Mal das Bedürfnis verspürte, ihm zu zeigen, wie gut ihr das Bodenständige, Einfache, sogar Simple und vor allem Verlässliche gefiel, da erschien eine Person neben ihnen, die auf der Stelle alles herunterwischte, was über dem Tisch an ehrlicher Sympathie gegangen hatte.

Henrieke machte sofort ein unpassendes, ein grauschwarzes Gefühl daraus. »Störe ich?« Das fragte sie derart anzüglich, dass Anna am liebsten aus lauter Trotz ihre Hand auf Konrads hätte liegen lassen. Aber sie zog sie doch zurück und sah Henrieke lächelnd an. »Schön, dass du mit uns essen willst.«

Henrieke schien sich erst jetzt zu fragen, ob sie das überhaupt wollte. Aber auf jeden Fall wollte sie das Zusammensein ihrer Mutter mit dem Nachbarn stören, das stand außer Frage. Während sie auf die Pizza wartete, die sie bestellt hatte, redete sie so lange und mit so leuchtenden Augen von ihrem verstorbenen Vater, dass Konrad auf die Profiteroles verzichtete, die er eigentlich als Dessert hatte bestellen wollen. Und während sie ihre Pizza verzehrte, erging sie sich in die Darstellung ihrer Sorgen, die sie sich um ihre Mama machte. Ihre Gesundheit, ihre altersbedingten Einschränkungen, ihr Drang, ihr Alter zu vergessen und sich zu übernehmen, um diesen dummen Traum zu verwirklichen, ihr Wunsch, sich für ewig jung zu halten und nicht an ihre Rückenbeschwerden zu denken, unter denen sie in Stuttgart gelitten hatte, von ihrer Kniearthrose ganz zu schweigen...

Als Henrieke anfing, Konrad mit den Wechseljahrsbeschwerden ihrer Mutter zu unterhalten, reichte es Anna. »Ich bin müde, ich möchte schlafen gehen.«

Mitternacht im Polizeirevier! Emilio Fontana konnte sich nicht erinnern, jemals um diese Zeit an seinem Schreibtisch gesessen zu haben. Nicht einmal, als es diese schreckliche Mordserie in der Stadt gegeben hatte, und auch nicht, als die beiden Mafia-Bosse einen Krieg um die Vorherrschaft in Siena angezettelt hatten. Aber dies war etwas anderes, viel wichtiger. Jedenfalls für ihn.

Seine Mutter sagte ihm ja schon seit Langem, er solle nicht nach den jungen Frauen schauen, sondern sich lieber eine suchen, die in seinem Alter war. Sie behauptete glatt, er wäre schon alt zur Welt gekommen und könne eine junge Frau nur unglücklich machen. So alt wie er wäre nicht einmal sein Vater kurz vor seinem Tod gewesen. Natürlich übertrieb sie. Er war ein ruhiger Vertreter, für einen Italiener vielleicht sogar sehr ruhig, d'accordo. Aber es fehlte ihm doch nicht ganz und gar an Temperament. Sì, sì, ihm war Langsamkeit lieber als hohes Tempo, und Partys, auf denen man ihn zum Tanzen verführen wollte, waren ihm ein Graus. Party-Einladungen nahm er nur an, wenn es dem Gastgeber nichts ausmachte, dass er den ganzen Abend an der Bar verbrachte. Aber sonst... er trieb sogar Sport. Oder war Boccia etwa kein Sport? Mamma meinte ja, er solle es mal mit Gewichtheben probieren oder mit Indoor-Cycling. Fußball, Handball, Volleyball – mit solchen Ansinnen kam sie ihm zum Glück schon lange nicht mehr...

Was war das? Ihm zitterten mit einem Mal die Hände, die Suche im Intranet der Polizei schien Erfolg gehabt zu haben. Dieser Ring! Ja, er könnte es sein. Ein großer Rubin, umgeben von Diamanten. Seine Schönheit sei atemberaubend, hatte Fabio gesagt. Und er hatte ihm alles genau aufgeschrieben...

Ja, das musste er sein. Vorsichtshalber würde er Fabio morgen das Bild zeigen, aber er war sicher, dass er den Ring gefunden hatte, den Anna Wilders seinem Freund angeboten hatte. Der Bildschirm des Computers verschwamm mit einem Mal vor seinen Augen. Santo Dio! Wie war das möglich?

Henrieke hatte sich bald in ihr Hotelzimmer zurückgezogen. Der Beantwortung der Frage, wann sie nach Stuttgart zurückzukehren gedachte, war Anna keinen Schritt näher gekommen.

»Vergiss nicht, die Türen zu schließen, Mama!«

»Ja, ja.«

Sie drückte tatsächlich die Tür ins Schloss, lauschte auf Henriekes Schritte und widerstand der Versuchung, die Wohnungstür wieder zu öffnen. Reichte es nicht, dass die Haustür fest im Schloss saß? Aber als sie ans Wohnzimmerfenster ging und einen Blick auf den weißen Fiat warf, entschied sie sich anders. Nein, sie würde die Tür nicht öffnen, in diesem Fall wollte sie sich sogar vergewissern, dass auch die Terrassentür fest im Schloss saß. Konrad hatte gesagt, mit dem Fiat stimme etwas nicht. Und auch Valentino war der Meinung gewesen, da sei etwas faul. Dabei wusste keiner der beiden, was sie in dem Auto gefunden hatte. Und nun hatte sich sogar ein Mann bei Ricardo nach ihr erkundigt. Oder vielmehr nach dem Fiat mit dem Kennzeichen SI-701ZZ. Anna hatte ihn besonders sorgfältig abgeschlossen und sogar kontrolliert, ob kein Fenster heruntergelassen war. Obwohl... der Bankräuber hatte womöglich einen Zweitschlüssel. Oder würde er gezwungen sein, das Auto aufzubrechen, wenn er es sich holen wollte? Dass er es tatsächlich riskierte, hier zu erscheinen! Unglaublich! Anna hatte fest damit gerechnet, dass Ganoven nach einem geglückten Deal so schnell wie möglich das Weite suchten. Ihre Eltern und Brüder hatten es jedenfalls immer so gehalten. Allerdings waren sie auch meist geschnappt worden, weil die Polizei genau das vorausgesehen hatte. Vielleicht war es wirklich cleverer, in der Nähe zu bleiben und sich im Fernsehen anzusehen, wie viele Kilometer weiter Straßensperren aufgebaut und zusätzliche Grenzkontrollen eingerichtet wurden.

Sie sah einen Mann die Straße hinabgehen, der ihr verdächtig vorkam, weil er sich häufig umsah, dann eine Frau, die ihn eilig überholte, den Kopf gesenkt, als wollte sie ihr Gesicht nicht zeigen, schließlich ein paar Jugendliche in dunkler Kleidung, die sich so leise unterhielten, dass es Anna zu denken gab.

Ärgerlich zog sie die Gardinen vor. Sie machte sich verrückt. Wenn er kommen würde, der Bankräuber, dann nur, um sich sein Auto zurückzuholen. Er konnte nicht sicher sein, dass er den kostbaren Ring im Auto verloren hatte. Und wenn, dann würde er erst danach suchen, wenn er mit dem Fiat irgendwo in Sicherheit sein würde. Wo immer das war, dort warteten vermutlich schon seine

Komplizen, bereit, das Auto genau unter die Lupe zu nehmen, um den kostbaren Ring zu finden.

Sie umrundete einmal das Sofa und merkte, dass sie sich nichts vormachen konnte. Sie hatte Angst. Was, wenn sie in ihre Wohnung eindrangen und ihr die Pistole auf die Brust setzten? Sie merkten womöglich auf der Stelle, dass der Ring nicht mehr da war, und wussten natürlich sofort, wer ihn genommen hatte. Wenn nicht sofort, dann später, wenn sie den ganzen Wagen durchsucht hatten. Sie würden wieder vor ihrer Tür stehen und sie zwingen, den Ring herauszugeben. Anna meinte, schon die Messerspitze am Hals zu spüren... Ihre Angst war wie Rauchtopas und im nächsten Augenblick schon feuerdornrot.

Sie lag mit geöffneten Augen im Bett und lauschte auf die Geräusche, die durchs Fenster drangen. Schritte, mal laute, mal schleichende, Stimmen, mal unbekümmert, mal flüsternd, ein vorüberfahrendes Auto, das Klappern eines Fensterladens, ein leises Klack-klack, das nicht zu identifizieren war.

Ja, ihre Angst hatte sich verstärkt, seit sie schlafen gegangen war. Sie wollte nicht allein sein. Ob sie sich Konrad anvertrauen sollte? Oder Henrieke? Nein, ihrer Tochter auf keinen Fall. Emilio fiel auch aus, er war Polizist, wenn er auch sicherlich versuchen würde, ihr zu helfen. Er konnte es ja nur im Rahmen der Gesetze tun, denen er unterlag, und das war zu wenig. Blieb also nur Konrad. Aber auch er war mal Polizeibeamter gewesen. Und er war Levis Vater und kannte vielleicht den Inhalt des Tresors im Architekturbüro. Nein, ihr einziger Verbündeter konnte Valentino sein, ein anderer kam nicht infrage. Er wusste, was in solchen Fällen zu tun war, er konnte ihr helfen und würde niemals mit Vorwürfen kommen.

Ich weiß, was Sie mir sagen wollen. Meine Eltern wären traurig, wenn sie wüssten, dass nun auch ich den Weg einschlage, der für Valentino und Filippo so gut wie unvermeidlich gewesen war. An Tante Rosi darf ich gar nicht denken. Haben Sie an Tante Rosi gedacht? Dann werden Sie mir jetzt wohl eine Moralpredigt halten wollen. Aber Sie vergessen, dass die Sache ein bisschen anders liegt. Ich habe nichts gestohlen, ich habe nur etwas Gestohlenes an mich genommen, das ist ein Riesenunterschied. Woher ich weiß, dass der Ring gestohlen wurde? Wie soll er denn sonst in den Fiat gekommen sein? Hallo!? Der hat den Bankräubern nicht gehört! Sie wollen mir doch wohl nicht weismachen, dass einer von ihnen diesen Ring am Finger hatte! Rechtmäßig! Na also! Und Sie scheinen vergessen zu haben, was mir genommen worden ist. Meine lila Bettwäsche ist leer, mein Auto verschwunden mitsamt der Miss-Piggy-Tasche! Ich muss an Geld kommen! Ich muss einfach! Verstehen Sie?

Sie wusste nicht, wann sie eingeschlafen war und wie lange sie geschlafen hatte. Erschrocken fuhr sie hoch, als draußen eine barsche Stimme ertönte: »Was wird das?«

Dann gab es Gerangel, Anna hörte Schläge, die eine Karosserie trafen, das Scharren von Schuhen, dumpfes Poltern, Stöhnen und unterdrückte Schreie. Was war da los?

Sie sprang aus dem Bett, lief ins Wohnzimmer und riss die Gardine zur Seite. Eine schwarze Nacht prallte ihr entgegen, nur ihr eigenes Spiegelbild schimmerte hindurch. Unsichtbar blieb, was sich vor dem Haus abspielte. Nein, nicht vor dem Haus, weiter links, wo die Mülltonnen standen und ihr Auto seinen Platz hatte.

»Konrad?« Sie hatte es nur geflüstert. Nun riss sie das Fenster auf und schrie: »Konrad!«

Die Antwort war ein Stöhnen, ein Pressen, ein Ringen um Luft. Und dann konnte sie etwas ausmachen. Der helle Lack des Fiats, vor dem sich zwei Schatten bewegten, auf sich einschlugen, dominierend der eine, unterlegen der andere, und im nächsten Augenblick schon war es genau umgekehrt.

Dann hörte sie eine Silbe: »...zei!« Polizei?

Natürlich! Warum war sie nicht gleich darauf gekommen? In Deutschland würde sie jetzt die 110 wählen, aber wie war der italienische Notruf?

Sie lief zur Fensterbank in der Küche, wo sie meistens ihr Mobiltelefon ablegte, aber dort war es nicht. Himmel, wo hatte sie es hingelegt? Anna riss die Küchentür auf, machte Licht, sah sich hektisch um... und ihr Blick fiel auf die Visitenkarte, die Emilio Fontana ihr gegeben hatte. Sie lag auf der Fensterbank und zwei Blumentöpfe weiter das Smartphone. Hoffentlich reichte die Akkuleistung aus!

In der Linken hielt sie die Visitenkarte, in der Rechten das Telefon, den Daumen bereit zum Wählen. Welche Nummer mochte die richtige sein? Anna hatte nicht die Nerven, die winzig klein geschriebenen Zusätze zu lesen und zu verstehen, und der Gedanke, dass sie endlich eine Lesebrille brauchte, hatte in diesem Moment hier nichts zu suchen. Emilio Fontana hatte handschriftlich etwas hinzugefügt. Gelächelt hatte er dabei und sehr leise gesagt: »Meine Handynummer. Sie können mich jederzeit anrufen. Tag und Nacht.«

So etwas sagte niemand in vollem Ernst, aber Anna war entschlossen, es dennoch für bare Münze zu nehmen. Jederzeit! Tag und Nacht! Also auch jetzt, in diesem Augenblick. Sie zögerte kurz, weil es in ihr auch im höchsten Notfall noch so etwas wie Höflichkeit und Rücksichtnahme gab, die Tante Rosi ihr eingebläut hatte. Aber dann, als ein unheilvolles Poltern von der Straße bis in die Küche drang, war es ihr egal. Sie wählte die Nummer, die Fontana handschriftlich hinzugefügt hatte, obwohl ein Notruf, der in der Polizeizentrale landete, womöglich effektiver gewesen wäre. Aber

Anna wollte, dass Emilio Fontana ihr zu Hilfe eilte. Ihm musste sie nichts erklären, er würde sofort wissen, was zu tun war.

Sie zitterte und konnte die Tränen nicht zurückhalten, während der Ruf rausging. Und als endlich am anderen Ende abgehoben wurde, wartete sie nicht darauf, dass sich jemand meldete. »Die Bankräuber sind zurück!«, schrie sie in den Hörer. »Einer von ihnen will den Fiat holen. Konrad hindert ihn daran. Die beiden prügeln sich...«

Seine Mutter hätte sich gewundert, wenn sie gesehen hätte, in welchem Tempo er auf die Beine gekommen war. Der Blick zur Uhr war überflüssig, dass der Morgen noch fern war, erkannte er auch so. Die Finsternis vor dem Fenster war noch undurchdringlich, die graue waagerechte Linie, die sich immer kurz vor Sonnenaufgang zeigte, war noch nicht zu sehen. Zwischen drei und vier, schätzte er. Santo Dio! Aber Anna Wilders war in Not, und eigentlich fühlte er sich geehrt, dass sie sich an ihn wandte, wenn sie Hilfe brauchte, und nicht den Notruf wählte. Sie vertraute ihm! Halleluja!

Unterhose, Shirt, Jeans, Slipper. Das Erstbeste, was ihm in die Hände fiel. Ob alles zueinander passte, wusste er nicht, war ihm aber ausnahmsweise mal egal. Zähne putzen, kämmen? Konnte er später erledigen. Zu einem Kuss würde es wohl nicht kommen, und mit Strubbelhaaren sah er nach Ansicht einer Verflossenen noch besser aus. Hoffentlich konnte dieser Deutsche den Kerl lange genug festhalten. Wenn er jetzt die Kollegen anrief, die Dienst hatten, wäre die Angelegenheit schneller erledigt, Festnahme, Handschellen, das volle Programm. Aber er wollte Annas Held sein, er allein. Ihn hatte sie angerufen, also wollte sie seine Hilfe und nicht die irgendeiner Streifenwagenbesatzung. Außerdem wüsste er gern, was es mit diesem merkwürdigen Bankraub auf sich hatte, über den der Chef nicht redete, den der Polizeipräsident deckte und in dem sogar der Minister seine Finger hatte. Und Anna? Auch sie schien ja irgendein Geheimnis zu haben. Allora, dazu war keine Zeit. Jetzt erst mal auf ins *Albergo Annina*. Autoschlüssel, Handy, Geldbörse ... er war bereit.

Der attraktive, schwarzgelockte junge Mann hockte, verschnürt wie ein Paket, das nach Übersee gehen sollte, in Levis Wohnzimmer. Er hätte, wenn ihm Fluchtgedanken gekommen wären, das schmiedeeiserne Sofagestell des früheren Hausbesitzers hinter sich herziehen müssen. Insofern saß er still und stumm da, am Hinterkopf eine Platzwunde, aufgesprungene Lippen und Augen, denen man beim Zuschwellen zusehen konnte. Darin das giftgrüne Flackern der Mordlust. Seine Kleidung war genauso verdreckt wie die von Konrad und Levi, aber während sein Gesicht blass und schweißüberströmt war, hatten Konrad und sein Sohn hochrote Wangen wie Kinder nach einem besonders eifrigen Indianerspiel. Sie strahlten Siegerlaune aus, wenn sie auch gleichzeitig versuchten, diskret, aber deutlich auf ihre Verletzungen hinzuweisen, indem sie das Gesicht verzerrten, wenn sie aufstanden, und mannhaft ein Humpeln unterdrückten, wenn sie trotz ihrer ramponierten Gesundheit ihren Gastgeberpflichten nachkamen. Auf einen Wink seines Vaters bewegte sich Levi ziemlich mühsam auf den Barschrank zu, der ganze Stolz des Vorbesitzers, der der Meinung war, dass dieses hochmoderne Möbel den Wert seines Hauses um einiges steigerte, und holte etwas heraus, was ein Mann nach einer ordentlichen Rauferei brauchte und eine Frau nach überstandener Angst ebenfalls.

»Gin!« Ob es das war, was Levi für einen solchen Fall passend fand, oder das einzige alkoholische Getränk, was er zu bieten hatte, war unklar. Anna hätte auch zu Strohrum oder Kümmelschnaps genickt. Ihr Gefangener, wie Konrad den jungen attraktiven Schwarzgelockten großspurig nannte, war derart hilflos, dass man es sich leisten konnte, freundlich zu ihm zu sein, doch er lehnte den Gin ab. Mit welcher Begründung, konnte Anna nicht verstehen, denn seine Lippen waren so stark angeschwollen, dass nur einige Zischlaute und dumpfe Vokale aus seinem Mund kamen, die nicht zu verstehen waren. Beinahe tat er ihr leid. Aber natürlich nur beinahe, denn ein Bankräuber, der sie in erhebliche wirtschaftliche Schwierigkeiten gebracht hatte, verdiente nun wirklich kein Mitleid.

Als Anna, nachdem sie Emilio Fontana alarmiert hatte, aus dem Haus gelaufen war, hatte Konrad soeben die Oberhand gewonnen, denn mittlerweile hatte Levi gemerkt, was los war, und sich tatkräftig eingemischt. Konrad wollte zwar nichts davon wissen, dass er den Sieg über den Bankräuber dem jugendlichen Elan seines Sohnes zu verdanken hatte, aber Levi sagte es laut und deutlich: »Wie kannst du dich auf so eine Schlägerei einlassen, Papa? Dem Kerl warst du nicht gewachsen, das hättest du sehen müssen.«

Aber Konrad bestand darauf, dass er kurz davor gewesen war, sein Opfer schachmatt zu setzen, und vor allem bestand er darauf, dass die Entdeckung des Bankräubers nur seiner Aufmerksamkeit zu verdanken war. Und damit hatte er zweifellos recht. »Es war ja klar, dass so etwas passieren würde. Warum sonst hatte der Kerl sich nach Anna erkundigt?«

Nach dem Abendessen hatte sich Konrad mit einem spannenden Buch, das ihn vor frühzeitigem Einschlafen bewahren sollte, ans offene Fenster gesetzt, beim Lesen die Ohren gespitzt und auf diese Weise mitbekommen, dass sich vor dem *Albergo Annina* etwas tat. Knirschende Schritte, ein Schlüsselbund, der zu Boden fiel, das Öffnen einer Wagentür. Unverzüglich war er aus dem Bett gesprungen, die Rasenfläche heruntergerutscht, hatte mit einem Satz den Zaun übersprungen und war weitergerutscht, den feuchten Rasen hinab, über ein Beet, bis zu dem Mäuerchen, das den Stellplatz vom Garten trennte. Nach seinen Angaben hatte der Kerl nichts davon gehört. Er hatte bei Konrads Eintreffen kopfüber im Wageninneren gesteckt, als suche er etwas im Fußraum. »Wenn ich ihn nicht von hinten gepackt und auf das Überraschungsmoment gesetzt hätte, wäre er längst über alle Berge.«

Sein Sohn ließ ihm diesen Triumph. Der Bankräuber hatte scheinbar auch etwas dazu zu sagen, denn es kam ein Blubbern aus seinem Mund, gefolgt von rot gefärbtem Speichel, aber niemand konnte ihn verstehen. Und keiner von ihnen wollte ihn verstehen. Erst recht Anna nicht. Was hätte der Mann schon sagen können? Dass er einen kostbaren Ring vermisste? Sie redete sich selbst gut zu. Nein, das würde er nicht verraten. Dass dieser Ring aus einem Raub stammte, war so gut wie sicher. Er würde nicht so dumm sein, davon zu reden.

»Die Polizei braucht aber verdammt lange!« Konrad sah Anna argwöhnisch an. »Bist du sicher, dass du nicht den Pizzadienst angerufen hast?«

Anna funkelte ihn empört an. »Ich habe Emilio Fontana persönlich alarmiert. Er hat gesagt, er kommt so schnell wie möglich.«

»Sie haben nicht den Notruf gewählt?« Levi blickte Anna ungläubig an.

»Ich wusste nicht ...« Anna sah in Konrads Augen etwas aufsteigen, was sie schon einmal beobachtet hatte. An dem Abend, an dem ein Einbrecher ihre lila Bettwäsche ausgeleert hatte. Auch da hatte es so etwas wie signalgrüne Eifersucht in Konrads Augen gegeben, und als Emilio Fontana eingetroffen war, hatte jedes Wort der beiden auf den anderen abgezielt, als seien sie Rivalen. »Was weiß ich, wie die Notrufnummer in Italien lautet!«

»112«, antwortete Konrad. »Die einheitliche Notfallnummer für ganz Europa.«

Erst jetzt, als ihr quasi unterstellt wurde, dass es ihr weniger um polizeiliche Hilfe als vielmehr um Emilio Fontanas Erscheinen ging, wurde ihr klar, wie sie aussah. Ihr zerdrücktes Nachthemd wäre morgen in die Wäsche gekommen, die ausgefransten Spaghettiträger würden die nächste emotionale Aufwallung nicht überstehen, und den Teefleck auf der linken Brust gab es schon seit mindestens fünfzig Buntwäschen. Sie fuhr sich mit gespreizten Fingern durch die Haare, versuchte, sie auf dem Oberkopf anzulegen und an den Seiten hinter die Ohren zu streichen, ließ es aber, als sie merkte, dass Konrad sie durchschaute. Klar, als sie dabei geholfen hatte, den durch einen Schlag benebelten Bankräuber in Levis Haus zu verfrachten, hatte sie keinen Gedanken an ihr Äußeres verschwendet. Jetzt aber war Ruhe eingekehrt, und während der Zeit des Wartens war es völlig normal, dass sich eine Frau Gedanken darüber machte, wie sie aussah. Das hatte doch nichts mit Emilio Fontana zu tun. Überhaupt nichts!

Ärgerlich betrachtete sie Konrads himmelblauen Schlafanzug mit dem Aufdruck »Außer Betrieb« auf dem Oberteil und den Schmutzflecken vor den Knien und am Hinterteil. Warum kam er selbst nicht auf die Idee, dass er mit diesem Outfit sicherlich nicht den Wettbewerb »Sexiest Man« gewinnen würde? Aber Männer waren anscheinend immer mit sich zufrieden, solange es den kleinen Unterschied gab und dieser in bester Verfassung war. Lieber Himmel, wie gut, dass sie damals kurz vor Konrads Bett haltgemacht hatten. Wenn sie diesen Schlafanzug unter dem Kopfkissen vorgefunden hätte ...

Sie prosteten sich zu, ignorierten den Blick des Bankräubers, der nun so aussah, als hätte er doch gerne ein Glas Gin, und dachten darüber nach, wie lange Emilio Fontana brauchen würde, um am Tatort zu erscheinen. »Bis der sich gekämmt und parfümiert und entschieden hat, ob ein beiges Hemd zu einer schwarzen Hose passt ...«

Konrad sprach den Satz nicht zu Ende, weil ihm wohl gerade einfiel, dass er damit viel verriet. Er war eifersüchtig, das war nun klar, und fühlte sich der Konkurrenz nicht gewachsen. Warum, zum Teufel, behielt er dann diesen grässlichen Schlafanzug an?

Anna stand auf, froh, dass ihr soeben etwas eingefallen war. »Fontana wird bei mir klingeln. Das fehlte noch, dass er Henrieke aufweckt.«

Diesen Gedanken fand niemand amüsant. Henriekes permanente Entrüstung ging augenscheinlich nicht nur ihrer Mutter auf die Nerven. So nickten Konrad und Levi bei Annas Vorschlag, im *Albergo Annina* auf den Commissario zu warten. Männer kamen wohl nicht auf die Idee, dass man eine solche Gelegenheit vor allem gut dazu nutzen konnte, um flugs in frische Unterwäsche, eine gut sitzende Jeans und ein sauberes T-Shirt zu schlüpfen. Vermutlich fiel Konrad auch nicht ein, dass Anna ihre Haare so weit glätten würde, dass sie immer noch so aussah, als wäre sie gerade aus dem Bett gestiegen, dass der Pony aber doch anmutig in die Stirn fiel und nicht so, als hätte seine Besitzerin von einem Kampf mit einer Heckenschere geträumt.

Sie öffnete gerade die Wohnungstür und wollte in den Garten treten, als ihr etwas auffiel. Ein in die Wand eingelassener Kasten mit einer hölzernen weißen Tür davor, die offen stand. Dahinter sah Anna einige Schlüssel hängen. All jene Schlüssel, die nicht im Büro für jeden zugänglich sein durften. Anna blieb stehen wie vom Donner gerührt. Den größten Schlüssel, der in der oberen Reihe hing, kannte sie. Der Tresorschlüssel, der immer im Büro hing, weil in dem Tresor nichts lag, was zu einem Diebstahl aufforderte. Er wurde nur sicher aufbewahrt, wenn etwas Wertvolles im Tresor lag. Der Inhalt ihres lila Bettbezuges?

Anna riss sich mühsam von dem Anblick los und lief die Treppe hinab. Sie war froh, dass in ihrem Haus alles ruhig war. Henrieke hatte also nichts von dem Lärm vor der Tür mitbekommen. Gott sei Dank! Vorwürfe, weil Mama sich unterstanden hatte, leicht bekleidet auf die Straße zu laufen, konnte sie wirklich nicht gebrauchen. Auch nicht die Ermahnung, dass kühle Nachtluft für eine Frau in ihrem Alter gesundheitsschädigend war. Außerdem musste sie in Ruhe nachdenken. Was konnte es für sie bedeuten, wenn der Bankräuber festgenommen und gefragt wurde, was er in dem Auto gesucht hatte? Aber sie beruhigte sich schnell und blieb dabei: Natürlich würde er von dem Ring kein Wort sagen. Er würde bestreiten, etwas gesucht zu haben, und behaupten, er habe das Auto zurückholen wollen. Sonst nichts! Dass es einem Bankräuber darauf ankam, ein Fluchtauto wieder in Besitz zu nehmen, statt nach Sizilien, Nordafrika oder Timbuktu zu fliehen, war allerdings mehr als unwahrscheinlich. Das würde ihm kein Polizist abnehmen. Wahrscheinlich würde Emilio Fontana bald darauf kommen, dass er etwas in diesem Auto gesucht hatte, was so wichtig war, dass der Bankräuber ein großes Risiko eingegangen war. Aber sie würden den Fiat auf den Kopf stellen können, finden würden sie nichts. Und der Bankräuber würde Anna Wilders nicht verraten. Allerdings... er würde wissen, wer den Ring an sich genommen hatte, und einen weiteren Versuch machen, ihn zurückzubekommen. Anna verhedderte sich mit dem linken Fuß, während sie in ihren Slip stieg, und wäre beinahe kopfüber aufs Bett gefallen. »Verdammt! Mein Knie!« Solche Eskapaden sollte man vermeiden, wenn man unter Arthrose litt.

Sie ließ sich auf die Bettkante sinken. Wie viel würde der Bankräuber aufgebrummt bekommen? Wenn er nicht nur diesen einen Bankraub, sondern auch noch andere auf dem Gewissen hatte, würde er vielleicht für viele Jahre im Gefängnis landen. Fünf oder zehn Jahre? Wie würde sie diese Zeit überstehen, wenn sie damit rechnen musste, dass er nach seiner Entlassung aus der Haft zu ihr kommen und von ihr den Ring oder vierhunderttausend Euro verlangen würde? Beweisen konnte er zwar nichts, aber solche Typen gingen anders vor, die brauchten keine Beweise. Er würde sie zwingen, mit Gewalt drohen, mit Gewalt gegen ihre Familie, gegen Henrieke, er würde sie fesseln, quälen, foltern, bis sie es nicht mehr aushielt und bekannte, dass sie den Ring tatsächlich an sich genommen und zu Geld gemacht hatte. Was würde dann geschehen? Auf diese Frage fiel ihr keine Antwort ein. Und die nächste Ungewissheit erhob sich schon vor ihr. Der Ganove, der in Levis Wohnung festsaß, hatte zwei Komplizen, die noch auf freiem Fuß waren. Wenn die erfuhren, was geschehen war, wie konnte Anna dann noch sicher sein? Sie würde mit Valentino darüber reden müssen. Er wusste in solchen Fällen Rat, er war oft mit diesen Problemen konfrontiert worden.

Aber im selben Moment wurde ihr auch klar, dass sie damit dann endgültig dort gelandet war, wo sie nie hatte sein wollen: im Milieu der Kriminellen. Wenn Valentino dafür sorgte, dass Anna sich irgendwo verbergen konnte, wenn Filippo ihr dabei half, von einem Versteck ins nächste zu kommen, wenn sie schließlich ganz im Untergrund lebte... dann war geschehen, was so viele Menschen vorausgesehen hatten. Das Kind von Gewohnheitsdieben würde auch kriminell werden. Trotz Tante Rosi...

Als sie sich umgezogen hatte, lief sie wieder vors Haus, damit Emilio Fontana nicht zum Klingeln gezwungen wurde. Sie betrachtete den Fiat, fuhr mit den Fingerspitzen über die Türschlösser, die unversehrt waren, und griff nach dem Türgriff auf der Fahrerseite. Der Wagen war offen! Der Kerl hatte also einen Zweitschlüssel besessen, es sah nicht so aus, als wäre das Auto aufgebrochen worden. Wenn Konrad sich nicht auf die Lauer gelegt hätte, wäre er schnell mit dem Fiat verschwunden gewesen. Obwohl... vielleicht hatte er gar nicht die Absicht gehabt, ihn mitzunehmen. Konrad hatte den Mann gefunden, wie er etwas im Fußraum suchte. Levi hatte es angezweifelt, aber Anna wusste ja, dass es die Wahrheit sein musste. Warum hatte er den Wagen nicht erst in Sicherheit gebracht und ihn dann dort untersucht, wo er nicht auffiel?

Sie brauchen mir jetzt nicht ins Gewissen zu reden, ich weiß auch so, dass ich mich in eine verdammt unangenehme Situation manövriert habe. Obwohl ich dabei bleibe: Ich bin nicht schuld. Der Kerl, der meine lila Bettwäsche gefunden hat, ist schuld, und die Bankräuber sind schuld, die sich mein Auto mit meiner Miss-Piggy-Tasche geschnappt haben. Mir blieb nichts anderes übrig, als den Ring an mich zu nehmen. Würden Sie bitte so freundlich sein, endlich zu nicken? – Na also, geht doch.

Emilio Fontana sah nicht so aus, als hätte er sich Gedanken darüber gemacht, ob sein Shirt zur Hose passte, aber er sah dennoch blendend aus. Er gehörte eben zu den Menschen, die auch ungekämmt und ungewaschen schön waren und sich den Blick in den Spiegel sparen konnten. Das Nachlässige, das ihm sonst gänzlich fehlte, machte ihn sogar noch attraktiver. Anna fragte sich, wie anstrengend es sein mochte, neben so einem Mann aufzuwachen, wenn man selbst nach wirren Träumen aussah wie Hexe Trulleborn nach einem Ritt durch einen Taifun. Wahrscheinlich schlief Emilio Fontana nackt oder in Boxershorts, die irgendein Designer entworfen hatte, von dem Anna kein einziges Stück im Schrank hatte. Sie legte ja mehr Wert auf Quantität. Lieber besaß sie zwanzig T-Shirts von H&M als zwei von Gucci, und bei allen anderen Kleidungsstücken verhielt es sich genauso. Bei Emilio Fontana schien es anders zu sein.

Als sie hinter ihm Levis Haus betrat, stellte sie fest, dass Konrad mittlerweile seinen himmelblauen Schlafanzug gegen die khakifarbenen Bermudashorts ausgetauscht hatte, die ihm wirklich gut stand. Und das verblichene Polohemd war ebenfalls genau richtig für ihn. Konrad war eben kein Typ für Designergarderobe, er sah in dem Look eines Abenteurers, der sich nicht die Zeit für Äußerlichkeiten nimmt, am besten aus.

Levi dagegen hatte es – aus gutem Grunde, wenn sie sein Sixpack betrachtete – nicht für nötig befunden, sich umzukleiden, und der Bankräuber – aus ebenso gutem, aber anderem Grund – ebenso wenig. Anna fiel auf, dass er dem Commissario nicht ängstlich entgegensah, sondern sehr ruhig und gefasst, beinahe sogar erleichtert. Er konnte sich denken, dass man ihn jetzt von seinen Fesseln befreien würde, und das schien ihm im Moment am wichtigsten zu sein. Mit allem anderen, was folgen würde – Verhör, Verhaftung, Verurteilung –, schien er sich längst abgefunden zu haben. Er sah Fontana dankbar an, als dieser seine Fesseln löste, und hatte gegen die Handschellen, die er stattdessen angelegt bekam, nichts einzuwenden. Seinem Verhör widersetzte er sich jedoch mit aller Entschiedenheit. An diesem Ort sage er nichts, in dieser Gesellschaft schon gar nicht. Und wer hier denn überhaupt das Protokoll führen solle? Am Ende würde ihm etwas unterstellt, was er gar nicht gesagt habe. »Nein, nein, ich rede nur im Polizeirevier.«

Emilios bedächtige Art schien ihn zu beruhigen. Auf dessen Frage nach seinen Papieren zeigte er mit der ungefesselten Hand nach hinten. »In der Gesäßtasche. Aber wenn Sie mich linken wollen, sind Sie schief gewickelt. Ich greife da nicht rein, damit Sie einen Grund haben, mich abzuknallen. Notwehr, weil ich vielleicht da hinten eine Knarre sitzen habe? Nicht mit mir.«

Emilio bat ihn, sich zu erheben, und fischte ein Ledermäppchen aus der Gesäßtasche seiner Jeans, das nicht mehr als seine Papiere enthalten konnte. Für Geldscheine und Münzen war es viel zu klein und flach.

»Schön vorsichtig«, sagte der Bankräuber und sah Emilio auf eine Art und Weise an, die Anna sich nicht erklären konnte. Nicht wie jemand, der sich schuldig fühlte, auch nicht wie jemand, der glaubte, Schuldbewusstsein demonstrieren zu müssen, nicht einmal wie jemand, der die ganze Staatsgewalt hasste und jedem Polizisten die Pest an den Hals wünschte. Da war etwas anderes, etwas Einvernehmliches, was zwischen den beiden entstand. Anna konnte es nicht anders erklären.

»Klappen Sie das Mäppchen nicht ganz auf, sonst fällt alles raus.«

Emilio tat wie geheißen, warf nur einen flüchtigen Blick auf die Papiere des Bankräubers und steckte sie dann in seine eigene Tasche. »Sie kommen jetzt mit.«

»In Ihrem Wagen?« Levi konnte es nicht fassen. »Da kann er doch abhauen.«

»Ich kette ihn fest.«

»Warum rufen Sie nicht einen Streifenwagen?« Konrad brauchte nicht zu ergänzen, dass eine derartige Nachlässigkeit in Deutschland niemals vorkäme.

Fontanas Reaktion fiel auch ohne diesen Zusatz ausgesprochen frostig aus. »Lassen Sie mich einfach meine Arbeit tun.«

Konrad war aufgebracht. »Und dass ich Ihnen den Kerl frei Haus geliefert habe? Dafür gibt's nicht mal ein Dankeschön?«

»Grazie mille.« Emilio Fontana schloss den zweiten Ring der Handschellen um sein eigenes Handgelenk und bat Anna, ihm zu seinem Wagen zu folgen und beim Aufschließen behilflich zu sein.

Sie nahmen nicht den schwierigen Weg durch die beiden steilen Gärten, sie verließen das Haus durch den Vorgarten, trotteten die Straße bis zur Einbiegung, die nach unten führte, hinunter auf die Via Valdambrino, in der Annas Haus lag. Es war niemand zu sehen, sie wanderten zum *Albergo Annina*, als hätten sie alle Zeit der Welt, als ginge es darum, die Nacht zu genießen. Anna ahnte, dass es nicht nur schwer sein würde, neben einem schönen Mann wie Emilio Fontana aufzuwachen, sondern dass es auch nicht einfach sein dürfte, für jede kleine Erledigung dreimal so viel Zeit einzuplanen, wie notwendig war.

Als der Bankräuber sicher im Auto verstaut war und Anna auf einen Abschied hoffte, den sie mit ins Bett und in ihre Träume nehmen konnte, reichte Emilio ihr nur die Hand. »Grazie, Signora. Es war sehr umsichtig von Ihnen, mich zu verständigen.«

Anna fiel ein, dass wohl eher eine Entschuldigung fällig war. »Ich war so aufgeregt, da ist mir die italienische Notfallnummer nicht eingefallen. Eigentlich unmöglich, Sie aus dem Schlaf zu holen.«

»Schon gut.« Nun tauchte doch das Lächeln auf seinem Gesicht auf, das ihr von Anfang an so gefallen hatte. »Ciao!«

Sie haben den Eindruck, dass ich verliebt bin? Unsinn! Emilio Fontana ist ein Mann, von dem sich jede Frau gern umgarnen lässt, das ist schon alles. Und wenn sie den sechzigsten Geburtstag hinter sich hat, erst recht. Solche Männer schauen sich normalerweise nach Jüngeren um. Geben Sie es zu, Sie würden sich auch glücklich schätzen, wenn Emilio Fontana Sie mit diesem interessierten Blick ansähe, den er wirklich beherrscht wie kein Zweiter. Stimmt's?

Natürlich fuhr er mit quietschenden Reifen an. Wenn er auch sonst eher untypisch war, Auto fahren konnte Emilio Fontana wie jeder Italiener.

»Wohin soll ich Sie bringen?«

Trotz seiner dicken Lippe konnte der Mann einigermaßen verständlich antworten: »Mein Wagen steht in dem Parkhaus in der Via del Nuovo.« Er sah den Commissario von der Seite an. So als dächte er etwas, was er nicht auszusprechen wagte. »Diese Deutsche...«, nuschelte er, »die hatte einen ganz schönen Zahn drauf. Enzo hatte seine liebe Mühe, sie abzuhängen.« Nun schien er sich an seine dicke Lippe gewöhnt zu haben und hatte eine Möglichkeit gefunden, an der Schwellung vorbei einigermaßen verständlich zu reden. »Vor allem, weil das mit der grünen Welle natürlich nicht geklappt hat. Daran haben wir gemerkt, dass wir im falschen Auto sitzen. Vor uns waren alle Ampeln rot, obwohl es anders verabredet war. Aber sobald der andere Fiat sich näherte, gab es Grün. Es war verdammt schwer wegzukommen.«

Emilio fiel ein, dass es in der Via del Nuovo ein gutes Frühstückscafé gab. »Ich finde, ich habe ein Recht zu erfahren, was nun eigentlich passiert ist.«

»Top secret!«

»Der Bankraub oder Ihre Aktion? Okay! Aber was haben Sie in dem Fiat gesucht?«

»In Ordnung, ich verrate es Ihnen, ich sehe ein, dass ich Sie jetzt nicht mehr abspeisen kann. Aber Sie halten es unter Verschluss. Versprochen?«

Henrieke begann den Tag schon wieder mit Entrüstung. Sie kam in die Küche, wo ihre Mutter gerade mit der Kaffeemaschine beschäftigt war, und fragte anzüglich, ob Anna etwa in diesem Aufzug den Tag verbringen wolle. »Dieser Aufzug«, das waren ein kurzer Jeansrock, rote Flipflops, eine Bluse, die über dem Bauch geknotet war, und ein roter BH, der durch den dünnen Stoff hindurchschimmerte. »Unmöglich, Mama! Wenn Papa dich sehen könnte...«

Ja, zu Clemens' Lebzeiten hatte sie nur getan, was von ihr erwartet wurde. Sie musste ihm ja dankbar sein. An Clemens' Seite war ihr endgültig der Schritt ins Gutbürgerliche gelungen, dass sie eine geborene Kolsky war, ahnte niemand. Und dass Clemens sie geheiratet hatte, obwohl er wusste, aus welcher Familie sie stammte, musste sie unbedingt mit lebenslanger Dankbarkeit vergelten. Ausgeschlossen, einem solchen Mann mit Widerstand zu kommen, aufmüpfig zu werden, über eigene Wünsche oder gar von Selbstverwirklichung zu reden. Aber diese Zeiten waren jetzt vorbei.

Anna revanchierte sich mit der Kritik an Henriekes »Aufzug«, den ihre Tochter solide fand – »Ich bin schließlich schon über dreißig« – und Anna das Kostüm einer grauen Maus nannte. »Bluejeans, beiges Shirt und schwarze Turnschuhe! Und das in Siena! Eine Italienerin würde in diesen Klamotten nicht einmal eine Putzstelle oder einen Gefängnisaufenthalt antreten.«

Henrieke fand diese Vergleiche äußerst unpassend und hatte dann einen neuen Namen für ihr Äußeres gefunden: »Natürlich!«

Auf gefärbte Haare, farbigen Lidschatten, Lippenstift, Wimperntusche und Foundation ließe sie sich nicht ein, weil sie natürlich aussehen wolle. Henrieke war sehr zufrieden mit dieser Argumentation und fügte an, dass ihre sechzigjährige Mutter endlich aufhören solle, mit Make-up und aufreizender Kleidung falsche Signale zu senden. »Meinst du, ich merke nicht, dass du Konrad Kailer und den Commissario ins Visier genommen hast? Gleich zwei Männer! Mama, ich bitte dich!«

Anna kürzte die Litanei ab, indem sie Henrieke von den Ereignissen der vergangenen Nacht erzählte. »Der Kerl, der im *Lampada Rossa* nach mir gefragt hat, war tatsächlich einer der Bankräuber. Er wollte das Auto zurückholen. Aber Konrad und Levi haben ihn überwältigt, und der Commissario hat ihn verhaftet.«

Nun hatte Henrieke gleich einen weiteren Grund, sich zu entrüsten. »Warum erzählst du das erst jetzt? Und warum hast du mich nicht geweckt?« Eine Frau im Alter ihrer Mutter könne sich doch des Nachts keine solchen Strapazen zumuten! »Und dann fällt dir am Morgen nichts Besseres ein, als dir die Augen zu schminken? Meine Güte!«

»Man darf sich nicht hängen lassen«, konterte Anna und grinste ihre Tochter so keck an wie früher den Schließer der Justizvollzugsanstalt, wenn sie um ein Besuchszimmer gebeten hatte, in dem sie von ihren Eltern nicht durch eine Glasscheibe getrennt wurde. Es hatte immer geholfen.

Ihre Tochter jedoch war ein anderes Kaliber, sie war nicht so leicht zu umgarnen. Dass es eine Schlägerei zwischen Konrad, Levi und dem Bankräuber gegeben hatte, fand sie skandalös, dass ihre Mutter es hatte auf sich nehmen müssen, dem Commissario mitsamt dem Täter den Weg zum Auto zu weisen, geradezu verantwortungslos, und dass dem Bankräuber sein Fluchtauto wichtiger war als seine Sicherheit, leuchtete ihr absolut nicht ein.

Ja, das konnte nur Anna verstehen. Sie war die Einzige, die wusste, dass der Bankräuber in dem Fiat einen Ring im Wert von vierhunderttausend Euro verloren hatte. Er war vermutlich von seinen beiden Komplizen ausersehen worden, ihn zurückzuholen. Vielleicht war er auch schuld daran gewesen, dass der Ring verloren gegangen war. Nun hatten sie ihm die Pistole auf die Brust gesetzt, vermutlich sogar im wahrsten Sinne des Wortes. Der Ring musste wieder her, sonst würde bald seine Leiche in der Elsa treiben ...

Anna füllte das Tablett mit Kaffeekanne, Brotkorb, Marmelade und Käse und trug es auf die Terrasse, wo der Tisch bereits gedeckt war. Bei Konrad und Levi war noch alles ruhig, die Bürotür geschlossen. Das übliche Hin und Her, das Eintreffen der Arbeiter, der Besuch von Technikern und Bauherren, das Rufen nach einem Zollstock oder irgendwelchen Plänen ruhte an diesem Tag. Es war Sonntag. Im *Albergo Annina* wurde nicht gearbeitet, in den Familien der Maurer und Dachdecker an diesem Wochenende vermutlich mit Besorgnis darüber diskutiert, ob es in der nächsten Woche den Lohn gab, den die deutsche Signora versprochen hatte. Sie würde gleich am Montagmorgen bei der Bank anrufen, um sich zu vergewissern, dass das Geld unterwegs war.

Sie schaute in den Himmel, der sonntags immer anders aussah als während der Woche. Davon war sie als Kind überzeugt gewesen und hatte es, als sie erwachsen wurde, abgelehnt, etwas anderes zu glauben. Ein Sonntagshimmel war blauer und weiter, manchmal auch grauer und wolkiger, aber er war anders, weil es unter ihm stiller war als an einem Werktag. Unter einem Sonntagshimmel konnte man sich strecken, schon montags musste man wieder buckeln.

Sie goss den Kaffee ein, und als sie selbst ihre Tasse ausgetrunken hatte, rief sie: »Henrieke! Der Kaffee wird kalt.«

Ihre Tochter erschien auf der Terrasse, mit dem Smartphone in der Hand. »Du hast mit Valentino telefoniert?«

Anna legte die Brotscheibe wieder zurück, die sie gerade mit Butter bestreichen wollte. »Das ist mein Handy!«

»Ich konnte meins gerade nicht finden. Ist das so schlimm?«

Nein, schlimm war das natürlich nicht. Aber Anna wurde klar, dass sie die nächsten Telefongespräche mit Valentino besser von einem öffentlichen Fernsprecher aus führte. Wenn es so etwas in Siena überhaupt gab, wo doch heutzutage jeder ein Smartphone in der Tasche hatte! Zwar wusste Henrieke, dass ihre Mutter Kontakt zu ihren Brüdern hatte, aber sie wusste auch, dass er spärlich war, dass sie oft monatelang nichts von Valentino und Filippo hörte, selbst dann nicht, wenn sie gerade in Freiheit waren. Wenn sie mitbekam, dass ihre Mutter zurzeit öfter mit Valentino telefonierte, würde sie misstrauisch werden. Es gab da ja so eine Liste, an der abzulesen war, mit wem man telefoniert hatte. Ob sich die löschen ließ? Dann würde Henrieke nicht sehen können, wenn sie mit Valentino telefoniert hatte. Wieder einmal ärgerte Anna sich, dass sie sich nie mit den Möglichkeiten befasst hatte, die ihr Smartphone bot. Sie konnte nur eine Telefonnummer wählen, den grünen Knopf drücken und am Ende des Telefonats den roten. Das war's. Henrieke hatte einmal über ihre Schulter gesehen, als sie die Wahlwiederholung suchte, und mit der Arroganz der Jugend angemerkt, dass die simplen Funktionen eines Smartphones wohl für eine Frau im fortgeschrittenen Alter ihrer Mutter schon zu anspruchsvoll seien. »Du benutzt dein Handy ja wie ein altes Telefon!« Sie hatte sich sogar mit dem Vorschlag unbeliebt gemacht, für Anna ein Seniorenhandy zu besorgen, nachdem sie beobachtet hatte, wie ihre Mutter mit zusammengekniffenen Augen die Liste ihrer Telefonkontakte durchging. Dann doch lieber eine Lesebrille! Ein Seniorenhandy hatte Anna jedenfalls strikt von sich gewiesen. Und es gefiel ihr gar nicht, dass Henrieke häufig zum Handy ihrer Mutter griff, nicht nur, wenn sie ihr eigenes verlegt hatte, sondern auch, wie es Anna schien, um herauszufinden, wieweit ihre Mutter mit den Möglichkeiten eines Smartphones zurechtkam.

Besser, sie fuhr zum Bahnhof. Wenn sie sich nicht täuschte, gab es dort einen Münzfernsprecher. Sicher war sicher.

Emilio Fontana stöhnte leise. »Mamma hat gesagt, ich muss auf meine Gesundheit aufpassen.« Und sie hatte recht. Drei Stunden Schlaf! Das hielt ja kein Mensch aus. Erst die Recherchen, die Suche nach einem Ring, der so aussah, wie Fabio ihn beschrieben hatte, und dann der Anruf von Anna Wilders mitten in der Nacht. Mitten im Tiefschlaf, schließlich war er erst nach eins ins Bett gekommen und hatte nicht sofort einschlafen können, weil die Gedanken in seinem Kopf rumort hatten. Wie war Anna an diesen Ring gekommen? 1985 war er zum letzten Mal gesehen worden, in einem Auktionshaus von Siena, in dem eine viel beachtete Versteigerung von Zarensilber vorbereitet worden war. Der Überfall war damals durch alle Zeitungen gegangen. Natürlich war sofort eine Sondereinheit gebildet worden, die sich an die Fersen der Juwelenräuber geheftet hatte. Alle anderen Polizeibeamten hatten damals nicht mehr erfahren als jeder normale Bürger. Alles war ganz schnell gegangen, eine Sache von zwei Tagen. Das Zarensilber war wieder da gewesen, die Verbrecher waren in ihr Heimatland abgeschoben worden, die Versteigerung war später über die Bühne gelaufen, allerdings unter erheblich größerem Sicherheitsaufwand. Nur dieser Ring, der war unauffindbar geblieben.

Margerita von Griechenland hatte ihn getragen, und jetzt, über dreißig Jahre nach dem Überfall, kam Anna Wilders damit zu Fabio und hatte anscheinend keine Ahnung, welchen Wert er hatte. Emilio stöhnte noch einmal, diesmal noch inbrünstiger. Wenn er nur wüsste, was jetzt zu tun war! Eigentlich ganz klar, er musste zu seinem Chef gehen, vielleicht sogar zum Polizeipräsidenten, und diese Sache zur Anzeige bringen. Wie mochte Anna an den Ring gekommen sein? Den Juwelenräubern war damals die Beute abgejagt worden, von dem Ring hatten die beiden angeblich nichts gewusst. Der Richter war knallhart gewesen, hatte ihnen zwei Jahre mehr aufgebrummt, weil sie nicht bereit waren zu verraten, wo sie den Ring versteckt hatten. Jeder hatte damals geglaubt, dass die beiden Ganoven sich mit der Kohle später, wenn sie ihre Strafe abgesessen hatten, ein schönes Leben machen wollten. Zwei Jahre Lebenszeit gegen vierhunderttausend Euro? Emilio schüttelte den Kopf. Er hätte sich anders entschieden, so viel stand fest. Aber bei der Polizei und im Gericht war man bei der Ansicht geblieben, dass die beiden genau gewusst hatten, wo der kostbare Ring war. Die Versicherung, die damals zahlen musste, war den Dieben nach ihrer Entlassung lange auf der Spur gewesen, aber der Ring war nicht wieder aufgetaucht.

Bis gestern ...

Der Bahnhof lag am nördlichen Rand der Stadt, an der Piazza Carlo Rosselli, etwa zwei Kilometer vom historischen Stadtzentrum entfernt. Ein zweistöckiges Flachdachgebäude aus den Vierzigerjahren mit einem ausladenden Vordach über dem Eingang. In dessen Nähe musste es eine Telefonzelle geben, Anna wurde immer sicherer, je länger sie darüber nachdachte. Und wenn nicht, dann würde sie vermutlich eins in dem Shoppingcenter finden, das dem Bahnhof gegenüberlag. Einen dieser Münzfernsprecher würde sie benutzen, um Valentino anzurufen. Er hatte ihr versprochen, so bald wie möglich jemanden zu finden, der den Ring zu Geld machen konnte. Vielleicht war es ihm bereits gelungen.

Sie wollte gerade in das Bahnhofsgelände einbiegen, in die Spur, die zur Tiefgarage führte, als plötzlich eine Straßensperrung vor ihr auftauchte. Quergestellte Polizeifahrzeuge, flackerndes Blaulicht, streng dreinblickende Uniformierte, die rote Kellen in die Luft hielten. Anna stöhnte auf und drehte die Seitenscheibe herunter. »Was ist passiert?«, rief sie aufs Geratewohl.

Als ihr niemand antwortete, machte sie es wie alle anderen, stieg aus dem Auto und lehnte sich an seine Seite, so kam man eher ins Gespräch. Kurz schoss ihr der Gedanke durch den Sinn, dass sie noch immer mit dem Auto der Bankräuber herumfuhr, und wie merkwürdig es doch war, dass sich niemand darum kümmerte.

Es flogen Vermutungen von einem Fahrer zum anderen, die für Anna alle so aussahen wie weiße Pingpongbälle und allesamt damit endeten, dass die Polizei unfähig sei, ein Problem anders zu lösen als mit einem Verkehrschaos. Aber allmählich setzte sich doch die Meinung durch, dass die Polizei in diesem Fall nicht viel Wind um eine Bagatelle machte, sondern ein echtes Problem vorlag. Der Verursacher hatte in solchen Fällen fast immer denselben Namen: die Mafia. In dem Shoppingcenter gegenüber dem Bahnhof hatte sich ein Mafia-Boss verschanzt, der seine drei Stellvertreter freipressen wollte, die vor Kurzem in Untersuchungshaft gekommen waren. Mit einem Dutzend Geiseln hatte er sich in dem Gebäude eingeschlossen und gedroht, eine nach der anderen zu erschießen, wenn man seiner Forderung nicht auf der Stelle nachkam. Diese Kunde sickerte durch. Ob sie der Wahrheit entsprach, wusste niemand, Anna war geneigt, in diesen Informationen achtzig Prozent Vermutungen, zehn Prozent Befürchtungen, fünf Prozent böse Erfahrungen und nur weitere fünf Prozent Wahrheit zu vermuten. Womöglich war im Shoppingcenter lediglich ein Ladendiebstahl geschehen, und die Polizei nutzte die Gelegenheit zu einer wirklichkeitsgetreuen Übung für ein Sondereinsatzkommando.

Sie dachte mit Schrecken an ihren dritten Abend in Siena, als sie in eine Verkehrskontrolle geraten war, die sich innerhalb einer Viertelstunde in eine Verbrecherjagd verwandelte. Einer der Fahrzeugführer hatte statt der Fahrzeugpapiere unversehens eine Knarre gezückt und sie dem Verkehrspolizisten an die Stirn gehalten. Daraufhin war aus der harmlosen Polizeiaktion eine Schießerei mit zwei Verletzten geworden, deren Folgen sich bis in die späten Abendstunden hingezogen hatten. Die Straßensperrung war aus Sicherheitsgründen nicht aufgehoben worden, die umliegenden Vorgärten zu öffentlichen Urinalen umfunktioniert und die Vorräte in den umliegenden Häusern durch Erdgeschossfenster verkauft worden. Der Stau hatte sich erst auflösen dürfen, als eine Hochschwangere Wehen bekam und so laut schrie, dass es dem Polizisten, der mit ausgebreiteten Armen vor der Fahrzeugschlange stand, egal war, ob ihm ein Disziplinarverfahren drohte oder nicht. Ob er später von dem Gerücht hörte, die Wehentätigkeit sei schlagartig beendet gewesen, als der werdende Vater wieder freie Fahrt hatte und die Schwangere erst zwei Monate später von einem gesunden Jungen entbunden wurde, wusste niemand.

Anna befürchtete also das Schlimmste, als ihr klar wurde, dass sie diesem Stau nicht durch ein waghalsiges Wendemanöver oder die Flucht durch den Gegenverkehr entkommen konnte. Wenn das möglich wäre, hätten alle anderen schon einen entsprechenden Versuch unternommen und später schimpfend und fluchend die dafür vorgesehene Strafe bezahlt.

Sie reckte den Hals, als ein Mannschaftsbus den Teil einer Hundertschaft ausspuckte, die sich bis an die Zähne bewaffnete, während in der Nähe des Gebäudes ein Psychologe über ein Megafon mit den Verhandlungen begann. Also wirklich eine Geiselnahme?

»Einer von denen muss den finalen Schuss abgeben«, tönte der Fahrer eines rostigen Renaults, der seine Meinung so gewichtig vor sich hertrug wie seinen fetten Wanst. Anna fühlte, wie sich ihr Kopf nicht mehr schütteln ließ und das spöttische Grinsen aus ihren Mundwinkeln verschwand. Mein Gott, tatsächlich eine Geiselnahme!

Wie immer bei solchen Gelegenheiten wurden die unterschiedlichsten Meinungen vorgetragen, eine verrückter als die andere und alle aus reiner Fantasie entstanden, keine einzige aus Erfahrung oder gar aufgrund irgendwelcher Informationen. Was Anna am ehesten glaubhaft erschien, war die Behauptung eines Mercedesfahrers, nun sei die *GIS* angefordert worden, die *Gruppo di Intervento Speciale*. Sie hatte schon von dieser Einheit gehört, die gegen die organisierte Kriminalität ankämpfte, also vor allem gegen die Mafia. »Das bedeutet«, erklärte der Mercedesfahrer, »dass die Polizei sich darauf einstellt, der Sache möglichst bald ein Ende zu machen.«

Ein Ende machen? Anna fühlte die Angst über ihren Rücken rieseln. Etwa mit Waffengewalt?

Der Renaultfahrer übernahm diese Ansicht gerne. »Tod des Geiselnehmers«, rief er lachend, während alle anderen Mienen besorgt wurden. »Und das bitte noch vor der Sportschau!«

Die Umstehenden, denen vor allem daran gelegen war, so bald wie möglich weiterzukommen, waren derselben Meinung. »Das ganze Gerede dauert Stunden und führt zu nichts!« Das war die einhellige Meinung. Keiner wollte unschuldige Menschen in Gefahr oder gar sterben sehen, der Tod eines Mafioso rührte dagegen niemanden.

»Wenn die Schweine darauf bestehen, dass die drei Ganoven aus dem Gefängnis hierhin gebracht werden, dann kann das bis morgen früh dauern.« Dieser Pessimist hatte angeblich schon viele Stunden in Staus verbracht, die allesamt der Mafia zur Last gelegt werden konnten. »So was regelt man besser mit einem gezielten Schuss.«

Die Angst bekam eine andere Qualität, verlor den Ärger, der sie verharmlost hatte, und wurde mit echter Sorge angereichert. Ein Gefühl, das über ihren Rücken kroch und nach ihrer Kehle zu greifen schien. Auf keinen Fall wollte Anna Zeugin einer Schießerei werden. Der Gedanke, dass in ihrer Nähe ein Mensch zu Tode kam, war ihr unerträglich. Selbst wenn es der Geiselnehmer war, der dieses Risiko eingegangen war, aber noch schlimmer, wenn es Geiseln sein sollten. Die neugierige Spannung, die sie von einigen Gesichtern ablas, der Überdruss derjenigen, die noch immer an nichts anderes als an den persönlichen Nachteil dachten, stieß sie mit einem Mal ab. Sie wollte nichts mehr hören von den Ratschlägen, die die Umstehenden für die Polizei hatten, sie wollte weg von den Neunmalklugen und den Ignoranten. Sie ließ das Auto im Stich, schlängelte sich durch die Fahrzeuge und wagte sich so weit vor, wie es ihr erlaubt wurde. Vielleicht war Emilio Fontana bei diesem Einsatz dabei? Dann konnte er ihr erklären, ob hier wirklich Menschenleben in Gefahr waren. Aber sie entdeckte ihn nirgendwo. Was sie jedoch nun genau beobachten konnte, waren die Vorbereitungen der *GIS* auf den geplanten Einsatz. Das war rabenschwarze Wirklichkeit, keine taubengraue Übung! Die dunkel gekleideten Männer machten ihre Maschinengewehre einsatzbereit, zogen sich ihre Sturmhauben über und setzten die Helme auf. Einige von ihnen kletterten aus einem Fenster in der ersten Etage des Bahnhofsgebäudes aufs Dach, legten sich bäuchlings an die Dachkante und brachten die Gewehre in Anschlag. Sie zeigten alle auf die Eingänge des Shoppingcenters. Anscheinend wollte der Mafia-Boss dort mit seinen Geiseln den Tatort verlassen. Auf der anderen Seite stand bereits eine dunkle Limousine bereit. Handelte es sich dabei um das Fluchtfahrzeug, das der Geiselnehmer verlangt hatte?

»Jetzt wird's spannend«, hörte Anna jemanden sagen.

Die anderen Mitglieder der Spezialeinheit verteilten sich auf den niedrigen Dächern einiger Nebengebäude, in ihrer schwarzen Kleidung schien sich einer nicht vom anderen zu unterscheiden. Von ihren Gesichtern war, auch wenn sie die Visiere geöffnet hielten, so wenig zu erkennen, dass sie kaum auseinanderzuhalten waren.

Bis auf einen! Die Entdeckung fuhr wie ein heißer Feuerstrahl durch Annas Körper. Ein Gesicht hatte sie erkannt. In aller Deutlichkeit! Die geschwollene Oberlippe, das blau verfärbte Auge, die rote Spur im Mundwinkel. Das alles hatte sie in der vergangenen Nacht gesehen. Der junge Mann erklomm soeben einen Lieferwagen, der dem Haupteingang des Shoppingcenters am nächsten war, legte sich bäuchlings darauf, richtete seine Waffe auf die Tür und schien im selben Moment mit der dunklen Farbe der Karosserie verschmolzen zu sein. Aber kurz vorher hatte er das Visier angehoben...

»Großer Gott«, stöhnte sie.

Und dann schrie sie. So laut, dass sogar der Psychologe sein Megafon ausstellte und sich fragend umsah.

Irgendwo musste doch dieser Fiat abgestellt worden sein! Emilio Fontana schimpfte leise vor sich hin. Wieso kümmerte sich niemand darum? Es war immer das Gleiche: Sobald ein Fall in die oberen Ränge des Polizeiapparates aufstieg, war niemand mehr zuständig, dann klappte gar nichts mehr. Sollte sich der Polizeipräsident etwa Gedanken darüber machen, wie eine Frau, der man ihr Auto weggenommen hatte, zu ihrem Recht kam? Der hatte schließlich Wichtigeres zu tun. Oder gar der Minister? Nicht einmal der Leiter des Reviers fand, dass er sich mit einer solchen Lappalie beschäftigen musste. Die Frau sollte nicht meckern, sondern froh sein, dass sie das Auto fürs Erste behalten durfte, das ihr eigentlich gar nicht zustand. Was diese Frau dachte, welche Vermutungen sie anstellte, dass sie womöglich misstrauisch wurde, sich selbst, andere und am Ende sogar einem Polizisten unangenehme Fragen stellte, das interessierte niemanden. Den Polizeipräsidenten und den Minister jedenfalls nicht. Erst recht nicht, wenn sich herausstellte, dass es sich um eine Deutsche handelte. Was wusste die schon von den italienischen Gesetzen! Deutsche konnte man doch immer damit abspeisen, dass in Italien die Gesetze dehnbarer waren als in Deutschland und die Italiener viel lockerer mit den Vorschriften umgingen, die ihnen das Leben schwer machten. So eine Frau sollte also froh sein, dass sie in einem Staat gelandet war, in dem freundlich mit Geschädigten umgegangen wurde und niemand darauf pochte, ein Auto zurückzugeben, das ihr nicht gehörte. Emilio grinste und strich sich über die Haare, bis seine Fingerspitzen alles geglättet hatten, was nicht perfekt saß. Nur gut, dass er diese Angelegenheit in der vergangenen Nacht hatte regeln können. Annas Auto wurde ihm heute gebracht, und zwar mit der Tasche und dem Geld darin. Wie sie sich freuen würde!

Genau genommen durfte sie sich sogar zweimal freuen, weil bisher noch niemand auf die Idee gekommen war, ihr vorzuhalten, dass sie ihr Auto auf einem Parkplatz abgestellt hatte, ohne es abzuschließen und sogar ohne den Schlüssel abzuziehen. Wer so was tat, durfte sich nicht beschweren. Dass die Versicherung nicht zahlte, war ja wohl völlig normal. Auch eine deutsche Versicherung hätte in so einem Fall die Kasse geschlossen gehalten.

Von den ganzen Gesetzesübertretungen während der Verfolgungsjagd wollte er gar nicht reden. Aber das wusste ja sonst niemand. Außer Giuseppe natürlich. Aber der würde den Mund halten. So forsch er sich sonst gab, sobald der Polizeipräsident und sogar der Minister ins Spiel kamen, sagte der kein Sterbenswörtchen mehr.

Emilio Fontana wurden die Augenlider schwer. Er musste sich unbedingt ein bisschen zurücklehnen, seinen Stuhl zum Fenster drehen und ein paar Minuten die Augen schließen. Dieser Stress! Zu blöd aber auch, dass er die Zeit, die er in der letzten Nacht für Anna Wilders aufgebracht hatte, nicht als Überstunden abrechnen konnte. Und dann heute Morgen wieder pünktlich zum Dienstantritt! Santo dio!

»Ich muss unbedingt mit Mamma reden«, murmelte er. Sie würde ihm gratulieren, weil ihm endlich eine Frau gefiel, sie würde ihn anfeuern, damit er sich auch die nächsten Nächte um die Ohren schlug, und ihm erklären, dass so die Liebe aussah! Liebe? Die Sache mit dem Ring gab ihm immer noch zu denken. Aber davon konnte er seiner Mutter nichts erzählen. Dienstgeheimnis! Er wusste wirklich nicht mehr, was er von Anna Wilders halten sollte. Wie war sie an den Ring gekommen?

Anscheinend war er tatsächlich eingedöst. Der Schreck fuhr ihm in die Glieder, als seine Bürotür aufgerissen wurde. Der Dienststellenleiter Vicequestore Scroffa trat ein, kerzengerade, mit der ihm eigenen gräflichen Vornehmheit, denn er war ein Nachfahre des Grafen Scroffa, der das Dorf Pentolina in der Nähe von Siena ruiniert hatte. Den Titel des Conte hatte er nie getragen, aber in Haltung und Bedeutung war er gräflicher als seine gräflichen Verwandten.

In diesem Fall war es mit seiner Vornehmheit jedoch vorbei. Er brüllte selten, doch diesmal tat er es. Und zwar so laut, dass Emilio in die Höhe fuhr und prompt mit Kreislaufproblemen zu kämpfen hatte. »Santo Dio! Was ist passiert?«

»Das frage ich Sie!«

Emilio verstand zunächst kein Wort, als Scroffa von einer Geiselnahme in der Nähe des Bahnhofs faselte, von einem Mafia-Boss, der drei seiner Komplizen aus dem Gefängnis holen wollte, und dem Verkehrschaos, das prompt entstanden war. War das was Neues? Ein Grund, sich aufzuregen? So was kam dreimal wöchentlich vor.

Als der Vicequestore von der *GIS* sprach, wurde Emilio allerdings hellhörig. Ihm begannen die Knie zu zittern, und er zog es vor, sich wieder zu setzen. Was kam nun?

»Diese Deutsche, die ihren weißen Fiat vor der Bank geparkt hat... wie ist es möglich, dass sie einen der Bankräuber erkannt hat? Sie trugen Strumpfmasken und Perücken und hatten sich falsche Bärte angeklebt. Wie konnte sie ihn wiedererkennen?«

Emilio verstand noch immer nicht, worauf der Vicequestore hinauswollte. Aber welcher Commissario, der sich Hoffnungen auf Aufstiegsmöglichkeiten macht, hätte das zugegeben? Er zog es also vor zu schweigen und auf jedes Wort zu achten, was der Leiter der Polizeidienststelle wütend hervorstieß. Und allmählich sah er klarer. Anna Wilders hatte den Mann wiedererkannt, der in der vergangenen Nacht für einige Aufregung gesorgt hatte. Santo Dio! Das hätte nicht passieren dürfen. Und angeblich hatte sie sich gebärdet wie eine waschechte Italienerin. Wenn er dem Vicequestore glauben durfte, hatte sie so laut geschrien, dass der Psychologe die Verhandlungen mit dem Geiselnehmer vergaß, die Zielfernrohre der *GIS*-Leute zu wackeln begannen und der Einsatz schließlich abgebrochen werden musste.

»Die drei sind ohne Strumpfmasken aus der *Castano-Bank* gekommen«, versuchte er zu erklären. »Sie hatten sie in der Eingangshalle abgenommen. Was meinen Sie, was passiert wäre, wenn sie mit Strumpfmasken auf die Straße gelaufen wären? So haben sich die Passanten nur über drei Verkehrsrowdys geärgert. Wenn man sie als Bankräuber entlarvt hätte...«

Scroffa brachte ihn mit einer schroffen Handbewegung zum

Schweigen. »Ich verstehe trotzdem nicht, dass sie ihn wiedererkannt hat. Diese paar Sekunden zwischen dem Verlassen der Bank und dem Einsteigen ins Fluchtauto...«

»Ins falsche Fluchtauto«, erlaubte er sich zu ergänzen.

»Während die Frau dem Wagen folgte, kann sie die Männer nur von hinten gesehen haben.«

Emilio rutschte das Herz in die Hose. Natürlich! Sie hatte ihn an der geschwollenen Lippe, dem blauen Auge und dem Bluterguss am Mund wiedererkannt. Besser, er hätte sich krankschreiben lassen, dann wäre das nicht geschehen. Emilio hatte es ihm dringend geraten. Und nun? Dass Anna dem Bankräuber in der vergangenen Nacht begegnet war, konnte er unmöglich verraten...

Immerhin hatte er den Schreck nun so weit überwunden, dass in seinem Kopf die drei Fächer aufgingen, die er eingerichtet hatte, als er seine Laufbahn begann, in die er alles einsortieren konnte, wo es hingehörte: das, was er wusste, das, was er nicht wusste, und das, was er nach Scroffas Meinung wissen sollte.

»Ich verstehe nicht«, sagte er und sah seinen Chef aufmerksam an, so aufmerksam, dass der seinem Blick auswich und damit zu erkennen gab, wie unwohl er sich fühlte und dass er etwas zu verbergen hatte. Ein Dienststellenleiter der Polizei sollte wirklich weniger durchschaubar sein. Wenn das der Polizeipräsident und der Minister wüssten... »Wie konnte die deutsche Signora den Bankräuber erkennen? War er etwa der Geiselnehmer? Gehört er zur Mafia?«

Emilio stellte zufrieden fest, dass seine schauspielerischen Fähigkeiten erheblich besser waren als die seines Chefs. Er sah ihm an, dass er ihm seine Ahnungslosigkeit abnahm. Wieso auch nicht?

»Der Kerl hat sich in die *GIS* eingeschlichen«, gab er zurück.

»Was?«

Dass Scroffa keine weiteren Erklärungen abgeben wollte, lag auf der Hand. Emilio verstand ihn sogar. »Die Frau ist einbestellt worden«, knurrte er und machte deutlich, dass einen einfachen Commissario die Einzelheiten nichts angingen. Wer einmal das Vertrauen des Polizeipräsidenten und des Ministers genossen hatte, konnte damit lange wuchern. »Reden Sie mit ihr. Sorgen Sie dafür, dass sie die Klappe hält.« Nun hatte er sich seine Wut von der Seele geredet und sprach wieder so ruhig und gemessen, wie es sich für den Verwandten eines Grafen gehörte. »Der Polizeipräsident will dafür sorgen, dass die drei Stellvertreter des Mafia-Bosses freikommen. Wir dürfen es nur nicht an die große Glocke hängen, sonst macht das Schule. Aber die Geiseln sind in Gefahr. Nach diesem missglückten Einsatz können wir nichts mehr riskieren.«

Er riss die Tür auf und knallte sie mit beeindruckendem Temperament ins Schloss. Es dauerte nicht lange, und Giuseppe erschien, ängstlich und kleinlaut. »Ich habe die Personalien schon mal aufgenommen«, berichtete er und schien zu hoffen, dass er sich damit nützlich gemacht hatte. »Wollen Sie die Signora jetzt vernehmen?«

Während der Fahrt im Polizeiwagen verspürte Anna mal wieder das Bedürfnis zu singen. Sie unterdrückte es natürlich, denn die Polizisten, die ihr gegenübersaßen, sahen nicht so aus, als wären sie durch Gesang zu erheitern. Merkwürdigerweise sahen sie nicht einmal freundlich aus. Und sie redeten kein Wort mit ihr. Eigentlich hatte Anna sich vorgestellt, dass ein aufmerksamer Bürger, der der Polizei auf die Sprünge half, mit Lob und Dank überschüttet wurde. Aber bis jetzt war sie behandelt worden, als hätte sie den Ordnungshütern nichts als Scherereien bereitet. Merkwürdig! Sie selbst war derart zufrieden mit sich, dass sie, wenn sie gesungen hätte, mindestens »Freude schöner Götterfunken« zu Gehör gebracht hätte.

Sie fragte die beiden Polizisten mit geradezu italienischer Höflichkeit, wie sie fand, nach ihrem Werdegang und erkundigte sich, weil sie wusste, dass Italiener das liebten, nach ihren Familien. Aber eine Antwort erhielt sie nicht. Der Fahrer des Polizeiwagens warf sogar einen gereizten Blick in den Rückspiegel, als ginge sie ihm auf die Nerven.

Nun regte sich Trotz in Anna. Wenn diese Beamten nicht bald zugänglicher wurden, dann würde sie trotzdem zu singen anfangen, das hatten sie dann davon!

Aber bevor es so weit kommen konnte, fiel ihr der Fiat ein, der allein zurückgeblieben war, dem sie gerade noch ihre Handtasche hatte entnehmen können, den sie aber nicht mehr hatte abschließen können. Dass auch in diesem Fall der Schlüssel stecken bleiben musste, war ihr sofort klar gewesen. Die Polizisten wollten ihn wegfahren, sobald der Stau sich aufzulösen begann. »Aber wohin?«

Darauf bekam sie ebenfalls keine Antwort. Anna hoffte, dass sie im Polizeirevier auf Emilio Fontana treffen würde. Der war zum Glück zugänglicher als seine Kollegen und nicht so maulfaul. Es wurde Zeit, dass ihr endlich jemand mit Lob kam und ihr dafür dankte, dass sie etwas Schreckliches verhindert hatte. Ein Bankräuber, der seiner Verhaftung irgendwie entkommen war und es dann geschafft hatte, sich in die *GIS* einzuschleichen! Er war also außerdem ein Mafioso, seine beiden Komplizen vermutlich ebenfalls. Und er hatte dafür sorgen wollen, dass das Sondereinsatzkommando, das in Deutschland SEK und in Italien *GIS* hieß, nicht zum finalen Schuss kam. Irgendwie hätte er es hinbekommen, dass sich am Ende der Mafia-Boss an seiner Freiheit erfreute und die *GIS* mehrere Todesfälle zu beklagen hatte, von den Geiseln ganz zu schweigen. Das alles hatte sie, Anna Wilders, verhindert. Und dafür bekam sie nicht mehr als muffelige Gesichter zu sehen und eisiges Schweigen zu hören?

Im Revierzimmer war man endlich freundlich zu ihr. Der Polizist, der mit dem Zwei-Finger-Suchsystem mühsam ihre Daten in den Computer eingab, schien dennoch nicht sonderlich an dem Abenteuer interessiert zu sein, das sie soeben erlebt hatte. Zwar konnte sie ihm viel davon erzählen, da seine Arbeit derart langsam und mühsam vonstattenging, dass man ihm währenddessen das Alte Testament hätte vorlesen können, aber seine Anteilnahme war nicht sonderlich ausgeprägt, wenn er auch seine Liebenswürdigkeit beibehielt. Viel wichtiger war ihm, ob ihr Geburtsname mit i oder y endete. Als das geklärt war, wies er auf einen Stuhl, wo sie warten sollte, bis der Commissario sie zu sich rief.

Diese Formulierung gefiel Anna gar nicht. Man ließ sie warten? Was war denn mit der berühmten Höflichkeit der Italiener geschehen, dass sie hier behandelt wurde, als hätte sie einen Fehler begangen?

Auch Emilio Fontana ließ es an der Ritterlichkeit fehlen, die sie erwartet hatte. Diese Tatsache war es schließlich, die aus Annas Euphorie, aus diesem wunderbaren Gefühl, einem kleinen Teil der Welt zu einem kleinen Frieden verholfen zu haben, eine so große Enttäuschung machte, dass sie selbst nun auch alle Höflichkeit fahren ließ.

»Wie konnte das denn überhaupt passieren?«, fragte sie in aggressivem Ton. »Sie hatten den Kerl doch im Auto angekettet. Ist er Ihnen entwischt, als Sie ihn im Knast abliefern wollten?«

Fontana antwortete erst, nachdem er Giuseppe, der ins Büro gekommen war, angewiesen hatte, ihn mit Anna Wilders allein zu lassen. Das verständnislose und sogar gekränkte Gesicht seines Assistenten schien ihn nicht zu berühren. Erst als Giuseppe die Tür geschlossen hatte, bestätigte Fontana: »Ja, genau so war es. Dumm gelaufen.«

Anna unterdrückte den Wunsch, die Tür wieder zu öffnen. »Wie hat er es geschafft, sich in den *GIS* einzuschmuggeln?«

Fontana schien es komischerweise schwerzufallen, aber er lächelte endlich. »Dienstgeheimnis, Signora.«

»Vermutlich wollen Sie nicht zugeben, dass die Polizei einen Fehler gemacht hat? Wahrscheinlich sogar Sie selbst?« Anna war nicht bereit, sich mit dem Wort »Dienstgeheimnis« abspeisen zu lassen. Sie hatte als Einzige bemerkt, dass es unter den *GIS*-Leuten einen Überläufer gab, einen Verräter, einen Bankräuber! Er musste Emilio Fontana in der letzten Nacht entwischt sein. »Hat er Sie niedergeschlagen?«

Aber Emilio Fontana antwortete nicht, tat so, als hätte er ihre Frage nicht gehört, und studierte stattdessen ihre Personalien.

»Eine schöne Spezialeinheit!«, begann Anna nun zu schimpfen. »Da gelingt es einem Mafia-Mitglied, sich in die *GIS* einzuschleusen, um seinem Boss zu helfen! Ein Feind der *GIS!* Einer, der die Gruppe ins Verderben stürzen wollte! Wenn ich ihn nicht erkannt hätte...«

»Grazie, Signora«, unterbrach Fontana, blickte sie aber nach wie vor nicht an.

Sie betrachtete ihn kopfschüttelnd, während er noch immer Annas Personalien studierte, die der freundliche Beamte im Revierzimmer in die Tastatur des Computers gehackt hatte. Fontana hatte sich verändert. Nicht nur, dass er müde aussah, was nach der kurzen Nacht kein Wunder war, er wirkte auch missmutig und irgendwie... enttäuscht. Natürlich sah er immer noch blendend aus, wenn ihm auch anzusehen war, dass er an diesem Morgen nicht viel Zeit für seine Körperpflege gefunden hatte. Seine Haare waren nicht gegelt, er war schlecht rasiert, und sein Eau de Toilette hatte er vergessen. Aber das war es nicht allein, was Anna stutzig machte. Etwas hatte sich verändert. Aber was? Oder war es nur das dienstliche Missgeschick, das Emilio Fontana zu schaffen machte? Er hatte einen Bankräuber laufen lassen, hatte bei seiner Verhaftung irgendeinen Fehler gemacht, sodass der Täter fliehen konnte. Das gereichte einem Commissario natürlich nicht zur Ehre. Und dann noch die Folge dieses einen Fehlers, der zu einem weiteren geführt hatte, der vermutlich noch viel schwerer wog. Und jedes Mal war sie, Anna Wilders, in die Angelegenheit verstrickt gewesen. Mit einem Mal wurde ihr klar, dass sie in diesem Augenblick sein Scheitern verkörperte. Alles, was ihm zurzeit widerfuhr – eine Abmahnung vom Minister, ein Rüffel vom Polizeipräsidenten, die Androhung des Vicequestore, ihn von komplizierten Fällen abzuziehen und demnächst nur mit Verkehrsdelikten zu betrauen –, das alles verband er mit ihr. So wie sie sah sein Scheitern aus, es trug ihr Gesicht.

»Haben Sie Ärger bekommen?«, fragte sie leise.

Aber er schüttelte den Kopf. »Wundern Sie sich bitte nicht, wenn Sie morgen im Radio etwas hören, was die Angelegenheit… allora, etwas anders darstellt.«

»Wie meinen Sie das?«

»Das… kann ich Ihnen nicht erklären, Signora. Polizeiliche Ermittlungen, die noch nicht ans Tageslicht kommen dürfen. Sie werden nichts von einem Bankräuber in den Zeitungen lesen oder in den Nachrichten hören. Und ich wäre Ihnen dankbar, wenn Sie darüber schweigen könnten, dass sich heute ein entlaufener Bankräuber in die Geiselnahme eingemischt hat.«

Anna glaubte zu verstehen. »Sie wollen die anderen beiden in Sicherheit wiegen?«

Emilio Fontana antwortete nicht. Er starrte auf das Blatt mit ihren Personalien, mit dem er bisher nur gespielt, das er von einer Schreibtischkante zur anderen geschoben hatte und über das seine Finger getastet waren, ohne bestimmtes Ziel. Nun aber fuhr sein Zeigefinger plötzlich auf eine der ausgefüllten Spalten zu. »Ihr Geburtsname ist Kolsky?«

Er starrte sie an, und Anna wusste sofort, dass es keinen Sinn hatte zu behaupten, ihr Vater wäre Direktor eines Gymnasiums gewesen, ihre Mutter Kindergärtnerin und sie sei ein Einzelkind… Auf einmal fühlte es sich an, als bilde sich in ihrem Magen ein dicker Klumpen. Ihr Name! Sie war ohne Sorge gewesen, als sie ihren Personalausweis vorgelegt hatte. Wer konnte auch ahnen, dass der schlechte Ruf ihres Geburtsnamens bis nach Italien gedrungen war und dort einem Commissario auffiel! Und das, obwohl ihre

Eltern längst tot waren und die letzte Verurteilung ihrer Brüder Jahre zurück lag?

»Ich bin zwar ihre Schwester«, sagte sie schnell, »aber mit der kriminellen Karriere meiner Brüder habe ich nichts zu tun. Ich bin nicht einmal mit ihnen aufgewachsen.«

Können Sie verstehen, dass mir plötzlich zum Heulen war? Tante Rosi hat es mir oft prophezeit: »Du wirst immer eine Kolsky bleiben, vergiss das nicht. Selbst wenn du ganz anders wirst als deine Familie und einen anderen Namen trägst, bist du doch nicht einfach nur anders als deine Freundinnen und Klassenkameradinnen, sondern anders als die anderen Kolskys. Das ist ein Riesenunterschied!«
Ich wollte ihr nie glauben, aber nun erlebe ich es. Das Dumme ist, dass mich diese Erkenntnis genau in dem Augenblick trifft, in dem mein Gewissen nicht rein ist. Wenn Tante Rosi mir früher mit ihren Predigten kam, konnte ich ein frommes Gesicht ziehen und sämtliche Worte abnicken. Jetzt kann ich es nicht mehr. Ich habe einen Ring an mich genommen, der mir nicht gehört. Ich brauche unbedingt jemanden, der mir den Rücken stärkt. Wären Sie bitte so nett? Ich bin Opfer, kein Täter! Wenn ich den Ring behalte, sorge ich für einen Ausgleich, der der Gerechtigkeit dient. Niemals würde ich einem Menschen ein Schmuckstück stehlen, ich schwöre es! Sie müssen zugeben, dass es sich mit diesem Ring anders verhält. Es gibt niemanden, der nun zu Hause sitzt und um ein kostbares Andenken weint. Das könnte ich nicht ertragen. Sollte es jemals eine Frau gegeben haben, der dieser Ring etwas bedeutet hat, ist sie vermutlich längst darüber hinweg, hat sich etwas anderes aus ihrer Schatulle geholt, was sie getröstet hat, oder im besten Falle lebt sie gar nicht mehr. Allermindestens hat sie sich von der

Summe, die die Versicherung gezahlt hat, etwas Neues, noch Besseres gegönnt. – Endlich! Sie nicken. Danke!

Vom Bildschirm lachte ihm sein Patenkind zu, der Sohn seines Cousins. Als Emilio zur Maus griff, verschwand der Bildschirmschoner, und die letzte Datei erschien, die er aufgerufen hatte. Die Fahndungsfotos von zwei Männern, Valentino und Filippo Kolsky. Ja, Anna hatte Ähnlichkeit mit ihnen. War es Zufall, dass das Auktionshaus, auf das der Raubüberfall verübt worden war, in Siena ansässig war und Anna Wilders geborene Kolsky ausgerechnet hier ihr Hotel gründete?

Emilio glaubte nicht an Zufälle. Anna war offenbar die Komplizin ihrer Brüder gewesen, daran musste er glauben, ob er wollte oder nicht. Sie war von ihnen nicht verpfiffen worden, als man sie festgenommen hatte. Andererseits... warum hatte sie dann keine Ahnung von dem Wert des Rings? Oder hatten die beiden Kolsky-Brüder ihn irgendwo in Siena versteckt, und Anna war hergekommen, um damit ihr Hotel zu finanzieren? Dann musste sie jemanden finden, der das kostbare Stück zu Geld machte. Sie hatte nur so getan, als interessiere sie der Wert des Rings. In Wirklichkeit wollte sie ihn Fabio auf eine versteckte Weise anbieten. Wenn er ihn nicht kaufen konnte, sollte er ihr die Adresse eines Juweliers geben, der in der Lage war, einen derart hohen Betrag auf die Theke zu blättern. Wenn es so war, dann hatte sie Erfolg gehabt. Fabio hatte ihr den Namen eines Florenzer Kollegen genannt, mit dem Emilio sich natürlich sofort in Verbindung gesetzt hatte. Sollte Anna dort auftauchen, würde er Interesse an dem Ring bekunden, sie aber vertrösten und auf der Stelle Commissario Fontana anrufen.

Der Bildschirm verdunkelte sich wieder, sein Patenkind lachte ihn erneut an. War das logisch? Anna musste doch wissen, dass sie ein Risiko einging. Ein seriöser Juwelier würde Erkundigungen einziehen, ehe er einen so kostbaren Ring kaufte. Und dann würde er schnell herausbekommen, dass es sich um Hehlerware handelte. Nein, irgendwie passte das alles nicht zusammen. Selbst als er sich bequem zurücklehnte, aus dem Fenster starrte und es mit Ruhe versuchte, wurde er nicht schlau daraus. Er musste weitermachen, weitersuchen, er durfte sich keine Ruhe gönnen.

Emilio fuhr sich über die Stirn, als wollte er die Müdigkeit wegwischen. Wo war er stehen geblieben, ehe Anna hereinkam? Ecco, es gab da noch ein Portal, in dem er die Suche fortsetzen konnte. Nur ein paar Minuten, schon hatte er es. Valentino war mittlerweile freigelassen worden, Filippo saß noch in Haft. In einem halben Jahr würde auch er ein freier Mann sein. Aber ... brachte ihn diese Information weiter? Nein! »Accidenti!«

Vielleicht sollte er Anna Wilders einfach fragen? Aber sie würde ihm nicht die Wahrheit sagen, er hätte sie dann nur gewarnt. Er konnte ja nicht einmal beweisen, dass wirklich sie es war, die Fabio aufgesucht hatte. Wenn sie es bestritt, stand er dumm da. Fabio würde es zwar bezeugen, aber ob das für eine Verurteilung ausreiche? Und wollte er überhaupt, dass Anna verurteilt wurde? Besser, er suchte erst weiter nach hieb- und stichfesten Beweisen oder Gegenbeweisen und wog Anna Wilders solange in Sicherheit.

Wirklich dumm, dass sein Verhältnis zu Konrad Kailer nicht das beste war. Der merkte natürlich, wie sehr ihm Anna gefiel, und Emilio wusste, dass sie es dem Deutschen genauso angetan hatte.

Mamma hatte gesagt: »Kämpfe!«

Aber wollte er um eine Frau kämpfen, die womöglich eine Kriminelle war? Das musste er sich erst gründlich überlegen.

Ob Konrad Kailer während seiner Dienstzeit von dem Überfall auf das Auktionshaus in Siena gehört hatte? Unwahrscheinlich. Aber vielleicht konnte er ihm zu Informationen verhelfen, die sich im Intranet der italienischen Polizei nicht fanden. Schließlich waren die Täter Deutsche. Kailer könnte sich erkundigen, herausfinden, wer damals die Sachbearbeiter gewesen waren, sie anrufen, so von

Kollege zu Kollege... Einen Versuch war es wert, ein Amtshilfeersuchen dauerte ja viel zu lange. Und was sich dabei herausstellte, konnte er dann nicht mehr unter den Tisch fallen lassen. Nein, erst mal die informellen Erkundigungen, von denen keiner etwas erfuhr. Vielleicht heute Abend.

Lorenzo Graziano hatte zugesagt, heute noch den Fiat zurückzubringen, der Anna gehörte. Er würde ihn natürlich persönlich zu ihr bringen. Mal sehen, was sich aus diesem Besuch ergab. Konrad Kailer würde garantiert auftauchen, sobald Emilio sich im *Albergo Annina* eingefunden hatte. Er musste ganz behutsam vorgehen. Mit Anna reden, ihr Fangfragen stellen, mit Konrad Kailer reden, ohne Annas Namen mit seinen Fragen in Zusammenhang zu bringen. Natürlich durfte er nicht ahnen, was Emilio vermutete. Wenn er mitbekam, dass Anna Wilders im Verdacht stand, gemeinsame Sache mit ihren Brüdern gemacht zu haben, dann war er nicht mehr neutral. Dann würde er alles tun, um Anna da rauszupauken. So lieb es Emilio auch wäre, dass sie ungeschoren davonkam, einem Commissario musste es wichtiger sein, dass die Gerechtigkeit siegte. Sì, certo!

Henrieke gebärdete sich wie eine Mutter, deren Teenager-Tochter verschwunden ist, die das Kind im Drogenrausch wähnt und drauf und dran ist, die Polizei zu alarmieren. Als dann tatsächlich ein Polizeiwagen vorfuhr, schienen alle Sorgen bestätigt zu werden, obwohl ihre Mutter gesund und munter auf dem Beifahrersitz hockte. Wie sie dahingekommen war, spielte für Henrieke zunächst keine Rolle. Dass sie von der Polizei nach Hause gebracht wurde, bestätigte ihre schlimmsten Befürchtungen, und das, obwohl sie allesamt nicht eingetreten waren. Ihre Mutter hatte sich nicht des Drogenmissbrauchs schuldig gemacht, war auch nicht das Opfer eines schweren Verkehrsunfalls, weder entführt, gefesselt, geknebelt noch ermordet worden und auch nicht mit einem Herzinfarkt oder Schlaganfall im Krankenhaus gelandet. All diese Visionen hatten sie angeblich in Angst und Schrecken versetzt. Und das nur, weil die Mittagszeit angebrochen war und sich nicht erkennen ließ, dass sich eine Mahlzeit in Vorbereitung befand. Die Mama hatte doch nur von einer kurzen Erledigung gesprochen!

Henrieke bedankte sich überschwänglich bei dem Fahrer des Polizeiwagens, als hätte er ihre Mutter aus einer großen Gefahr gerettet. »Da muss man sich doch Sorgen machen!«

»In meinem Alter«, setzte Anna lakonisch hinzu und hoffte auf Widerspruch.

Aber was kam, war leider Bestätigung. »Endlich siehst du es ein.«

Sie gingen ins Haus, in die Küche, und Anna wehrte Henriekes Hände ab. »Lass mich. Mir ist nichts passiert.«

»Es wird doch einen Grund haben, dass die Polizei dich nach Hause fährt.«

»Stimmt! Mein Auto steht noch im Stau.«

»Wie bitte?«

Die beiden schrillen Selbstlaute schienen durch die geöffnete Küchentür bis ins Nachbarhaus gedrungen zu sein. Schon sah Anna durchs Fenster, wie Konrad am Ende des Gartens über die Hecke stieg und auf die Terrasse zukam. Sie brauchte nicht zu fragen, sie sah seinem verschleierten Gesicht an, dass er längst von Henriekes grauer Sorge angesteckt worden war. Diese ließ ihn sogar eintreten, ohne ihm durch ein missmutiges Gesicht zu zeigen, dass er nicht willkommen war. Daraus schloss Anna, dass er in den letzten beiden Stunden viel hatte aushalten müssen und deswegen jetzt den Anspruch hatte, freundlich behandelt zu werden. Er nahm sich sogar das Recht heraus, Anna in die Arme zu ziehen und ihr einen Kuss aufs Haar zu hauchen.

»Gott sei Dank!« Seine Stimme war rosarot mit kleinen weißen Schleifen im letzten Wort.

»Sie ist von der Polizei gebracht worden!« Henriekes Stimme klang nach wie vor schrill.

Konrads Antwort verlor prompt das Rosarote und klang wie dunkles Blau. »Etwa von Emilio Fontana?« Seine Sorge schien ganz anderer Art zu sein als Henriekes.

Anna machte eine wegwerfende Handbewegung. »Der ist in seinem Büro genauso unfreundlich wie seine übellaunigen Kollegen.«

Diese Aussage gefiel Konrad, er griff gleich noch einmal nach Anna, als hätte sich seine Beziehung zu ihr mit diesem einen Satz verändert.

Sie machte sich unwillig frei und hätte sich gerne weiter darüber geärgert, dass sie behandelt wurde wie ein unmündiges Kind. Aber die Geschichte, die sie zu erzählen hatte, war ja viel unterhaltsamer als jeder Disput über Grundsatzfragen, der sowieso zu nichts führte.

»Setzt euch hin«, sagte sie. »Ihr werdet jetzt was zu hören bekommen.«

Emilios Forderung, nichts von dem zu verraten, was am Montag ganz anders in der Zeitung stehen würde, huschte an ihr vorbei und verschwand gleich wieder im Gestrüpp ihrer Rechtfertigungen. Emilio Fontana konnte nicht erwarten, dass sie gerade diejenigen im Unklaren ließ, die in der vergangenen Nacht bei der Verhaftung des Bankräubers anwesend gewesen waren. Erst recht, wenn er kein Wort der Anerkennung darüber verlauten ließ, dass sie für seine Entlarvung gesorgt hatte. Sie hatte mit vielen freundlichen Worten gerechnet, mit einer Einladung zum Kaffee, vielleicht sogar mit einer Umarmung.

»Aber kein Wort zu irgendwem! Versprochen?« So ein Satz gehörte zu den unsinnigsten der Welt. Wem er zu Ohren kam, versprach alles, ohne sich Gedanken darüber zu machen, ob er das Versprechen einhalten konnte und wollte. »Eigentlich darf ich nämlich nicht darüber reden.«

»Geht's um den Bankräuber?« Konrad bemühte sich, aus seiner Neugier sachliches Interesse zu machen.

»Genau! Und da ihr in der letzten Nacht dabei gewesen seid, habt ihr ein Recht darauf, auch den Rest zu erfahren.«

Den Rest? Henrieke, die in der vergangenen Nacht nicht dabei gewesen war, runzelte die Stirn wie eine Schulleiterin, der ein Geständnis gemacht werden soll, das sie für erstunken und erlogen hält.

»Also ... ich geriet am Bahnhof in einen Stau ...«

Levi steckte den Kopf herein. Dass er sich in der Wohnung aufhielt, war scheinbar bisher niemandem aufgefallen. Er warf einen verlangenden Blick zur Kaffeemaschine und erhielt die Einladung, sich zu Anna, Konrad und Henrieke zu setzen. Dass auch er ein Anrecht auf ausführliche Information hatte, war leicht an dem Pflaster abzulesen, das auf seiner Stirn prangte. Er trug die Kaffeetassen auf die Terrasse, wo die vier kurz darauf in einer verschworenen Runde zusammensaßen. Sogar in Henriekes blasse Wangen stieg die Röte der Neugier.

Am Ende der Erzählung brauchten sie alle einen zweiten Kaffee.

»Ich habe gleich gesagt«, rief Konrad, »er soll einen Streifenwagen holen, um den Kerl abzutransportieren. Aber nein! Auf mich will er ja nie hören.« Er griff sich an die Stirn. »Einen Gefangenen in einem Privatwagen zum Gefängnis bringen! Wo gibt's denn so was! In Deutschland jedenfalls nicht.«

Levi betrachtete die Angelegenheit ohne Emotionen. »Wie hat der Kerl es geschafft, sich in die *GIS* zu schmuggeln?«

»Und wieso darf das niemand wissen?«, ergänzte Henrieke, der es mehr Spaß machte, sich zu entrüsten, als zu staunen.

»Die Polizei will nicht zugeben«, antwortete Konrad, »dass sie einen Fehler gemacht hat. Wenn es um die Mafia geht, ist die Öffentlichkeit sehr hellhörig und empfindlich. Falsche Informationen, damit die Polizei in der Bevölkerung gut dasteht! Was meinst du, was er zu hören bekommt, wenn der kleine Mann auf der Straße die Wahrheit erfährt? Ein Mafioso schafft es, sich in die *GIS* einzuschleusen, und keiner merkt es!« Er schüttelte seinen großen Kopf und fuhr sich mit beiden Händen über den nur spärlich behaarten Schädel. »So was gibt's in Deutschland auch nicht.«

»Die *Gruppo di Intervento Speciale* gehört zur Polizei-Elite.« Levi ahmte unbewusst die Geste seines Vaters nach, bei ihm fuhren die Hände jedoch durch dichtes, krauses Haar. »Und da bemerkt keiner einen Maulwurf?«

Konrad hielt es für möglich. »Der hat einem Mitglied der Gruppe einen über den Schädel gegeben, ihm die Klamotten ausgezogen und das Maschinengewehr an sich genommen. Unter der Sturmhaube sieht doch einer aus wie der andere. Und dass ein *GIS*-Mann ohnmächtig oder tot in einer Ecke des Bahnhofs liegt, ist vermutlich erst Stunden später aufgefallen.«

»Genau!« Anna spürte noch immer das Vibrieren in sich, das seitdem ihren Körper in Spannung hielt. »Wenn er nicht das Visier hochgeklappt hätte...«

Aber Levi unterbrach sie. »Was war sein Plan?«

Er wollte die Antwort schon selbst geben, aber Konrad kam ihm zuvor: »Den finalen Schuss abgeben. Aber natürlich anders, als der Kommandant des *GIS* geplant hat.« Seine Stimme troff jetzt vor Zynismus. »So ein Pech aber auch, hätte es später vermutlich geheißen, dass er den Mafia-Boss verfehlt und eine Geisel getroffen hat!« Jetzt sprach er wieder ohne herabgezogene Mundwinkel. »Anschließend hätte er sich mit dem Geiselnehmer den Weg freigeschossen.«

Keiner von ihnen konnte sich die Szenerie so richtig vorstellen, alle saßen sie da und bemühten ihre Fantasie mehr oder wenig erfolglos. »Man darf die beiden anderen Bankräuber nicht vergessen«, sagte Anna schließlich. »Die sind noch auf der Flucht.«

Aber dieser Einwand führte bei keinem der vier zu neuen Einsichten, auch nicht bei Konrad, der sich angestrengt darum bemühte. Und die beiden jungen Polizeibeamten, die kurz darauf erschienen, um den Fiat zu bringen, wollten nichts dazu sagen. Vielleicht konnten sie es auch nicht. Jedenfalls fielen sie auf keine von Konrads Fangfragen herein, sondern schüttelten immer nur den Kopf. Sie waren nicht dabei gewesen, sie gehörten der Verkehrspolizei an, hätten nichts mit der Aufklärung der Geiselnahme zu tun und lediglich den Auftrag, das Auto der Frau zurückzubringen, die nicht hatte warten können, bis der Stau sich aufgelöst hatte. Der Hinweis, dass diese Frau zu einer wichtigen Aussage in die Questura bestellt worden war, zu einer Befragung, die keinen Aufschub geduldet hatte, beeindruckte die beiden auch nicht. Man musste sie gehen lassen, ohne auch nur die kleinste Information bekommen zu haben.

Als sich die Tür hinter den beiden geschlossen hatte, legte Levi die flachen Hände auf die Tischplatte und drückte sich in die Höhe. »Ich muss los. Die Arbeit wartet.« Im selben Moment wurde die Tür seines Büros, viele Meter über ihnen, von einem Windstoß mit einem lauten Knall ins Schloss geworfen, der bis auf die Terrasse des *Albergo Annina* drang. Levi grinste. »Nur gut, dass es einen zweiten Büroschlüssel unter dem Terracottatopf gibt. Sonst macht der Schlüsseldienst von Siena bessere Geschäfte als ich.«

Anna zog die Augenbrauen hoch. »Keine neuen Aufträge in Sicht?«

Konrad war es, der antwortete. »Immerhin hat er sich ein neues Auto bestellt.« Sein Lächeln füllte sich mit Vaterstolz. »Wurde auch Zeit. Der alte Ford fällt bald auseinander.«

Was sagen Sie dazu? Ein neues Auto! Dabei weiß ich genau, dass Levi sich kein neues Auto leisten kann. Konrad hat ihm vor Kurzem angeboten, die Kosten für einen Wagen zu übernehmen, er kann es sich mit seiner guten Pension ja leisten. Aber Levi wollte davon nichts wissen. Auf keinen Fall will er seinem Vater auf der Tasche liegen. Da sehen Sie, was für ein netter Kerl er ist. Andererseits… wovon bezahlt Levi ein neues Auto? Na bitte, die Antwort auf diese Frage ergibt sich von selbst. Sie meinen auch, dass ich jetzt nicht mehr warten darf? Sie haben recht, noch gibt es die Chance, mir den Inhalt meiner lila Bettwäsche zurückzuholen. Ich weiß, wo Levi den Zweitschlüssel zu seinem Büro versteckt, ich weiß auch, wo der Tresorschlüssel hängt. Ich brauche nur eine gute Gelegenheit! Ihn unbemerkt an mich nehmen und ihn später ebenso unbemerkt wieder zurückhängen, das ist alles! Ja, es wird Zeit! Ich darf nicht länger warten. Wenn Levi der Dieb ist, dann muss ich handeln. Jetzt!

Anna war eine ganze Weile viel zu verdutzt gewesen, um ihren Vorteil zu erkennen. Das kam erst später. Erst mal suchte sie nur eine Antwort auf die Frage, was in Levi gefahren war. Bisher hatte er Henrieke kaum eines Blickes gewürdigt, und nun machte er mit einem Mal den Vorschlag, den Abend gemeinsam zu verbringen. Steckte Konrad dahinter? Wollte er mit Anna allein sein und dafür sowohl aus seiner als auch aus ihrer Wohnung eine sturmfreie Bude machen? Anna grinste bei diesem Gedanken. Sollte er seinen Sohn dazu verdonnert haben, Henrieke zum Cocktail in eine angesagte Bar von Siena einzuladen, dann brachte Levi dieses Opfer umsonst. Als Konrad geradezu verdächtig beiläufig gefragt hatte, ob er für sie beide seine berühmten Spaghetti Vongole kochen solle, hatte sie nur mitleidig gelächelt und ihm etwas von einer Verabredung erzählt, die sie schon vor Tagen mit einem Beamten vom Bauamt getroffen habe. Der sollte dafür sorgen, dass die leicht veränderte Fassade des *Albergo Annina* nicht zu Schwierigkeiten bei der Bauendabnahme wurde, und würde viel bereitwilliger ein Auge zudrücken, wenn er ein gutes Essen im *Salefino* in der Via Garibaldi vorgesetzt bekäme.

Konrads Antwort hatte sie an ihre Tanzstundenzeit erinnert. Da hatte sie selbst auch einmal so ähnlich reagiert, als der begehrteste

Junge des Tanzkurses eine Verabredung absagte, für die sie bereits in den Friseur und neuen Nagellack investiert und einer Freundin rote Pumps zum halben Preis abgeschwatzt hatte. Obwohl der Korb, der ihr verpasst worden war, sehr schwer wog, hatte sie leichthin die Schultern gezuckt und behauptet, das wäre ihr sehr recht, dann könne sie endlich mit Manfred in die Milchbar gehen, der schon lange darauf warte. In Tränen ausgebrochen war sie erst, als sie allein war. Und zu Hause hatte sie den knallroten Nagellack Tante Rosi an den Kopf geworfen. Nicht absichtlich natürlich, aber diese war gerade auf dem Weg vom Hühnerstall zum Apfelbaum gewesen, als die unnötige Geldausgabe aus dem Kinderzimmerfenster flog.

Zwar glaubte Anna nicht, dass Konrad die Absicht hatte, für einen Abend mit ihr ein neues Hemd zu kaufen oder zur Maniküre zu gehen, ebenso wenig glaubte sie daran, dass er später in Tränen ausbrechen und mit den Muscheln für die Spaghetti Vongole auf die Spatzen zielen würde. Aber seine Enttäuschung war trotz oder gerade wegen seines Schulterzuckens klar zu erkennen.

»Macht ja nichts. Eine frühere Nachbarin ist zurzeit in Siena. Dann werde ich sie einladen. Die hat sicherlich Zeit.«

Ihr Garten roch in der Dunkelheit ganz anders als sonst. Tagsüber ließ er die Ausdünstungen der Erde aufsteigen und sich auflösen, jetzt hielt er sie dicht am Boden, als wären sie zu schwer für die Nacht, als bräuchten sie Licht und Sonne. Während Anna tagsüber mit bloßen Händen Blumen pflanzte und Unkraut auszupfte, vermied sie es jetzt, mit der feuchten Erde in Berührung zu kommen, die roch wie Kompost. Während sie sich hinter einem Busch versteckte, machte sie sich nur so klein wie nötig, duckte sich nicht so tief wie möglich.

Von hier hatte sie einen guten Blick hinauf in Konrads Garten, zum hell erleuchteten Küchenfenster in der ersten Etage, das einzige im Haus, hinter dem Licht brannte. Wenn Konrad dort das Abendessen für sich und diese ehemalige Nachbarin zubereitete, dann müsste es zu schaffen sein, den Tresorschlüssel unbemerkt zu nehmen und ins Büro zu schleichen, wo Levi an diesem Abend nicht auftauchen würde. Wie sie dort hineinkam, hatte er selbst ja freundlicherweise verraten. Bei diesem Gedanken ließ sie sich auf einen Baumstumpf sinken, obwohl ihr dessen bemooste Oberfläche nicht angenehm war. Der Gedanke jedoch, den sie nun nicht mehr wegschieben konnte, verlangte nach einer Pause. Was sie plante, musste sie unbedingt noch einmal von allen Seiten beleuchten…

Können Sie mir helfen? Ich brauche jemanden, der mir zuredet oder mich zurückhält. Levi scheint so harmlos, so unverdorben. Kann es wirklich sein, dass er zum Dieb geworden ist? Ein Mann, der lachend verrät, wo er den Schlüssel versteckt, damit er in sein Büro kommt, auch wenn der Wind die Tür ins Schloss geworfen hat? Wer Ehrlichkeit so selbstverständlich bei seinen Mitmenschen voraussetzt, ist der nicht ebenfalls grundehrlich? Oder ist seine Arglosigkeit nur eine grandiose Show? Möglich natürlich auch, dass ihn die Verzweiflung dazu getrieben hat, etwas zu tun, was er unter anderen Umständen niemals auf sich laden würde. Aber macht Levi den Eindruck, verzweifelt zu sein? Nein, eigentlich wirkt er trotz finanzieller Sorgen ganz zufrieden, seine Miene ist stets heiter, seine Grundstimmung optimistisch. Ja, Sie haben recht mit Ihrem Einwand. Andererseits hat er jederzeit Zutritt zu meiner Wohnung, und er hat sich ein Auto gekauft…

Anna erhob sich wieder. Nur diese eine Probe! Wenn sie in dem Tresor nichts fand, würde sie Levi von der Liste der Verdächtigen streichen. Jedenfalls nahm sie sich fest vor, von da an auf die Ehrlichkeit in seinem Blick zu vertrauen. Aber ob ihr das gelingen würde? Sicher war sie sich keineswegs. Vornehmen würde sie es sich jedoch. Ganz fest! Dass es einen Rest von Zweifel gab, war genau richtig. Ohne ihn könnte sie womöglich nicht wagen, was sie sich vorgenommen hatte. Diese gute Gelegenheit würde sich vermutlich kein zweites Mal ergeben. Levi und Henrieke nicht im Haus und Konrad mit irgendeiner früheren Nachbarin und Spaghetti Vongole beschäftigt – eine tolle Chance!

Anna spürte, dass die Würfel erst jetzt gefallen waren. Als sie sich für dunkle Kleidung entschieden und sogar eine schwarze Mütze über den Kopf gestülpt hatte, war sie noch von Zweifeln erfüllt gewesen, das wurde ihr jetzt klar. Auch als sie sich in den Garten geschlichen und hinter diesen Busch gehockt hatte, war sie noch nicht sicher gewesen. Aber jetzt! Jetzt war sie es! Sie würde es hinter sich bringen und dann wissen, wie es weitergehen sollte. Eine Zukunft mit dem, was vorher in dem lila Bettbezug gesteckt hatte, oder mit dem, was der Verkauf des kostbaren Rings ihr bringen würde. Ob sie ihn dann bei der Polizei abliefern musste, das würde sie am nächsten Tag entscheiden. Eins nach dem anderen ...

Anna löste sich aus der Deckung und stieg zwei, drei Schritte auf den Zaun zu, der ihr Grundstück von Levis Garten trennte. Dort ging sie auf die Knie, um durch ein dünnes Gebüsch Levis Haus zu betrachten. War alles unverändert? Ja, nach wie vor brannte nur Licht in der Küche, der Rest des Hauses lag im Dunkeln. Keine grafitschwarze Finsternis, sondern eine haselnussbraune Dunkelheit, die in der Nähe der Fenster die Farbe von Milchkaffee annahm. War es Angst, dass sie sich noch nicht weiter vor traute? Oder Unsicherheit und Zweifel?

Ja, es war Angst. Aber nicht mehr die hellbeige Angst, etwas Falsches zu tun, sondern mit einem Mal eine ganz andere Angst in Aluminiumgrau. Sie hatte ein Geräusch gehört! Ein leises Klingeln, das von ihrem Haus heraufkam. Von der Terrassentür! Als hätte ein Schlüssel das Metall des Gitters berührt. Ein winziges Knarren, das vom Wind herrühren, aber auch durch die Bewegung des Tores entstanden sein konnte. Dann ein weiteres Geräusch, es kam vom Parkplatz! Von dort, wo ihr Grundstück durch ein schmiedeeisernes Tor zu betreten war. Hatte sie es verschlossen? Nein, das tat sie eigentlich nie. Die Terrassentür hatte sie auch nur angelehnt, sie wollte ja schnell zurück sein und wieder in ihr Haus huschen, ohne erst nach dem Schlüssel suchen zu müssen.

Nun war wieder alles ruhig, lediglich die Geräusche der Nacht waren zu hören, das Rascheln des schwachen Abendwinds, unsichtbares Getier. Aber dann wieder der Laut, der nicht hierhin passte. Schritte? Anna starrte zum Haus zurück. In ihrem Schlafzimmer gab es ein kleines Licht, auch im Flur hatte sie die Lampe angemacht, die durch die geöffnete Küchentür bis zur Terrasse schien. Sie machte die nächtliche Schwärze um die Terrasse dunkelgrau. Dort könnte etwas zu sehen sein, eine Bewegung, ein Schatten, ein Huschen. Aber sosehr sie sich auch anstrengte, es war nichts zu erkennen. Dennoch wurde sie das Gefühl nicht los, dass sie nicht mehr allein war. Ihr folgte jemand. Oder kam Konrad ihr entgegen? Kam das, was sie hörte, aus seinem Garten? Nein, das Geräusch entstand hinter ihr. Anna hielt sich an dem Pfosten des Gartenzauns fest, um sich so weit wie möglich vorbeugen zu können, ohne abzurutschen. Ja, jetzt war sie ganz sicher. Da hatte ein Zweig geknackt, da waren ein paar Blätter in Bewegung geraten, ohne dass ein Windhauch zu spüren war. Jemand war in ihren Garten eingedrungen.

Mit einem Mal fiel ihr das Motorengeräusch ein, das vor wenigen Minuten zu hören gewesen war. Sie hatte ihm keine Bedeutung beigemessen, war nun aber mit einem Mal nicht mehr sicher, dass sich das Geräusch am Haus vorbeibewegt hatte. Auf der anderen Straßenseite gab es einen Parkstreifen, auf dem häufig Autos abgestellt wurden. War auch der Wagen, den sie gehört hatte, dort geparkt worden? Anna wusste es nicht, glaubte nun aber, dass ein Auto vor ihrem Haus gehalten hatte. Oder daneben, wo Anna ihren Fiat abzustellen pflegte? Jemand, der sie besuchen wollte? Jemand, der vergeblich an ihrer Tür geschellt hatte und nun ums Haus herumgekommen war? Nein, so einer würde sich bemerkbar machen, mit leisem Rufen oder zumindest mit festen Schritten. Was Anna jedoch hörte, war ein Schleichen, ein Rascheln, ein fast unhörbares Scharren. Sie duckte sich, so tief sie konnte. Was kam da auf sie zu?

Emilio ging die paar Treppenstufen wieder herab und betrachtete das Haus. Bei Anna Wilders brannte Licht, aber sie öffnete nicht. Eine schwere Stille lag über dem *Albergo Annina*, auch aus den Nachbarhäusern drang kein Laut. Ungewöhnlich für eine Straße, in der viele italienische Familien wohnten. Das lag wohl daran, dass dieser Abend kühl war. Die Fenster waren geschlossen, in der Aue zwischen der Via Valdambrino und der Basilica di Francesco war es ruhig. Keine Pärchen, die sich dort herumdrückten, keine Spaziergänger, keine Hunde, die sich gegenseitig jagten, während die Herrchen ihnen mit ihren Taschenlampen folgten. Der Himmel war klar, die schmale Sichel des Mondes hatte die Farbe von frisch poliertem Kristall. Die Sterne dagegen waren blass, als hätten sie es aufgegeben, mit dem Licht der Nacht zu konkurrieren. Emilios Schatten war scharf umrissen, er wurde gegen die Tür geworfen und zitterte, obwohl er ganz ruhig war, als er die Treppe wieder hinaufsteig und noch einmal den Daumen auf den Klingelknopf setzte.

Natürlich kam es nicht infrage, ein Haus zu betreten, ohne dazu aufgefordert zu werden, trotzdem drückte er gegen die Eingangstür, die Anna Wilders angeblich gern offen stehen ließ. Doch sie saß fest im Schloss. Mit einem Mal kam ihm die Lautlosigkeit hinter der Fassade des *Albergo Annina* gefährlich vor wie eine Stille, die bald explodieren würde. Gut, dass er seine Dienstpistole bei sich hatte. Wie er diesen Umstand erklären sollte, wenn er in die Verlegenheit käme, sie zu benutzen, wusste er nicht, aber das war ihm jetzt egal. Hier stimmte etwas nicht. Wenn er das später beweisen konnte, würde ihm keiner einen Strick daraus drehen, seine Dienstwaffe in seiner Freizeit getragen zu haben. Erst recht nicht, wenn er beweisen konnte, dass sie nicht geladen war. Er musste nur eine Ausrede finden. Die Wahrheit, dass er nach dem Schießtraining einfach keine Lust gehabt hatte, sie wieder ins Polizeirevier zu bringen, würde Scroffa nicht gelten lassen.

Er klopfte auf die Stelle unter seiner Jacke, wo die Pistole saß, und fühlte sich gleich besser. Auch eine ungeladene Waffe konnte eine Menge bewirken. Leise ging er zurück zu dem kleinen Platz neben dem *Albergo Annina*, wo die Müllcontainer, eine Wassertonne, einige ausgediente Gartenstühle standen und zwei Autos abgestellt werden konnten. Dort parkte ein weißer Fiat neben einem anderen weißen Fiat. Einer mit einer Miss-Piggy-Tasche auf dem Rücksitz. Er hatte sich so darauf gefreut, sie Anna zurückzugeben. Sie wäre ihm dankbar gewesen, hätte ihn vielleicht sogar vor lauter Freude umarmt, er hätte verhindert, dass sie sich wieder von ihm löste, hätte sie festgehalten, hätte sie geküsst ... und dann hätte sie ihm vielleicht verraten, was es mit dem Ring auf sich hatte. Irgendeine ganz und gar harmlose Erklärung. Vielleicht hätte sie sogar behauptet, sie wüsste gar nicht, dass dieser Ring aus einem Raubzug ihrer Brüder stammte. Und er würde dann einfach so tun, als glaubte er ihr.

Das Gartentor war nicht verschlossen. Als er es öffnete, einen Schritt hindurch machte und es wieder schloss, hatte er mit einem Mal das Gefühl, genau dieses Geräusch, das Quietschen der rostigen Angeln, ein paar Minuten vorher gehört zu haben. Ihm war, als folgte er den Spuren eines anderen.

Er zog die Waffe aus dem Holster, sie zitterte in seiner Hand. Gut, dass das in dieser Dunkelheit nicht zu sehen war. Auch gut, dass jemand, auf den er sie richtete, nicht erkennen konnte, dass sie nicht geladen war. Er hatte sie noch nie geladen mit sich herumgetragen. Am Ende würde er noch schießen! Nicht auszudenken! Beim Schießtraining war er immer der Schlechteste, und die nötige Punktzahl erreichte er nur, weil der Schießtrainer der Sohn von Mammas Bridge-Freundin war.

Er ließ die Tür offen, drängte sich an die Hauswand und wartete ab. Das Gefühl, dass er in diesem Garten nicht allein war, wurde immer stärker. In der Nähe der Terrasse schien sich etwas zu bewegen, nur ein Ein- und Ausatmen, mehr nicht, aber es war da. Oder täuschte er sich? Nein, nun sah er ganz deutlich eine Bewegung am Zaun, hinter dem das Grundstück der Kailers begann. Da kauerte jemand! Aber das Geräusch, das ihn aufmerksam gemacht hatte, war in der Nähe der Terrasse entstanden. Ein Echo? Vermutlich. Also los!

Als er mit zwei, drei Sprüngen den steilen Rasen bewältigte, versuchte jemand, über den Zaun zu klettern. Ecco... von echter Bewältigung durfte er eigentlich nicht reden, wenn er ehrlich war. Sein erster Sprung war noch ganz dynamisch gewesen, mit dem zweiten hatte er keinen Halt auf dem feuchten Rasen gefunden, der dritte hatte ihm gezeigt, dass er für so etwas nicht nur zu alt, sondern auch zu unsportlich war. Also musste er zu einem anderen Mittel greifen. Er richtete seine Pistole auf die Person, die gerade ein Bein über den Zaun gehoben hatte, nun aber bäuchlings darauf liegen blieb, als wollte sie jede Bewegung vermeiden.

»Hände hoch!«

Allora... das mit den erhobenen Händen ging natürlich nicht, aber darauf sollte es ihm nicht ankommen. Er hatte Verständnis, dass die schwarz gekleidete Gestalt sich weiterhin am Zaun festklammerte. Ein Einbrecher auf der Flucht? Jemand, den er in letzter Sekunde davon abgehalten hatte, bei Anna Wilders einzubrechen? Dessen Flucht er vereitelt hatte? Jetzt keinen Fehler machen! Ein Gangster, der sich ruhig verhielt, als wollte er den Anweisungen der Polizei folgen, plante womöglich nur einen

Angriff aus dem Hinterhalt. Ein zweiter Einbruch bei Anna Wilders innerhalb von so kurzer Zeit! Vielleicht war er einer ganz heißen Sache auf der Spur.

Vorsichtig bewegte er sich auf den Zaun und die Person zu, die nun ganz allmählich einen Fuß auf die Erde setzte und versuchte, sich aufzurichten. Eine drohende Körperhaltung wäre jetzt nicht schlecht gewesen, aber da der Anstieg zum Zaun so steil war, dass Emilio die linke Hand benutzen musste, um sich an Sträuchern und Unkrautbüscheln festzuhalten und auf den Treppenplatten abzustützen, konnte er sich nicht einmal aufrichten. Er musste sich vornübergeneigt auf diese Person zubewegen, die Rechte mit der Pistole einigermaßen sicher auf sein Zielobjekt richten, die Linke am Boden. Würdelos! Ein bisschen wunderte er sich sogar, dass die schwarze Person seine Schwäche nicht ausnutzte. Die Pistole in seiner rechten Hand wackelte, er würde sich aufrichten müssen, wenn er genau zielen wollte, aber dann hätte er auch damit rechnen müssen, rücklings die Rasenfläche herunterzupurzeln.

»Keine Bewegung!«

Vielleicht schaffte seine Stimme es wenigstens, Furcht einflößend zu wirken, wenn schon seine Körperhaltung die einer Ziege war, die sich auf den Bauern zubewegte, der sie melken wollte. Aber er machte sich keine Illusionen, seine Stimme schaffte es nicht, seine Körperhaltung zu übertrumpfen.

Die Person vor ihm nahm seinen Befehl nicht ernst, ließ ein Bein zu Boden und hob das andere langsam, vermutlich um ihn nicht zu provozieren, herüber. Er musste Verständnis dafür haben. Diese Körperhaltung, bäuchlings auf dem stacheligen Zaun, konnte nicht angenehm sein. Er schaute genau hin, die Waffe im Anschlag, mit bitterbösem Blick. Der würde doch nicht lebensmüde sein und einen Fluchtversuch wagen, während eine Pistole auf ihn zielte? Und wieso zeigte der Kerl ihm nicht sein Gesicht?

Was er bis zu diesem Augenblick verhindert hatte, geschah im nächsten beinahe unversehens. Es fehlte nicht viel und er wäre rückwärts die steile Rasenfläche heruntergestrauchelt, als er wieder etwas hörte, was mit der Person, die nun neben dem Gartenzaun stand, nichts zu tun haben konnte. Ein Geräusch hinter ihm! Und dann prallte ihm auch noch eine Salve grellen Lichts entgegen, ehe er sich umdrehen konnte. Es kam von vorn, aus Kailers Garten.

»Ist da jemand?«

Der deutsche Kollege! War ja klar, dass der ihm einen Strich durch die Rechnung machte…

In Konrads Miene standen mehrere Sinneseindrücke, und als hätte jemand mit einem Pinselstrich all diese noch frischen Gefühle vermischt, war keins von ihnen deutlich zu erkennen. Fragen, Misstrauen, Staunen, Verstehen und ein wenig Belustigung, ein einziges Durcheinander in seinen Augen, seinen Mundwinkeln, seiner hochgezogenen Stirn.

»Was tust du hier?« Und dann zu Emilio Fontana: »Was machen Sie in Annas Garten?«

Es war nicht zu übersehen, dass Fontana noch mit der Erkenntnis zu tun hatte, dass es Anna Wilders gewesen war, die er mit der Pistole bedroht hatte. »Ich dachte…«, begann er zu stottern. Dann aber riss er sich zusammen. »Mir schien, dass ein Einbrecher hier eingedrungen war.« Er betrachtete Anna, als wäre er noch nicht ganz sicher, ob sie es wirklich war. »Was hatten Sie vor? Warum steigen Sie heimlich über diesen Zaun?«

Vor dieser Frage hatte Anna sich gefürchtet. Von der Polizei erwischt und nun noch von Konrad auf frischer Tat ertappt! Schlimmer hätte es ja nicht kommen können. Wie, um Himmels willen, sollte sie erklären, was sie vorhatte? Die Gedanken rasten ihr durch den Kopf. Konrad erklären, dass sie seinem Sohn misstraute? Dass sie ihn für einen Dieb hielt? Emilio Fontana gestehen, dass bei dem Einbruch in ihrem Haus doch etwas gestohlen worden war? Sogar eine ganze Menge? Völlig unmöglich. Er würde viele Fragen stellen, und sie würde keine davon beantworten können.

Dass Konrad ihr die Antwort abnahm, erfüllte sie mit jäher Dankbarkeit. Egal, was er sagen würde, sie hatte Zeit gewonnen. Und die Gewissheit, dass er ihr helfen wollte, tat ihr so gut, dass der Verdacht, den sie gegen seinen Sohn hegte, gleich noch viel schwerer wog.

»Wir machen das immer so«, sagte Konrad zu Emilio Fontana, ohne Anna anzublicken. »Auch erwachsene Kinder sind ja so eifersüchtig. Wenn Anna zu mir kommt, sorgen wir dafür, dass Levi nichts merkt. Und wenn ich zu Anna gehe, passen wir auf, dass Henrieke nichts davon mitbekommt.«

Anna starrte ihn an, als hätte Konrad verraten, dass er mit Herzogin Kate verwandt sei. Die Frage, ob sie zu dieser Behauptung nicken oder sie zurückweisen sollte, stellte sich nicht. Angst, Sorge, Unsicherheit zerplatzten wie eine Seifenblase, und übrig blieb das wunderbare Gefühl, gerettet zu sein. Jedenfalls fürs Erste. Dass Fontanas Gesicht mit einem Mal voller Enttäuschung war, konnte sie in diesem Augenblick nicht berühren, Gedanken über die Folgen von Konrads Aussage machte sie sich nicht. Noch nicht. Die Ahnung, dass aus dieser Rettungsmaßnahme ein noch größeres Problem entstehen konnte, berührte sie aber dennoch.

Konrad streifte diese Ahnung mit ruhiger Stimme ab. »Wir gehen erst mal rein.«

Er warf der Pistole in Emilio Fontanas Hand einen vielsagenden Blick zu, nickte zufrieden, als sie in das Holster zurückgeschoben wurde, und ließ im rechten Mundwinkel ein Lächeln aufspringen, als glaubte er nicht, dass die Waffe geladen war. Dann zog er Anna die Mütze vom Kopf, als könnte sich etwas ändern, wenn ihre blondierten Haare zu sehen waren, und half Fontana über den Zaun, der seine Hände gern abgewehrt hätte. Doch er begriff schnell, dass er eine noch schlechtere Figur machen würde, wenn er verhinderte, dass Konrad den Maschenzaun niederdrückte und ihm so mindestens zehn Zentimeter Höhe ersparte. Anna fragte sich, warum er überhaupt über den Zaun stieg. Zum Glück verzichtete Konrad darauf, nach Emilios Arm zu greifen, und auch auf den Hinweis, zunächst mit einem Fuß für festen Halt zu sorgen, ehe er den anderen vom Boden löste. Vielleicht wäre es besser gewesen, dem Commissario diesen Rat nicht zu ersparen, dann wäre ihm vielleicht auch der Sturz erspart geblieben. Dass Emilio nicht das richtige Schuhwerk trug und seine Slipper mit den Ledersohlen keinen Halt fanden, wunderte Anna nicht, dass seine dünne Baumwollhose den Kontakt mit den Spitzen des Maschendrahtzauns nicht unbeschadet überstand, ebenso wenig, und der hellgelbe Blazer von Cerruti war nicht dafür gemacht, feuchten Schmutz abzuklopfen, nachdem sein Besitzer im Dreck gelandet war. Einen solchen Umstand hatte sein Designer garantiert nie in Erwägung gezogen. Emilio kam zwar erstaunlich schnell wieder auf die Beine, geriet aber bei dem Versuch, sein derangiertes Äußeres in Ordnung zu bringen, erneut ins Rutschen und musste notgedrungen nicht nur nach Konrads, sondern auch nach Annas Hand greifen, die beide das passende Schuhwerk trugen. Konrad, weil er nie etwas anderes an den Füßen hatte, und Anna, weil sie sich für diese Nacht vernünftig ausgestattet hatte.

Emilio ergab sich in sein Schicksal, fand sich damit ab, dass er in dieser Burleske die Rolle des Hanswursts bekommen hatte, und ließ sich von Konrad den Rasen hinaufschieben. Anna verstand nicht, warum. Wieso ließ Emilio Fontana sich das Heft aus der Hand nehmen? Was wollte Konrad von seinem italienischen Kollegen? Alle Fragen, die nun fällig waren, musste eigentlich sie stellen. Was hatte Fontana in ihrem Garten zu suchen? Warum hatte er sie mit der Waffe bedroht?

Aber Konrad war es, der fragte: »Was wollen Sie hier?«

Anna folgte den beiden nur deswegen, weil sie Emilios Antwort hören wollte.

»Ich bin hier, um Frau Wilders ihren Fiat zu bringen.« Anna blieb zurück, fühlte sich mit einem Mal zu schwach für den Anstieg zu Levis Haus. Fontanas Erklärungen wurden leiser, sie verstand nur noch Bruchstücke. »... die Autos austauschen ... ein verdächtiges Geräusch ... ein Einbrecher ... schon wieder ... «

Fontana hatte es also auch gehört. Deswegen war er ums Haus herumgekommen. Und natürlich hatte er sie für einen Einbrecher gehalten. Warum sonst sollte eine schwarz gekleidete Gestalt über einen Zaun von einem Garten in einen anderen klettern?

Sie sah den beiden Männern hinterher, die nun auf der waagerechten Fläche angekommen waren, die es vor dem Eingang zu Levis Büro und Werkstatt gab. Anna sah, dass Emilio Fontana sich die Hände abklopfte und an seine linke Brust tastete, als wollte er kontrollieren, ob seine Dienstpistole dieses Abenteuer unbeschadet überstanden hatte.

»Komm, Anna!«, rief Konrads Stimme. Und als wollte er die Situation entschärfen, sie vergessen lassen, dass eine Waffe auf sie gerichtet gewesen war, ergänzte er: »Auf den Schreck müssen wir einen trinken.«

Bis zu diesem Augenblick war seine Stimme rau gewesen, dunkelgrau mit braunen Sprenkeln. Sie hatte in die Nacht gepasst. Jetzt war sie mit einem Mal heller, die dunklen Punkte waren weg, aus dem schmuddeligen Grau war ein freundliches Beige geworden. »Keine Sorge, es ist sonst niemand da.«

Die frühere Nachbarin war also schon gegangen? Oder war sie nie gekommen und existierte nur in Konrads Fantasie?

Anna ärgerte sich, dass sie sich ganz automatisch Konrads Führung anvertraut hatte und genau wie Emilio über den Zaun gestiegen war. »Ich will nicht.« Sie stieg zurück und rief, als sie auf ihrer Seite angekommen war: »Du hast ja nie roten Prosecco im Haus.«

Während sie den Rasen hinunterstieg, freute sie sich über diesen Satz. Es war ihr gelungen, Konrads leichten Tonfall aufzunehmen. Prima! Sie brauchte jetzt unbedingt Zeit zum Nachdenken. Dass sie ungeschoren aus dieser Sache heraus war, durfte sie sich nicht einbilden.

Sie überhörte Konrads Worte, die nur schwach herüberkamen, als ginge er bereits ums Haus herum zur Straße. Sie wollte nicht wissen, ob er verkündet hatte, dass er an diesem Abend sogar an den Prosecco gedacht hatte.

Sie ging auf den Zaun zu, der den Garten zur Straße hin verschloss, öffnete das Tor und sah sich zwei weißen Autos gegenüber, die sich aufs Haar glichen. Sie wusste, wo sie den Fiat abgestellt hatte, mit dem sie unterwegs gewesen war, und ging zur Fahrertür des anderen. Sie war verschlossen, aber wenn sie ihr Gesicht gegen das schwache Licht einer Straßenlaterne abschirmte, konnte sie ihre Miss-Piggy-Tasche auf dem Rücksitz erkennen. Ob sie noch immer prall gefüllt oder jetzt schlapp und leicht war, ließ sich nicht sagen, doch ihr Herz machte dennoch einen freudigen Sprung. Der allerdings kam ihr im selben Moment vor wie das Kichern während einer Beerdigung. Emilio Fontana würde gleich zu ihr kommen, ihr den Autoschlüssel bringen und den des anderen Wagens an sich nehmen. Konrad würde ebenfalls erscheinen und sie fragen, warum sie sich in der Nacht in seinen Garten schleichen wollte… und sie hatte keine Ahnung, was sie darauf antworten sollte.

Sie ging zurück und öffnete das Törchen des Gitters, mit dem die Terrasse umgeben war. Zögernd legte sie die Hand auf die Klinke der Tür, die in die Küche führte. Sie musste sich einen guten Grund überlegen, warum sie über den Zaun hatte klettern wollen. Sie starrte durch die Glasscheibe in die finstere Küche, in der sich nichts regte und aus der kein einziger Laut drang. Sie hatte Angst, die Tür zu öffnen. Von hier war das Geräusch gekommen, das auch Fontana gehört hatte. Und diese Tür hatte sie nicht abgeschlossen…

Emilio folgte zögernd. Ihn wunderte, dass Konrad Kailer sich nicht wunderte. Glaubte er wirklich, dass er mitkam, weil er es wollte? Er ließ sich in seine Wohnung führen, weil… ja, warum eigentlich?

Nun fiel es ihm wieder ein. Er wollte mit ihm über den Raub des

Zarensilbers reden. Santo Dio, er war ja total durcheinander. Anna Wilders, die sich wie eine Einbrecherin benahm! Und Konrad Kailer, der ihm eine Erklärung dafür lieferte, die ihm gar nicht gefiel. Was würde Mamma dazu sagen? Anna war mit diesem deutschen Polizisten zusammen! Sie besuchten sich heimlich. Wahrscheinlich verbrachten sie auch die Nächte zusammen. Accidenti! Und warum war Anna Wilders nicht mitgekommen?

»Ihr Sohn ist nicht zu Hause?«

Konrad Kailer würde schon wissen, warum er diese Frage nicht beantwortete. Anna Wilders hatte keinen Grund, sich zu ihm zu schleichen, wenn Levi Kailer sie nicht mit eifersüchtigen Augen verfolgen konnte. Und dass Henrieke Wilders nicht daheim war, hatte er gemerkt. Annas Haus hatte leer gestanden, als er klingelte.

»Einen Whisky auf den Schreck?«

»Was für ein Schreck?«

Konrad Kailer sah ihn an, als wüsste er nun selbst nicht, warum er ihn in sein Haus eingeladen hatte. Jetzt schien er sich endlich zu wundern.

»Ja, gern einen Whisky. Und dann hätte ich mal eine Frage...«

Die Stille war gespenstisch. Als Anna die Terrassentür aufschob, dröhnte das leise Knarren der Scharniere, und das Schleifgeräusch auf den Fliesen schnitt in die Nacht. Sie wagte einen Schritt in die Küche und stieß an einen Stuhl. Hatte der schon so gestanden, als sie die Wohnung verließ? Und die Tür zum Flur – war sie nicht angelehnt gewesen? Jetzt stand sie weit offen.

Anna lauschte angestrengt, so lange, bis sie meinte, das Blut in ihren Adern rauschen und den Herzschlag an ihrer Schläfe pochen zu hören. Noch einen Schritt wagte sie und wartete auf ein Echo. Doch es blieb aus. Bei jedem Schritt, den sie machte, wurde sie sicherer, dass sie allein war. Doch genauso sicher war sie, dass der Atem eines Fremden noch in jedem Zimmer hing. Dieses Gefühl verging allerdings, als sie das Licht anmachte. In allen Räumen! Und in jedem war es so, dass der Geruch mit der Helligkeit verging. Nein, kein Geruch, nur ein Hauch, der auch von draußen hereingekommen sein konnte. Ein Teil der Nacht, die ein wenig von ihrer süßen Schwere abgegeben hatte. Durch einen Türspalt war sie eingedrungen.

Anna ging von einem Zimmer ins andere, fand nichts, was sich verändert hatte, suchte im Bad nach frischen Tropfen im Waschbecken, auf der Diele nach einem verrutschten Kleiderbügel, im Wohnzimmer nach einer aufgebogenen Teppichkante und im Schlafzimmer nach einem Abdruck auf der Zudecke. Aber alles war wie vorher, keine Spuren, nichts Verräterisches. Nur der kleine runde Teppich auf dem Flur lag anders als sonst. Er durfte nicht zu nah an der Wohnungstür liegen, weil sie dann von außen nicht aufzuschieben war, denn der Teppich war dick und flauschig. Er hatte seinen Platz in der Nähe der Badezimmertür, aber nun lag er vor dem Eingang. Viel zu dicht vor der Wohnungstür. Anna betrachtete ihn stirnrunzelnd, dann verschob sie ihn mit dem rechten Fuß. Vermutlich hatte sie, als sie mit klopfendem Herzen in ihrer schwarzen Tarnkleidung den Flur durchquert hatte, den Teppich verschoben, ohne es zu merken. Wer sollte in ihre Wohnung eingedrungen sein? Levi konnte es nicht gewesen sein. Er war mit Henrieke unterwegs. Und wenn er wirklich ihre lila Bettwäsche geleert hatte, dann gab es für ihn sowieso keinen Grund, noch einmal bei ihr einzubrechen. Nein, die Geräusche, die sie in der Nähe der Terrassentür gehört hatte, waren wohl doch durch den Wind oder durch ein Tier entstanden. Oder die Schritte von Emilio Fontana hatten ein Echo erzeugt und sie gefoppt.

Anna öffnete die Tür ihres Schlafzimmerschranks und betrachtete die Bettwäsche, die sie sorgfältig aufgestapelt hatte, die lila Bettwäsche zuunterst. Alles sah so aus wie immer…

»Anna! Annina!« Er musste sie vergessen. Unbedingt! Und er musste vergessen, was da vor sich ging. Nacht für Nacht schlichen sich die beiden also zueinander, weil Henrieke Wilders es nicht ertragen konnte, dass ihre Mutter den toten Ehemann so bald vergessen hatte, und der junge Architekt dagegen war, dass sein Vater etwas mit seiner Kundin anfing. Auf so was ließen sich zwei Menschen ein, die beide schon über sechzig waren? Und dann stellte sich heraus, dass Levi Kailer gar nicht daheim war!

Emilio warf die Tür hinter sich ins Schloss. Konrad Kailer hatte gemeint, er solle wieder den Weg durch den Garten nehmen, aber er war ja nicht verrückt. Sollte er riskieren, auf dem Hosenboden auf Annas Terrasse zu schlittern? Schrecklich, diese steilen Gärten in dieser Gegend! Eigentlich gar nicht zu nutzen, weder für Anpflanzungen noch für Gartenliegen oder Sonnenschirme. Grund und Boden waren hier wahrscheinlich billig zu haben gewesen.

Hoffentlich war Anna wach geblieben. Aber sicherlich würde es ihr wichtig sein, ihr Auto zurückzubekommen, vor allem wegen der Miss-Piggy-Tasche auf dem Rücksitz. Davon durfte er seiner Mutter nichts erzählen. Nicht nur wegen der Geheimhaltung, auch weil sie die Hände über dem Kopf zusammenschlagen würde, wenn sie von einer solchen Geschmacksverirrung erführe. Miss Piggy! Eine fette rosa Sau! Mamma würde es nicht verstehen!

Er musste sich kurz auf dem Boccia-Platz neben Kailers Haus niederlassen. Dort war es stockfinster, das Licht der Straßenlaternen reichte nicht unter die tiefen Bäume, unter denen sich die Bänke duckten. Aber die Glühbirnen waren von dort aus zu sehen, das genügte ihm, um sich sicher zu fühlen. Auch ein Commissario mit einer Waffe im Holster legte keinen Wert darauf, sich allein im Dunkeln herumzudrücken. Nur eine kurze Pause. Ein paar Gedanken, die sicherer waren, wenn er sich nicht bewegen musste. Er verstand Anna Wilders nicht. Der Einbruch bei ihr, bei dem nichts gestohlen worden war, das vertauschte Auto, der Ring, ihr Benehmen in dieser Nacht. Sah so eine Frau aus, die zu ihrem Liebsten wollte? Nein! Sie hatte ausgesehen wie jemand, der etwas Böses im

Schilde führte und erwischt worden war. Aber warum war sie dann von Konrad Kailer gedeckt worden? Steckten die beiden etwa unter einer Decke? Der pensionierte Polizeibeamte und die Schwester von zwei notorischen Straftätern? Santo Dio!

Er kam nicht weiter. Hoffentlich war es kein Fehler gewesen, Kailer zu bitten, sich bei seinen früheren Kollegen umzuhören. Natürlich hatte er sich gewundert, dass der italienische Polizeibeamte nicht selbst, auf dem Dienstweg, über ein Amtshilfeersuchen, Erkundigungen einzog. Emilio wusste nicht, ob er ihm geglaubt hatte. Ein befreundeter Juwelier, der nicht in einen Raubüberfall hineingezogen werden wollte… ob Konrad Kailer ihm das abgenommen hatte?

Nun also weiter, die Via Lorenzetti hinab zu Annas Haus. Diesmal würde sie öffnen. Ob er auf den Mann zu sprechen kommen sollte, mit dem ihre Tochter auf dem Campo zusammen gewesen war? Kailer hatte gesagt, der Freund von Henrieke Wilders lebe in Stuttgart, Henrieke sei allein bei ihrer Mutter zu Besuch. Anna hätte ihn auch nicht ins Haus gelassen, hatte Kailer vermutet, sie sei strikt gegen die Verbindung ihrer Tochter mit Dennis Appel. Ob sie von seinen Vorstrafen wusste? Dann war es beinahe zum Lachen. Eine geborene Kolsky durfte nicht so wählerisch sein. Aber warum war dieser Appel heimlich nach Siena gekommen?

Anna hatte die dunkle Kleidung heruntergerissen, eine leuchtendblaue Baumwollhose und ein gelbes T-Shirt angezogen. So als könnte sie damit vergessen machen, dass sie kurz vorher wie eine Katze, die in der Nacht so grau wie alle anderen ist, über einen Zaun steigen und in ein fremdes Grundstück eindringen wollte.

»Verdammt! Verdammt!«

Warum hatte Konrad dem Commissario diesen Bären aufgebunden? Natürlich, um ihr aus der Patsche zu helfen, ganz klar. Aber was nun? Emilio Fontana würde sich im Rennen um ihre Gunst geschlagen geben und Konrad natürlich wissen wollen, aus welcher Patsche er ihr eigentlich rausgeholfen hatte. Wie sollte sie ihm erklären, dass sie in stockfinsterer Nacht, in dunkler Kleidung, auf dem besten Wege war, den Zaun zu seinem Grundstück zu überwinden? Anna ging vom Schlafzimmer in die Küche, ins Wohnzimmer und wieder zurück in die Küche. Es gab keine vernünftige Erklärung, die Konrad ihr abnehmen würde. Auf der Flucht vor einem Einbrecher? Beim Training für die italienische Meisterschaft der Fassadenkletterer? Eine Mutprobe, um demnächst Mitglied der Cosa Nostra zu werden? Es kam nichts als Blödsinn bei ihren Überlegungen heraus. Aber die Wahrheit gestehen? Bloß das nicht. Es musste ihr eine Begründung einfallen, die einigermaßen glaubhaft war. Doch sosehr sie ihr Gehirn auch anstrengte, es produzierte keinen Gedanken, den man einem Mann von normaler Intelligenz präsentieren konnte, ohne für verrückt gehalten zu werden. Fehlte nur noch, dass Henrieke und Levi früh zurückkamen, weil sie sich miteinander gelangweilt hatten, und Henrieke der Gedanke gekommen war, dass Levi nicht an ihr interessiert war, sondern nur seinem Vater einen Gefallen tun wollte. Die Entrüstung würde sie nach Hause treiben, und wenn sie dann mitbekam, wobei ihre Mutter erwischt worden war... Nicht auszudenken!

Anna trat auf die Terrasse und lauschte den Hang hinauf. Keine Stimmen drangen von oben herab, kein Laut kam herunter. Was spielte sich in Levis Haus, in Konrads Wohnung ab? Wieso war Emilio Fontana überhaupt Konrads Einladung gefolgt? Sein Besuch hatte ihr gegolten. Er wollte ihr den Fiat zurückbringen und dafür im Gegenzug die Schlüssel des anderen Fiats zurückbekommen. Warum hielt er sich jetzt so lange bei Konrad auf?

Haben Sie eine Idee? Irgendeine faule Ausrede, die einigermaßen glaubhaft ist? Nein? Sie können mir nicht helfen? Oder wollen Sie etwa nicht, weil Sie meinen, ich hätte es verdient, in dieser Klemme zu stecken? Weil ich einen möglicherweise völlig harmlosen jungen Mann des Diebstahls verdächtige? Sie haben gut reden. Sie sind nicht in meiner Situation. Was soll ich Konrad antworten, wenn er mich fragt, warum ich mich wie ein Dieb in seinen Garten schleichen wollte? Mir fällt noch immer nichts ein. Wenn ich keine gute Lüge finde, muss ich wohl mit der Wahrheit heraus. Was glauben Sie, wie Konrad reagieren wird, wenn er hört, was ich seinem Sohn zutraue? Vielleicht ist es dann aus mit unserer Freundschaft. Dann habe ich beide Männer verloren. Emilio als attraktiven Flirt, weil er denkt, dass ich in einer Liebesbeziehung stecke, und Konrad, weil er nicht mit einer Frau befreundet sein will, die seinen Sohn für einen Dieb hält. Außerdem müsste ich dann bekennen, was mir gestohlen worden ist. Nein, das geht nicht. Völlig unmöglich! Niemals wird über meine Lippen kommen, was in meinem lila Bettbezug gesteckt hat… Was soll ich nur tun?

Die Zeit verstrich quälend langsam. Wenn Anna ein Motorengeräusch hörte, fuhr der Wagen vorbei, wenn Schritte vor dem Haus erklangen, gingen sie vorüber. Der späte Abend, der zunächst still erschienen war, veränderte sich, je länger sie wartete. Die Geräuschlosigkeit füllte sich mit Tierlauten, mit einzelnen Windstößen, mit dem zwar abnehmenden, aber nie ganz versiegenden Verkehr, der vor allem auf der Kreuzung vor der Stadtmauer nie einschlief, mit fernem Gelächter und Rufen, die schnell verhallten, und all dem, was sich in der Nähe abspielte und nicht so leicht zu identifizieren war. Das, was immer da war, aber nur gehört wurde, wenn die Ohren nichts anderes zu tun bekamen und die Gedanken sich im Kreis drehten, keinen Anfang und kein Ende hatten.

Konrad Kailer war also bereit, dem Commissario zu helfen. Diese Großzügigkeit verdankte Emilio natürlich seiner Zufriedenheit. Der Deutsche konnte es sich leisten, großherzig zu sein. Vermutlich wusste er oder ahnte zumindest, wie schwer er ihn getroffen hatte, als er Emilio erklärte, dass ihn mit Anna Wilders eine Liebesbeziehung verband. Aber warum hatte er ihm diesen Schlag nicht schon früher verpasst? Bis zu diesem Abend hatte Emilio sich Hoffnungen gemacht, hatte geglaubt, dass Konrad Kailer genauso um Annas Gunst buhlte wie er selbst und dass es noch keinen Sieger und keinen Verlierer gab. Vielleicht hatte er seine Hilfe aber auch nur zugesichert, weil er Emilio damit beschämen konnte. Und weil Emilio ihm in Zukunft verpflichtet sein würde. Dann würde Konrad Kailer demnächst wieder in der Questura vorbeikommen, die Türen aufreißen, einen Guten Morgen wünschen und sich erkundigen, ob sie gut weiterkämen oder ob er ihnen helfen könne ...

Er hatte natürlich von den Kolsky-Brüdern gehört, wie jeder deutsche Polizist, und auch von deren Eltern. Wahrscheinlich gab es in ganz Deutschland keinen Polizeibeamten, der die Kolskys nicht kannte. Von einer Schwester hatte Emilio allerdings nicht gesprochen. Das fehlte noch, dass er Anna warnte, weil ja niemand einem Menschen, den er liebte, etwas Böses zutraute. Er selbst ja auch nicht! Wenn ihm Anna egal wäre, hätte er längst seinen Chef eingeschaltet und die ganze Ermittlungsmaschinerie in Gang gesetzt. Zum Glück hatte Konrad Kailer ihm geglaubt, dass er seinen Freund, den Juwelier, und zudem einen Kollegen schützen und deshalb zunächst unter der Hand ermitteln wollte. Er würde morgen mit Deutschland telefonieren. Die Kollegen, die sich an den Fall erinnerten, würde er ausfindig machen, da war er sich ganz sicher.

Der Abschied war freundlich gewesen, Emilio musste ja zwangsläufig mehr Liebenswürdigkeit zeigen, als er für Konrad Kailer empfand. Zum Glück konnte er dennoch verhindern, dass Konrad Kailer ihn begleitete, als er aufbrach. »Nur eben die beiden Autos zurücktauschen. Wird ja auch Zeit.«

Bevor er sich wieder darüber aufregen konnte, wie nachlässig die italienische Polizei arbeitete, verabschiedete Emilio sich lieber. Er konnte Kailer nicht sagen, dass der Polizeipräsident und sogar der Minister in die Sache mit dem vertauschten Fiat verwickelt waren. Was er wusste, musste er für sich behalten, und was er nicht wusste, wollte er gar nicht erfahren. Jedenfalls nicht offiziell. Besser so!

Das Fahrzeug, das sich näherte, blieb in der Nähe des Hauses stehen, der Motor erstarb. Henrieke und Levi? Anna lief zu einem Fenster, das auf die Straße hinausging. Das Auto war ihr fremd, aber sie erinnerte sich daran, dass Levi sich einen neuen Wagen gekauft hatte. Tatsächlich! Er sprang heraus und eilte auf die Beifahrerseite, wo sich die Tür öffnete. Beinahe sah es so aus, als wollte er Henrieke aus dem Wagen helfen, aber dann wusste er wohl nicht, wie er es anstellen sollte, blieb stehen und wartete einfach, dass Henrieke ausstieg.

Anna ging in die Küche, von dort auf die Terrasse, schloss die Tür hinter sich und huschte um die Ecke, auf die beiden weißen Fiats zu. Sie musste verhindern, dass Henrieke etwas von den Ereignissen dieses Abends mitbekam. Wenn sie den Eindruck hatte, dass ihre Mutter bereits schlief, würde sie in ihr Hotelzimmer gehen und sich dort zu Bett begeben. Vielleicht glaubte sie auch, dass Anna sich noch bei Konrad aufhielt. Egal! Hauptsache, sie bekam nicht mit, dass ihre Mutter nach Einbruch der Dunkelheit von der Polizei daran gehindert worden war, in einen fremden Garten einzusteigen. Henriekes Entrüstung, wenn sie hörte, dass eine Pistole auf ihre Mutter gerichtet worden war, mochte Anna sich nicht vorstellen.

Sie huschte zu dem Tor, das auf die Straße führte. Neben den beiden Fiats würde sie auf Emilio Fontana warten, damit er nicht schellte und Henrieke auf den Plan rief.

Sie hörte die Stimme ihrer Tochter. »Eigentlich lag mir nichts daran, unseren Eltern eine sturmfreie Bude zu verschaffen.«

Levi lachte. »Für uns war es aber auch nicht schlecht. Prima, dass du ohne mich einen netten Abend hattest.«

Nun lachte auch Henrieke. Wie lange hatte Anna ihre Tochter nicht lachen hören? »Und du ohne mich.«

Henrieke schlug die Tür zu, Levi hob die Hand zu einem kurzen Winken und stieg wieder ein. Er wendete und fuhr die Via Lorenzetti hoch. Anna sah die Lichter seines Autos nach links in der Via Boninsegna verschwinden. Henriekes Schritte gingen auf die Haustür zu, stockten aber kurz vorher. Sie blieb stehen und zog etwas aus ihrer Jackentasche. Bevor sie die Tür des *Albergo Annina* aufschloss, hörte Anna ein Lachen, leise, verstohlen, ein Kichern, das nicht gehört werden sollte. War sie angerufen worden? Von Dennis?

Die Antwort auf diese Frage spielte keine Rolle. Aber was hatte Levi gemeint, als er sagte, Henrieke habe ohne ihn einen netten Abend verbracht?

Kennen Sie das? Warten, ohne zu wissen, worauf? Ich warte auf Emilio Fontana, das weiß ich. Ich will nicht, dass er Henrieke in die Arme läuft, deswegen stehe ich neben meinem Fiat, auf dessen Rücksitz die Miss-Piggy-Tasche liegt, und warte auf ihn. Nein, ich meine etwas anderes. Ich warte nicht auf ein Ereignis, auf etwas, von dem ich weiß, dass es kommen wird, ich warte auf etwas, das ich nicht kenne, etwas Großes, aber Nebulöses. Ich warte darauf, dass etwas passiert. Was? Keine Ahnung, das ist es ja. Ich kann meine Aufmerksamkeit nur auf das Warten direkt richten, nicht auf das Ziel meines Wartens. Das kenne ich nicht, ich habe nicht einmal eine Ahnung davon. Aber es füllt mich aus und macht mich unbeweglich, lähmt mich geradezu. Wenn ich auf etwas Bestimmtes warte, bin ich nervös, halte danach Ausschau und frage mich, wie lange ich darauf warten muss. Dieses Warten dagegen ist eine Haltung. Ich warte nicht auf etwas, ich erwarte es.

Anna erkannte die Schritte von Emilio Fontana sofort. Sie hatte keinen Moment daran gezweifelt, dass er die Straße nehmen und nicht noch einmal den Weg durch den Garten riskieren würde. Er trug leichte Lederslipper, die immer den hellen Klang von Schlenderschritten erzeugten, nicht so wichtigtuerisch wie Turnschuhe, so saugend und besitzergreifend. Sie trat auf die Straße und sah ihm entgegen. Als er es merkte, versuchte er, schneller zu gehen, aber die Via Lorenzetti war steil, er lief Gefahr, auf seinen glatten Sohlen ins Rutschen zu kommen.

Natürlich wunderte er sich, dass Anna ihn vor dem Haus und nicht in ihrer Wohnung erwartete. Aber er war zufrieden damit. »Ich wäre nicht sicher gewesen, ob ich noch anschellen darf.«

Er holte den Schlüssel ihres Autos aus der Innentasche seiner Jacke und hielt ihn ihr so lange entgegen, bis sie in ihre Hosentasche griff und den Schlüssel herauszog, der zu dem Fiat gehörte, mit dem sie die Bankräuber verfolgt hatte. Ein wortloser Tausch, ein schnelles Hin und Her. Anna war froh, dass sie daran gedacht hatte, den Schlüssel herauszusuchen, und jetzt nicht ins Haus laufen musste. Er achtete darauf, ihre Hände nicht zu berühren, als er den Schlüssel entgegennahm, und überreichte seinen mit spitzen Fingern.

»Tut mir leid, dass ich Sie erschreckt habe«, murmelte er nun. »Ich hatte wirklich an einen Einbrecher gedacht.«

»Sie hatten Geräusche gehört?«

»Ja.«

»Aber nicht am Zaun, sondern in der Nähe der Terrasse?«

Nun blickte er sie überrascht an. »Ja.«

»Ich auch.«

»Aber ... wieder nichts gestohlen?«

»Richtig.«

»Und die Terrassentür war diesmal nicht eingeschlagen?«

»Ich hatte sie nicht verschlossen.«

Er schüttelte den Kopf, als wollte er ihr Vorwürfe machen, schien aber etwas bestätigt zu finden, womit er gerechnet hatte. »Soll ich mit reinkommen? Nachsehen, ob jemand im Haus ist?« Er klopfte auf seine Brust, dorthin, wo sich unter der Jacke das Holster mit der Dienstwaffe befand.

Aber Anna wehrte ab. »Ich habe schon selbst nachgesehen. Alles in Ordnung. Ich denke, ich habe mich getäuscht. Und Sie ... Sie auch.«

Er sah nicht so aus, als glaubte er ihr. Aber er sprach es nicht aus, schloss den Fiat auf und setzte sich hinters Steuer.

»Wo bringen Sie den Wagen hin? Wird er doch noch untersucht?«

Fontana antwortete ausweichend: »Ich gebe ihn ab, damit ist der Fall für mich erledigt.« Er startete den Motor und sagte »Ciao!«, ohne sie anzulächeln. Während er den Fiat zurücksetzte, blickte er über seine Schulter und sah sie nicht an, bevor er die Via Lorenzetti hochfuhr.

Anna wartete nicht, bis das Motorengeräusch verklungen war. Sie schloss ihren Fiat auf und holte die Miss-Piggy-Tasche vom Rücksitz. Sie brauchte gar nicht hineinzusehen, um zu wissen, dass sie gut gefüllt war. Sie hatte ihr Geld zurück!

Ja, ja, ich hatte versprochen, unter diesen Umständen den Ring zurückzugeben. Andererseits... an wen eigentlich? An die Polizei? Emilio Fontana würde viele unangenehme Fragen stellen, so viel war sicher. Und jetzt habe ich Valentino schon nach einem Hehler gefragt. Es kommt mir so vor, als wäre der Ring damit symbolisch bereits aus meinem Besitz in den eines anderen gewechselt. Valentino hätte kein Verständnis dafür, dass ich den Ring zurückgebe. Ich muss mir die Sache noch mal durch den Kopf gehen lassen. Fontana würde mich natürlich fragen, warum ich nicht gleich zu ihm gekommen bin. Dann müsste ich wohl gestehen, dass ich in Versuchung gewesen war. Er weiß nun, dass ich eine Kolsky bin! Wird er mir glauben, dass ich trotzdem ein ehrlicher Mensch bin? Also... eigentlich. So ehrlich wie alle anderen ehrlichen Menschen auch, die trotz ihrer Aufrichtigkeit die Hausratversicherung und das Finanzamt betrügen und sich heimlich die Hände reiben, wenn es geklappt hat.

Sie hatte gerade die Miss-Piggy-Tasche ins Haus getragen, als sie die Geräusche am Gartenzaun hörte. Kurz war sie versucht, sich im Bett zu verstecken und Konrad glauben zu machen, dass sie gleich schlafen gegangen war und nichts mehr hörte. Aber sie wusste, dass sie ihre Situation damit nur verschlimmerte. Die Fragen würden, wenn sie am nächsten Morgen kämen, umso schwerer zu beantworten sein. Vor allem, weil dann Henrieke neben ihr sitzen und sich mal wieder entrüsten würde.

So trat sie auf die Terrasse, rückte für Konrad einen Stuhl zurecht und zündete ein kleines Windlicht an. Die Stimmung sollte anheimelnd sein, sie wollte Schönes in all dem Hässlichen, was jetzt folgen würde. Eine Begründung für ihren geplanten Einbruch in Levis Garten hatte sie noch immer nicht gefunden, sie würde also die Wahrheit sagen müssen. Oh Gott, die Wahrheit!

Schweigend sah sie Konrad entgegen, der die Steigung spielend bewältigte, sich nicht einmal besonders konzentrieren musste, sondern bei jedem Schritt aufblickte und Anna anlächelte. Sie setzte sich, als er unten angekommen war, und lächelte ebenfalls, als er das Türchen öffnete und die Terrasse betrat. Wie sollte sie nur erklären, dass ihr bei dem Einbruch in ihrem Hause durchaus etwas gestohlen worden war? Etwas so Wertvolles, dass damit ihre Zukunft, die in einem so hellen Licht erstrahlt war, dunkel geworden war, unter tiefhängenden Wolken lag, mit der Gefahr, dass ein Gewitter aufzog und ein Blitz einschlug.

Konrad betrachtete den Tisch, der außer einer kleinen Decke und dem Windlicht nichts zu bieten hatte. »Kein Prosecco?«, fragte er, und sein Lächeln vertiefte sich. Es würde ihm bald vergehen, ob mit Prosecco oder ohne, ob mit dieser Damenbrause, wie er es nannte, oder einem ordentlichen Rotwein, den er lieber mochte.

Er machte mit einer Geste klar, dass Anna sitzen bleiben sollte. »Ich hole den Prosecco aus dem Kühlschrank.« Dass er dort eine Flasche finden würde, wusste er, Anna hatte immer einen eisgekühlten Prosecco im Haus. Dass er nicht nach dem Rotwein fragte, den er bevorzugte und den Anna deshalb ebenfalls immer im Haus hatte, machte sie stutzig. Konrad tat so, als hätten sie etwas zu feiern. Na, der würde sich wundern!

»Fontana hat mich übrigens um Hilfe gebeten«, hörte sie seine Stimme, dann knallte der Korken der Proseccoflasche. »Es gibt da einen uralten Fall, und er möchte erst mal unter der Hand ermitteln. Morgen früh werde ich einen Kollegen anrufen. Vielleicht weiß der etwas, was Fontana helfen könnte.«

Würde er das auch tun, nachdem Anna ihm erzählt hatte, was nun endlich raus musste? Einen alten Kollegen anrufen, der garantiert etwas wusste, was...

Sie ließ den Gedanken fallen, als Konrad wieder auf die Terrasse trat, in der einen Hand die geöffnete Flasche, in der anderen zwei Gläser. Während er einschenkte, stellte er dann die Frage, vor der sie sich so fürchtete: »Warum wolltest du über den Zaun klettern?« Tief senkte er seine Stimme, als wollte er einem Kind vom bösen Wolf erzählen. »Mit dunkler Kleidung und einer schwarzen Mütze auf dem Kopf?«

Er hob das Glas, prostete ihr zu, Anna tat das Gleiche und war froh über ein paar Sekunden Aufschub.

»Also, das war so...« Nun war es noch viel schwerer, als sie vorher angenommen und befürchtet hatte. Sie musste sich erst räuspern, ihre Stimme zurechtrücken und ihr etwas mehr Kraft geben, damit sich ihr Selbstbewusstsein nicht in einer Piepsstimme versteckte und am Ende ganz verloren ging. »Ich weiß gar nicht, wie ich es sagen soll...«

Konrad beugte sich vor und griff nach ihrer Hand. Sie hätte sie ihm gern entzogen, weil diese tröstende Geste so unpassend war. »Du musst gar nichts sagen, Anna, ich verstehe schon.«

»Wie... was meinst du?«

Er drückte ihre Hand. Seine Augen, die bisher nur dunkel gewesen waren, zeigten nun ihr schönstes Braun. »Du wolltest sehen, wie meine frühere Nachbarin und ich...« Nun überfiel auch ihn ein Stottern, und er musste sich einen Ruck geben, um den Satz zu Ende zu führen. »Also... wie wir miteinander umgehen. Du wolltest wissen, ob wir flirten, ob wir uns küssen, ob wir...«

Annas fassungslose Miene war anscheinend nicht das, was er erwartet hatte. Sie sah ihm an, dass er den letzten Satz gern herausgeschmettert hätte, aber nun doch den Mut nicht aufbrachte. Es klang eher wie eine Frage: »Du warst eifersüchtig?«

Gerade erst hatte er sein Büro betreten, da ging schon sein Telefon. Emilio war darauf gefasst, Scroffas Stimme zu hören, der ihm vorhielt, zu spät zum Dienst erschienen zu sein. Der hatte ja keine Ahnung! Wenn er seine letzten Einsätze für Anna Wilders als Überstunden abrechnen könnte, würde er bis zum Wochenende freimachen können! Aber der Leiter der Polizeidienststelle wusste weder etwas davon, dass er in der letzten Nacht die beiden Fiats ausgetauscht hatte, noch ahnte er, dass er einem vermeintlichen Dieb auf der Spur war, erst recht nicht, dass er mit Konrad Kailer über den Raub des Zarensilbers gesprochen hatte. Und über einen Ring, der damals verschwunden und nun, gut zwanzig Jahre später, wieder aufgetaucht war. Eigentlich konnte er genauso gut seinen Chef, den Polizeipräsidenten und sogar den Minister informieren. Warum sollte er Anna jetzt noch schützen? Sie war mit Konrad Kailer zusammen, es gab keinen Grund, für sie seine Karriere aufs Spiel zu setzen. Trotzdem... die Vorstellung, dass die italienische Polizei gegen sie ermittelte, war ihm unerträglich. Anna hatte ihm doch so imponiert, diese Frau, die es fertiggebracht hatte, mit sechzig Jahren in Siena neu anzufangen...

Das Telefon schrillte unerbittlich. Wenn es Scroffa war, musste er unbedingt rangehen. Als er seine Lederjacke, die keine schlechte Behandlung vertrug, sorgfältig auf den Bügel gehängt hatte, war er so weit. »Pronto!«

Doch nicht sein Chef war am anderen Ende der Leitung, sondern Lorenzo Graziano, der ihm vorwarf, als wäre er sein Chef, dass er viel zu spät zum Dienst erschienen sei. »Ich versuche es seit einer Stunde.«

Prompt fühlte Emilio sich so erschöpft, als wäre er schon seit den frühen Morgenstunden im Dienst. »Haben Sie vergessen, dass ich letzte Nacht wenig Schlaf bekommen habe?«

»Sie haben also die beiden Wagen ausgetauscht?«

»Der weiße Fiat steht auf dem Parkplatz, den Sie mir genannt haben.«

»Grazie, amico mio! Das werde ich Ihnen nie vergessen. Schade, dass ich mich wohl versetzen lassen muss. In Siena ist für mich die Erde verbrannt. Aber Tabita hat ihre Familie hier. Ob sie bereit sein wird, mir in eine andere Stadt zu folgen? Eins aber verspreche ich: Wenn sie meinen Antrag annimmt, werden Sie der Ehrengast auf meiner Hochzeit sein...«

Dieser Morgen war kühl, der Himmel von einem verschwommenen Grau, die Sonne nur ein heller Fleck hinter einem dichten Schleier. Anna hatte sich einen Pullover über das Shirt gezogen und die kurzen Shorts, in die sie nach dem Duschen geschlüpft war, gegen eine Jeans eingetauscht. Auch auf die Flipflops hatte sie verzichtet und sich stattdessen für Sneakers entschieden, die ihre Füße warm hielten.

Henrieke starrte entgeistert den Mann an, der neben ihrer Mutter am Terrassentisch saß. »Was machen Sie denn hier?«

»Ich frühstücke«, antwortete Konrad freundlich.

»Ich bin ja nicht blind«, fauchte Henrieke.

»Hattest du einen schönen Abend mit Levi?«, fragte Anna scheinheilig.

Henrieke verschwand wieder hinter dem Klimpern des Perlenvorhangs. »Ja, war nett«, hörte Anna ihre Stimme. »Wir waren im *Bagello*. Echt cool.«

Anna sah Konrad an und verdrehte wortlos die Augen. Aber er

bestrich seelenruhig sein Croissant und sah freundlich lächelnd auf, als Henrieke erneut den Perlenvorhang teilte.

»Habt ihr ...« Sie ließ von ihrer Mutter ab und wandte sich an Konrad. »Haben Sie etwa hier übernachtet?«

»Das geht dich nichts an«, antwortete Anna so schnell, dass Konrad nicht reagieren konnte.

Natürlich war Henrieke anderer Ansicht. Aus ihren Augen sprühte gallengrüne Empörung über das skandalöse Benehmen ihrer Mutter, in ihren Mundwinkeln hing die gleiche Verachtung, die früher eine Leiterin eines Mädchenpensionats ihren Schutzbefohlenen entgegengebracht hätte, die nicht von Verlobung und Hochzeit, sondern von freier Liebe und der Pille tuschelten.

Anna tat es gut, den unausgesprochenen Vorwürfen ihrer Tochter einen anderen entgegenzuschweigen. Henrieke belog sie, sie hatte den Abend nicht mit Levi verbracht. Sie konnte also selbst keine Aufrichtigkeit beanspruchen. Mit diesem Gedanken fiel es Anna leichter, der Entrüstung ihrer Tochter mit einem Grinsen zu begegnen und so zu tun, als verstünde sie nicht, worum es ging.

Henrieke trug das Kleid, das Anna ihr in Siena gekauft hatte, hatte die Haare zu einem akkuraten Pferdeschwanz gebunden und sogar einen Lidstrich gezogen und ein wenig Rouge aufgelegt.

»Hast du was vor?«, fragte Anna so gleichmütig, als wäre das Thema, über das Henrieke sich entrüstete, viel zu unwichtig, um länger darüber zu reden.

Henrieke zog fröstelnd die Schultern hoch, ließ den Perlenvorhang fallen und ging in die Küche zurück, wo sie die Kaffeemaschine in Gang setzte. »Ich dachte, ich könnte die Einkäufe erledigen.«

»Heute wird der Teppichboden auf den Fluren verlegt«, sagte Konrad so laut, dass Henrieke es in der Küche hören konnte. »Sie sollten alles aus Ihrem Zimmer herausholen, was Sie brauchen. Bis heute Abend kann der Hotelflur nicht betreten werden.« Er tätschelte die Tasche, die an seiner Stuhllehne hing. »Die Dachdecker werden ebenfalls die Restarbeiten erledigen. Zum Glück kann ich sie heute bezahlen. Die werden garantiert pünktlich sein.«

Henriette raffte den Perlenvorhang erneut zur Seite. »Die Kohle ist wieder da?«

Sie erfuhr, dass Emilio Fontana den Austausch der beiden Fiats vorgenommen hatte, blieb aber natürlich im Unklaren darüber, dass Anna in den Pistolenlauf des Commissarios geschaut hatte und auf frischer Tat ertappt worden war. So lange war ihr Blick neugierig und interessiert, aber als sie wusste, was sie erfahren wollte, schloss sich wieder der Vorhang der Indignation vor ihren Augen, und sie legte Wert darauf zu demonstrieren, was sie von Konrads Anwesenheit im *Albergo Annina* hielt. Sie weigerte sich sogar, am Terrassentisch Platz zu nehmen. Scheinbar konnte sie es nicht ertragen, in die Nähe des Lotterlebens ihrer Mutter zu kommen, war aber immerhin so rücksichtsvoll, von der Kühle dieses Morgens zu reden und nicht von der Geschmacklosigkeit alter Leute, die nicht mitbekommen hatten, dass Fleischeslust heutzutage anders genannt wurde und deswegen für sie nicht mehr das Richtige war.

Als sie in ihr Hotelzimmer ging, um alles herauszuholen, was sie im Laufe des Tages brauchen würde, sagte Konrad: »Sie denkt, ich hätte bei dir übernachtet.«

»Soll sie doch!«

Konrad grinste. »Hätte ich ja auch gerne.«

Anna legte eine Hand auf seine. »Lass es uns langsam angehen. Du bist schon länger verwitwet als ich. Irgendwie... bin ich noch nicht so weit.«

Konrad nickte, und sie war ihm dankbar dafür, dass er sich unerschütterlich gab. Seit er davon überzeugt war, dass Anna sich aus purer Eifersucht vor sein Küchenfenster hatte schleichen wollen, schien es ihm nichts auszumachen, sich auf eine längere Zeit des Wartens einzustellen. Anna war sehr erleichtert, obwohl ihr sein Optimismus auch Angst machte. Sie hatte nicht gestehen müssen, dass sie Levi verdächtigte, und vor allem hatte sie nicht verraten müssen, was in der lila Bettwäsche versteckt gewesen war.

Sie hörte das Fahrrad des Zeitungsboten und stand auf, um die *La Nazione* von der Treppenstufe zu holen, wo der Bote sie mit einem Wurf aus dem Handgelenk Morgen für Morgen sicher platzierte.

Konrad war klar, warum sie nicht warten wollte. »Steht was drin über den Einsatz am Bahnhof?«, fragte er, als Anna auf die Terrasse zurückkehrte.

Sie antwortete nicht, weil auf der Titelseite nichts von dem Einsatz des *GIS* zu sehen war, sondern blätterte hastig von Seite zu Seite. »Da!« Sie zeigte auf eine Titelzeile. »Einsatz des Sonderkommandos abgeblasen! Geiselnehmer noch immer auf der Flucht!«

Konrad beugte sich über den Artikel und überflog ihn. »Von einem Bankräuber ist nicht die Rede. Dachte ich's mir doch.«

Anna stellte sich hinter ihn, legte das Kinn auf seine rechte Schulter und las. So lange, bis sie merkte, dass Konrad ihre Nähe und den unbefangenen Körperkontakt genoss. Sie setzte sich wieder auf ihren Stuhl und bat: »Lies mir vor.«

Es ging schnell. Schon wenige Minuten später faltete Konrad die Zeitung zusammen. »Der Pressesprecher hat also ganz bewusst die Unwahrheit gesagt. So was gäbe es in Deutschland nicht!«

»Kein Wort davon, dass ein Bankräuber entkommen ist...«

»...durch die Unachtsamkeit eines Polizeibeamten«, warf Konrad ein.

»Dass der Bankräuber sich in die *GIS* eingeschmuggelt hat, dass er vermutlich ein Mitglied des Sonderkommandos niedergeschlagen hat, dass das Opfer schwer verletzt, womöglich sogar tot ist...« Anna schlug mit der flachen Hand auf die zusammengefaltete Zeitung. »Nichts davon! Nur dass die *GIS* vom finalen Schuss abgesehen hat, um die Geiseln nicht zu gefährden. Dass jemand, wenn er zum Schuss gekommen wäre, gezielt die Geiseln getroffen und dem Mafioso den Weg freigeschossen hätte, davon ist nicht die Rede.«

»Erst recht nicht«, ergänzte Konrad und griff nach Annas Hand, »dass eine mutige Frau das alles verhindert hat.«

»Mutig?« Anna tippte sich an die Stirn. »Seit wann gehört Mut dazu, hysterisch loszuschreien?« Sie wurde nachdenklich und starrte auf die Stelle am Zaun, an der sie in der vergangenen Nacht von Emilio Fontana gestellt worden war. »Er hat mir gleich gesagt, dass ich mich nicht wundern dürfe, wenn die Sache in der Zeitung anders dargestellt wird.«

Konrad wusste, von wem sie sprach. »Die Polizei müsste sich eine Menge anhören, wenn herauskäme, dass ein Commissario einen Bankräuber verhaftet und ihm dann die Möglichkeit zur Flucht verschafft hat.« Er schüttelte den Kopf. »Unmöglich! Eigentlich wäre jetzt ein Disziplinarverfahren fällig. Stattdessen kommt Fontana davon, indem sein schwerer Fehler einfach unter den Teppich gekehrt wird. Und die Bevölkerung ahnt nicht, dass zwei Bankräuber noch immer auf der Flucht sind.«

Der Perlenvorhang klirrte, Henrieke erschien wieder auf der Terrasse. Sie hatte sich eine Jacke übergezogen und hielt eine Espressotasse in der Hand. Die letzten Sätze der Unterhaltung hatte sie offenbar mitbekommen. »In diesem Land willst du wirklich leben, Mama?«

Anna lachte. »Was ist mit dem Wetter, der schönen Stadt, dem Campo, den liebenswerten Menschen?«

Henriekes Mund wurde schon wieder spitz. »Pass auf deinen Rücken auf, Mama. Ich hoffe, du kommst nicht auf die Idee, den Arbeitern zur Hand zu gehen.«

Anna wartete, bis ihre Tochter außer Hörweite war, dann ergänzte sie leise, indem sie Henriekes Tonfall nachahmte: »In deinem Alter...« Sie zog die Mundwinkel herunter und lachte noch lauter.

Emilio Fontana rieb sich die Augen. »Santo Dio! Was bin ich müde!« Wann würde er endlich wieder ausschlafen können? Seine Mutter hatte gesagt, schlafen könne er noch lange genug, wenn er tot sei. Was für ein dummer Spruch!

Wenn er es heute Morgen wenigstens ruhig angehen lassen könnte! Aber kaum hatte er sich an seinem Schreibtisch niedergelassen und sich ein wenig die Schläfen massiert, da kam Giuseppe herein und meldete einen Besuch. »Signor Avolio. Er sagt, er kennt Sie.«

»Avolio? Nie gehört.«

Doch als er eintrat, wusste er, wen er vor sich hatte. Den besten Freund von Matteo, dem Kellner im *Fonte Gaia* am Campo. Ein Mann in den Fünfzigern, teuer, aber geschmacklos gekleidet und peinlich overdressed. Sein Nadelstreifenanzug passte nicht hierher, seine Krawatte war zu grell, sein Siegelring zu protzig, sein Haar zu pomadig. Man sah ihm seinen Beruf an. Wie der Commissario hatte er die Gewohnheit, einmal am Tag zum Campo zu gehen, und meist kehrte er, ebenso wie Emilio, im *Fonte Gaia* ein. Matteo platzierte die beiden dann gern an einem gemeinsamen Tisch, prahlte mit Emilios Bekanntschaft und tat so, als genösse er sein unbedingtes Vertrauen und wüsste genau über den Stand seiner Ermittlungen Bescheid. Anschließend beugte er sich dann meistens an sein Ohr und flüsterte ihm zu, dass sein Freund Vivaldo Avolio mit seinem Autohandel steinreich geworden war. »Aber alles legal! Vivaldo ist der einzige ehrliche Autohändler, den ich kenne.«

Was wollte dieser angeblich ehrliche Autohändler bei ihm? Er begrüßte Emilio mit einer herzlichen Umarmung, was dieser ein wenig übertrieben fand. Aber er kam nicht dazu, sich darüber zu wundern, denn schon wieder wurde die Tür aufgerissen, und Matteo erschien, von einem erschrockenen Giuseppe verfolgt, der offenbar nicht einsehen konnte, dass Vivaldo Avolio Beistand von seinem Freund brauchte. Emilio selbst konnte das genauso wenig einsehen.

»Bei mir auch, Vivaldo! Ich habe nachgesehen.« Er wedelte mit drei Geldscheinen vor Emilios Nase herum, bis dieser zu schielen anfing. »Bei mir auch!« Als seine Hand zornig weggewischt wurde, ließ er sich gleich neben Signor Avolio nieder, gab sich verlegen und tat so, als wäre er von der Schlichtheit der Amtsstube eingeschüchtert worden.

»Was ist los?«, fragte Emilio streng.

Beide fingen an zu reden, aber Matteo sah ein, dass alles, was sein Freund vorzubringen hatte, von größerer Wichtigkeit war. Er ließ ihn reden und begnügte sich mit gelegentlichen Einwürfen wie »Certo!« oder »Esattamente!«. Tatsächlich schien Signor Avolio zu den ehrlichen Autohändlern zu gehören, deren Existenz Emilio Fontana bisher geleugnet hätte. Ein Kunde war zu ihm gekommen, ein Deutscher, der versucht hatte, ihm ein Auto abzukaufen. Ziemlich normal bis dahin. »Aber er wollte bar bezahlen. Unbedingt! Zehntausend Euro!« Signor Avolio war es sogar so vorgekommen, als hätte dieser Mann gar nicht gewusst, dass man in Italien keine Bargeschäfte in dieser Höhe tätigen durfte. »Der hat mich ganz erstaunt angesehen.« Aber Signor Avolio, der grundehrliche Autohändler, hatte ihm selbstverständlich genau auseinandergesetzt, dass er nicht bereit sei, so viel Bargeld anzunehmen, weil darauf hohe Strafen standen. Daraufhin hatte sein Kunde angeboten, zweitausend Euro mehr für das Auto zu bezahlen, wenn er bereit sei, in diesem Fall eine Ausnahme zu machen. »Das kam mir komisch vor«, sagte Signor Avolio. Er war dann zum Schein auf das Geschäft eingegangen, hatte die Hälfte des Geldes als Anzahlung entgegengenommen und dem Kunden versprochen, er könne das Auto am Abend abholen. Er zog ein Bündel Geldscheine hervor. »In so einem Fall schaue ich natürlich genauer hin. Und was sehe ich?« Er legte dem Commissario das Geld vor, schob den Stapel auseinander, sodass eine Reihe von Geldscheinen entstand, und pochte darauf. »Ecco!«

Emilio hatte keine Ahnung, was er meinte. Aber als er Matteos erwartungsvollen Blick auffing, kam es ihm so vor, als liefe er Gefahr, dass sein Espresso im *Fonte Gaia* demnächst wie Spülwasser schmecken würde. Matteo wollte weiterhin mit ihm prahlen können, und dafür musste er jetzt so klug und souverän reagieren, wie der Kellner es sich vorstellte.

Er zog ein wichtiges Gesicht, legte die Stirn in Falten, was er eigentlich vermied, um nicht frühzeitig zu altern, wiegte den Kopf und machte: »Hmhmhm.«

»Esattamente!«, jubelte Signor Avolio. »Ich habe es erst auf den zweiten Blick entdeckt. Aber Sie ... ein Experte ... bravo!«

Noch immer hatte Emilio keine Ahnung, wovon der Autohändler sprach. Wenn er ihn nicht bald in Kenntnis setzte, würde es peinlich werden.

»Fortlaufende Nummern! So was gibt's doch nur in Krimis. Ein Entführer verlangt immer Geldscheine, die nicht fortlaufend nummeriert sind.« Avolio schlug sich vor die Stirn, immer wieder. Santo Dio, hatte der Mann einen harten Schädel! »Der Kerl muss ein Idiot sein!«

»Wer?«

»Der Entführer natürlich!« Signor Avolio hörte auf, seine Stirn zu malträtieren, sein Blick wurde kritischer, in Matteos Augen konnte Emilio sogar eine kleine Enttäuschung entdecken.

»Ich meine ... kennen Sie seinen Namen?«

Nun war er wieder der allwissende Commissario, der beurteilen konnte, was in einem solchen Fall getan werden musste. »Der Name! Natürlich, Sie brauchen seinen Namen!« Sein Nimbus weitete sich sogar aus, als Signor Avolio klar wurde, dass er etwas versäumt hatte.

»Sein Name! Den hat er mir natürlich nicht genannt. Aber...« Sein Zeigefinger schoss in die Höhe. »Ich habe ihn übertölpelt.«

Wie Signor Avolio berichtete, sei der deutsche Kunde misstrauisch geworden, habe mit einem Mal beteuert, dass er auf keinen Fall gegen das italienische Gesetz verstoßen wolle, und sein Geld zurückverlangt. »Und nun ...« Diesen Moment wollte Signor Avolio besonders auskosten, was Emilio zwei Minuten später sehr gut verstehen konnte. »Ich habe ihm die fünftausend Euro, die schon in meine Kasse gewandert waren, zwar zurückgezahlt. Aber... mit anderen Geldscheinen.«

Emilio war sicher, dass er nicht seine Kasse, sondern seine Hosentaschen meinte, und fragte sich, warum er so viel Bargeld bei sich trug, wo doch in Italien die Obergrenze für Barzahlungsgeschäfte bei dreitausend Euro lag.

Aber natürlich wollte er Signor Avolio nicht verärgern und Matteo nicht enttäuschen. »Er hat nicht gemerkt, dass er andere Geldscheine zurückerhalten hat?«

Matteo und Vivaldo Avolio jubelten gemeinsam, bewunderten seinen Scharfsinn und konnten sich gar nicht wieder einkriegen vor Hochachtung, als der Commissario zu dem Schluss kam, dass der Mann vermutlich nichts davon gewusst habe, dass er Banknoten mit fortlaufenden Nummern bei sich trug. »Wer schaut sich schon diese Nummern an?« Hastig ergänzte er: »Nur ein Autohändler, der völlig zu Recht das Geld besonders sorgfältig prüft, das ihm angeboten wird.«

Matteo wollte mal wieder zeigen, dass er für den Beruf des Kellners eigentlich zu schlau war. »Andererseits konnte er nicht wissen, dass mein Freund die fortlaufende Nummerierung entdeckt. Aber wenn er darauf bestanden hätte, genau die Scheine zurückzuerhalten, die er kurz vorher auf den Tisch geblättert hat, wäre Vivaldo natürlich stutzig geworden. Spätestens dann hätte er gemerkt, was los ist.« Auch sein Zeigefinger beteiligte sich jetzt an der Unterhaltung und zappelte vor Emilios Augen herum. »Spätestens!«

»Und das wollte er natürlich vermeiden«, schloss Signor Avolio.

Er war nach diesem Erlebnis, das ihn angeblich aufgewühlt hatte, schnurstracks zum Campo gegangen, um sich zu erholen. Und nachdem ihm von Matteo sein Espresso serviert worden war, hatte er loswerden müssen, was ihm soeben widerfahren war. »Der Mann hatte mir ja Grüße von Matteo ausgerichtet. Ich wusste also, dass er im *Fonte Gaia* verkehrt.«

Matteo erinnerte sich genau. »Ein Deutscher hat mich gefragt, wo man in Siena am besten Gebrauchtwagen bekommen kann.« Er schlug sich gegen die Brust. »Selbstverständlich habe ich meinen Freund Vivaldo empfohlen.«

Und dann, als Matteo den skandalösen Tatbestand seelisch verkraftet hatte, dass einer seiner Gäste augenscheinlich ein Entführer war, war ihm eingefallen, dass der Mann kurz vorher viel Geld im *Fonte Gaia* ausgegeben hatte. »Ein teures Essen, zwei Flaschen Champagner, und die Typen, die bei ihm waren, haben sich von ihm einladen lassen.«

Nun verstand Emilio, was Matteo gemeint hatte, als er »Bei mir auch!« gerufen hatte. Matteo hatte den Bestand seiner Hundert-Euro-Scheine überprüft und festgestellt, dass es drei in seiner Kasse gab, die in die Reihe der fortlaufenden Nummerierung passten, die Signor Avolio aufgefallen war. »Er musste rund 250 Euro bezahlen, hat auf 270 aufgerundet und mit drei Hundert-Euro-Scheinen bezahlt.« Er knallte drei Geldscheine vor Fontana auf den Schreibtisch. »Ecco!«

»Wie sah er aus?«

Auf diese Frage war Matteo vorbereitet. Und Signor Avolio auch. Im Duett beschrieben sie, dass es sich um einen Mann von Mitte dreißig gehandelt hatte, von durchschnittlichem Äußeren, einerseits schlecht gekleidet, andererseits mit einer protzigen Uhr am Handgelenk.

»Kein typischer Tourist«, erklärte Signor Avolio.

»An den Schönheiten Sienas nicht interessiert«, bestätigte Matteo. »Nur an der Schönheit der Italienerinnen.«

Anna musste eine Weile nach ihrem Handy suchen, das die Angewohnheit hatte, sich an die unmöglichsten Stellen der Wohnung zu verkrümeln, als hätte es Beine. Diesmal fand sie es unter einem Stapel sorgfältig zusammengefalteter Plastiktüten, denen eine Zukunft als Mülltüten beschieden war. Die Idee, einen öffentlichen Fernsprecher zu benutzen, hatte sie wieder verworfen. Sollte Henrieke doch denken, was sie wollte, wenn sie den Gesprächsverlauf ihres Smartphones zur Kenntnis nahm! Es ging sie nichts an, mit wem ihre Mutter telefonierte, und genau das würde Anna ihr sagen, wenn sie fragen sollte, warum der Kontakt zu ihren Brüdern plötzlich so eng geworden war.

Valentino meldete sich schon nach dem ersten Klingeln. Und das, obwohl er sich mit seinem künstlichen Knie nicht besonders flott bewegen konnte. »Ich sitze direkt neben dem Telefon.« Seine Stimme wurde mit einem Mal fröhlich, aufgeräumt, als wollte er seiner Schwester zeigen, dass das Leben trotz diverser Probleme und sogar mit einer Knieprothese lebenswert war. »Wie geht's meiner kleinen Annina?«

Anna lachte. Tante Rosi hatte ihr immer wieder eingeschärft, dass sie mit dem unauffälligen Namen Anna besser durchs Leben kommen würde, aber wenn ihre Brüder sie bei dem Namen nannten, den ihre Eltern für sie ausgesucht hatten, wurde sie jedes Mal von einer Zärtlichkeit angerührt, von der Tante Rosi nichts hätte wissen dürfen. Der Name Annina war marienkäferrot mit vielen Tupfen, Anna dagegen uniformblau. »Geht so, Tino.«

»Probleme?« Seine Stimme klang besorgt, genau genommen sogar unangemessen besorgt. Was befürchtete er?

»Ich warte auf deinen Anruf.«

Nun schien er verblüfft zu sein. »Was meinst du...?«

»Der Name des Hehlers! Du hast mir versprochen, einen für mich ausfindig zu machen.«

»Ach so. Ich dachte schon...«

Was Valentino dachte, sprach er nicht aus. Und statt auf ihre Bitte einzugehen, erzählte er von seinem Besuch bei Filippo, der ein Gnadengesuch eingereicht hatte, weil ihm dieses letzte halbe Jahr in Haft unerträglich erschien, obwohl er doch weiß Gott genug Übung im Absitzen von Gefängnisstrafen hatte.

Anna ging, während Valentino plauderte, durch die Wohnung,

kontrollierte die Eingangstür und machte beruhigt kehrt, als sie feststellte, dass Henrieke sie nicht abgeschlossen hatte, betrat die Küche, trank ein Glas Wasser, ging dann durch die weit geöffnete Tür auf die Terrasse, während Valentino noch immer lamentierte, weil er sich Sorgen um seinen Bruder machte.

Schließlich fand Anna, dass sie höflich genug gewesen war. »Was ist denn nun mit dem Hehler?«

»Ach so ... ja ...« Anna wurde das Gefühl nicht los, dass ihr Bruder es nicht für nötig gehalten hatte, sich zu erkundigen, wie und wo sie den kostbaren Ring zu Geld machen konnte. Aber ehe der Ärger nach ihr greifen konnte, fiel sie schon in einen Teich von himmelblauer Zärtlichkeit, als ihr klar wurde, welchen Grund er dafür wahrscheinlich hatte. Valentino wollte nicht, dass seine Schwester, seine ehrliche, gutbürgerliche kleine Schwester, die Dienste eines Hehlers in Anspruch nahm. Sie musste ihm klarmachen, dass sie damit nicht unehrlich wurde, dass dieser Fall ein besonderer war, dass es hier um eine Gerechtigkeit ging, die von der Polizei und den Gerichten anders ausgelegt wurde, was aber nicht unbedingt richtig war.

»Bitte, Tino! Ich brauche das Geld.« Dass sie ihre Miss-Piggy-Tasche zurückbekommen hatte, würde sie ihm nicht auf die Nase binden. Dann würde er ihr womöglich vorrechnen, dass sie auch ohne den Verkauf des Rings über die Runden kommen müsste.

»Okay, okay ... ich habe zwei Adressen. In Rom und in Florenz.«

»Gib mir die in Florenz. Das ist ein Katzensprung von Siena.«

Wieder zögerte Valentino. »Warte noch mit deinem Besuch. Ich muss den Mann vorbereiten.«

»Du hast noch nicht mit ihm telefoniert?«

Sie merkte, wie nervös ihr Bruder wurde. »Ich konnte ihn noch nicht erreichen. Aber ich werde es gleich noch einmal versuchen.«

Nachdenklich legte Anna kurze Zeit später das Handy beiseite. Irgendetwas stimmte nicht mit Tino. Seine Stimme hatte unsicher geklungen, seine Antworten waren fahrig gewesen. Ihr war es so vorgekommen, als hätte er sich mit seinen umständlichen Erzählungen über Filippo auf einen Schauplatz retten wollen, auf dem er sich sicherer fühlte als in dem Gespräch über einen Juwelier, der sein Ladengeschäft nur betrieb, um seine wahre Tätigkeit zu verbergen.

Sie betrachtete den Zettel, auf dem sie einen Namen und eine Adresse in Florenz notiert hatte. Zwei Tage hatte sie Valentino Zeit gegeben, mit dem Mann zu telefonieren und ihn auf ihren Besuch vorzubereiten. Wenn ihr Bruder sie dann noch immer vertrösten wollte, würde sie nach Florenz fahren, ohne dass Valentino ihren Besuch dort ankündigte. »Basta!«

Das Eintreffen der Arbeiter, die den Teppichboden verlegen sollten, riss sie aus ihren Gedanken. In den nächsten beiden Stunden war sie damit beschäftigt, Kaffee zu kochen und Biscotti herumzureichen, denn eins hatte sie mittlerweile gelernt: Ein italienischer Handwerker fing gar nicht erst zu arbeiten an, wenn die Koffeinzufuhr nicht ausreichte und sein Magen leer war. Das musste unbedingt beachtet werden. Jedenfalls, wenn es sich um Handwerker handelte, die ihre Arbeit gut und sorgfältig verrichteten und deswegen den Anspruch hatten, umworben und verhätschelt zu werden. Bei den Dachdeckern hatte sich schnell herausgestellt, dass sie beides nicht verdienten und keinen Handschlag machten, wenn man ihnen nicht drohte oder den Lohn kürzte. Diese Firma aber, bei der Anna den Teppichboden gekauft hatte, stand in dem Ruf, gut ausgebildete und fleißige Arbeiter zu beschäftigen. Solange nicht das Gegenteil bewiesen war, wollte Anna daran glauben, dass die Männer Espresso und Biscotti verdienten.

So flog der Morgen dahin, und Anna dachte erst wieder an ihre Tochter, als das Kaffeepulver zur Neige ging und sie schon auf das Kredenzen von Zwieback ausweichen musste. Wo blieb Henrieke mit den Einkäufen?

Sie erschien in dem Augenblick, in dem die Arbeiter über eine Mittagspause nachdachten, an jeder Hand einen Einkaufsbeutel, beide höchstens zur Hälfte gefüllt. Henrieke musste für jeden Artikel, den sie ausgesucht hatte, die Angebote sämtlicher Läden der

Innenstadt begutachtet haben, ehe sie sich entschied. Diese paar Einkäufe wären normalerweise in einer halben Stunde zu erledigen gewesen.

Aber Anna schluckte den Vorwurf, der ihr auf den Lippen lag, herunter und ließ sich stattdessen von Henriekes Auftritt blenden. Ihre Tochter tirilierte ein derart exaltiertes »Buon giorno!« ins Haus, dass die Arbeiter aufmerkten, und hatte so rosige Wangen und leuchtende Augen, dass nur der Älteste, der kurz vor der Rente stand, die Arbeit nicht unterbrach. Mit einem koketten Schwung ihrer Hüften bog Henrieke in den Privatbereich des *Albergo Annina* ab und warf die Tür hinter sich ins Schloss, als hätte sie etwas vor, bei dem sie keine Augenzeugen gebrauchen konnte. Mit dem gleichen Schwung landeten die Einkäufe auf dem Küchentisch, und der Kleiderbügel zappelte erschrocken, als er Henriekes Jacke übergeworfen bekam, und brauchte eine Weile, bis er wieder bewegungslos an der Garderobe hing.

»Was ist los?«, fragte Anna. »Du bist so verändert. So ... regenbogenfarben.«

»Du immer mit deinen Farben!« Henrieke verdrehte die Augen, dann behauptete sie, das bilde sich ihre Mutter nur ein. »Darf ich nicht einfach mal guter Laune sein?«

So fragten auch Frauen, die sich für leidgeprüft hielten und sich sorgten, dass ihre Angehörigen auf die Idee kommen könnten, ihr Leben sei nicht halb so trist und mit Mühsal beladen, wie sie ihnen seit Jahren weismachten.

Die Teppichverleger sahen noch einige Male die Tochter der Hotelbesitzerin vorbeirauschen, machten sich noch häufig gegenseitig auf das Temperament und ihre Beine aufmerksam und waren restlos begeistert, als ihnen die Erdbeertörtchen, die Henrieke mitgebracht hatte, von ihr selbst serviert wurden.

Anna betrachtete ihre Tochter erst staunend, dann glücklich, schließlich jedoch misstrauisch. Irgendetwas war geschehen. Aber was? Oder hatte sich ihre eigene Wahrnehmung geändert? Auch Valentinos Verhalten war nicht so gewesen, wie sie erwartet hatte, und nun Henriekes exaltierter Übermut! Und warum stockte ihr Schritt jedes Mal, wenn sie an der Garderobe vorbeikam, wo ihre Jacke hing? Anna warf einen Blick durch den Spalt der Küchentür und beobachtete, dass Henrieke dann jedes Mal über den Ärmel oder den Kragen strich, einmal die aufgesetzte Tasche betastete und ein anderes Mal sogar hineingriff, als wollte sie etwas erfühlen, was der Inbegriff ihres Glücks war. Annas Ahnungen schwankten zwischen greller, pinkfarbener Neugier und Argwohn in Holunderlila ...

Giuseppe nahm Emilios Auftrag nur lustlos entgegen. Seine Motivation hatte merklich nachgelassen, seit er Bankräuber verfolgt hatte, die unter dem Schutz von Polizeipräsident und Minister standen, und eine Geiselnahme ganz anders verlaufen war, als man es auf der Polizeischule lernte. Giuseppe schien sich zu fragen, warum er eigentlich Polizist geworden war, wenn er der Gerechtigkeit nicht zum Sieg verhelfen durfte. Und jetzt noch eine langweilige Überprüfung von Banknoten!

»Für solche Anzeigen sind andere zuständig.« Er deutete auf den Fußboden, denn unter ihnen, im Erdgeschoss, befand sich die Abteilung, in die Signor Avolio geschickt worden wäre, wenn er am Empfang über sein Anliegen gesprochen und nicht gleich nach Commissario Fontana gefragt hätte.

»Ich kenne den Autohändler«, erklärte er Giuseppe und stellte ihm in Aussicht, dass sie einen ganz großen Fisch an die Angel kriegen könnten, wenn sie herausfanden, wo, wann und durch wen diese Geldscheine mit der fortlaufenden Nummerierung in Umlauf gekommen waren.

Giuseppes Miene erhellte sich prompt, und seine Motivation flackerte wieder auf. Ein kleines Flämmchen zunächst nur, das aber hell und lodernd zurückgekehrt war, als er die Tür aufriss und rief: »Das Geld stammt aus einer Entführung!«

Da hatte Signor Avolio also tatsächlich recht gehabt.

»Direkt nach der Umstellung auf den Euro.«

»So lange ist das her?« Emilio richtete seine Bügelfalte, weil ihm schien, dass er die nächsten Stunden am Schreibtisch zubringen und vermutlich sogar auf einen Snack am Campo verzichten musste. Ehe er sich in die Unterlagen vertiefen konnte, die Giuseppe ihm vorlegte, sprudelte schon alles aus seinem Assistenten heraus, was er wissen musste. Die Entführung einer Fabrikantentochter, die Lösegeldforderung von einer Million. »Der Vater konnte sie aber nicht aufbringen, und der Entführer hat sich mit der Zahlung von sechshunderttausend begnügt. Das Mädchen kam frei, aber der Tatverdächtige musste aus Mangel an Beweisen freigesprochen werden. Das Entführungsopfer hatte den Mann nicht einwandfrei identifizieren können, und das Lösegeld wurde nicht gefunden und tauchte auch in den folgenden Jahren nicht auf.«

In Emilios Kopf rumpelten ein paar Gedanken durcheinander und übereinander her, bis sie sich endlich in einer Reihe aufstellten. Ein Ring, der viele Jahre nach seinem Verschwinden wieder auftauchte! Und nun Lösegeld, das fast zwanzig Jahre lang wie vom Erdboden verschluckt gewesen war und mit einem Mal ans Tageslicht kam. Eine zufällige Ähnlichkeit der beiden Fälle? Oder hatten sie etwas miteinander zu tun?

»Der Tatverdächtige«, haspelte Giuseppe weiter, »ist dann wegen einer anderen Sache inhaftiert worden und bald darauf im Gefängnis gestorben. Nach einer Schlägerei! Dabei war das schon ein ziemlich alter Knacker...«

»Wie hieß er?«, fragte Commissario Fontana ohne Interesse.

Aber Giuseppes Antwort haute rein wie ein Windstoß in frisch frisiertes Haar. »Kolsky. Wilhelm Kolsky.«

Kinder bleiben immer Kinder. Sind Sie auch dieser Meinung? Selbst wenn sie erwachsen sind, macht man sich noch Sorgen, auch dann möchte man als Mutter wissen, wie sie ihr Leben gestalten, und helfen, wenn es Schwierigkeiten gibt. Die Kinder selbst reden dann ja gern von Neugier und Einmischung, die Sorgen ihrer Mutter können sie selten verstehen. Haben Sie Kinder? Dann wissen Sie ja, wovon ich rede. Dass Henrieke so verändert ist, muss doch einen Grund haben! Und ist es nicht ganz natürlich, geradezu selbstverständlich, dass ich diesen Grund kennen möchte? Sollte ich mich nicht sogar dazu verpflichtet fühlen, diesen Grund herauszufinden? Stellen Sie sich vor, sie hat sich frisch verliebt! Und ich leide nach wie vor unter der Sorge, sie könnte Dennis Appel heiraten wollen. Ein völlig sinnloses Leiden wäre das dann. Kinder sind ja so grausam, auch erwachsene Kinder. Sie halten gern mit einer Verlautbarung hinterm Berg, obwohl sie ihre Mutter damit glücklich machen könnten. Nur weil es vielleicht noch ein bisschen zu früh ist oder noch nicht hundertprozentig sicher oder weil sie Angst haben, dass man ihnen etwas ausreden will, was zurzeit ihr größtes Glück ist. Ich würde mich nicht einmal wundern, wenn Henrieke an diesem Tag beschlossen hat, von nun an bei mir in Siena zu wohnen, und glücklich ist, dass sie sich für ein Leben in Italien und nicht für ein freudloses Dasein an der Seite von Dennis Appel entschieden hat. Und das, ohne mich darüber in Kenntnis zu setzen! So was geht doch nicht, oder? Erst bei mir reinschneien, sich Neugier und Einmischung ohne Weiteres herausnehmen und sich dann jedes Interesse und jegliche Hilfe verbitten? – Genau! Ich bin erleichtert, dass Sie meiner Meinung sind. So geht's echt nicht. Also werde ich mal, wenn es sich gerade ergibt, an der Garderobe vorbeigehen und in die Tasche von Henriekes Jacke greifen…

Eine Hemmung blieb trotzdem, Tante Rosi zischte ihr zu, dass es sich nicht gehörte, neugierig zu sein, auch Clemens' Worte waren zu hören, wenn auch nur ganz leise. Aber Anna konnte dennoch nicht darüber hinweghören, dass auch er sie ermahnte. Dann jedoch gab ihr der Wissensdurst einen kleinen Schubs, der eigentlich Neugier hieß, manchmal sogar Vorwitz und Sensationslust, aber diesmal voller Selbstbewusstsein war, weil Anna sich eingeredet hatte, dass es ihr gutes Recht war zu wissen, was in ihrem Hause vorging. Wie sie dann mit dem umgehen würde, was sie herausgefunden hatte, war eine andere Sache. Dass es schwer war, über solche Erkenntnisse, die man durch Schnüffelei gewonnen hatte, notgedrungen schweigen zu müssen, schob sie beiseite. Und als sie in Henriekes Jackentasche griff, während ihre Tochter im Bad war, fühlte sie sich vollkommen im Recht. Besonders, als sie spürte, was sich dort verbarg. Eigentlich brauchte sie es gar nicht hervorzuholen, sie wusste auch, ohne es zu sehen, was sie entdeckt hatte. Obwohl sie es einerseits nicht glauben konnte und andererseits sogar für vollkommen unmöglich hielt.

Wie versteinert blieb sie stehen und zog ihre Hand erst aus der Jackentasche, als sie die Toilettenspülung hörte. Gleich würde die Badezimmertür sich öffnen! Dieser Gedanke holte sie aus ihrer Erstarrung. Sie fuhr herum, stieß die Schlafzimmertür auf und warf sie ins Schloss. In diesem Fall hätte sie sogar gerne den Schlüssel herumgedreht, aber das brachte sie dann doch nicht fertig. Sie riss die Schranktür auf, griff zu dem zuunterst liegenden Teil ihrer Bettwäsche, ohne darauf zu achten, dass alle anderen Bezüge nach hinten kippten und die, die sich auf dem Stapel halten konnten, nicht mehr glatt dalagen, wie Anna es von Tante Rosi gelernt hatte. Den lila Bettbezug warf sie achtlos aufs Bett, den Kopfkissenbezug betastete sie gründlich, ehe sie die Knopfleiste öffnete. Ihre Finger fuhren hinein, einmal, zweimal, immer wieder, dann stülpte sie ihn um. Aber es fiel nichts heraus. Der Ring war tatsächlich nicht mehr da. Wie war er in Henriekes Jackentasche gekommen?

Konrad Kailer erschien bei ihm, als Emilio gerade versucht war, doch den offiziellen Dienstweg einzuschlagen, damit er alles über die Kolskys herausfinden konnte, was die Polizei in allen Ländern dieser Welt gespeichert hatte. Nicht nur in Italien. Hier waren ja nur die Brüder Valentino und Filippo straffällig geworden, als sie sich einbildeten, sie könnten sich das kostbare Zarensilber unter den Nagel reißen. Dass er ausgerechnet Konrad Kailer zu seinem Verbündeten machen musste, gefiel ihm gar nicht, aber es half nichts. Wenn der etwas in Erfahrung gebracht hatte, was ihm weiterhalf, was auch Anna weiterhalf, dann durfte er es nicht zurückweisen. »Ach, Anna! Annina!«

Giuseppe rannte ständig rein und raus, kam immer wieder mit Neuigkeiten, die er sensationell fand, die aber letztlich dann doch nichts wert waren. Um in Ruhe mit Konrad Kailer reden zu können, musste Emilio raus aus der Questura. Giuseppe sollte nichts von dem Gespräch mitbekommen, damit Emilio anschließend überlegen konnte, was er von dem, was er zu hören bekommen hatte, verwenden wollte oder ob er es einfach unter den Tisch fallen ließ.

Es waren nur wenige Schritte von der Questura zum Campo. Über ihnen stand ein blauer Himmel, wolkenlos, die Sonne brannte zwar nicht mehr wie im Hochsommer, aber sie brauchten trotzdem ein schattiges Plätzchen. Matteo machte es möglich. Er erkannte auch gleich, dass sie nicht nur für Espresso und Insalata gekommen, sondern mit Ermittlungen befasst waren. Vermutlich hoffte er, dass der Commissario den Informationen nachging, die er ihm mit seinem Freund Vivaldo Avolio unterbreitet hatte. Es würde sein größtes Glück sein, wenn sich herausstellen sollte, dass seine Hinweise zu einem Ermittlungserfolg geführt hatten.

Eine Weile saßen sie da, betrachteten den muschelförmigen Platz, den Palazzo Publico, in dem die Stadtverwaltung von Siena untergebracht war, und den Torre del Mangia, der über hundert Meter hoch war, mit der kleinen Kapelle zu seinen Füßen, der Cappella di Piazza. Als Emilio merkte, wie Konrad Kailer in den Anblick dieser herrlichen Kulisse versank, konnte er ihn betrachten, ohne dass er es merkte. Der Mann hatte wirklich nichts Italienisches. Sein Körperbau war grobknochig, Hände und Füße waren viel zu groß. Emilio fragte sich, wie er in Italien Schuhe fand, die ihm passten. Die Sandalen, die er trug, wären keinem Italiener an die Füße gekommen, sie allein schon verrieten, dass er Deutscher war. Warum liebte Anna ihn? Diese Frage geisterte durch seinen Kopf. Unauffällig stellte er seine Valentino-Slipper neben Konrad Kailers Trekkingsandalen und konnte es nicht verstehen. Und dann diese behaarten Beine, die er unbefangen ausstreckte! Natürlich trug er wieder diese schrecklichen Bermudas, die ebenfalls nur Deutsche anzogen. Emilio konnte mit Mühe ein Kopfschütteln unterdrücken. Vielleicht sollte er Anna mal seine rasierten Waden zeigen...

Konrad Kailer hat sich sattgesehen an der Kulisse des Campos und wandte sich seinem Gesprächspartner zu. Emilio lächelte ihn an, und Konrad lächelte zurück. Vielleicht waren es seine freundlichen Augen, das Zuverlässige, das er ausstrahlte, was Anna gefiel? Seine Bermudas konnten es jedenfalls nicht sein.

»Ich habe einen guten Freund, ein paar Jahre jünger als ich und daher noch im Dienst. Er hat mir viel erzählen können.« Kailer lehnte sich zurück, sah zur Spitze des Turms, streckte die Beine noch ein bisschen weiter von sich und begann zu erzählen. Irgendwie... nett, Emilio konnte es nicht verhehlen. So, als wären sie Freunde. Als wäre es für ihn selbstverständlich, einem anderen einen Gefallen zu tun. Er berichtete von Wilhelm Kolsky, der mit sechzehn zum ersten Mal straffällig geworden war, und seiner Frau Polly, die bereits in dem Heim, in dem sie aufwuchs, ihre Mitschülerinnen bestohlen hatte. Die beiden waren sich während eines Raubzugs durch ein Warenhaus über den Weg gelaufen, in der Parfümerieabteilung in die Quere gekommen, hatten einander dann beim Ladendiebstahl beobachtet, die Tricks des jeweils anderen bewundert – und waren anschließend, mit Taschen voller geklauter Gegenstände, zusammen einen trinken gegangen. Schon am nächsten Tag wurden sie ein Paar, klauten von da an gemeinsam, wurden erwischt, kamen in Haft und heirateten, nachdem Wilhelm Kolsky entlassen wurde und Polly, die mit einer geringeren Strafe davongekommen war, ihn vor dem Gefängnistor erwartete. Die beiden Söhne kamen kurz darauf mit einem Abstand von wenigen Jahren zur Welt, ihre Namen verdeutlichten den Traum ihrer Eltern: eine sonnige Zukunft in Italien, am besten mit einem Hotel in Siena. Als die Eltern mal wieder beide in den Knast wanderten, diesmal zu langjährigen Haftstrafen verurteilt, landeten die Söhne im Heim. Dass sie die Laufbahn ihrer Eltern einschlagen würden, war zu erwarten gewesen. Das dritte Kind des Paares, ein Mädchen, kam im Gefängnis zur Welt, wurde der Mutter schon bald genommen und in die Pflege einer Verwandten gegeben.

»Auch sie hat einen italienischen Namen bekommen«, schloss Konrad Kailer leise. »Annina.«

Schweigend betrachteten sie daraufhin den *Fonte Gaia*, den Brunnen der Freude, nach dem das Restaurant benannt worden war, in dem sie saßen, mit der hohen Rückwand aus Marmor und der sich neigenden seitlichen Umrandung. Im Mittelpunkt die Madonna, daneben zwei Engel und vorne die beiden tierischen Statuen, denen sich die Tauben respektlos auf den Kopf gesetzt hatten, um von dem Wasser zu trinken, das aus ihren Mäulern sprudelte.

Es dauerte eine Weile, bis Emilio sich von seiner Überraschung erholt hatte. »Seit wann ist Ihnen klar, dass Anna eine geborene Kolsky ist?«

»Schon lange. Sie wissen doch, ich mache für meinen Sohn die Büroarbeit. Anna hat natürlich einen Vertrag mit Levi geschlossen, Anna Wilders geborene Kolsky.« Konrad Kailer schickte ein Lächeln zum *Fonte Gaia*, das ein bisschen traurig, ein bisschen tapfer und voller Resignation war. So, als wollte er zeigen, wie schwer es für ihn war, eine Frau mit dieser Vergangenheit zu lieben, als wollte er aber unbedingt nur die Anna sehen, die von ihrer Tante erzogen worden war und mit ihrer kriminellen Sippschaft nichts zu tun hatte, und als wollte er Emilio anvertrauen, dass die Liebe eine Macht war, der niemand entkommen konnte.

»Anna weiß es nicht?«

Konrad Kailer schüttelte den Kopf. »Meinen Freund bei der deutschen Kriminalpolizei habe ich übrigens schon einmal kontaktiert, um mehr über Annas Familie zu erfahren. Aber damals hat er mir nichts von dem unaufgeklärten Fall erzählt, der mit dem Namen Kolsky in Verbindung steht. Mit Heinrich Kolsky.«

Matteo hielt ihnen die Weinkarte vor, obwohl er eigentlich wissen musste, dass der Commissario um diese Zeit noch keinen Alkohol trank. Kailer bestellte, ohne auf die Karte zu schauen, ein Bier.

So sympathisch er Emilio in diesen Minuten geworden war, ein Bier auf der Piazza del Campo ging nun wirklich nicht. Er selbst bestellte einen leichten Weißwein, gut gekühlt. Matteo wedelte den Tisch sauber, obwohl er es nicht nötig hatte, rückte die beiden unbesetzten Stühle zurecht und schob den Ständer mit der Speisekarte hin und her, ehe er ging, um die Bestellung auszuführen. Er war also nur an den Tisch getreten, um etwas von ihrem Gespräch mitzubekommen.

Aber Emilio wartete, bis er gegangen war, ehe er fragte: »Annas Vater?«

»Nein, der hieß Wilhelm. Heinrich Kolsky war sein Bruder, Annas Onkel.«

»Vom gleichen Schlag wie der Rest der Familie?«

Kailer verzog das Gesicht und wiegte zweifelnd den großen Kopf. »Gesessen hat er jedenfalls nie.« Heinrich Kolsky sei sogar das Opfer des unaufgeklärten Falles gewesen. »Anscheinend ein wohlhabender Mann. Jedenfalls konnte er es sich leisten, ein Gemälde im Wert von vierhunderttausend Euro zu kaufen. Er war Witwer und hatte eine junge, sehr anspruchsvolle Freundin. So jung, dass sie wohl kaum etwas anderes als das Geld von Heinrich Kolsky im Auge hatte, als sie sich mit ihm einließ. Anscheinend war sie kunstverrückt und wünschte sich nichts sehnlicher als ein Bild von Canaletto. Dass der Alte die vierhunderttausend Euro, die das Bild kosten sollte, bezahlen konnte, wusste sie wohl.« Konrad

Kailer kratzte sich am Kinn. »Vierhunderttausend ist ein Schnäppchen für einen Canaletto.«

Das wusste Emilio. In einer seriösen Galerie hatte er diesen Schinken nicht gekauft, so viel stand fest.

Kailer hatte denselben Gedanken. »Das Bild musste bar bezahlt werden, hat Kolsky damals der Polizei erklärt. Also vermutlich Hehlerware.« Kailer lachte auf. »Aber davon will der gute Mann nichts gewusst und nicht einmal etwas geahnt haben.« Er unterband mit einer Handbewegung Emilios Überlegungen, ob er je etwas vom Raub eines Canaletto-Gemäldes gehört hatte. »Es geht um etwas anderes. Heinrich Kolsky wurden die vierhunderttausend Euro gestohlen, noch ehe er das Bild kaufen konnte.«

Angeblich hatte er das Geld am Tag zuvor von der Bank geholt und es über Nacht im Schreibtisch aufbewahrt. Aber als er es gegen Mittag herausnehmen wollte, war es weg. Die Putzfrau geriet unter Verdacht, aber der Diebstahl konnte ihr nicht nachgewiesen werden. Auch die junge Freundin wurde überprüft, doch sie kam als Täterin nicht infrage. So wütend war sie, weil aus der Anschaffung des Canalettos nun nichts wurde, dass sie mit Heinrich Kolsky einen Streit begann, der ihn schrecklich aufregte. Sie warf ihm vor, leichtsinnig mit dem Geld umgegangen zu sein, und zeterte stundenlang herum, weil sie durch seine Dummheit nun auf den Canaletto verzichten musste. Als Kolsky die Ahnung beschlich, dass er demnächst wohl nicht nur auf das Geld, sondern auch auf seine junge Freundin würde verzichten müssen, zeigte ihm sein Herz-Kreislauf-System, dass er bei Weitem nicht mehr so jugendlich war, wie er sich seit der Eroberung der jungen Freundin fühlte. Einem Streit wie diesem war es jedenfalls nicht mehr gewachsen. Heinrich Kolsky erlitt schon am nächsten Tag einen Herzinfarkt und starb.

»Der Fall wurde nie aufgeklärt«, schloss Konrad Kailer. »Eine merkwürdige Sache. Die Nachforschungen der Polizei ergaben nämlich, dass Kolsky gar kein Geld von der Bank geholt hatte. Er musste die Kohle irgendwo versteckt haben.«

»Also dreckiges Geld.«

»Die Kollegen haben alles auf den Kopf gestellt, was Heinrich Kolsky gehörte, und zweihunderttausend Euro gefunden. Ich weiß nicht, wo. Aber offenbar in einem guten Versteck. Der Verdacht lag nahe, dass dort auch die vierhunderttausend Euro gelegen hatten.« Er schlug sich vor die Stirn. »Insgesamt sechshunderttausend Euro! Das stinkt doch zum Himmel!«

Matteo schien schon eine Weile hinter ihnen gestanden zu haben, als er nun das Bier und den Wein kredenzte. Hatte er sie etwa belauscht? Dummerweise bekam er mit, dass Kailer sagte: »Die Kollegen haben schnell gemerkt, dass die Scheine fortlaufend nummeriert waren.«

Matteo stellte das Weinglas so nachlässig ab, dass Emilio ein Schluck auf die Hose schwappte. Er rückte ärgerlich zurück. Sollte er nun den Rest des Tages in einer fleckigen Hose zubringen? Wie sah das aus?

Matteo entschuldigte sich wortreich und wischte ausgiebig an Emilios Hose herum, aber Fontana hatte den bösen Verdacht, dass es ihm dabei vor allem darum ging, mehr von dem Fall mitzubekommen, über den sie redeten. Fortlaufende Nummerierung von Geldscheinen! Das kannte er doch! Signor Avolio würde vermutlich bald Besuch von seinem Kumpel Matteo bekommen. Und dann würden die beiden sich gemeinsam darüber freuen, dass der Commissario augenscheinlich schwer mit dem Fall befasst war, der durch die Aufmerksamkeit des Autohändlers ins Rollen gekommen war. Aber sollte Emilio ihm etwa verraten, dass es in diesem Fall um etwas anderes ging?

Konrad Kailer nahm Matteo nur am Rande wahr. »Ein alter Entführungsfall«, sagte er. »Sechshunderttausend sind damals gezahlt worden, das Geld ist nie wieder aufgetaucht. Die vierhunderttausend, die für den Canaletto gezahlt werden sollten, sind auch nie wieder gesehen worden.«

Anna umfasste ihre Handtasche mit beiden Armen und presste sie an den Körper. Sie wartete vor einem Stand des Mercato Centrale und wagte es nicht, die Tasche abzustellen und ihre Geldbörse hervorzuholen. Als der Händler sie endlich nach ihren Wünschen fragte, schüttelte sie den Kopf, als hätte sie es sich anders überlegt, und drängte sich zwischen den Besuchern der Markthalle wieder nach draußen. Frische Luft! Tief atmete sie ein und pustete die Luft aus aufgeblasenen Backen wieder heraus. Um sie herum herrschte lebhaftes Treiben. Touristen schlängelten sich in das Gedränge und achteten mehr auf die Kameras, die sie um den Hals hängen hatten, als auf ihre Mitmenschen, Hausfrauen mit großen Einkaufstaschen ließen keinen Zweifel daran, was sie von denen hielten, die die Markthallen nur besichtigen und fotografieren wollten. Anna bahnte sich, nun sehr entschlossen, den Weg nach draußen, durch die Menschen, die in die Markthallen drängten, und versuchte, ein Gesicht zu ziehen, als hütete sie in ihrer Tasche nicht mehr als Lippenstift und Puderdose und ein bisschen Kleingeld. Sie war froh, als sie auf der Via Nazionale angekommen war und das Gefühl hatte, nicht mehr beachtet zu werden. Ihren Wagen hatte sie in der Tiefgarage des Bahnhofs abgestellt, dort war er sicher. Diese Garage wurde gut bewacht.

Allmählich entspannte sie sich. Als sie den Aufzug bestieg, saß ihr die Angst zwar noch im Nacken, aber sie hatte die Farbe gewechselt. Aus grellrot war marzipanrosa geworden. Als sie den weißen Fiat sah, konnte sie ihre Tasche sogar über die Schulter hängen. Als sie den Wagen geöffnet und sich in den Sitz hatte fallen lassen, drückte sie zunächst den Knopf, der die Fahrertür wieder verschloss. Dann erst öffnete sie die Tasche und warf einen langen Blick hinein, als wäre es möglich, dass sich der Inhalt auf dem Rückweg verändert hatte. Aber der dicke Umschlag steckte noch so in der Tasche, wie sie ihn hineingeschoben hatte, festgeklemmt zwischen einem Taschenspiegel und der Mappe mit den Fahrzeugpapieren. Sie sah sich um, erblickte zwei junge Männer, die verdächtig lange brauchten, um ihr Auto aufzuschließen. Oder aber…

hielten sie nach Frauen Ausschau, von denen keine Gegenwehr zu erwarten war? Sie holte den Umschlag nicht heraus, obwohl sie sich gerne vergewissert hätte, dass es kein Traum gewesen war, den sie erlebt hatte, sondern Wirklichkeit. Aber besser, sie ließ alles so, wie es war. Vorsichtshalber hielt sie die Fahrertür geschlossen, überprüfte, ob auch die Beifahrertür verschlossen war, stellte dann die Tasche in den Fußraum und legte den Schulterriemen über den Schaltknüppel. So konnte nichts passieren. Und das Telefonat mit Valentino würde sie erst später führen. Vielleicht auf einer Raststätte, wo sie einerseits ungestört und andererseits nicht allein war. Sie legte den ersten Gang ein und folgte den Schildern »Ausfahrt«.

Als sie später von der A1 abfuhr und sich neben einer Raststätte einen Parkplatz in der Nähe von drei Wohnanhängern suchte, wurde sie ruhiger. Die deutschen Familien waren mit der Zubereitung einer Zwischenmahlzeit beschäftigt, die Kinder tobten herum, die Väter sorgten dafür, dass kein Ball auf dem gedeckten Campingtisch landete, die Mütter holten Plastikdosen nach draußen, die wohl noch in Deutschland gefüllt worden waren. Anna fühlte sich sicher.

Während sie das Handy hervorholte und Valentinos Nummer wählte, ließ sie trotzdem die Tasche nicht aus den Augen, obwohl der Wagen abgeschlossen und der Schulterriemen nach wie vor um den Schaltknüppel gebunden war.

Valentinos Stimme klang mehr erschrocken als erfreut. »Annina! Was gibt's?«

Anna hielt sich nicht mit Freundlichkeiten und Erklärungen auf. »Du hast nicht mit dem Händler geredet, Tino. Du hattest es mir versprochen.«

»Ich habe dir gesagt, dass ich den Mann noch nicht erreichen konnte. Er geht nicht ans Telefon. Ich habe es schon mehrmals versucht.«

»Sag endlich die Wahrheit, Tino.«

»Was für eine Wahrheit?«

»Stell dich nicht dümmer, als du bist. Das hat schon früher nicht geklappt, wenn du von der Polizei verhört wurdest.«

»Ich verstehe nicht...«

»Du verstehst nicht, wovon ich rede? Ich habe schon bei unserem letzten Telefonat gemerkt, dass was nicht stimmt. Du warst so... komisch.«

Ein Ball knallte gegen die Seitenscheibe ihres Wagens, ein erschrockenes Kindergesicht tauchte neben ihr auf, das Schimpfen des Vaters kam herüber.

»Ich habe gemerkt, dass du den Hehler gar nicht anrufen wolltest.«

Der kleine Junge stand mit seinem Ball im Arm noch neben Annas Auto und sah sie schuldbewusst an.

»Ich dachte, du wärst in Sorge um mich, du wolltest nicht, dass ich etwas verkaufe, was mir nicht gehört, ich dachte, du wolltest mich aus dem Milieu heraushalten.«

Anna ließ die Seitenscheibe herunter und ermöglichte dem Jungen, seine Entschuldigung loszuwerden. »Du hast es ja nicht böse gemeint«, beruhigte sie ihn.

»Genau!«, rief Valentino erleichtert. »Natürlich habe ich es nicht böse gemeint. Es ist nur... du musst das verstehen...«

Anna sah dem Jungen hinterher, der zu seinen Eltern lief und ihnen versicherte, dass er sich entschuldigt habe und ihm verziehen worden sei.

»Was muss ich verstehen?«

»Das mit dem Ring... das ist etwas ganz Besonderes. Du weißt, dass ich dich nie belügen oder betrügen würde. Eigentlich...«

Eigentlich? Valentino wollte vorher mit dem Händler einen Anteil für sich aushandeln? Anna schnaubte verächtlich. Das sah ihm ähnlich.

»Der Ring hat mich zwei Jahre meines Lebens gekostet. Und Filippo auch.«

In diesem Augenblick änderte sich etwas. Als Anna den Laden des Hehlers in einem Hinterhof der Via Sante Reparata verlassen hatte und zum Mercato Centrale gegangen war, um sich vor ihrer Heimfahrt nach Siena ein wenig Obst zu kaufen, hatte in ihr ein Gefühl getobt, das Triumph hieß. Es hatte die Angst niedergebissen und dafür gesorgt, dass Staunen und Misstrauen nur Bodensatz blieben. Als sie sich nicht getraut hatte, vor dem Obststand ihre Tasche zu öffnen, war die Angst jedoch gewachsen und der Triumph kleiner geworden. Und auf der Autobahn hat der Triumph seine liebe Mühe gehabt, immer wieder darauf hinzuweisen, dass etwas gelungen war, ohne dass Anna Hilfe nötig gehabt hatte. Es hatte ausgereicht, den Namen ihrer Brüder zu nennen, und der Hehler, der sich Juwelier nannte, hatte seine Ladentür abgeschlossen und war mit ihr in einen Hinterraum gegangen, der vollgestopft mit Waren gewesen war. Hehlerware vermutlich. In diesem Augenblick war der Triumph erwacht, aber nun war es, als hätte Valentino einen Verschluss geöffnet, der Triumph verließ sie, Angst und Misstrauen flogen hinterher. Übrig blieb eine böse Ahnung, die zu einer großen Fassungslosigkeit wurde. Konturlos, verschwommen, diffus, wie hinter einer Nebelwand.

»Der Richter wollte nicht glauben, dass der Ring nicht zu unserer Beute gehört hat.«

»Welcher Ring?« Anna merkte, dass sie eine der Campingmütter anstarrte, als überlegte sie, wie sie an deren Leberkässemmel kommen könnte. Die Frau sagte etwas zu ihrem Mann, der nun ebenfalls misstrauisch herüberblickte und seine Ellbogen ausfuhr, als wollte er nicht nur seine Familie, sondern auch die Leberkässemmeln und den Krautsalat mit seinem Leben verteidigen.

Beinahe hätte Anna ihre Frage wiederholt, aber das erledigte schon Valentino selbst. »Welcher Ring? Der Ring, von dem du mir erzählt hast, natürlich. Ich habe ihn sofort erkannt. Er ist derart außergewöhnlich, dass ich nicht den geringsten Zweifel hatte. Von Anfang an.«

»Der Ring«, flüsterte Anna und fühlte eine Schwäche herannahen, die ihr Angst machte. Wurde sie etwa ohnmächtig?

»Filippo und ich, wir müssen den Ring auf der Flucht aus dem

Auktionshaus verloren haben, das ist die einzige Erklärung. Aber das hat uns niemand geglaubt, weil der Ring nicht auffindbar war. Also hat der Richter uns unterstellt, ihn beiseitegeschafft zu haben, um später, wenn wir draußen sind, Kohle für einen Neuanfang zu haben.«

»Aber das stimmte gar nicht.« Anna gab diesen Satz tonlos von sich, weil es ihr so vorkam, als würde eine ähnliche Zustimmung von ihr erwartet.

»Nein, das stimmte nicht. Jemand muss ihn damals gefunden und in die Tasche gesteckt haben. Vielleicht einer der Mitarbeiter des Auktionshauses.« Valentinos Stimme war voller Bitterkeit. Selbst nach vielen Jahren schien er noch darunter zu leiden, zwei Jahre seiner vielen Haftstrafen unschuldig abgesessen zu haben. »Dieser Ring ist eine Nummer zu groß für dich, Annina! Deswegen habe ich nicht mit dem Hehler verhandelt. Es ist besser, du hältst dich da raus. An der Sache ist etwas faul, das habe ich dir gleich gesagt. Wie kommt so ein Ring in das Fluchtauto von Bankräubern? Und vor allem: Warum verhält sich die Polizei so merkwürdig? Dass dieses Auto, in dem du einen Ring von unschätzbarem Wert gefunden hast, nicht erkennungsdienstlich behandelt worden ist, muss einen Grund haben. Ich sag's dir noch einmal: Da stimmt was nicht. Für so was habe ich einen Riecher.« Seine Stimme war immer lauter geworden, er sprach immer schneller, geradezu hektisch. »Nur deshalb habe ich das getan, Annina. Ich hätte dich natürlich beteiligt. Später! Ich will ja auch, dass das Hotel in Siena ein schönes Haus wird, das immer ausgebucht ist.«

»Was ... hast du getan?« Anna konnte es nur flüstern.

»Den Ring ...« Valentino, der immer ohne mit der Wimper zu zucken und im Brustton der Überzeugung die Polizei belogen hatte, geriet ins Stocken. Seine Schwester liebte er, das wusste Anna, und ein kleiner Rest von Anstand sagte ihm wohl, dass man einen Menschen, den man liebte, nicht belügen durfte. »Es war nicht gut, dass er in deiner lila Bettwäsche steckte. Das war zu gefährlich.«

»Woher weißt du...?« Anna verschlug es die Sprache.

»Jeder in der Familie wusste von deiner lila Bettwäsche. Nur Clemens nicht. Das war auch gut so.«

»Du hast...« Annas Atem ging keuchend, als hätte sie einen Marathonlauf hinter sich. »Aber dein künstliches Knie...«

»Nein, ich habe dir den Ring nicht weggenommen. Aber ich habe dafür gesorgt, dass dir dieser Ring nicht zum Verhängnis wird. Das war meine Pflicht.«

»Deine Pflicht?« Anna schrie, dass eine der Campingmütter zusammenzuckte und tadelnd zu dem weißen Fiat blickte. »Du hast mir den Ring geklaut! Du Egoist! Du willst ihn verscherbeln. Wahrscheinlich hast du schon längst einen Hehler gefunden, der dir den Höchstpreis zahlt.«

»Achthunderttausend sind mir versprochen worden, Annina! Stell dir das vor. Vierhunderttausend natürlich für dich!«

Der Hehler hatte sie also übers Ohr gehauen. Er hatte ihr nur die Hälfte von dem gezahlt, was Valentino bekommen hätte. Wehklagend hatte er die Scheine hingeblättert und sich immer wieder gefragt, warum er nur so dumm sei. Angeblich hatte er ihr nur deshalb so viel gezahlt, weil sie die Schwester von Valentino Kolsky war, der oft voller Stolz von ihr erzählt hatte.

»Du hättest mir die vierhunderttausend nie freiwillig gegeben. Du bietest sie mir jetzt nur an, damit ich Ruhe gebe und dich nicht verpfeife.«

»Du würdest mich verpfeifen?«

Anna konnte sich nicht vorstellen, jemals so etwas zu tun. Aber... genauso wenig hatte sie sich vorstellen können, dass Valentino sie bestahl. »Steck dir die vierhunderttausend sonst wohin. Die habe ich auch so bekommen. Ganz ohne deine Hilfe.«

»Was soll das heißen? Du hast sie...« In Valentinos Stimme schrillte nun die Hysterie. Wäre er eine Frau gewesen, hätte er Gläser zum Klirren bringen können. »Von wem?«

»Von dem Hehler in Florenz.«

»Aber... woher... wieso...?«

»Du meinst, ich habe den Ring nicht mehr? Doch, ich habe ihn. Oder vielmehr... ich hatte ihn. Jetzt hat ihn der Hehler.« Sie startete den Motor, ihr Daumen schwebte bereits über dem roten Knopf des Handys. »Dass du Henrieke in diese Sache hineingezogen hast, werde ich dir nie verzeihen. Was hast du ihr versprochen, damit sie mir den Ring wegnimmt?«

»Henrieke?« Valentino kreischte, als ginge es um seinen Kopf. »Henrieke hat damit nichts zu tun. Ich würde doch niemals deine Tochter... meine Nichte...«

»Wer dann?«

Sie ließ den Wagen anrollen, entschlossen, nur bis zur Auffahrt auf die Autobahn zu warten. Dann würde sie das Telefonat beenden, auch wenn Valentino noch nicht geantwortet hatte.

Ihr Bruder schien zu spüren, dass die Zeit für Ausflüchte nicht reichen würde. Seine Stimme war nun wieder so wie immer, nicht mehr schrill, sondern dunkel, aber noch nicht wieder so spöttisch, wie er sonst gern redete. Sie war ernst und sogar ein bisschen traurig. »Dennis Appel.«

Scroffa stürzte direkt nach der Mittagspause in Emilios Büro, als dieser noch nicht entschieden hatte, ob er seinem Schlafbedürfnis nachgeben sollte oder nicht. Nur gut, dass ihm die Augen noch nicht zugefallen waren.

»Was ist eigentlich mit dem weißen Fiat? Wann wird der endlich zurückgetauscht?«

Aha! Dem Polizeipräsidenten war also endlich aufgefallen, dass es einen Bürger komisch anmuten mochte, wenn die Obrigkeit so lässig mit einem Kapitalverbrechen umging? Oder hatte am Ende sogar der Minister gemerkt, dass dem Staat mehr Sorgfalt gut zu Gesicht stehen würde?

»Fährt diese Frau etwa immer noch mit dem Fiat des *GIS* herum?«

Erst mal korrigierte Emilio: »Das weiß sie nicht. Für sie ist das ein Wagen, der von Bankräubern benutzt wurde. Sie fragt sich übrigens, wann die anderen beiden endlich geschnappt werden.« Er erlaubte sich ein kleines Lächeln.

»Das geht diese Frau nichts an«, fauchte Scroffa. »Der Minister will, dass die Autos endlich ausgetauscht werden.«

Fontana lehnte sich bequem zurück, ehe er antwortete: »Das ist längst passiert. Wussten Sie das nicht?«

Solche Fragen konnte Scroffa nicht leiden. Wer ihn damit konfrontierte, würde immer etwas zur Antwort bekommen, was sich so anhörte, als wüsste er über alles bestens Bescheid.

»Stehe ich ständig im Kontakt mit der *GIS*? Ich habe schließlich noch eine Menge anderes zu tun.«

Das bestätigte Emilio scheinheilig, aber Scroffa bemerkte zum Glück nicht, dass er sich über ihn lustig machte. »Das dachte ich mir. Deswegen habe ich Sie mit der Angelegenheit nicht behelligt.«

Das waren genau die Antworten, die sein Chef gerne hörte. »Mit wem haben Sie das geregelt? Etwa mit …?« Seine Stimme bekam dieses Vibrieren, das immer dann zu hören war, wenn er eigentlich gern die Hacken zusammengeschlagen und salutiert hätte. »Mit ganz oben?«

»Natürlich nicht. Dann hätte ich doch den Dienstweg eingehalten. Mit ganz oben können selbstverständlich nur Sie selbst reden.« Emilio war zufrieden. An diesem Tag hatte er einen guten Lauf. Scroffa sah beinahe so aus, als wollte er ihn belobigen. »Ich habe das mit Lorenzo Graziano geregelt. Anna Wilders hat nun ihr eigenes Auto wieder, und Lorenzo hat sich darum gekümmert, dass der andere Fiat dorthin kommt, wo er hingehört.«

»Bravo!« Scroffa freute sich schon auf das Gespräch, das er mit dem Polizeipräsidenten oder vielleicht sogar mit dem Minister führen durfte. Dynamischen Schrittes verließ er das Büro und warf die Tür ins Schloss, dass der kleine Kaktus auf der Fensterbank, den

Emilio von seiner Mutter geschenkt bekommen hatte, so lange zitterte, bis Giuseppe hereinkam.

Das traf sich gut. »Finden Sie heraus, wo dieser Dennis Appel wohnt. Ich hoffe, er logiert in einem Hotel oder hat sich eine Ferienwohnung genommen. Wenn er privat irgendwo untergekrochen ist, könnte es schwierig werden.«

Giuseppe hatte seinen alten Arbeitseifer wiedergewonnen. Im Nu war er verschwunden und hatte die Tür mit einem Schwung ins Schloss geworfen, dass Emilio sich Sorgen um seinen Kaktus machen musste, der aus dem Vibrieren gar nicht wieder rauskam.

Er drehte den Stuhl zum Fenster, lehnte sich zurück und schloss die Augen. Santo Dio, was für eine Konfusion! Er musste unbedingt in Ruhe rekapitulieren, damit er die Fakten nicht durcheinanderwarf...

Annas Vater war also verdächtigt worden, der Entführer der Fabrikantentochter zu sein und sechshunderttausend Euro als Lösegeld bekommen zu haben. Aber in Wirklichkeit war es sein Bruder, ein bis dahin unbeschriebenes Blatt. Oder? Möglich auch, dass er Wilhelm Kolskys Helfershelfer gewesen war und das Geld nur in Sicherheit gebracht hatte. Nach dem Tod seines Bruders war er dann zu der Ansicht gekommen, dass er es nun selbst verbrauchen könne. Die Söhne Valentino und Filippo wussten womöglich nichts von dem Vermögen, sonst hätten sie es sicherlich beansprucht. Dass das Lösegeld mit fortlaufend nummerierten Scheinen bezahlt worden war, hatte der Entführer entweder nicht gemerkt oder er war der Meinung gewesen, dass nur genug Gras über die Sache wachsen müsse, damit sich niemand mehr daran erinnerte. Entscheidend war in einem solchen Fall natürlich auch, wie mit dem Geld umgegangen worden war. Wer schaute schon auf die Nummern von Geldscheinen? Wenn sie unauffällig unter die Leute gebracht wurden, merkte niemand etwas. Es war ein Fehler von Heinrich Kolsky gewesen, so einen hohen Betrag mit diesem Geld bezahlen zu wollen. Oder hatte er es nicht gewusst? Hatte er der Nummerierung keine Beachtung geschenkt? Der Verkäufer des Canaletto hätte vermutlich die Geldscheine gar nicht angenommen, wenn es zum Kauf gekommen wäre. Kriminelle ließen von Geldscheinen, die fortlaufend nummeriert waren, immer die Finger.

Wo war das Geld geblieben, nachdem es Heinrich Kolsky aus dem Schreibtisch geklaut worden war? Und warum tauchte es jetzt mit einem Mal wieder auf? Möglich natürlich, dass schon viele Geldscheine unbemerkt in Umlauf gebracht worden waren. Der Dieb musste ein rechter Idiot sein. Einem italienischen Autohändler zehntausend Euro hinzublättern und noch zweitausend draufzulegen, damit er sich auf den Deal einließ, war schon ziemlich dumm. Ein Autohändler war normalerweise mit allen Wassern gewaschen, das hätte er sich sagen müssen. Der schaute sich solche Scheine genau an, damit hätte dieser Dennis Appel rechnen müssen. Da wäre sogar der Verkäufer eines deutschen Autohauses misstrauisch geworden, obwohl es in Deutschland keine Obergrenze für Bargeld gab.

Santo Dio, was waren das für Verhältnisse! Anna mochte noch so solide erzogen worden sein, das Kriminelle schien ihr zu folgen, ob sie es wollte oder nicht. Sogar heute noch und als Gefahr, die von einer ganz anderen Seite kam. Von Dennis Appel! Dass er von Anna nicht gesehen werden wollte, wusste Emilio Fontana. Das hatte er auf dem Campo selbst beobachtet. Aber ... kannte Appel damals, als der Diebstahl geschah, seine Freundin schon? Nun, das ließ sich recherchieren. Hatte er mitbekommen, dass Henriekes Großonkel viel Geld in seinem Schreibtisch aufbewahrte? Ein Typ wie dieser Appel hatte für so was einen sechsten Sinn. Dann war es schlau von ihm gewesen, die Kohle zu verstecken, unangetastet zu lassen und sie erst jetzt, Jahre später, in Umlauf zu bringen. Sehr umsichtig! Andererseits passte dazu nicht die plumpe Art, mit der er nun vorgegangen war. Aber dass es Dennis Appel gewesen war, der sich ein Auto kaufen wollte und bei Matteo im *Fonte Gaia* mit drei Hundert-Euro-Scheinen bezahlt hatte, stand fest. Emilio Fontana hatte ein Foto von ihm gefunden – er war ja bereits eine kleine Nummer im Strafregister –, hatte es ausdrucken lassen und Giuseppe zu Matteo und ins Autohaus Avolio geschickt. Dennis Appel war zweifelsfrei erkannt worden. Nun musste Giuseppe nur herausfinden, wo er in Siena wohnte. Emilio rieb sich die Hände. Dann würde er ihm einen Besuch abstatten, der Appel nicht gefallen würde.

Auf dem Parkstreifen gegenüber des *Albergo Annina* gab es keinen freien Platz mehr. Zwischen und hinter den abgestellten Autos standen Touristen, die die Basilica di San Francesco fotografierten, die sich vor einem blauen Himmel erhob. Von hier aus, mit dem würdigen Abstand, der sie größer und schöner machte, wurde sie oft aufgenommen. Der Spätnachmittag hatte seinen Weichzeichner angesetzt, das grelle Sonnenlicht war milde geworden, prunkendes Himmelsblau zierte sich mit aufsteigenden Wölkchen. Die Lieferwagen der Teppichfirma standen in der Via Valdambrino wie zwei Störenfriede, die die Idylle verdarben. Dazu drang aus den offenen Fenstern des *Albergo Annina* Lärm, das Klappern von Gerätschaften, Schritte und Stimmen, die manchmal laut und ärgerlich klangen. Die Idylle war angekratzt. Die Touristen, die einsehen mussten, dass es auch in einer Stadt wie Siena ein normales Arbeitsleben gab, runzelten unzufrieden die Stirn. Alltag hatten sie nicht gebucht, nur Historie vor blauem Himmel.

Das klapprige Auto von Signor di Rossi, der am Ende der Straße wohnte, kam Anna entgegen. Sie trat aufs Gaspedal und schaffte es, vor ihm links abzubiegen, auf ihren Abstellplatz neben dem Haus. Signor di Rossi hupte, wie er es immer tat, zankte durchs geöffnete Fenster, ebenfalls wie immer, und ließ das Lenkrad los, um sich mit beiden Händen die Haare zu raufen, ehe er laut schimpfend wieder Gas gab. Anna lachte hinter ihm her. Sie nahmen sich gern gegenseitig die Vorfahrt und freuten sich dann an der Empörung des anderen. Anna dachte kurz an den Nachbarn in Stuttgart, der sich einmal unterstanden hatte, für ein paar Minuten den Parkplatz zu benutzen, für den Clemens eine monatliche Miete zahlte. Die nachbarschaftlichen Beziehungen hatten sich von diesem unerhörten Zwischenfall nie erholt und waren von da an unterkühlt geblieben. Für Clemens Wilders waren Verstöße gegen Recht und Ordnung, mochten sie auch noch so banal sein, inakzeptabel. Das vorsätzliche Übertreten einer Verkehrsvorschrift, auch wenn sie niemanden gefährdete, war für ihn kaum weniger schlimm als die körperliche Bedrohung eines Bürgers, um sich selbst zu bereichern, oder gar nackte Gewalt. Also das, was Annas Eltern und Brüder so häufig getan hatten, dass sie den größten Teil ihres Lebens im Gefängnis verbracht hatten.

Als Anna ums Haus herumging, um ihre Wohnung über die Terrasse zu betreten, wurde ihr mal wieder klar, wie sehr sie von Clemens geliebt worden war. Dass er die Tochter und Schwester von notorischen Kriminellen geheiratet hatte, musste für ihn wie der Sprung über einen riesigen Schatten ins Nichts gewesen sein. Anna schickte ein Stoßgebet zum Himmel, man möge Clemens, wenn er dort oben von einer Wolke auf sie herabsah, die Augen verbinden, damit er nicht mitbekam, was seine Witwe sich zuschulden kommen ließ, ohne dass er es verhindern konnte.

Anna merkte, dass sie mal wieder nach Schlupfwinkeln fahndete, dass sie sich in gedankliche Ecken verkrümelte, wo ihre drängendsten Probleme nicht hinkamen, und nach Auswegen suchte, auf denen ihr alles, was sie belastete, nicht folgte. »Stell dich, Anna«, murmelte sie vor sich hin. Es brachte nichts, Erkenntnisse, Probleme und Enttäuschungen zu verdrängen, man musste sie angehen, bekämpfen und besiegen. Das hatte sie doch gelernt, sonst wäre ihr der Aufbruch in Stuttgart nicht gelungen. Sie hatte Mut bewiesen, als sie in Siena darangegangen war, den Traum ihrer Eltern zu verwirklichen. Von diesem Mut musste doch noch was übrig sein!

Sie merkte schon, dass die Stimmung im *Albergo Annina* schlecht war, als sie die Küche betrat. Henriekes Stimme war zu hören, laut und schrill, dschungelgrün und zitronengelb, die Antworten der Teppichverleger klangen nicht gerade freundlich, wie braunes, brüchiges Leder. Hatte ihre Tochter etwas an der Arbeit zu beanstanden? Fühlten sich die Handwerker zu Unrecht kritisiert? Es war nicht auszuschließen, dass Henrieke so schlecht gelaunt war, dass es ihr heute niemand recht machen konnte. Sicherlich hatte sie, nachdem Anna gegangen war, ein weiteres Mal in die Tasche ihrer Jacke gegriffen – und diesmal ins Leere.

Anna trug ihre Tasche ins Schlafzimmer, riss eilig die Schranktür auf und warf sie zu ihrer Flipflop-Auswahl, die sich am Boden des Schranks tummelte. Nicht in Reih und Glied, wie Clemens es verlangt hätte, sondern in einem kunterbunten Durcheinander. Die große Tasche verbarg mindestens drei bis vier Paare, aber Clemens hätte trotzdem die Frage gestellt, warum eine Frau so viele Flipflops brauchte, wo doch ein einziges Paar weiß Gott gereicht hätte.

Sie ging in die Diele zurück, als Henrieke sie gerade von der anderen Seite betrat. Das Fröhliche, Unbekümmerte war von ihr abgefallen. Schlimmer! Es war einem Groll gewichen, der ihren Blick hart und ihr Gesicht um zehn Jahre älter gemacht hatte. Die Teppichverleger hatten ihre Schwärmerei vom Vormittag garantiert vergessen. Das Lächeln war aus Henriekes Augen gefallen, die Mundwinkel schienen sich nie wieder heben zu wollen.

»Was ist los?«, fragte Anna und bemühte sich um einen lockeren Ton. Sollte Henrieke eine Ahnung haben, wo ihr Ring geblieben war, dann würde ihre Mutter jetzt alle Kraft aufbieten müssen, um sie davon abzubringen.

Henriekes Kinn schob sich hoch, ihr Mund sah aus wie der von Lehrer Lämpel, bevor er zu seinem Rohrstock griff. »Die Handwerker!«, stieß sie hervor. »Ich habe einen von ihnen in der Küche erwischt.«

»Was ist daran schlimm?« Anna steckte vorsichtshalber den Kopf in den Kühlschrank, um Henrieke nicht ansehen zu müssen. Wäre sie gefragt worden, was sie suchte, hätte sie keine Antwort geben können.

»Er hätte mich bitten müssen, wenn er Kaffee haben will«, giftete Henrieke. »Der kann doch nicht einfach in die Wohnung spazieren.«

Anna entschloss sich, den Schokoladenpudding aus dem Kühlschrank zu nehmen, der dort schon länger stand, und ließ sich am Küchentisch nieder. Während sie den Deckel von dem Plastiktöpfchen löste, fragte sie: »Warum nicht? Sicherlich stand die Tür offen.«

Das hätte sie besser nicht gesagt. Der Vortrag, den Henrieke ihr hielt, dauerte, bis der Schokoladenpudding gegessen war. Und Anna hatte sich weiß Gott nicht beeilt, denn er schmeckte überhaupt nicht, vielleicht deshalb, weil er schon über das Mindesthaltbarkeitsdatum hinaus war. Doch es war eindeutig besser, den Blick auf den Schokoladenpudding zu richten, als Henrieke anzusehen, die sich in eine Wut redete, die einem Angst machen konnte. Diese schreckliche Macke ihrer Mutter, keine Tür vernünftig zu schließen! Diese Sorglosigkeit, in der Anna sich neuerdings gefiel! Dieses Pomadige, Konturlose, was sie wohl für lässig und cool hielt! Und dann dieser Drang, jünger zu wirken und auszusehen, als sie war! Ihr Vater hätte das niemals zugelassen...

Anna warf den leeren Plastikbecher in den Müll und unterbrach Henriekes Schimpfkanonade. »Wenn es dir hier nicht passt... es zwingt dich niemand, bei mir zu wohnen.«

Daraufhin folgten die altbekannten Vorwürfe, dass ihre Mutter sie in Stuttgart allein gelassen habe, dass Anna nicht bereit sei, sie zu unterstützen, dass ihre Mutter einfach nicht erkennen wolle, dass Henrieke nur mit Dennis glücklich werden könne, dass ihr dieses Hotel in Siena wichtiger sei als die Zukunft ihrer Tochter...

Anna hörte nicht hin. Sie lauschte nur auf den Ton, nicht auf die Worte, hörte nicht die Vorwürfe, sondern nur den Zorn in der Stimme ihrer Tochter, die feuerrote Wut, die in hellen Vokalen zu erkennen war, aber auch die tiefblaue Angst, die hindurchschimmerte. Henrieke konnte ihr nicht vorwerfen, sie bestohlen zu haben, vermutlich traute sie ihrer Mutter auch gar nicht zu, in ihre Jackentasche gegriffen zu haben. Ein Handwerker musste es gewesen sein!

Aber Henrieke durfte ihren Verdacht nicht äußern. Dass der Ring in ihrem Besitz gewesen war, konnte sie nicht verraten. Während sie sich ereiferte, ihre Mutter, den Chef der Teppichfirma, Konrad Kailer und auch gleich den Bürgermeister von Siena als charakterlos beschimpfte, hätte Anna gern mit der Frage gekontert, seit wann Dennis Appel in Siena war, warum Henrieke nichts davon erwähnt hatte und ob sie wusste, dass er von Valentino angestiftet worden war, sie zu bestehlen. Doch sie schwieg natürlich, weil sie genauso wenig wie Henrieke von dem Ring reden wollte, der eine knappe Million wert war. Jetzt war er aus ihrem Leben verschwunden, stattdessen lag in ihrem Kleiderschrank eine Tasche, die vierhunderttausend Euro enthielt. Der Verlust war wettgemacht! Die lila Bettwäsche würde wieder prall gefüllt sein.

Anna stand auf, ging auf die Terrasse und ließ die Stimme ihrer Tochter einfach hinter sich. Valentino war davon überzeugt gewesen, dass Dennis nichts von der lila Bettwäsche gewusst hatte. Er habe ihm ausführlich erklären müssen, wie sie aussah und dass sie immer zuunterst lag. Valentino war davon überzeugt, dass ihm aufgefallen wäre, wenn Dennis sich lediglich so unwissend gestellt hätte. Er habe ein feines Näschen für Leute, die ihn belügen wollten. Und überhaupt... wenn Dennis Appel schon so viel Kohle ergattert hatte, dann wäre ihm das Risiko für läppische zehntausend doch viel zu hoch gewesen. Die nämlich hatte Valentino geboten, wenn Dennis bereit war, aus Annas lila Bettwäsche den Ring zu holen, von dem ihr Bruder heute noch manchmal träumte. Sie war sicher, er hätte ihn mehrere Tage behalten und ihn immer wieder betrachtet, ehe er ihn zu Geld gemacht hätte.

»Hörst du mir überhaupt zu?« Henriekes Stimme war ihr auf die Terrasse gefolgt.

»Nein«, antwortete Anna so ehrlich, dass es ihrer Tochter die Sprache verschlug.

In der Ruhe, die folgte, weil Henrieke so freundlich war, sich lautlos zu entrüsten, dachte Anna wieder an den Abend zurück, an dem ihre lila Bettwäsche zum ersten Mal geleert worden war. War es möglich, dass Dennis Appel wusste, wo Anna seit ihrer Hochzeit alles versteckte, was Clemens nicht zu Gesicht bekommen durfte? Wenn, dann musste Henrieke es ihm verraten haben. Aber wusste sie überhaupt davon? Noch vor einigen Stunden hätte Anna verneint, aber seit sie gehört hatte, dass sogar ihre Brüder ihr Versteck kannten, war sie unsicher geworden. Es sah so aus, als wäre nur Clemens im Unklaren geblieben, den Rest der Familie hatte sie nicht hinters Licht führen können. Wie oft mochte ihr jemand gefolgt sein und durch den Türspalt geguckt haben, wenn sie in die lila Bettwäsche griff, um sich einen Schein zu holen, von dem Clemens nichts wissen sollte? Ihre dumme Angewohnheit, die Türen nicht zu schließen!

»Dann kann ich ja genauso gut gehen.« Henrieke schien allen Ernstes zu glauben, ihre Mutter würde sie nun zurückhalten, sie um Entschuldigung bitten und das Angebot machen, mit Kaffee und Kuchen Versöhnung zu feiern. Das hätte sie natürlich abgelehnt und damit ihrer Wut das befriedigende Gefühl der Rache hinzugefügt. Vielleicht stärkte beides ihr Rückgrat, wenn sie zu Dennis gehen musste, um ihm zu gestehen, dass sie auf den Ring, für den Valentino zehntausend gezahlt hätte, nicht gut aufgepasst hatte. Wie war er überhaupt in ihre Jackentasche gekommen? Hatte Dennis sich der Beute entledigen wollen und Henrieke die Verantwortung zugeschoben? Vielleicht hauste er in einer Ecke von Siena, in der so ein Schatz nicht sicher war. Es sah ihm ähnlich, Henrieke die Last aufzubürden.

»Ich rate dir dringend, einen Blick auf die Handwerker zu haben«, schimpfte sie, als sie in die Küche ging. »Ich habe jetzt lange genug achtgegeben. Es wird wohl erlaubt sein, dass ich einen kleinen Spaziergang mache.«

Anna antwortete nicht darauf. Sie blieb auf der Terrasse stehen und sah Konrad entgegen, der soeben über den Zaun stieg und zu ihr hinabkletterte. Als er in Hörweite war, fragte sie: »Kannst du ein Auge auf die Teppichverleger haben? Ich muss weg.«

Konrad sah enttäuscht aus, er hatte anscheinend auf einen

gemeinsamen Espresso gehofft. Aber er nickte. »Klar. Gibt's Probleme?«

»Henrieke zweifelt an ihrer Ehrlichkeit.«

Konrad wollte sich ereifern und schildern, dass er die Hand für jeden dieser Arbeiter ins Feuer legen wolle, aber Anna ließ ihn nicht zu Wort kommen. Sie ging ins Haus, durchquerte ihre Wohnung und öffnete die Haustür, die kurz zuvor ins Schloss gefallen war. Henrieke war schon an der Ecke angekommen und bog links ab. Anna lief, so schnell sie konnte, hinterher, immer darauf bedacht, von ihrer Tochter nicht gesehen zu werden...

Sind Sie schon mal Ihrem eigenen Kind heimlich gefolgt? Nein? Es ist schwieriger, als man es sich vorstellt. Beinahe so, als verfolgte man sich selbst, als sähe man sein eigenes Leben von hinten, als müsste man sich vor Vergangenem verstecken, wenn die Gegenwart sich umdrehen sollte. Okay, als Henrieke noch ein Teenager war, bin ich ihr schon einmal nachgegangen, weil ich ihr nicht geglaubt hatte, dass sie sich mit einer Freundin treffen wolle. Sie war ja erst fünfzehn oder sechzehn und wollte unbedingt bis Mitternacht wegbleiben. Clemens regte sich schrecklich auf, war aber zu feige, etwas zu unternehmen. Er war froh, dass ich bereit war, der Sache auf den Grund zu gehen und mir, wenn es schiefgehen sollte, den Zorn meiner Tochter zuzuziehen, während er dann den Vater geben konnte, der Vertrauen in sein Kind setzte und der Meinung war, dass jeder Mensch seine eigenen Fehler machen musste. Es ging tatsächlich schief. Clemens konnte seine Hände in Unschuld waschen, als ich entdeckte, dass Henrieke sich mit einem Jungen namens Dennis Appel zum Knutschen traf und keineswegs mit einer Freundin zum Videogucken. Ich war diejenige, die ihr misstraute, denn ich war es ja gewesen, die ihr nachgeschlichen war. Heute denke ich, dass ich damals mit der Aufdeckung ihrer Lüge dafür gesorgt habe, dass die beiden unzertrennlich wurden. Henrieke wollte mir zeigen, dass ich keine Macht über sie hatte. Daraus entstand eine Beziehung, die sie noch immer Liebe nannte. Welchen Namen mochte Dennis Appel ihr geben?

Bin ich nun wieder auf dem besten Weg, etwas zu tun, was ich bereuen werde? Henrieke hat gesagt, sie wolle einen Spaziergang machen, und ich folge ihr, weil ich ihr nicht glaube. Wie damals, als sie fünfzehn war. Ich schäme mich dafür, aber ich tu es trotzdem. Die Vorstellung, dass sie mich erwischt, ist schrecklich, aber ich mache dennoch nicht kehrt.

Warum sagen Sie nichts? Wenn Sie einen guten Rat für mich haben, her damit! Aber ich merke schon, dass Sie genauso fühlen wie ich. Einerseits ist es inakzeptabel, was ich tu, andererseits haben Sie Verständnis für mich, wollen es aber nicht zugeben. Sie können sich vorstellen, das Gleiche zu tun, und hoffen, dass Sie niemals in die Verlegenheit kommen werden. Ich verstehe Sie. Mir wäre es auch lieber, ich müsste nicht zu diesem Mittel greifen...

Vor dem Stadttor, wo sich die Via Don Minzoni und die Viale Mazzine treffen, war immer viel los. Die Gefahr, von Henrieke gesehen zu werden, war nicht mehr so groß. Anna konnte näher aufschließen, während ihre Tochter sich durch den sich stauenden, wieder anfahrenden, auf die Ampel zurasenden und erneut stockenden Verkehr schlängelte. Bürgersteige waren hier nicht vorhanden oder so schmal und mit parkenden Autos zugestellt, dass man sehen musste, wie man durch den fahrenden Verkehr kam. Wäre Anna an Henriekes Seite gewesen, hätte sie sie mehrmals ermahnt, um Himmels willen vorsichtiger zu sein, am Straßenrand zu bleiben, die Fahrbahn nur bei Grün zu überqueren und die unruhigen Autofahrer nicht zusätzlich durch Fußgänger zu irritieren, die sich nicht an die Regeln hielten. So aber blieb ihr nichts anderes übrig, als sich ebenso fahrlässig zu verhalten, damit sie Henrieke nicht aus den Augen verlor. Erst in der Via Garibaldi, in der nur Autos mit Sondererlaubnis und Busse fuhren, musste sie den Abstand wieder vergrößern. Sie winkte Tabita einen Gruß zu, als sie am Hotel *Minerva* vorbeikam und die junge Frau hinter der Rezeption stehen sah. Tabita machte Zeichen, sie solle hereinkommen, aber Anna winkte ab. Sie durfte Henrieke nicht aus den Augen verlieren.

Am Ende der Via Garibaldi, wo es links in die City mit den vielen Boutiquen ging und rechts in ein unübersichtliches Gassengewirr, das von einer Straße abging, die nur auf den ersten Blick wie eine Geschäftsstraße aussah, musste sie aufschließen. Die Gefahr war zu groß, dass Henrieke in eine der vielen Gassen einbog und dann verschwunden war. Die Geschäfte in der Via Camollia hatten nichts von der Eleganz, die es auf der anderen Seite in der Via Montanini gab und die sich steigerte, je näher man dem Dom und dem Campo kam. In dieser Richtung ging es sowohl mit der Qualität der Auslagen als auch mit dem Zustand der Häuser bergab. Die Wohnungen, die über den Läden mit den verstaubten Schaufenstern lagen, sahen immer heruntergekommener aus, je weiter man nach Norden ging. Als die Straße sich gabelte, wurde Henrieke von einer Frau angesprochen, die sie zu kennen schien. Anna machte vor einem Geschäft halt, das mit Handys vollgestopft war und das seine Auslagen mit den verrücktesten Etuis für Smartphones bestückt hatte. Sie tat so, als beschäftige sie sich mit der Frage, ob sie ihr Mobiltelefon demnächst in ein giftgrünes Etui mit Froschgesicht oder ein pinkfarbenes mit zwei winzigen strassbesetzten Handschellen stecken sollte. Zum Glück dauerte Henriekes Gespräch nicht lange. Aber sie sah der Frau hinterher, die noch ein paar Sätze über die Schulter zurückwarf, und hätte ihre Mutter erkennen können. Schnell zog Anna den Kopf ein, doch Henrieke setzte ihren Weg fort. Anna atmete erleichtert auf. Nein, Henrieke schien sie nicht bemerkt zu haben. Die Frage, wieso ihre Tochter in dieser Gegend jemanden kannte, störte Anna wie ein Steinchen im Schuh, während sie ihr weiter folgte.

Sie ging die Straße nach links weiter, auf das Stadttor Porta Camollia zu, bog dann unvermittelt nach links ab, in eine Gasse, die Vicolo di Malizia hieß. Anna war zum Glück schnell genug an der Einbiegung angekommen, so konnte sie sehen, dass Henrieke ein Haus betrat, über dessen Tür eine Leuchtreklame blinkte. *Pensione Giuttari – garni.*

Die Eingangstür bestand aus dunklem Glas, durch das nicht viel zu erkennen gewesen wäre. Aber zum Glück stand sie offen, sodass Anna sehen konnte, wie Henrieke ohne zu zögern die steile Treppe hochstieg. Sie war schon öfter hier gewesen, das war offensichtlich. Trotzdem wusste Anna, dass sie noch nicht kehrtmachen durfte. Sie musste mit eigenen Augen gesehen haben, dass Dennis Appel hier wohnte.

Stockend stieg sie die beiden Stufen hoch, die zum Eingang führten, und machte einen langen Hals. Niemand war zu sehen, keine Stimme zu hören. Der Raum vor dem Treppenabsatz war klein, über dem Tisch, der neben der ersten Stufe stand, baumelte ein Schild mit der Aufschrift »reception«. Dieser Hinweis war dringend nötig, ohne ihn wäre niemand auf die Idee gekommen, an dieser Stelle einzuchecken. Lediglich ein Ständer mit unzähligen Prospekten und ein unter den Tisch geschobenes Regal mit einer Hängeregistratur deuteten darauf hin, dass dieser Tisch keine Zier war, sondern eine Funktion hatte.

In der ersten Etage quietschte eine Tür, eine gedämpfte männliche Stimme war zu hören. Dennis Appel? Anna sah sich um. Zu ihrer Linken gab es eine Glastür, die mit einem schmuddeligen Vorhang undurchsichtig gemacht worden war, an der oberen Leiste hing das Schild »privato«. Links daneben saß ein Knopf, darüber stand »suonare per favore«. Die Rezeption wurde also nur besetzt, wenn vorher jemand den Klingelknopf betätigte.

Anna zögerte ein letztes Mal, dann beschloss sie, alles auf eine Karte zu setzen. Sie musste es wissen, sich ganz sicher sein! Sollte Henrieke später behaupten, sie habe in einer der Bars, die sie angeblich besucht hatte, eine Frau kennengelernt, die in dieser Pension wohnte, musste Anna ihr entgegenhalten können, dass jede Lüge zwecklos war.

Die Treppe knarrte, als sie in die erste Etage hochstieg. Oben angekommen blieb sie stehen und lauschte. Hinter der ersten Tür auf der rechten Seite hörte sie einen Mann reden, unaufhaltsam, im immer gleichen Tonfall, bis ihr aufging, dass dort der Fernseher lief. Hinter der nächsten Tür war es still. Dann aber hörte sie Henriekes Stimme durch die Tür eines Zimmers auf der anderen Seite des Flurs. Sie huschte hinüber und legte ein Ohr ans Türblatt. Doch sie konnte kein Wort verstehen, die Stimmen waren weit entfernt. Gut möglich, dass die Zimmer, die nach hinten rausgingen, über einen Balkon verfügten, auf dem die beiden nun standen. Wie lange würden Henrieke und Dennis dort bleiben? Konnte man hoffen, dass sie über kurz oder lang wieder ins Zimmer traten?

Unten öffnete sich eine Tür und fiel mit einem lauten Knall ins Schloss. Jemand machte sich an der sogenannten Rezeption zu schaffen, Anna hörte Blätter rascheln, dann Schritte, die sich hin und her bewegten. Und schließlich das Knarren der untersten Treppenstufe! Um Himmels willen! Jemand kam die Treppe herauf.

Wohin? Verzweifelt sah sie sich um. Keine Nische, kein abzweigender Flur, nur eine Zimmertür nach der nächsten. Nun hörte sie Gemurmel von unten, wieder Schritte auf dem Steinboden, das Besteigen der Treppe war anscheinend aufgeschoben worden. Und dann eine Stimme: »Buon giorno!«

Ein neuer Gast? Es wurde Zeit, dass sie hier wegkam. Aber wie und wohin? Warum hatte sie nicht daran gedacht, sich nach einer Rückzugsmöglichkeit umzusehen, bevor sie erwischt wurde?

Unter ihr wurde ein Name buchstabiert, Schlüssel klapperten, Gepäck scharrte. Es wurde Zeit, dass sie sich etwas überlegte. Wie ein Blitz durchfuhr sie der Gedanke, dass ihre Eltern und Brüder oft in einer ähnlichen Situation gewesen waren – in großer Gefahr, voller Angst, auf nichts anderes als auf Flucht fokussiert. Wenn die Gefahr, in der Anna steckte, auch eine wesentlich harmlosere war und ihre Angst sich nicht mit der von Gangstern vergleichen ließ, die sich vor dem Gefängnis fürchteten, so fühlte sie sich dennoch in diesem Augenblick ihren Eltern so nah wie sonst nie.

Der kurze Moment der Sentimentalität verflog jedoch schnell. Am Fuß der Treppe wurde Gepäck aufgenommen, ein Schlüssel wechselte die Hände, Anna vernahm den Wunsch nach einem angenehmen Aufenthalt und wusste, dass nun etwas geschehen musste. Einen Ausweg gab es nicht. Dem Neuankömmling entgegengehen und die Treppe hinabsteigen, als wäre man selbst ein Gast dieses Hauses? Das kam nicht infrage, denn die sogenannte Rezeption war vermutlich nach wie vor besetzt. Man würde sie fragen, was sie hier zu suchen habe. Außerdem wäre dann die Chance vertan, etwas von dem mitzubekommen, was sich in Dennis Appels Zimmer abspielte. Aber vielleicht war die Türlaibung des Nachbarzimmers tief genug, um sich dort hineinzudrücken und den Bauch einzuziehen? Wenn der neue Gast nicht an ihr vorbei zu dem Zimmer am Ende des Flurs gehen musste, konnte es gelingen. Vorausgesetzt, er verzichtete darauf, das Flurlicht anzumachen, und konzentrierte sich voll auf die Suche nach der richtigen Zimmernummer. Die Chance war klein, aber immerhin ...

Tante Rosi hatte oft gesagt, man dürfe nie aufgeben. Gerade in dem Augenblick, in dem alles aussichtslos erschien, führte oft eine ganz und gar unvermutete Lösung zum Ziel, ein rosa Glück, auf das man zwar nicht vertrauen, aber durchaus hoffen dürfe. Sie hatte recht gehabt. Kaum hatte Anna sich so dicht wie möglich an die Tür gedrängt, da schwang sie unversehens auf und eröffnete damit eine viel bessere Chance. Im Nu war sie ins Zimmer gehuscht, wurde erst danach von der Panik befallen, das Zimmer könne bewohnt sein, sah sich hektisch um ... und atmete erleichtert auf. Ein verlassenes Zimmer, das noch nicht für den nächsten Gast hergerichtet war! Sie konnte sich erst mal auf die Bettkante setzen und warten, bis ihr Herzschlag sich normalisiert hatte.

Auf der anderen Seite des Flurs wurde nun die Tür aufgeschlossen, Anna dankte dem Pensionsgast, der dieses Zimmer nicht sorgfältig verschlossen hatte. Andernfalls wäre sie zweifellos erwischt worden. Mit der Balkontür war es genauso. Sie stand einen Spaltbreit offen, das kleine Fenster daneben war sogar sperrangelweit geöffnet, die Kühle des Abends drang herein. Anna drängte sich so dicht wie möglich an den Spalt, damit die Stimmen auf dem Nachbarbalkon zu verstehen waren.

»Wenn du so mit deinem Verlobungsring umgehst«, sagte Dennis, »was wirst du dann erst mit einem Ehering machen?«

Henriekes Stimme klang flehentlich. »Das wäre nicht passiert, wenn ich ihn hätte anstecken dürfen. Aber du willst ja ...«

»Deine Mutter darf nicht wissen, dass ich in Siena bin. Schon vergessen?«

»Warum eigentlich nicht? Wir hätten es ihr jetzt sagen können. Nun sind wir verlobt, sie würde endlich aufhören, mir unsere Liebe auszureden. Sie würde sich damit abfinden, dass wir heiraten.«

»Du weißt genau, warum sie es nicht wissen soll. Sie würde denken, ich wäre nur gekommen, weil ich auf ihr Geld aus bin.«

Henriekes Stimme klang spitz, aber sie zitterte und nahm der Spitze damit ihre Kraft. »Bist du das nicht?«

»Du weißt jetzt, warum. Ich wollte einen schönen Ring für dich. Und ich will, dass unsere Hochzeit ein rauschendes Fest wird. So was kostet!«

Henrieke begann zu weinen. »Ich kann doch nichts dafür. Diese verdammten Handwerker ...«

»Wieso kommst du zu mir, statt dafür zu sorgen, dass der Kerl den Ring zurückgibt? Mir sind die Hände gebunden.«

»Ich dachte ...« Henrieke schluchzte so herzzerreißend, dass Anna gern die Tür aufgerissen, auf den Balkon getreten und Dennis

Appel verboten hätte, ihre Tochter unglücklich zu machen. »Ich kann ja nichts beweisen. Und wenn meine Mutter etwas mitbekommen hätte ...«

»Du bist einfach zu blöd.«

In Anna britzelte eine giftgrüne Wut. So was sagte ein Kerl, der es zu nichts gebracht hatte? Der keinen Schulabschluss, keine Berufsausbildung hatte und nichts von dem, was er begann, zu Ende führte?

»Die Hochzeit kannst du dir jedenfalls fürs Erste in die Haare schmieren.«

Anna hörte, dass er ins Zimmer trat, und hätte sich am liebsten die Ohren zugehalten, als sie vernahm, wie Henriekes Stimme ihm folgte, die piepsende Stimme eines kleinen Mädchens, das Versprechungen in Babyrosa winselte und eine Bitte nach der anderen ausstieß, allesamt wattewolkenleicht und mit einem Handstreich aus der Luft zu wischen.

Anna verbreiterte den Spalt der Balkontür vorsichtig. Sie hatte Glück. So alt und verbraucht die Scharniere auch waren, sie gaben nur ein schwaches Geräusch von sich, das nicht verräterisch war. Anna steckte den Kopf vorsichtig heraus. Die Balkons der Gästezimmer waren nicht weit voneinander entfernt, aber zwischen ihnen gab es einen Sichtschutz, der etwa mannshoch war. Ein geflochtenes Holzgitter, das viele Lücken aufwies. Nicht geeignet, sich vollkommen vor den Blicken eines Nachbarn zu verbergen, aber es sorgte dennoch für eine gewisse Privatsphäre. Auf der rechten Seite war es still. Ohne es zu kontrollieren, war Anna sicher, dass sich dort niemand auf dem Balkon aufhielt. Sie drückte sich ganz links in die Ecke zwischen Sichtschutz und Wand und lauschte weiter, obwohl es ihr wehtat, Henriekes Rechtfertigungen und Dennis' Zurückweisungen zu hören. Was bildete sich der Kerl ein, so mit ihrer Tochter umzuspringen? Und wie konnte Henrieke sich derart klein machen und diesen Mann um etwas zu bitten, was sie vielmehr fordern sollte? Aus Annas Wut wurde Verzweiflung, gewitterlila, signalviolett.

Aber die Farben zerplatzten vor ihren Augen, versprühten, lösten sich auf, als sie hörte, dass die Tür des Zimmers geöffnet wurde, in das sie unrechtmäßig eingedrungen war. Entsetzt ließ sie sich auf den Boden sinken, kauerte sich unter den Sims des kleinen Fensters und merkte, wie ihr der Schweiß ausbrach. Jemand war hereingekommen. Das Zimmermädchen? Ein neuer Gast? Jemand, der wenigen Sekunden auf den Balkon treten und eine Frau entdecken würde, die dort auf dem Boden hockte und die Auseinandersetzung belauschte, die im Nachbarzimmer geführt wurde?

Anna legte den Kopf auf die Knie und schloss die Augen. Sie wollte nicht sehen, wer sie erwischte, wollte sich erst stellen, wenn sie angesprochen und gefragt wurde, was sie hier machte. Tante Rosi, flüsterte sie unhörbar, würde es auch diesmal ein unverhofftes Glück geben?

Sie hörte das Klappern eines Eimers, den Stiel eines Wischmopps oder Besens, der an den Schrank gelehnt wurde. Also das Zimmermädchen! Sie würde nun putzen und das Bett beziehen. Himmel, wie lange konnte das dauern? Würde sie auch den Balkon wischen? Nötig hatte er es.

Schritte waren zu hören, sie näherten sich zweifellos der Balkontür und dem geöffneten Fenster. Anna hielt die Luft an. Jetzt... gleich würde sie einen Schrei hören, eine empörte Stimme, eine italienische Schimpfkanonade, die auf sie niederprasselte. Ob sie dann aufspringen, die Putzfrau zur Seite stoßen, durchs Zimmer flüchten, die Treppe herunterlaufen, aus der Pension fliehen könnte? Noch während sie sich ausmalte, dass das Zimmermädchen größer und stärker war, sie aufhalten oder mit großem Geschrei den Besitzer der Pension auf den Plan rufen würde, der schon am Fuß der Treppe auf sie wartete... wurde das Fenster über ihr geräuschvoll geschlossen und die Balkontür ebenfalls. Dass Wasser in den Putzeimer prasselte, hörte sie nur gedämpft, und das Summen der Putzfrau, die mit ihrer Arbeit begann, war nur schwach zu vernehmen. In das Orange ihrer Erleichterung mischte sich das Eisgrau einer schrecklichen Sorge: Wie kam sie von diesem Balkon wieder herunter, wenn das Zimmermädchen mit der Arbeit fertig war und die Balkontür nicht wieder öffnete?

Commissario Emilio Fontana strich das Blatt glatt, das vor ihm lag. Endlich war ihm das Protokoll geschickt worden, auf das er lange hatte warten müssen. Nicht, dass er sich viel davon versprach, aber irgendwas musste er ja tun. Das Protokoll der Kollegen, die damals am Tatort erschienen waren, als die Kolsky-Brüder einen Teil des Zarensilbers erbeutet hatten, gab es wenigstens in den zugänglichen Akten, in den Archiven der italienischen Polizei. Er war nicht darauf angewiesen, von Konrad Kailers Freund etwas zu erfahren. Vielleicht lohnte es sich ja doch, noch mal zu studieren, was damals geschehen war, als der Ring, den Anna seinem Freund Fabio angeboten hatte, spurlos verschwand.

Der Beamte aus dem Archiv hatte das Protokoll hereingetragen, als hätte er einen stinkenden Käse zu befördern, mit gerümpfter Nase und spitzen Fingern. Wenn einer dieser altgedienten Polizisten, die nie den Aufstieg geschafft hatten, etwas erledigen sollten, dessen Sinn ihnen nicht einleuchtete, taten sie immer gern so, als folgten sie den Anweisungen eines übergeordneten Beamten nur, weil sie so herzensgut waren und niemandem eine Gefälligkeit schuldig bleiben wollten. In ihrer Amtsstube, ganz unten, im Souterrain der Questura, redeten sie womöglich darüber, dass sie es nur wegen ihrer Gutmütigkeit zu keinem Rang in der Polizeihierarchie gebracht hatten, der es ihnen ermöglichte, ihrerseits einmal eine Anweisung zu erteilen.

»Sie haben Schuppen auf Ihrem Kaschmir«, sagte er im Rausgehen.

Emilio wartete nur so lange, bis sich die Tür hinter ihm geschlossen hatte, dann sprang er auf und öffnete den Aktenschrank, in dessen Innentüren er einen Spiegel angebracht hatte. So war er nicht auf den ersten Blick zu sehen. Derartige Ausstattungsaccessoires galten ja für seine Kollegen schon als verdächtig, waren entweder Weiberkram oder ein Beweis für Homosexualität. Junggesellen wie er gerieten noch schneller in Verdacht als verheiratete Kollegen, da musste man vorsichtig sein.

Sorgfältig prüfte er seine Schultern, fand aber kein einziges Anzeichen von Schuppenregen auf dem neuen schwarzen Kaschmirpulli. Zum Glück hatte er einen kleinen Handspiegel in der Schreibtischschublade, getarnt als ausziehbares Maßband, das schließlich jeder Mann zur Hand haben sollte – nach Meinung anderer Männer. Mit dessen Hilfe konnte er seinen Rücken im Spiegel kontrollieren. Und als er auch dort nichts fand, wurde ihm klar, dass er mal wieder verschaukelt worden war. Solche Typen wie dieser kleine Aktenträger wurden zu Anarchisten, wenn sie einem gepflegten Geschlechtsgenossen gegenüberstanden. Aber Emilios Erleichterung war größer als sein Zorn. Schuppen! Santo Dio ...

Als Giuseppe hereinplatzte und eine Salve von begonnenen und nicht zu Ende geführten Sätzen auf ihn abschoss, hatte er gerade den Finger unter einen Namen im Protokoll gelegt.

»Wir haben ihn!« Mit diesem dreimal wiederholten Ende seiner Berichterstattung ließ Giuseppe sich auf den Besucherstuhl auf der anderen Seite von Emilios Schreibtisch fallen. »Los! Schnappen wir ihn uns!«

Der Commissario fragte nicht, von wem er sprach, er musste erst mal nachdenken. Alles schön der Reihe nach. »Graziano!« Den Namen kannte er doch.

»Los, Chef!« Giuseppe sprang schon wieder in die Höhe. »Eine Pension, gar nicht weit von hier.«

»Graziano ...« Er starrte Giuseppe an, ohne ihn zu sehen.

»Nein! Dennis Appel!«

»Besteht Fluchtgefahr?«

»Der weiß nicht, dass wir hinter ihm her sind.« Giuseppe schien nun selbst zu merken, dass er mal wieder auf dem besten Wege war, übers Ziel hinauszuschießen. Auf einen strengen Blick von Commissario Fontana ordnete er erst mal sein Uniformhemd, das ihm aus der Hose gerutscht war. »Eigentlich wissen wir ja auch gar nicht, ob er zurzeit in seinem Zimmer ist.«

»Na also, dann kommt es auf ein paar Minuten nicht an...«

Giuseppe ging beleidigt aus dem Raum, aber nicht ohne die Drohung, in einer Viertelstunde erneut vor dem Schreibtisch seines Vorgesetzten zu erscheinen. »Sonst schaffen wir das nicht mehr vor Feierabend.«

Ein gutes Argument. Trotzdem musste Emilio jetzt erst mal nachempfinden, was der Name Graziano in ihm auslöste. Und kaum konnte er in Ruhe darüber nachdenken, fiel es ihm auch schon ein. Lorenzo Graziano! Das war der Beamte gewesen, der damals als Erster am Tatort erschien? »Nonsenso!« Er schlug sich vor die Stirn. Völlig unmöglich! Dann schaute er genauer hin und vergewisserte sich. Graziano! Eine zufällige Namensähnlichkeit? Oder vielleicht...

Die Viertelstunde sollte schon vorbei sein? Giuseppe behauptete es jedenfalls und ergänzte, dass er sämtliche Vorbereitungen getroffen hatte, um Dennis Appel notfalls festzunehmen. Auch auf heftige Gegenwehr war er eingerichtet, er zeigte auf das Holster unter seiner Jacke, in dem seine Dienstwaffe steckte. Das war gut, fand der Commissario. Dann brauchte er seine nicht mitzunehmen.

»Allora! Andiamo!«

Es wurde kühl. Anna merkte es erst, nachdem nebenan der Streit eskaliert war und Henrieke das Zimmer weinend, keifend, schluchzend, zeternd und schließlich mit einem wütenden Schrei verlassen hatte. Dieser Schrei war scheinbar der akustische Ausdruck einer gewaltigen Ohrfeige gewesen. Das klatschende Geräusch ließ jedenfalls darauf schließen und Dennis' Gebrüll ebenso.

»Schlampe! Verpiss dich! Behalt das Geld deiner Mutter! Ich will nichts davon, wenn ich dich dazu nehmen muss. Du gehst mir schon lange nur noch auf den Sack...«

Wie lange das Gezänk gedauert hatte, wann die Auseinandersetzung Fairness und Anstand, Vernunft und Ehrlichkeit verloren hatte, konnte Anna später nicht mehr sagen. Sie war am Boden sitzen geblieben, hatte den Kopf auf die Knie gelegt und sich gelegentlich die Ohren zugehalten, um nicht hören zu müssen, wie unglücklich Henrieke war. So schrecklich unglücklich! Schon derart lange, dass sie das Unglück gar nicht mehr erkennen konnte und es für den Normalzustand hielt. Etwas weniger Unglück war bereits Glück für sie, und nach der schlechten Behandlung, an die sie gewöhnt war, fühlte sie sich geliebt und umworben, wenn Dennis mal höflich und aufmerksam zu ihr war. Was sie jetzt zu hören bekommen hatte, ausgerechnet jetzt, wo sie sich am Ziel ihrer Träume gewähnt hatte, war wohl endlich eine Kränkung zu viel.

Ihren Optimismus hatte Henrieke mittlerweile komplett verloren, deshalb fürchtete sie stets das Schlimmste. Auch wenn es um ihre Mutter ging. Annas Zufriedenheit, ihr neues Glück, ihr Mut, das Alte zurückzulassen und auf etwas Neues zuzugehen, war ihr so fremd geworden wie einem Elefanten die Aussicht auf einen glatten Teint. Sie konnte sich nicht darüber freuen. Warum hatte Anna nicht erreichen können, dass ihr Kind glücklich wurde? Sie hatte doch nie etwas anderes gewollt. Henrieke sollte glücklich werden, mindestens zufrieden mit ihrem Leben. Ihr Ziel war zweifellos eine Zukunft mit Dennis gewesen, eine Ehe mit ihm, ein Kind von ihm, ein ganz normales Leben mit ihm. Jahrelang hatte sie sich vorgemacht, dass es möglich wäre, wenn... ja, wenn genug Geld da sein würde, wenn Dennis einen Job bekam, wenn er genug Geld für eine Investition hatte, wenn, wenn, wenn... Als sie gesehen hatte, wie ihre Mutter auf ihr Ziel zugegangen war, hatte sie vielleicht begriffen, ohne es sich zunächst einzugestehen, dass ihr eigenes Ziel gar keins war. Es war nur eine Ausflucht, ein Versteck, ein Weglaufen. So hatte sie ihr Ziel letztlich in Entrüstung und Empörung verwandelt, und beides musste natürlich ihre Mutter treffen, die ihr so viel voraus hatte.

»Mein Kind«, flüsterte Anna. »Mein armes Kind ...«

Sie erhob sich mühsam. Ihre Glieder waren eingeschlafen, sie war steif und kraftlos, ihre Knie schmerzten. Da niemand sie sehen konnte, erlaubte sie sich sogar ein verräterisches Humpeln, als sie sich zur Balkontür bewegte.

Das Zimmermädchen war längst gegangen. Anna rüttelte an der Tür, versuchte, das Fenster aufzudrücken, aber beides vergeblich. Sie beugte sich über das Geländer und sah in den Hof hinab. Dort war alles menschenleer. Aber selbst wenn sie dort jemanden gesehen hätte, mit welcher Erklärung hätte sie um Hilfe rufen sollen? Dafür war sie noch nicht verzweifelt genug. Und ehe sie Dennis Appel auf sich aufmerksam machte, würde sie lieber auf diesem Balkon verhungern. Also musste sie wohl einfach warten, bis ein Gast dieses Zimmer bezog. Und wenn es Tage dauern würde.

Dann setzte der Regen ein. Ein sanfter Regen, der in dichten Schnüren herunterkam, kristallweiß mit perlgrauen Tupfen. Er prasselte nicht, es gab keine schweren Tropfen, die auf Dächern und Balkons trommelten, nur ein gleichmäßiges Rauschen, kaum lauter als ein in der Ferne vorbeifahrender Zug. Anna zog sich so weit wie möglich an die Wand zurück, aber der schmale Dachüberstand gab kaum Schutz. Sie war dem Regen hilflos ausgesetzt. So wie Henrieke dem Unglück. Annas Tochter wusste nicht, dass das Unglück immer auf sie herabregnen würde, solange sie sich an Dennis Appel hängte. Oder hatte sie es nun begriffen? Die Ohrfeige, die sie ihm verpasst hatte, mochte dafür gesorgt haben, dass es aufhörte zu regnen und bald die Sonne des Glücks hervorkam.

Über den Dächern Sienas war ein heller Streifen zu erkennen, wie Goldbronze, die dunklen Wolken verzogen sich, der Regen ließ nach, der Spätnachmittag bekam eine letzte Chance, bevor er dem Abend weichen musste. Nebenan klingelte ein Handy. Dennis

Appels Handy! Anna hörte, wie er seinen Namen brummte und dann die Worte, die sie alarmierten: »Hey, Valentino.«

Ihr Bruder rief Dennis an. Was wollte er?

»Ich habe gesehen, dass du schon ein paar Mal angerufen hast. Ich wollte mich auch gerade bei dir melden...«

Klar, er hatte zunächst mit Henrieke reden müssen.

»Die Sache mit dem Ring ist schiefgelaufen. Henrieke, die dumme Nuss...«

Anna richtete sich auf. Wie redete dieser Kerl von ihrer Tochter?

»Sorry, ich weiß, sie ist deine Nichte.«

Anna hörte Dennis' Schritte. Er schien nervös zu sein, wanderte durchs Zimmer, schlug mit den Fingernägeln an die Scheibe der Balkontür, wenn er dort angekommen war. Mal war seine Stimme laut und klar, dann wieder entfernte sie sich, wurde leise und war kaum zu verstehen. Ein hellgraues Auf und ein fahles Ab.

»Sie hat den Ring gesehen, ein echt blöder Zufall. Was sollte ich machen? Ihr verraten, was das für ein Ring ist? Ging ja wohl nicht. Sie natürlich gleich...« Jetzt ahmte er Henriekes Stimme auf eine Art und Weise nach, die in Anna den Wunsch weckte, ihm bei nächster Gelegenheit eine zweite Ohrfeige zu verpassen. »Oh, Liebling! Ein Verlobungsring!« Wie konnte Valentino zulassen, dass seine Nichte derart verhöhnt wurde? »Mir blieb nichts anderes übrig, als Ja zu sagen. Ich war schon froh, dass sie sich darauf einließ, ihrer Mutter erst mal nichts davon zu verraten. Die soll ja nicht wissen, dass ich in Siena bin.«

Anna sah wieder Henriekes glückliches Gesicht vor sich, hörte ihre Stimme, höher als sonst, mit einem kleinen Kichern an den Satzenden, rosa wie die Haarschleifen, die Anna ihr als kleines Mädchen in die Zöpfe geflochten hatte.

»Ich dachte, ich werde ihr das Ding schon wieder abluchsen können. Aber nun war sie gerade bei mir in der Pension und hat mir erzählt, dass der Ring weg ist. Ein Handwerker hat ihn geklaut, sagt sie. Was sollte ich machen?«

Anna erhob sich und stand kerzengerade da. Die Hose klebte an ihren Beinen, eine feuchte Haarsträhne hing in ihren Augen. Was würde Tino jetzt sagen? Dass kein Handwerker, sondern Henriekes Mutter den Ring an sich genommen hatte? Dass sie ihn für viel Geld verhökert hatte?

»Für mich ist es auch ganz schön beschissen. Ich hätte die Zehntausend gut gebrauchen können. Dabei hat alles so gut geklappt. Die Alte… deine Schwester, meine ich, lässt ja immer die Türen offen. Als sie über den Zaun kletterte, zu ihrem Nachbarn, da hatte ich freie Fahrt. Alles war genauso, wie du beschrieben hast. Ich habe die lila Bettwäsche schnell gefunden. Himmel, ein ganzer Kopfkissenbezug für einen kleinen Ring!«

Anna kam es so vor, als hörte sie Valentinos wütende Stimme, aber das war unmöglich. Was sie hörte, war Dennis' Reaktion darauf. Sie zeigte ihr, wie aufgebracht ihr Bruder noch immer war. Dennis' Stimme klang duckmäuserisch. Er wählte seine Worte mit Bedacht und achtete darauf, Valentino nicht noch weiter zu reizen. Beinahe hörte es sich sogar so an, als wollte er sich entschuldigen.

So weit trieb er es dann aber doch nicht. Er versuchte nach wie vor, die Schuld von sich auf Henrieke zu lenken. Anna wusste nicht, ob sie froh sein sollte, dass Henrieke wenigstens ein paar Stunden glücklich gewesen war, oder wütend auf Valentino, der trotz der Liebe zu seiner Familie doch immer ein Gauner bleiben würde. Wütend auf Dennis war sie ganz sicher, der ihr mal wieder den Beweis geliefert hatte, dass er Henrieke ausnutzte. Sollte sie auch auf sich selbst wütend sein, die dieses Karussell der Missverständnisse in Gang gesetzt hatte?

Sie lauschte auf die beschwichtigenden Worte und musste sich zähneknirschend anhören, dass den armen Dennis nicht die geringste Schuld traf. Wie hätte er ahnen können, dass Henrieke ausgerechnet in der Schublade nach einem Flaschenöffner fahndete, in der er den Ring aufbewahrte? Nichts als pure Verzweiflung und die Not hatten ihn dazu getrieben, sich auf Valentinos Vorschlag einzulassen, versicherte er gerade… da drang plötzlich ein lautes Pochen in seine unzähligen Beschönigungen.

Jemand schlug mit der Faust an die Tür des Nebenzimmers. »Aufmachen! Polizei!«

Was soll ich tun? Können Sie mal eben versuchen, sich in meine Situation zu versetzen? Soll ich mich zu erkennen geben, bevor die Polizei mich hier erwischt? Oder soll ich mir erst mal anhören, was sie von Dennis will? Ist dies eine Chance, endlich befreit zu werden, oder besteht die Gefahr, dass mir etwas angehängt wird? Okay, Sie müssen nachdenken, das kann ich verstehen. Aber bitte, beeilen Sie sich, ich muss eine Entscheidung treffen. Ich selbst bin viel zu kopflos, um zu wissen, was richtig ist. Abwarten und hören, was Dennis Appel vorgeworfen wird? Und wie er sich rechtfertigt? Ja, Sie haben recht. Vielleicht geht es ja um den Ring. Dann sollte ich wissen, ob Dennis meinen Bruder belastet oder ob er Henrieke die ganze Schuld zuschiebt. Aber wie kann Emilio Fontana etwas von dem Ring erfahren haben? Seine Stimme ist es nämlich, die ich jetzt höre. Aber hoppla! Was sagt er da?

»Herr Appel, ich nehme Sie fest wegen des Verdachts, im Jahre 2002 Herrn Heinrich Kolsky um ein Vermögen von rund vierhunderttausend Euro gebracht zu haben.«

Anna sah Emilio Fontana vor sich, die schwarzen, sorgfältig gegelten Haare, den dunklen Teint, die markante Nase, den teuren Lederblouson, die Hose mit der makellosen Bügelfalte ...

»Ich darf Sie bitten mitzukommen.«

Dennis Appel hatte es anscheinend erst mal die Sprache verschlagen. Anna konnte es gut verstehen. Wenn Fontana jetzt vor ihr gestanden hätte, wäre ihr auch nichts eingefallen.

Dennis brachte ein Stottern, ein Keuchen, ein Fiepen heraus, dann brüllte er los: »Sind Sie verrückt geworden? Wie kommen Sie denn auf so einen Blödsinn? Ich habe damit nichts zu tun!«

»Mi dispiace.« Emilio Fontanas Stimme war von einer wunderbaren Ruhe. Ein würdiger Kontrahent für Dennis Appel! »Es gibt Beweise.«

»Unmöglich!«

Anna hörte etwas klirren. Hatte Fontanas Begleitung, vermutlich Giuseppe mit dem rasenden Mundwerk, etwa schon die Handschellen herausgeholt?

»Ich wusste doch gar nichts von der ganzen Kohle! Damals kannte ich Henrieke noch nicht lange. Ich habe nur am Rande mitbekommen, dass der alte Onkel beklaut worden ist...«

»Geben Sie sich keine Mühe. Sie haben versucht, im Autohaus Avolio ein Auto zu kaufen und bar zu bezahlen.«

»Was hat das damit zu tun?«

»Sie haben außerdem im Restaurant *Fonte Gaia* eine Zeche mit drei Hundert-Euro-Scheinen bezahlt.«

»Na und? Ist das vielleicht strafbar?«

»Nur wenn man Scheine hinblättert, die registriert worden sind. Wir können beweisen, dass das Geld aus dem Raub stammt.«

Anna ließ sich gegen die Wand fallen und rutschte zu Boden. Das konnte ja wohl nicht wahr sein! Registrierte Scheine! Und nach so vielen Jahren kamen sie ans Licht.

Dennis begann zu kreischen. »Was habe ich damit zu tun? Ich habe das Geld von Henrieke bekommen.«

Aber Fontana lachte nur. »Reden Sie keinen Unsinn!«

»Sie hat das Geld von ihrer Mutter. Ich habe da ein tolles berufliches Angebot. Aber zuerst muss ich investieren, ich brauche Geld. Henrieke ist nach Siena gefahren, um ihre Mutter um Kohle zu bitten.«

»Und Sie?«

»Ich bin hinterher, damit sie spurt.«

Fontana gab ein Geräusch von sich, als wollte er sich übergeben. »Spurt?«, wiederholte er ungläubig, als hätte er diese Vokabel noch nie gehört, als verstünde er sie nicht und wollte sie auch nicht verstehen. Wieder sah Anna sein Gesicht vor sich. Emilio Fontana war kein Mann, der dafür sorgte, dass eine Frau spurte. »Sie wollen behaupten, das Geld, das Sie Signor Avolio angeboten haben, hat Henrieke Wilders von ihrer Mutter erhalten?«

»Klar! Fünfzigtausend hat Henrieke lockergemacht. Anscheinend war es mühsam. Wenn ich in Stuttgart geblieben wäre und ihr nicht im Nacken gesessen hätte, hätte sie das nicht hinbekommen. Todsicher nicht.«

Fontanas Stimme war voller Verachtung, als er sagte: »Ich glaube Ihnen kein Wort. Sie sind nach Siena gekommen, um das Geld, das Sie damals erbeutet haben, hier zu waschen. Sie wussten, dass es registriert war, und dachten, dass es hier niemand bemerkt.«

»Nein!« Dennis kreischte, seine Stimme schwankte, Anna hörte, dass er sich gegen irgendetwas körperlich zur Wehr setzte. Jedes Nein, das er schrie, kam schwerer heraus, gepresster, stöhnender, das letzte ganz leise. Kurz darauf begriff sie, dass er sich gegen die Handschellen gewehrt hatte, die Giuseppe ihm anlegen wollte. Sie hörte ein vernehmliches Klicken.

Dennis Appel gab auf. Anna vernahm nur noch ein Wimmern, man konnte sogar meinen, dass er leise weinte. Die Tür seines Zimmers wurde geöffnet, zwei Stimmen waren nun zu hören, vermutlich von Beamten, die auf dem Flur Posten bezogen hatten und nun dabei halfen, Dennis Appel in den Streifenwagen zu bugsieren.

Als die Tür ins Schloss fiel, kehrte Ruhe ein, grau wie Asche, nachdem ein loderndes Feuer in sich zusammengefallen war. Aber Anna merkte bald, dass sich nach wie vor jemand im Zimmer befand. Sie hörte seine Schritte, sie bewegten sich hin und her, dann kamen sie auf den Balkon. Als Anna durch eine der Lücken in dem Holzgitter schaute, konnte sie Emilio Fontana erkennen. Er stand am Balkongeländer, die Hände in den Hosentaschen, und sah auf die Dächer Sienas. Darauf ließ sich gerade die Abenddämmerung nieder, blaubeerenblau mit dottergelben Rändern, einige Schornsteine rauchten, Vögel ließen sich treiben, als hielten sie nach einem Schlafplatz Ausschau.

Anna stand auf und sah, wie Emilio Fontana erschrak. Er hatte sich allein gewähnt, nun hörte er das Scharren ihrer Füße. Er fuhr herum und starrte den Sichtschutz an. Sie konnte es durch die Lücken erkennen, machte einen Schritt nach vorn und griff nach dem Geländer. Als sie sich vorbeugte, sah sie direkt in Emilio Fontanas Gesicht.

Anna hatte sich an die Wand gelehnt, während sie darauf wartete, dass Emilio mit dem Generalschlüssel zurückkam, und sich schließlich herunterrutschen und erneut auf den Boden sinken lassen. Kurz darauf hörte sie, wie sich der Schlüssel drehte und die Tür geöffnet wurde. Dann erschien Emilio Fontana auf dem Balkon, sah auf sie herab und ließ sich, nach längerem Zögern und unentschlossenem Betasten seiner Bügelfalten, neben ihr nieder. Er schien sich zunächst nicht wohlzufühlen und von der Sorge um den Zustand seiner Hose und der Gefahr, sich eine Blasenentzündung zu holen, abgelenkt zu werden. Aber dann war beides überwunden, er legte den Hinterkopf an die Mauer und blickte wie Anna in den Himmel, der mittlerweile das Grau von Austernschalen angenommen hatte. Ihre Köpfe lagen dicht beieinander, jeder dem anderen zugeneigt, Schulter an Schulter, die Beine angezogen, die Füße nur ein paar Zentimeter auseinander. Nach einer Weile des Schweigens legte Emilio Fontana einen Arm um Annas Schultern. So als wollte er sie wärmen, nicht so, als wollte er ihre Nähe spüren. Aber Anna merkte dennoch, dass nicht der Kavalier an ihrer Seite saß, sondern der Mann, der sie begehrte. Nach wie vor! Obwohl er glauben musste, dass sie eine Beziehung mit Konrad Kailer eingegangen war. Und vielleicht glaubte er sogar etwas von dem, was Dennis Appel behauptete.

»Warum bist du hier?«, fragte er leise.

Es schien richtig zu sein, dass er sie nun duzte. Die Vertraulichkeit des Augenblicks ließ keine Distanz zu. Sie war von so intensivem Rot, dass es abfärbte und beiden rote Fingerspitzen machte. Bei jeder Berührung!

»Ich bin Henrieke gefolgt. Ich hatte den Verdacht, dass sie sich mit Dennis trifft, und wollte ganz sicher sein. Aber dann hat mich das Zimmermädchen ausgesperrt.«

Sie sah ihm nicht ins Gesicht, bemerkte aber trotzdem, dass er lächelte. »Warum ist damals niemand auf Dennis Appel gekommen?«

Anna zuckte hilflos die Schultern. »Henrieke kannte ihn noch nicht lange. Ein unbeschriebenes Blatt, er war noch nie auffällig geworden.«

»Ich hoffe, wir bekommen heraus, wo der Rest des Geldes geblieben ist. Gut möglich, dass er schon vorher einzelne Scheine unters Volk gebracht hat und nicht mehr viel übrig ist.«

Ein helles Schweigen legte sich über sie, hauchzart, leicht und durchsichtig. Anna gab dem Druck seines Arms nach und ließ den Kopf an seine Schulter sinken. Sein Eau de Toilette war nur ein schwacher Hauch, sein Körpergeruch angenehm, eine Mischung aus Sauberkeit, frischem Schweiß und einer Persönlichkeit, die den Duft von Seife nicht annimmt.

Emilio sprach so leise, dass sie ihn kaum verstehen konnte. »Du hast mir von Anfang an gefallen. Seit dem Einbruch bei dir bin ich in dich verliebt. Aber...«

Dieses Aber hieß Konrad Kailer. Doch obwohl sich der Name zu ihnen gesetzt hatte, nahm Anna nicht den Kopf von Fontanas Schulter. Andererseits sorgte dieser Name dafür, dass sie nichts von Liebe hören oder sagen wollte. Es war gut, sich auf ein sachliches Thema zurückzuziehen, wo der Name Konrad Kailer einer von vielen war. »Du hast den Einbrecher nicht gefasst.« Es sollte freundschaftlich klingen, kumpelhaft, auf keinen Fall vorwurfsvoll.

»Vielleicht war das auch Dennis Appel. Er wusste vermutlich von deiner Tochter, dass du deine Wohnung selten abschließt. Und er hat Geld bei dir vermutet.«

Anna fühlte sich immer besser. Es war gut, über Emilios Arbeit zu reden und dennoch den Kopf an seiner Schulter liegen zu lassen und seinen Arm an ihren Schultern zu spüren. »Der Einbrecher hat das Glas der Terrassentür zerschlagen.«

Sie spürte, dass Emilio den Kopf schüttelte. »Damit hat er den Einbruch vorgetäuscht, das ist mir schnell klar geworden.«

Beinahe hätte sie den Kopf gehoben, aber es war einfach zu schön, seine Nähe zu spüren, seinen Duft einzuatmen und seiner Stimme zu lauschen. Egal, was er sagte. »Dein... Freund hat Glassplittern gehört und ist gleich losgelaufen, um nachzusehen, was passiert ist. Aber da war der Einbrecher schon über alle Berge. Das passt nicht, Anna.«

Was sie gerade erlebte und fühlte, machte anscheinend begriffsstutzig. »Wie?«

»Kein Einbrecher schlägt eine Glastür ein und haut dann ab. Er schlägt sie ein, durchsucht die Wohnung und haut erst ab, wenn er Beute gemacht hat.«

»Er hat Konrad gehört und ist nicht mehr dazu gekommen...«

»Er hat dein Schlafzimmer durchsucht«, unterbrach Emilio. »Er hat die Scheibe also erst danach eingeschlagen. Bevor er sich davonmachte. Das bedeutet, er hat das gewaltsame Eindringen vorgetäuscht. Er wollte verhindern, dass jemand in Verdacht gerät, der dich und deine Gewohnheiten kennt.« Er machte eine Pause, als wollte er die Wirkung dessen vergrößern, was nun kam. »Dennis Appel.«

»Aber er hat keine Beute gemacht, das weißt du doch.«

Auf diesen Satz reagierte Emilio anders, als Anna erwartet hatte. Er drehte sie zu sich, zog sie fest in seine Arme und... küsste sie. So wie er redete: langsam und bedächtig. Wie sie das R rollte, so

273

zeigte seine Zunge, dass er nichts von Hast und schneller Leidenschaft hielt. Er liebte so gemächlich, wie er sprach, nicht temperamentlos oder gar phlegmatisch, nein, besonnen, beherrscht und geruhsam. In einem tiefen Dunkelblau. Anna gefiel es. Sehr gut sogar. Vor allem war sie froh, dass er nicht mehr von dem Einbruch und von Dennis Appel sprach…

Ich bin fix und fertig. Können Sie das verstehen? Emilio Fontana ist in mich verliebt, aber er denkt, dass ich Konrad liebe und eine feste Beziehung mit ihm eingegangen bin. Konrad denkt, dass ich in ihn verliebt bin, so verliebt, dass mich die Eifersucht plagte, als er Besuch von seiner früheren Nachbarin erwartete. Können Sie mir sagen, wie ich aus diesem Schlamassel wieder herauskommen soll? Es wäre einfach, wenn ich wüsste, was ich will. Schon klar, welche Frage Ihnen auf den Lippen liegt. Liebe ich einen der beiden Männer? Und wenn ja, welchen? Sorry, da muss ich erst mal nachdenken. Ich wollte mich doch nie, nie wieder auf die Liebe einlassen, sondern frei sein. Frei in Siena!
Und schon wieder höre ich Ihr Mahnen. Sie scheinen ein sehr vernunftbegabter Mensch zu sein. Wer erst nachdenken muss, liebt nicht wirklich. Punktum! Und Sie haben recht. Ich möchte, dass Konrad mein Freund ist. Außerdem möchte ich gelegentlich mit Emilio Fontana flirten. Mehr nicht. Wie bringe ich das den beiden bei, ohne sie ganz zu verlieren? Ich wollte wirklich, ich könnte Tante Rosi um Rat fragen. Sie war so angenehm pragmatisch. Sind Sie auch? Ja, das fällt umso leichter, je weniger man die Protagonisten einer Liebesgeschichte persönlich kennt. Obwohl… eigentlich kennen Sie mich jetzt, am Ende dieses Buches, doch schon ziemlich gut. Meinen Sie wirklich, ich soll für klare Verhältnisse sorgen? Konrad die Wahrheit sagen und Emilio in seine Schran-

ken weisen? Vielleicht haben Sie recht. Andererseits... ich bin über sechzig. Wann werde ich je wieder in die Verlegenheit kommen, mich zwischen zwei Männern zu entscheiden? Nie wieder! Von zwei Männern gleichzeitig begehrt! Wahnsinn! Darf man das zurückweisen, wenn man sechzig ist? Vielleicht könnte ich mir beide warmhalten, ein ganz kleines bisschen? – Nein? Das ist unfair und alles andere als anständig? Okay! Ich sehe es ein...

Giuseppe hatte die Idylle bald vernichtet. Irgendwann, viel zu bald, erschien er auf dem Balkon von Dennis Appels Zimmer, beugte sich über das Geländer und streckte den Kopf um den Sichtschutz herum. Noch bevor sein Chef sich vom Boden erheben konnte! Aber immerhin, nachdem er seine Lippen von Annas gelöst hatte.

Trotzdem durchschaute Giuseppe die Situation sofort. »Scusa! Non voglio disturbare.« Holprig fügte er an: »Nicht stören, aber...«

Verwirrt zog er sich zurück. Anna gefiel der Gedanke, dass Giuseppe seinen Chef ganz offensichtlich zum ersten Mal bei einem Flirt erwischt hatte.

Giuseppe wollte sie im Auto mitnehmen und vor dem *Albergo Annina* absetzen, aber Anna lehnte ab. Ein Spaziergang würde ihr guttun. Es gab vieles, über das sie nachdenken musste. Nicht nur über Konrad und Emilio, sondern vor allem über Dennis Appel.

Tabita erschien im Eingang des Hotels *Minerva*, als Anna daran vorbeiging. »Buon giorno, Signora!«

»Feierabend?«, fragte Anna freundlich.

»Sogar pünktlich.« Tabita ging neben ihr her, sie hatte den gleichen Weg. »Mein Verlobter hat gerade angerufen. Auch er konnte pünktlich Feierabend machen.«

Anna lächelte. »Verlobter? Habe ich was verpasst?«

Tabita lachte ausgelassen. »Ja, wir sind nun verlobt.« Sie hielt ihre linke Hand hoch, sodass das Sonnenlicht in dem blauen Stein funkeln konnte, der ihren Ring zierte. »Lorenzo hat mir einen Antrag gemacht.«

»Herzlichen Glückwunsch! Ich hoffe, Sie wissen, worauf Sie sich einlassen«, scherzte Anna. »Die Ehe mit einem Polizisten ist nicht leicht.«

»Ja, ja! Pünktlicher Feierabend ist selten.« Tabita verdrehte die Augen. »Aber was hilft's? Ich liebe ihn nun mal.«

Anna fiel ein, dass sie, als sie wieder einmal die Garage des Hotels benutzte, Tabita gefragt hatte, ob ihr Freund in der Questura in der Nähe des Campos arbeite. Es war eine Frage ohne Hintergedanken gewesen. Sie hatte nur Interesse an Tabita und ihrem Verlobten bekunden wollen, über den die junge Frau gerne sprach. Dann aber war ihre Neugier geweckt worden, denn Tabita hatte sich rausgeredet, als wollte sie nicht zugeben, wo ihr Verlobter tätig war. Anna fragte sich seitdem, ob dieser Mann, den sie noch nie gesehen hatte, nur in Tabitas Fantasie existierte oder ob er in Wirklichkeit einen Beruf ausübte, der nicht so repräsentabel war wie der des Polizeibeamten. Jedenfalls hatte Tabita etwas davon gemurmelt, dass er mit einer geheimen Mission betraut sei und sie deswegen nicht über seine Aufgaben reden dürfe. Anna hatte ihr nicht geglaubt, machte sich seitdem einen Spaß daraus, Tabita nach ihrem Liebsten zu fragen, und lachte heimlich über deren Versuche, aus ihm einen Mann mit Bedeutung zu machen. Vermutlich war er Straßenkehrer oder bestenfalls Kellner.

Vor der Stadtmauer trennten sie sich, Tabita wollte ein paar Einkäufe auf der Via Minzoni machen. Anna schob sich durch den Verkehr, bis sie in die Via Memmi einbiegen konnte, wo sie sich nicht mehr von hupenden Fahrzeugen und genervten Fahrern bedrängt fühlte. Aber statt in die Via Valdambrino zu gehen, wanderte sie weiter geradeaus. Aus der Via Memmi wurde die Via Boninsegna, und kurz darauf stand sie vor Levis Haus. Zwei Bauarbeiter trugen gerade eine Leiter auf die Straße, die in einem Lieferwagen verstaut wurde, auf dem etwas stand, was Anna übersetzte mit »Architekturbüro und Bauunternehmung Levi Kailer«.

»Ist der Chef da?«, fragte sie.

»No! Solo il padre.«

Sie ging ums Haus herum und fand Konrad im Büro, wo er über einer Akte brütete. »Ciao, Konrad! Wie wär's mit einem Aperitif im *Lampada Rossa?*«

Konrad freute sich, stand auf und begrüßte Anna mit einem Kuss, dem sie sich schnell entzog. »Bist du vor Henriekes Laune auf der Flucht?«

Anna sah ihn ängstlich an. »Hast du sie gesehen?«

»Ich bin in deinem Haus geblieben, bis die Handwerker weg waren. Hatte ich ja versprochen. Die Jungs packten gerade ein, als Henrieke zurückkam. Mann, war die mies drauf!«

Anna empfand mit einem Mal das Gleiche, was sie damals bedrückt hatte, als sie Henrieke im Kindergarten abgab und die Kleine weinend die Ärmchen nach ihr ausstreckte. Wie eine böse Mutter war sie sich damals vorgekommen, die ihr kleines Mädchen verließ, die sich anschließend einen Stadtbummel gönnte, ohne ein quengelndes Kind hinter sich herzuzerren. Dass sie diesen Bummel nicht hatte genießen können, änderte nichts. Und obwohl Henrieke sich später in dem Kindergarten sehr wohlgefühlt hatte, konnte Anna nie das Schuldgefühl vergessen, unter dem sie gelitten hatte. »Ich glaube, sie braucht Hilfe.«

»Hat sie schon gefunden. Levi hat sie ins Auto gepackt und ist mit ihr losgefahren.«

»Wohin?«

»Keine Ahnung. Er meinte nur, sie sähe aus, als brauche sie jemanden zum Reden.« Konrad schlug den Ordner zu und schob ihn ins Regal. »Wir könnten uns mal wieder eine Pizza Tonno gönnen.«

Anna sah an sich herab und dann an Konrad. »Sollten wir uns nicht vorher umziehen?«

Konrad schien mit sich und seinem Outfit zufrieden zu sein. Die

Bermudas, die er mit Vorliebe trug, waren sogar sauber, aber seinem Polohemd sah man an, dass es im Laufe des Tages mehrmals durchgeschwitzt worden war. Er betrachtete Anna, die eine alte Jeans trug, bequem, aber alles andere als perfekt sitzend, und ihr Top, an dem ihm nur der tiefe Ausschnitt gefallen konnte. Eigentlich war es schön in Konrads Gegenwart. Dass ihr blonder Pixiecut garantiert verstrubbelt und ihr brombeerfarbener Lidschatten vermutlich verwischt war, machte ihm nichts. In Emilios Gegenwart hätte Anna sich niemals so köstlich gehen lassen dürfen. Dass er sie geküsst hatte, obwohl sie ausgesehen hatte wie der Mopp des Zimmermädchens, war unergründlich.

Im *Lampada Rossa* war noch nicht viel los. Italiener gingen ja erst später essen, dies war die Zeit der Touristen. Ein paar Siena-Besucher saßen da, sichtlich erschöpft vom Sightseeing, und stärkten sich an Pizza und Rotwein. Aber das war zu wenig, um Ricardo auszulasten. Er kam freudestrahlend an den Tisch, an dem Anna und Konrad Platz genommen hatten, bereit und entschlossen, die Zeit, bis das Abendgeschäft richtig losging, mit dem Austausch von Neuigkeiten zu füllen. Da Anna in männlicher Begleitung war, brauchte er sich diesmal nicht den Kopf darüber zu zerbrechen, wen er an ihren Tisch setzen könnte, sofern sich alleinreisende männliche Gäste im *Lampada Rossa* blicken ließen. So war er auch mit dem kleinen runden Tisch in der Ecke der Trattoria einverstanden, an dem Anna am liebsten saß. Wenn sie allein zu Ricardo kam, gab er ihr diesen Platz ungern, weil sie dort einem potenziellen Liebhaber möglicherweise nicht auf den ersten Blick ins Auge fiel.

Aber diesmal war alles anders. In Anna entstand sogar der Verdacht, dass Ricardo schon von Konrad ins Vertrauen gezogen worden war. Anscheinend hatte er in einem vertraulichen Gespräch erfahren, dass Konrad das Herz der deutschen Signora erobert hatte. Keine gute Ausgangsposition für das, was sie Konrad nun sagen wollte. Sagen musste!

»Buona serra, Signori!« Mit einem Augenzwinkern verriet Ricardo, dass er davon ausging, ein frisch verliebtes Paar vor sich zu haben. Anna seufzte heimlich. Vielleicht war das *Lampada Rossa* doch nicht der richtige Ort, Konrad ein Geständnis zu machen. Aber sie wollte es nicht länger aufschieben. Er musste wissen, woran er mit ihr war. Das war sie ihm schuldig. Aber wie sollte sie ihm erklären, warum sie in seinen Garten eingedrungen war? Die Sache war doch nicht so einfach, wie Anna vor einer Stunde noch gedacht hatte. Ihr Herz war, als Ricardo ihr einen roten Prosecco und Konrad ein Birra Moretti servierte, so tief gesunken, dass sie es von der Erde hätte aufklauben können. Nein, sie musste es anders angehen…

»Prost, mein Liebes!« Konrad lächelte sie an, er ahnte nichts von ihren schweren Gedanken. Und als sie in seine Augen sah und darin die kleine Hoffnung erkannte, die von einer größeren Angst am Leuchten gehindert wurde, wusste sie, dass es schwer werden würde, sehr schwer. Wie mochte er reagieren, wenn er erfuhr, dass sie Emilio Fontana geküsst hatte? Wenn sie gleich anfügte, dass sie weder mit dem einen noch mit dem anderen eine feste Beziehung eingehen wollte, würde der Kuss vermutlich seine kleinste Sorge sein. Und dann? Würde einer gegen den anderen zu Felde ziehen? Oder den jeweils anderen von da an ignorieren? Mit einem Mal wusste Anna selbst nicht mehr, was sie eigentlich wollte. War es doch besser, erst mal in Ruhe nachzudenken, ehe sie Konrad unglücklich machte?

Die Antwort auf diese Frage wurde ihr abgenommen. Und zwar auf eine derart suggestive Weise, dass sie schlagartig sowohl Frage als auch Antwort vergaß. Ein junges Paar betrat das *Lampada Rossa*, das Anna vor lauter Gedankenschwere zunächst gar nicht zur Kenntnis nahm. Der Mann ging voraus, nahm seiner Partnerin den Mantel ab und wandte sich dem Garderobenständer zu. Die junge Frau machte einen Schritt auf die Theke zu, wo Ricardo ihr entgegenlächelte und sich bereitmachte, den beiden einen Tisch zuzuweisen. Anna wollte die Hand heben und Tabita einen Gruß zulächeln, aber sie wurde von ihr nicht gesehen. Tabita folgte Ricardos ausgestreckter Hand, der auf einen Tisch am Fenster wies. Sie wandte sich dem Mann zu, der nun zu ihr trat...

Anna sprang auf und setzte sich auf einen Stuhl, auf dem sie der Trattoria den Rücken zukehrte. Aus weit aufgerissenen Augen starrte sie Konrad an, der verständnislos zurückblickte. »Vorsicht!«, zischte sie und klopfte auf den Stuhl neben sich. »Hierher! Schnell!«

Konrad begriff noch immer nicht, wollte fragen, ließ sich aber von Annas Panik anstecken und erhob sich, um den Stuhl zu wechseln. Währenddessen fiel sein Blick auf den Mann, der sich in Tabitas Begleitung befand. Mit einer Drehung seiner Hüfte saß er neben Anna und starrte mit ihr zusammen die Wand an. »Mein Gott! Was sollen wir tun?«

Emilio ließ den Motor aufheulen. »Santo Dio!« Er war entgeistert. Da dachte er, Anna riefe ihn an, weil sie den Abend mit ihm verbringen wollte, und nun das! Nach seiner Rückkehr ins Büro war er ein Dutzend Mal versucht gewesen, ihre Nummer zu wählen, aber jedes Mal war ihm der Mut abhandengekommen. Sie war eine Kolsky! Das blieb sie, auch wenn er der Sache mit dem Ring auf den Grund gekommen war. Einer Kolsky durfte man nicht trauen. Obwohl seine Mutter sagte, der familiäre Hintergrund würde überbewertet. Emilios Vater sei ein Frauenheld der schlimmsten Sorte gewesen und sein Sohn der größte Langweiler, mit dem Mama je zu tun gehabt hatte. Daran könnte er sehen, dass ein Vater, für den räuberische Erpressung zum Alltag gehörte, nicht unbedingt eine

Tochter bekommen musste, die sich mit Hehlerware über Wasser hielt. Ein total unsachliches Argument! Aber so war Mamma nun mal. Vor allem, wenn sie glaubte, eine Frau für ihren Sohn gefunden zu haben, die aus ihm vielleicht doch noch einen Mann machte, dem ihre Freundinnen einen begehrlichen Blick nachwerfen würden. »Mamma ist einfach unmöglich«, murmelte Emilio. Er würde sich jetzt lieber auf die Aufgabe konzentrieren, die vor ihm lag.

Also schon wieder kein pünktlicher Feierabend! Seine Mutter würde mit dem Abendessen auf ihn warten müssen. Aber wenn er ihr gestand, dass es eine Frau war, die ihn davon abgehalten hatte, rechtzeitig zum Ossobuco zu erscheinen, würde sie ihm verzeihen. Wenn er ihr dann noch erzählte, dass er Anna heute zum ersten Mal geküsst hatte ...

Da, eine Lücke im Verkehr! Also auf die Bremse, das Steuer herumreißen, das Heck ausscheren lassen ... und schon sah die Motorhaube seines Wagens in die entgegengesetzte Richtung. Nun den Fuß aufs Gas und nicht an irgendwelche Verkehrsvorschriften denken. Das *Lampada Rossa* war nicht weit. Er musste retten, was zu retten war.

»Mein Handy!« Irgendwo musste es sein, in seiner linken, nein, in seiner rechten Brusttasche. Wer sagte, dass man das Lenkrad mit beiden Händen halten musste? Die Polizei natürlich! Aber er war jetzt nicht als Polizist unterwegs oder zumindest nur zu einem Teil. Ein deutsches Auto, das auf seinem Vorfahrtsrecht bestand? »Attenzione! Wir sind hier in Italien!« Da hatte derjenige Vorfahrt, der es besonders eilig hatte. »Mai sentito? Noch nie gehört?« So einer durfte auch während der Fahrt telefonieren, sogar bei rasendem Tempo, dann erst recht. Das bewies, wie dringlich rasantes Vorankommen war. Die anderen hatten ja keine Ahnung, worum es ging. Stoppen vor einer roten Ampel, am Ende einer langen Schlange? »Io no! Nicht mit mir!« Zum Glück war die Linksabbiegerspur leer, Emilio fuhr an der Schlange vorbei und setzte sich neben den ersten Wagen. Eine Familienkutsche, die packte er locker. Als die Ampel auf Gelb wechselte, war er der Erste, der in die Kreuzung schoss, das empörte Hupen all jener, die ihm folgten, störte ihn nicht. Das machte sogar Spaß. Italiener hupten immer gern, das hatte nichts zu bedeuten. Meistens sollte es ausdrücken: He, amico, gut gemacht! Bei einem deutschen Autofahrer hieß das eher: Du Verkehrsrowdy, dich zeige ich an! So einer hatte ja keine Ahnung, was in Italien alles möglich war. Sollte er von irgendeiner Kamera aufgenommen werden und auf irgendeinem Film der Verkehrsüberwachung erscheinen, würde es garantiert einen Kollegen geben, der das Band löschte.

Die Via Emanuele war zum Glück vierspurig, da konnte er die Autos von der linken Spur auf die rechte drängen, und schon hatte er freie Fahrt. Ärgerlich waren die Fußgängerüberwege auf der Via Minzoni. Mütter mit Kinderwagen wollte er nicht gefährden und harmlose Touristen, die auf ihren Stadtplan starrten, auch nicht. War auch zum Glück nicht nötig. Seine Hupe war so durchdringend, dass sich keiner traute, einen Schritt auf die Straße zu setzen, selbst wenn die Fußgängerampel grün zeigte. In dem Verkehrsgewusel vor der Stadtmauer kam sowieso nur der Stärkste voran. Wer sich hier an Vorschriften hielt, hatte schon verloren. Die Fußgänger, die sich durch die Lücken zwischen den Autos schoben, waren selbst schuld, wenn sie auf einer Motorhaube landeten. Dass ihnen nichts anderes übrig blieb, wusste er natürlich, denn der schmale Bürgersteig, den es tatsächlich gab, war von Hundehaufen und Müll übersät und die Plattierung locker und aufgesprungen, also voller Stolperfallen. Außerdem würde das Benutzen des Bürgersteigs einen Umweg von etwa einer knappen Minute bedeuten. So was nahm doch kein Mensch auf sich. Verständlich also, dass die Fußgänger auf der Straße mitmischten.

Gas, Bremse, Gas, Bremse, heulender Motor und quietschende Reifen im Wechsel, damit verschaffte man sich Respekt. Und wer sah, dass er es schaffte, gleichzeitig mit der rechten Hand das Handy ans Ohr zu nehmen und mit der linken zu gestikulieren, weil kein Italiener ein brisantes Telefonat führen kann, ohne sich die Haare zu raufen oder vor die Stirn zu schlagen, ließ ihm die

Vorfahrt. Zumindest seine Landsleute. Der Fahrer des deutschen BMW, der von rechts kam, wollte es nicht auf Anhieb glauben, nur weil er jünger war und sein Wagen mehr PS hatte und er außerdem davon ausging, dass das Recht auf seiner Seite war. Aber als Emilio die Abzweigung nach links geschafft hatte und die Via Martini entlangraste, wusste auch der BMW-Fahrer, dass in Italien andere Gesetze galten.

Anna hatte einen Punkt in der Fensterscheibe gefunden, in dem sie erkennen konnte, was sich hinter ihrem Rücken abspielte. Sie sah, dass Tabitas Verlobter in seine Hosentasche griff und ein Handy hervorholte. Das Gespräch war nur kurz. Er steckte das Handy zurück, erklärte Tabita etwas und erhob sich.

»Der ist gewarnt worden«, flüsterte Anna. »Er will sich verdrücken.«

»Quatsch«, flüsterte Konrad zurück. »Wer soll ihn denn gewarnt haben? In dieser kurzen Zeit? Fontana selbst?«

Das war natürlich Unsinn, Anna sah es sofort ein. Aber aus welchem Grund wollte Tabitas Verlobter dann mit einem Mal die Trattoria verlassen? Ausgerechnet jetzt, kurz vor seiner Verhaftung, bekam er Lust auf eine Zigarette? Oder ging es um ein Treffen mit einem Komplizen, der ihm Diebesgut übergeben wollte? Vielleicht auch einer, der Emilio Fontanas Telefon abhörte und wusste, dass der Bankräuber und Mafioso verhaftet werden sollte. Ja, das war möglich. Die Mafia hatte Augen und Ohren überall.

»Wir müssen ihn im Auge behalten.«

Konrad sah so hilflos aus, wie sie ihn noch nie erlebt hatte. Die Tatkraft war jäh von ihm abgefallen. Während er sonst immer wusste, was zu tun war, erschien er jetzt verwirrt und geradezu ungläubig. »Ich begreife das nicht«, stieß er leise hervor. »So dumm kann doch kein Mensch sein. Hier in Siena ist er schon mal festgenommen worden, hier hat er türmen können, hat eine Geiselnahme gefährdet, hat sich als Mafioso geoutet... und statt ans andere Ende der Welt zu fliehen, setzt er sich in eine Trattoria und bestellt Vino rosso?«

»Vermutlich ist es Tabita, die ihn hier hält. Vielleicht weiß sie nicht, dass er ein Krimineller ist.«

Diese Erklärung machte es nicht besser, Konrads Gesichtsausdruck wurde noch konfuser. Und auch Anna hatte mit einem Mal das Gefühl, auf ein fahrendes Karussell gesprungen zu sein und auf einem Holzpferd gegen die Fahrtrichtung zu reiten.

»Emilio hat gesagt, er kommt sofort.«

»Emilio?« Konrad sah sie unter gerunzelten Augenbrauen an. »Du meinst Commissario Fontana?«

Anna antwortete nicht auf diese Frage. Sie duckte sich und machte gleichzeitig einen langen Hals, damit sie besser sehen konnte, was geschah. Tabita warf ihrem Verlobten ein paar Worte hinterher, und er lächelte zurück, ehe er die Trattoria verließ.

Anna zeigte zur Küche, deren Tür gerade aufgestoßen wurde. Ricardo trug ein paar Pizzateller heraus und brachte sie an einen Tisch in der Nähe der Eingangstür.

»Wir müssen den Kerl aufhalten!«

Anna rannte auf die Küche zu, die mit einer Schwingtür ausgestattet war, die sich noch in Bewegung befand, nachdem sie einen der unzähligen Stöße erhalten hatte, die ihr im Laufe eines Abends von Ricardo verpasst wurden. Zwei, drei Schritte, und Anna stand in einem überheizten, dampfenden Raum, in dem ein Koch und ein Pizzabäcker, dazu mehrere Küchenhilfen arbeiteten. Niemand nahm von ihr Notiz, alle hatten viel zu tun und nur Augen für Pfannen und Töpfe, Pizzateig, Schinken, Nudeln, Pesto und Tomaten.

Anna wusste, dass die Küche einen Ausgang besaß, der auf einen kleinen Hof führte, wo die Mülltonnen, Bierkisten und Weinfässer untergebracht waren und eine kleine Sitzgruppe stand, auf der das

Küchenpersonal saß und rauchte, wenn Zeit dafür war. Sie drängte sich an den Arbeitstischen vorbei, ohne ihr Erscheinen zu erklären, und sagte auch nichts, als sie in erstaunte Gesichter blickte, weil nun doch aufgefallen war, dass jemand in die Küche eingedrungen war, der dort nicht hingehörte. Konrad machte es genauso. Er folgte Anna ohne ein Wort, machte nicht einmal halt, als er auf einer heruntergefallenen Tomatenscheibe ausrutschte. Erschrocken griff er um sich, fiel mit der Rechten in einen Pizzateig, erwischte mit der Linken den Schürzenzipfel einer Küchenhilfe und eilte davon, als hätte er Angst vor Verfolgung. Ohne ein Wort der Entschuldigung.

»Was hast du vor?«, keuchte er, als Anna bereits auf einen niedrigen Zaun zusteuerte, der das Grundstück von einer Böschung trennte. Sie wuchs auf den Bürgersteig, mündete in den Asphalt und setzte sich in seinen Rissen und Bruchstellen fort.

Anna streckte den Arm aus. Eine Sperre für Konrad, der womöglich weitergestolpert wäre und damit auf sich aufmerksam gemacht hätte. Sie duckte sich hinter einen Busch, der allerdings weit verzweigte Äste mit breiten Zwischenräumen besaß und keinen sicheren Schutz bot. Konrad hockte im Nu neben ihr, sah aber so aus, als fühlte er sich nicht besonders wohl in seiner Situation.

Vor dem Zaun ging Tabitas Verlobter auf und ab, immer wenn ein Wagen sich näherte, blieb er stehen und sah ihm entgegen. Offenbar war das richtige Auto bisher nicht erschienen. Annas Sorge wuchs. Auf wen wartete der Mann? Was, wenn er floh, ehe Emilio gekommen war, um ihn zu verhaften?

Sie gab Konrad einen Wink, huschte hinter ein dichteres Gebüsch und sorgte dafür, dass er sich neben sie auf die Erde setzte. Sie merkte, dass er nur widerwillig gehorchte, dass ihm die Heimlichtuerei unangenehm war, dass er am liebsten in die Trattoria zurückgekehrt wäre, und zwar durch die Eingangstür, und sich wieder an den Tisch gesetzt hätte, als hätte er im *Lampada Rossa* nie einen Bankräuber gesehen. Aber er spürte wohl, dass es dafür zu spät war. Anna sah in seinen Augen sogar ein Glitzern, das dort früher vermutlich oft zu finden gewesen war, wenn er einem Täter auf der Spur und der Augenblick der Verhaftung nah war.

»Auf wen mag er warten? Auf den, der ihn gewarnt hat?«

»Unmöglich«, flüsterte Konrad zurück. »Es kann ihn niemand gewarnt haben.« Seine Stimme wurde jetzt ärgerlich. »Was tun wir hier?«

»Beobachten, was vor sich geht. Damit wir Emilio Fontana sagen können, in welches Auto der Kerl gestiegen ist. Wir müssen uns die Kfz-Nummer merken.«

»Der haut doch nicht ab, während seine Verlobte in der Trattoria auf ihn wartet.«

»Er hat einen Anruf bekommen. Vielleicht von jemandem, der mit ihm unter einer Decke steckt.«

»Was für eine Decke?« Konrads Stimme wurde immer gereizter.

»Was weiß ich? Drogenhandel, Waffengeschäfte ... Bin ich ehemaliger Polizeibeamter?«

Der Wagen, der nun die Via Boninsegna herunterkam, fuhr viel zu schnell, ließ den Motor heulen und die Räder quietschen, als er auf der anderen Straßenseite stoppte. Tabitas Verlobter wollte darauf zugehen, unterließ es aber, als er merkte, dass der Fahrer des Wagens wenden wollte. Mit aufheulendem Motor setzte er zwei-, dreimal auf der schmalen Straße vor und zurück.

Anna griff nach Konrads Arm, klopfte auf seine Hand und nickte zu dem Mann, der aus dem Wagen stieg. Emilio Fontana!

Konrad tippte sich an die Stirn. »Der lässt sich doch nicht von der Polizei zur Verhaftung nach draußen bestellen!« Er verzichtete sogar darauf, leise zu sprechen, derart wahnwitzig kam es ihm vor, hier zu hocken. »Warum haut er nicht ab?«

»Weil er sich damit verdächtig machen würde«, raunte Anna zurück.

»Fontana, dieser Idiot! Kommt ohne Verstärkung! Hast du ihm nicht gesagt, dass hier das volle Programm nötig ist? Streifenwagen, mindestens zwei Mann Besatzung, Uniform, Dienstwaffe ...«

»Ich werde ihm doch nicht erklären, wie er seine Arbeit zu machen hat. Das weiß er selbst.«

»Anscheinend nicht. Vermutlich lädt er den Kerl freundlich in sein Auto ein und schaut ihm später kopfschüttelnd hinterher, wenn er Fersengeld gibt. Er hat ihn schon einmal laufen lassen, das weißt du doch.«

Sie sahen, wie sich die Tür öffnete und Emilio Fontana ausstieg.

»Da stimmt was nicht«, flüsterte Konrad. »So dämlich kann nicht mal Commissario Fontana sein.«

So schnell Emilio vorher gefahren war, so behäbig waren jetzt seine Bewegungen. Gemächlich zog er sich an der Karosserie in die Höhe und richtete, als er auf dem Bürgersteig stand, erst mal den Sitz seiner Hose. »Ciao, Lorenzo!«

Anna glaubte, sich verhört zu haben. Auch Konrad starrte auf die beiden Männer, die sich nun die Hände schüttelten, als vermutete er eine Halluzination.

»Was gibt es so Dringliches, Emilio?«

»Du hast wohl die Frau nicht gesehen, der ihr den weißen Fiat weggenommen habt?«

Lorenzo sah sich zu den Fenstern der Trattoria um. »Die sitzt im *Lampada Rossa?*«, fragte er ungläubig.

»Mit dem Typen, der dir eins auf die Nuss gegeben hat.« Trotz der Dunkelheit konnte Anna sehen, dass Emilio grinste.

Lorenzo fuhr herum. »Der mich erwischt hat, als ich den Fiat durchsuchte?«

»Genau der.«

Nun lachten sie beide, wie zwei Männer, die als junge Kerle etwas Verrücktes angestellt hatten, noch heute stolz darauf waren und die Sache bei jeder Erinnerung ein bisschen mehr aufbauschten.

»Rammentare! Als er mich in das Haus seines Sohnes geschleppt hat, ist mir ganz schön die Düse gegangen.«

Emilio steckte die Hände in die Hosentaschen und wiegte seinen Körper vor und zurück, von den Zehenspitzen auf die Fersen,

immer im Wechsel. »Was ich dich noch fragen wollte, Lorenzo...«
Er sah zu dem Busch, hinter dem Anna und Konrad hockten, und die beiden waren schon drauf und dran, mit erhobenen Händen hervorzukommen, bevor die Peinlichkeit, auf die Straße gezerrt zu werden, sie die letzte Selbstachtung kostete.

Doch Emilio sprach schon weiter. »Mir ist da kürzlich bei der Durchsicht von ein paar Akten etwas aufgefallen. Dein Name. Also... dein Nachname, der Vorname war anders. Silverio Graziano! Kennst du den?«

Lorenzo lachte. »Mein Stiefvater! Der war auch Polizist. Er hat mich adoptiert, als er meine Mutter heiratete. Deswegen trage ich seinen Namen.«

»Kann es sein, dass er als Erster am Tatort war, als dieser spektakuläre Überfall auf das Auktionshaus verübt wurde? Das ist Jahre her. Da ging es um die Auktion von Zarensilber.«

»Klar! Davon hat mein Vater oft gesprochen.«

Anna machte sich so klein wie möglich. Gleich würde der Name Kolsky fallen. Wie kam Emilio nur jetzt auf diesen Fall? Was hatte er mit dem Mann zu tun, den er Lorenzo nannte und der augenscheinlich kein Bankräuber, auch kein Mafioso, sondern ein Polizist war?

»Kann es sein, dass du in dem Fiat einen Ring verloren hast?«

Lorenzo schien echt verblüfft zu sein. »Wie kommst du darauf?«

»Jetzt kannst du es mir ja verraten.«

»Hast du ihn etwa gefunden?«

»Nein, ich bin nur neugierig. Du hast mir erzählt, dass du dich verlobt hast. Da dachte ich... Also, ich könnte verstehen, dass du alles unternimmst, um den Ring zurückzubekommen.«

Lorenzo lehnte sich an Emilios Wagen und sah nun bedrückt aus. »Er gehörte meiner Mutter. Sie hatte ihn von meinem Stiefvater bekommen, als er ihr einen Antrag machte. Sie hat ihn immer am Finger gehabt, sogar beim Putzen und Pizzabacken. Auf ihrem Sterbebett hat sie ihn mir geschenkt. Ich sollte ihn später mal meiner Braut anstecken. Und an dem Tag, an dem wir den Bankraub durchgezogen haben, wollte ich Tabita einen Heiratsantrag machen. Aber dann...« Er seufzte tief auf. »Der Ring war weg.«

»Du hast doch den Wagen sicherlich ein zweites Mal durchsucht. Nachdem wir ihn zurückgetauscht hatten.«

»Ich habe nichts gefunden. Du kannst mir glauben, ich habe die Karre auseinandergenommen, aber vergeblich.« Er sah Emilio aus Augenschlitzen an. »Ehrlich gesagt, ich hatte die Frau in Verdacht, der der Fiat gehörte. Aber dann...« Er machte eine Handbewegung, als wäre der Ring nicht mehr wichtig für ihn. »Tabita hat mir gestanden, dass ihr der Ring meiner Mutter nie besonders gut gefallen hat. Ich hatte ihn ihr einmal gezeigt. Sie fand ihn zu protzig, hatte mir aber die Wahrheit nicht sagen wollen. Nun habe ich ihr einen neuen gekauft. Mit einem blauen Stein. Wahrscheinlich wertvoller als der Ring, den mein Vater damals gekauft hat. Der hatte ja kein Geld, das kann nur ein billiges Ding gewesen sein. Obwohl er eigentlich nicht so aussah...«

Emilio klopfte Lorenzo auf die Schultern. »Eine schöne Geschichte. Aber den Ring musst du verloren haben, als du ein- oder ausgestiegen bist. Anna hat ihn mit Sicherheit nicht.«

»Anna«, wiederholte Lorenzo anzüglich. »Bist du endlich weitergekommen mit ihr?«

»Heute habe ich sie immerhin küssen dürfen.«

In Lorenzos leises Lachen mischte sich Konrads erschrockenes Ausatmen. Anna sorgte mit einer Handbewegung dafür, dass er schwieg. »Nicht hier!«

»Was machen wir nun?«, fragte Emilio. »Gestehen, dass du zur *GIS* gehörst? Oder soll ich dich mitnehmen und so tun, als hätte ich dich verhaftet? Ich kann dich nach Hause bringen.«

»Ist wohl besser«, gab Lorenzo zurück. »Ich rufe Tabita von unterwegs an. Sie ist ja mittlerweile Kummer gewöhnt. Sie weiß, dass ein Mitglied der *GIS* jederzeit zum Einsatz gerufen werden kann.«

»D'accordo. Anna erzähle ich dann, ich hätte dich verhaftet.«

Lorenzo ging auf die Beifahrerseite. »Okay! Ich kann mich

revanchieren. Einem Kollegen wie dir darf ich jetzt erzählen, was hinter dem Bankraub steckte. Der Fall ist abgeschlossen. Die Öffentlichkeit soll aber nichts...«

Der Rest des Satzes wurde durch das Zuschlagen der Fahrertür verschluckt. Emilio wendete erneut und fuhr in die Richtung davon, aus der er gekommen war.

Anna starrte dem Auto hinterher, so lange, bis Konrad ihren Arm berührte. »Gehen wir wieder rein.«

Sie nickte, und gemeinsam schritten sie auf die Eingangstür zu. »Ich wollte dir sowieso erzählen, wie das war heute Nachmittag.«

Eine schlaflose Nacht lag hinter ihr. Nach fünf Stunden vergeblichen Bemühens, Ruhe zu finden, stand Anna auf, zog sich ein weites Sweatshirt über und ging auf die Terrasse. Sie überlegte, ob sie sich ein Glas Rotwein holen oder sich einen Espresso kochen sollte. Aber die Entscheidung, ob es noch Nacht oder schon früher Morgen war, fiel ihr zu schwer. So ließ sie sowohl das eine als auch das andere, saß da und starrte in die Dunkelheit, die nicht rabenschwarz, sondern grafitgrau war. Die Straßenlaternen der Via Boninsegna waren nicht zu sehen, aber ihr Licht schimmerte durch die Bäume, die neben Levis Haus standen. Sämtliche Fenster dort waren dunkel, so wie die der Nachbarhäuser. Ob Konrad genauso schwer Schlaf fand? Der Abend war voller Aufregung, voll neuer Erkenntnisse gewesen, für Konrad dazu voller Enttäuschung. Anna spürte das Bedauern noch in der Kehle, als könnte sie es herausschluchzen. Das hatte Konrad nicht verdient. Dennoch hatte sie es ihm nicht ersparen können.

Während sie erzählt hatte, wie sie Henrieke gefolgt war, wie sie sich in die Pension geschlichen hatte und dann auf den Balkon gesperrt worden war, hatte sich nichts in Konrads Gesicht geregt.

Auch dass Dennis Appel sich in Siena aufhielt und verhaftet worden war, schien ohne Bedeutung für ihn zu sein. Ihn interessierte nur das, was dann folgte. Der Kuss auf dem Balkon.

»Bist du in Fontana verliebt?«

»Ich bin über sechzig. Solche Fragen passen nicht mehr zu mir. Zu dir auch nicht.«

»Also bist du auch nicht in mich verliebt?«

Dass sie nicht antwortete, akzeptierte er ohne Weiteres. »Trotzdem warst du eifersüchtig.«

Anna war froh, dass sie nicht dazu kam, auf diese Feststellung etwas zu entgegnen. Denn Emilio Fontana betrat die Trattoria. Er winkte Ricardo zu und wandte sich an Tabita, ohne Anna und Konrad zunächst zur Kenntnis zu nehmen. Sein Gesicht war voller Bedauern, während er mit Tabita sprach, auf ihr Achselzucken antwortete er mit einem Scherz, der sie zum Lachen brachte. Dann erklärte er Ricardo, der gerade mit einem großen Tablett an ihm vorbeiging, dass die Rechnung der jungen Dame an Tisch 13 auf ihn ginge. Er half Tabita in den Mantel und bat Ricardo, als dieser mit dem leeren Tablett zurückkehrte, für Tabita ein Taxi zu bestellen.

Das Angebot des Wirtes, ihn an einen freien Tisch zu begleiten, lehnte er ab. »Ich bin verabredet.«

Lächelnd kam er nun auf Anna und Konrad zu, so attraktiv, so souverän, mit so träger Lässigkeit, dass Anna ihre ganze mentale Kraft zusammennehmen musste, um sich zu sagen, dass so ein Mann nie und nimmer der Richtige für sie war. Sie hatte seit Stunden nicht mehr in den Spiegel gesehen, mochte sich nicht vorstellen, in welchem Zustand sich ihre Frisur und ihr Make-up befanden, und wusste, dass der Ausflug durch die Küche in den Garten der Trattoria ihrem Outfit weiß Gott nicht bekommen war. Wenn sie auch keine Frau war, der ihr Äußeres egal war, so war die Feststellung doch angenehm, dass Spontanität und fröhliche Schlamperei eben nur mit Konrad möglich waren. Neben Emilio würde die Zeit damit vergehen, möglichst gut auszusehen, das Beste aus sich herauszuholen und konkurrenzfähig zu bleiben. Die Tatsache, dass er sie am Nachmittag trotz ihres ramponierten Äußeren geküsst hatte, spielte keine Rolle. Und vielleicht tat sie ihm sogar Unrecht, wenn sie ihm die Schuld dafür gab, dass jede Frau in seiner Gegenwart möglichst gut aussehen wollte. Womöglich verlangte oder erwartete er es gar nicht, erzeugte aber, ohne es zu wollen, den Druck, der Anna schon beim Gedanken daran zusetzte.

»Danke für den Tipp«, sagte Emilio Fontana, als er sich setzte. »Der Kerl kommt hinter Schloss und Riegel. Da wird er eine Weile bleiben.«

Anna merkte, dass es in Konrad zu brodeln begann. Bevor er seinem italienischen Kollegen auf den Kopf zusagen konnte, dass er log, beschloss Anna, das selbst zu erledigen. Es würde für Emilio leichter sein, Kritik von ihr anzunehmen statt von dem pensionierten deutschen Hauptkommissar. Auch dass sie ihn belauscht hatten, würde er leichter verkraften, wenn er es von Anna hörte.

Tatsächlich wirkte Emilio verlegen, als Anna ihm erklärt hatte, dass es sinnlos sei, ihnen etwas vorzumachen. »Dienstgeheimnis«, erklärte er. »Eigentlich kann ich darüber nicht reden.«

Anna legte eine Hand auf seinen Arm, zog sie aber gleich wieder zurück, als sie Konrads Blick bemerkte. »Wir wissen schon zu viel. Und du kannst sicher sein, dass wir schweigen.«

Emilio warf Konrad einen fragenden Blick zu. Erst als dieser nickte, war er einverstanden. »Der vermeintliche Bankräuber heißt Lorenzo Graziano und ist Mitglied der *GIS*.« Ohne von Anna oder Konrad unterbrochen zu werden, erzählte er, dass der Bankraub fingiert gewesen sei, dass der Kollege etwas in dem Fiat verloren hatte und es zurückholen wollte. »Es ist verboten, etwas Privates mitzunehmen. Bei solchen Einsätzen weiß man nie. Man kann gezwungen sein, das Auto zu verlassen und abzuhauen. Wenn etwas Privates zurückbleibt, kann man sich damit verraten. Dann gefährdet man nicht nur sich selbst, sondern auch die Kollegen und vielleicht die kompletten Ermittlungen.«

Endlich verschwand die Verächtlichkeit aus Konrads Blick. »Woher wussten Sie, dass dieser Lorenzo zur *GIS* gehört?«

»Sie erinnern sich, dass ich ihn um seine Papiere gebeten hatte? Er hat mir heimlich seinen Dienstausweis gezeigt, so wusste ich Bescheid. Später hat er mich gebeten, Stillschweigen zu bewahren. Er hätte Ärger mit seinem Chef bekommen. In diesen fingierten Bankraub waren der Polizeipräsident und sogar der Minister eingeweiht. Lorenzo hätte mit disziplinarischen Maßnahmen rechnen müssen. Während eines Einsatzes einen Ring verlieren – das geht gar nicht.«

Anna brauchte eine Weile, bis sie aufsehen und Emilio ins Gesicht blicken konnte. »Er wollte Tabita einen Heiratsantrag machen?«

Emilio lachte, behielt Anna dabei im Auge und kümmerte sich nicht darum, dass Konrads Blick immer wachsamer wurde. »Zum Glück hat ihr der Ring sowieso nicht gefallen. Lorenzo hat einen neuen gekauft.«

Ricardo erschien an ihrem Tisch. »Vino rosso, Commissario?«

Emilio bestellte ein Glas Brunello, Konrad orderte ein weiteres Bier und für Anna noch einen roten Prosecco. Es schien ihm nicht zu gefallen, dass er nun bekennen musste, sich in Emilio Fontana geirrt zu haben. Sein italienischer Kollege war kein schlechter Polizist, wie er geglaubt hatte, sondern hatte nur etwas durchschauen können, was jedem anderen verborgen geblieben war. Diese Erkenntnis machte ihm zu schaffen. Seine Eifersucht hätte leichter gewogen, wenn er behaupten könnte, dass schöne Männer allesamt dumm sind und nur Barack Obama eine rühmliche Ausnahme bilde.

Zum Glück interessierte ihn der Ring nicht. »Dieser fingierte Bankraub...«

Emilio unterbrach ihn. »Darüber kann ich nicht reden.«

Das wollte Konrad nicht akzeptieren. »Ich bin ein Kollege. Verschwiegenheit ist für mich so selbstverständlich wie für Sie. Und für Anna legen wir doch beide die Hand ins Feuer.«

Emilio zierte sich noch eine Weile, fand viele Erklärungen, warum er schweigen müsse, ließ aber durchaus erkennen, dass er in Plauderlaune war. Und als Konrad nicht lockerließ und ein drittes Glas Rotwein geleert worden war, war er davon überzeugt, dass niemand davon erfahren würde, und begann zu erzählen. Dass dem Bankdirektor mit diesem fingierten Überfall Kontakt zur Mafia nachgewiesen werden sollte, dass es bisher auf offiziellen Wegen nicht gelungen war, die Geldbestände in der Bank in Augenschein zu nehmen. »Er hat die Bank zur Geldwäsche benutzt. In der Szene hat er schon lange den Beinamen ›Waschbär‹, weil niemand so erfolgreich in der Geldwäsche ist wie er. In einem bestimmten Geldschrank lagen viele Banknoten, die manipuliert waren. Die sind nun erbeutet worden und dienen als Nachweis. Der Waschbär ist gestern verhaftet worden.«

»Gehe ich recht in der Annahme«, fragte Konrad süffisant, »dass die Öffentlichkeit nichts davon erfahren wird?«

Emilio nickte. Für ihn war das weitaus selbstverständlicher als für Konrad. »Wenn es um die Mafia geht, muss man vorsichtig sein.«

Danach vertiefte sich das Gespräch zwischen Emilio und Konrad, Anna wurde zum Zaungast. Die Einzelheiten des Banküberfalls, in den sie hineingeraten war, interessierten sie nicht, ihre Gedanken waren bei dem Ring. Valentino und Filippo hatten ihn damals verloren, er war ihnen vielleicht aus den Händen geglitten, und Lorenzos Vater hatte nicht widerstehen können. Heimlich hatte er ihn damals an sich genommen, vielleicht weil ihm das Geld für einen Verlobungsring fehlte. Er hatte ihn der Frau angesteckt, die er heiraten wollte, und diese hatte von da an ein Vermögen am Finger gehabt, ohne es zu ahnen.

Dann fiel ihr Henrieke ein. Ihre Tochter hatte ebenfalls diesen Ring getragen, wenn auch nur kurz. Für zwei, drei Stunden war er ihr ganzes Glück gewesen. Sie hatte geglaubt, am Ziel ihrer Wünsche zu sein. Aber ihre Mutter hatte ihr genommen, was sie sich so sehr ersehnt hatte. Ob sie jemals begreifen würde, dass sie auf diese Weise endlich hatte erkennen können, was Dennis Appel für ein Mensch war?

»Hat er gestanden?«, fragte sie mitten in das Gespräch der Männer hinein.

Emilio unterbrach irritiert. »Wer?«
»Dennis Appel.«
»Nein, bis jetzt nicht.«
»Aber du bist sicher, dass er es war?«
»Alles spricht dafür.«
Ja, alles sprach dafür...

Kommen Sie mir jetzt bitte nicht mit Vorwürfen. Klar, Sie haben sofort durchschaut, dass ich mich über Dennis Appels Verhaftung freue. Aber behalten Sie es bitte für sich. Henrieke darf das niemals erfahren. Wahrscheinlich kann sie es sich denken, aber vermuten ist etwas anderes als wissen. Dass dieser Kerl jetzt erst mal im Gefängnis verschwindet, ist eine große Chance. Er hat sie beleidigt, schwer gekränkt, bitter enttäuscht, aber ich bin sicher, er würde ihr, wenn er die Möglichkeit hätte, so lange vorreden, dass sie das alles falsch verstanden habe und dass er sie trotz allem liebe, bis sie ihm glauben würde. Und wenn er sich dann tausendmal entschuldigte und ihr die Hochzeit in schillernden Farben ausmalte, würde sie ihm über kurz oder lang auch verzeihen. Dass er diese Gelegenheit nicht hat, kann nur gut sein, das müssen Sie zugeben. Henrieke kann sich jetzt endlich, ohne Beeinflussung durch Dennis Appel, über ihre Gefühle klar werden. Dass er als junger Kerl Onkel Heinrich viel Geld gestohlen hat, können Sie nicht glauben? Ich auch nicht. Aber ich werde einen Teufel tun, Emilio zu verunsichern. Je länger Dennis Appel eingesperrt ist, desto besser.

Anna schrak zusammen, als ihr Arm von der Lehne rutschte und sie beinahe vom Stuhl gefallen wäre. Ihr Kopf lag an der Hauswand, die Füße hatte sie bequem auf einen Stuhl gelegt. Und dabei war sie wohl eingeschlafen. Wie lange? Sie wusste es nicht. Aber mittlerweile lärmten die Vögel in den Bäumen, Motorengeräusche waren zu hören, Schritte vor dem Haus, Türenschlagen, Stimmen von weit her. Der Tag war erwacht. Die Sonne hatte zwar noch keine Kraft, kündigte aber bereits an, dass mit ihr zu rechnen sei. Es würde ein schöner Tag werden, sonnig und warm. Dass ihr erster Gedanke Dennis Appel galt, gefiel Anna nicht. Erst als sie sich ins Gedächtnis rief, dass er selbst nichts von diesem schönen Tag zu sehen bekommen würde, wurden ihre Lebensgeister geweckt.

Sie stand auf, streckte sich, bewegte ihre Knie, vor allem das rechte, das immer besonders schmerzte, wenn sie lange gesessen hatte. Sie schaute zu Levis Haus, das ruhig dalag. Es musste sehr früh sein, die Arbeiter waren noch nicht erschienen. Konrads Schlafzimmerfenster war geöffnet, aber sie sah keine Bewegung darin. Er schlief oder lag im Bett und kämpfte mit dem Schlaf, der nicht kommen wollte. Nachdem sie das *Lampada Rossa* verlassen hatten, hatte er sie zur Haustür gebracht, darauf hatte er bestanden, und Emilio mit einem strengen Blick zurückgewiesen, der die gleiche Absicht gehabt hatte. Verabschiedet hatte er sich mit einer Neigung des Kopfes, die einer Verbeugung ähnlich war. Dann hatte er ihr förmlich eine Gute Nacht gewünscht und war gegangen. Die Via Lorenzo hoch, ohne sich ein einziges Mal umzusehen. Anna hatte eine Weile in der offenen Tür gestanden, darauf gewartet, dass Emilios Auto vorfuhr, aber sie hatte umsonst gewartet. Beide Männer hatten sie verlassen, beide hatte sie verloren. Ein wenig hatte sie sich gewundert, dass sie keine Trauer verspürte, keinen Liebeskummer, Verzweiflung erst recht nicht. Nur ein leises Bedauern. Etwas anderes war wichtiger: Sie hatte ihr Hotel gerettet, das Hotel in Siena. In diesem Augenblick fiel ihr wieder ein, was neben ihrer Tochter wirklich wichtig für sie war: das Ziel zu erreichen, von dem ihre Eltern vergeblich geträumt hatten.

Sie war in ihre Wohnung gegangen, dann wieder in den Flur zurück und hatte leise die Tür geöffnet, die ins Hotel führte. Es roch nach Klebstoff und den Ausdünstungen der neuen Auslegware, scharf und bitter. Sie hatte gelauscht, dann war sie auf die Tür zugeschlichen, hinter der Henrieke wohnte. Das leise Weinen hatte sie erst vernehmen können, als sie ihr Ohr ans Türblatt legte. Es klang, als hätte Henrieke sich unter der Zudecke versteckt. Ein ersticktes Schluchzen, das Anna ans Herz ging. Gerne hätte sie angeklopft, Henrieke in den Arm genommen, sie getröstet und ihr etwas von einer glücklichen Zukunft erzählt. Aber sie wusste, dass sie nicht willkommen sein würde. Henrieke hätte jeden Trost für eine Lüge gehalten.

Da sie sich unbeobachtet fühlte, erlaubte sie sich, in die Küche zu humpeln, was sie sich sonst versagte, weil sie der Meinung war, dass man sich, wenn man sich dem Humpeln ergab, auch gleich dem Alter ergeben konnte. Und das wollte sie nicht. Auf keinen Fall! Jedenfalls... noch nicht.

Ihr Blick ging zur Uhr. Noch nicht einmal sechs! Trotzdem fühlte sie sich einigermaßen frisch. Zwei oder drei Stunden hatte sie scheinbar auf dem unbequemen Terrassenstuhl geschlafen.

Während der Kaffee in die Tasse lief, überlegte sie, was zu tun war, und kam schnell zu dem Schluss, dass es das Beste war, wenn das Leben weiterging, als wäre nichts geschehen. Sie würde Henrieke zuhören, aber nicht zugeben, dass sie – zumindest akustisch – bei Dennis' Verhaftung dabei gewesen war, würde sie nach ihren Plänen fragen, würde aber nicht auf Emilios Anruf warten und auch nicht auf Konrads Besuch. Sie würde sich um ihr Hotel kümmern, basta. Sobald Henrieke aufgewacht war, würde sie sich den Staubsauger schnappen und die neuen Teppichböden säubern. Dann würde sie durch alle Zimmer gehen und nach dem Rechten sehen, die Bilder aus dem Keller holen und festlegen, wo sie aufgehängt werden sollten, die schneeweißen Handtücher, die sie bereits gekauft hatte, waschen, mit Weichspüler behandeln, damit sie noch flauschiger wurden, und den Bettenhändler anrufen, um zu erfahren, wann sie mit der Lieferung der Laken, Zudecken und Kopfkissen rechnen durfte. Sollten sie bereits auf Lager sein, würde sie alle abholen und die Betten mit der neuen Wäsche beziehen, die bereits darauf wartete – lindgrün mit weißem Muster, passend zur Farbe der Wände. Vielleicht würde sie sogar die Anstreicherfirma anrufen und darum bitten, dass endlich die Außenfassade gestrichen wurde. Sie wollte kein Gerüst am Haus stehen haben, wenn die ersten Gäste einzogen, und sie hatte das Geld, um diese Arbeiten zu bezahlen. All diese Pläne hatte sie in den letzten Tagen sträflich vernachlässigt. Es wurde Zeit, sich wieder darauf zu besinnen, warum sie in Siena war. Und dann musste sie sich noch überlegen, wo sie das Geld verstecken sollte, das sie für den Ring bekommen hatte. Ihre lila Bettwäsche war nicht mehr sicher genug. Dass sie sich für die geblümte entschieden hatte, fand sie mit einem Mal leichtsinnig. Aber wo versteckte man so viel Geld, das man nicht zur Bank bringen konnte? Wehmütig dachte sie an die lila Bettwäsche, die ihr in den Jahren ihrer Ehe so etwas wie ein guter Freund geworden war, jemand, dem sie vieles anvertraute, jemand, der Clemens nie etwas verraten hatte. Ein Gefühl von Freiheit hatte ihr der Inhalt dieser Bettwäsche gegeben, Freiheit hatte für sie seitdem die Farbe Lila. Immer wenn ihre Fingerspitzen daran rührten, wenn sie fühlte, wie prall sie gefüllt war, wenn es knisterte, dann wusste sie, dass sie Clemens verlassen könnte, wenn sie es wollte. Sie hatte die Möglichkeit, auf eigenen Beinen zu stehen, wenn ihr das Leben an Clemens' Seite unerträglich geworden war. Dass sie es nie getan, nicht einmal ernsthaft in Erwägung gezogen hatte, war etwas anderes. Es hatte gereicht zu wissen, dass es möglich war. Und nun? Ihr Haus schien nicht mehr sicher zu sein. Es sei denn, sie überwand sich und verrammelte demnächst alle Türen. Aber dieser Gedanke machte ihr mehr Angst, als noch einmal bestohlen zu werden. Dennis Appel würde nicht zurückkommen, so viel war sicher. Der Gedanke, dass er ihre lila Bettwäsche in Händen gehabt hatte, machte sie wütend. Sie hatte etwas gehört, als sie über den Zaun steigen wollte. Ein Geräusch in der Nähe der Terrassentür! Sogar Emilio war es aufgefallen. Aber Dennis hatte es trotzdem geschafft, heimlich ins Haus einzudringen. Dafür hatte er eine Gefängnisstrafe wirklich verdient.

Sie wollte, mit der Tasse in der Hand, auf die Terrasse zurückkehren, da stockte sie. Henriekes Handy lag neben der Spüle. Anna betrachtete es lange, lauschte ins Haus … dann nahm sie es, als alles ruhig blieb, zur Hand. Mit flinken Fingern öffnete sie die Liste, die alle Telefonnummern anzeigte, die Henrieke angerufen oder von denen sie Anrufe entgegengenommen hatte. Dennis' Handynummer erschien gleich dutzendfach.

Wütend stellte Anna die Tasse zur Seite. Wie konnte Henrieke nur! Ließ sich von diesem Kerl beleidigen und zurückstoßen – und rief ihn schon zwei, drei Stunden später an, statt ihn schmoren zu lassen und ihm zu zeigen, dass sie auf ihn nicht angewiesen war. Annas Zorn vermischte sich zwar mit Mitleid, aber sie verrührte die beiden Gefühle so lange, bis das Mitleid vom Zorn absorbiert worden war. »Henrieke!« Was war schiefgelaufen im Leben ihrer Tochter, dass sie sich derart von einem Mann abhängig machte, der sie nicht verdiente?

Als sie Geräusche im Flur hörte, legte sie das Handy zurück und ging auf die Terrasse. Sie drehte sich nicht um, als sie Henriekes schlurfende Schritte hörte, und wartete darauf, dass ihre Tochter zu ihr trat. Aber der Perlenvorhang blieb still, das leise Klirren kam vom leichten Wind. Dann hörte Anna den Ton der Tasten, als Henrieke eine Nummer wählte. Dennis Appels Nummer, da war sie sich sicher.

Sie trank die Tasse leer und kehrte in die Küche zurück. »Guten Morgen, mein Kind!«

Henrieke maß sie mit einem Blick, als fühlte sie sich von ihrer Mutter belästigt. Sie nickte nur, nahm das Handy ans Ohr und legte es kurz darauf resigniert zurück. Wieder mal hatte sich Dennis' Mailbox gemeldet.

»Ist was?«

Henrieke antwortete nicht, sondern ging in den Flur, wo das Telefonbuch von Siena auf einem Regalbrett lag, das demnächst allen Hotelgästen zugänglich sein sollte. Anna ahnte, dass ihre Tochter die Nummer der *Pensione Giuttari* suchte. Sie steckte eine Scheibe Weißbrot in den Toaster und wartete, bis sie braun war. Währenddessen fand Henrieke, was sie suchte, ließ den linken Zeigefinger unter der Nummer liegen, die sie mit dem rechten Daumen wählte. Anna betrachtete sie durch die geöffneten Türen, während Henrieke in den Hörer lauschte. Sie war bleich und hatte rot geränderte Augen. Elend sah sie aus. Und noch immer trug sie die alten Adidas-Shorts. Mittlerweile seit einer Woche, ohne dass sie gewaschen worden waren!

»Sono Henrieke Wilders. Dennis Appel, per favore. Stanza Numero dieci.«

Anna holte Honig aus dem Schrank und bemühte sich, den Eindruck zu erwecken, sie höre nicht zu.

»Sie sprechen Deutsch? Sehr gut. Verbinden Sie mich bitte mit Dennis Appel in Zimmer 10.«

Das Telefonat dauerte nicht lange. Henrieke legte das Handy weg, kam in die Küche zurück und ließ sich auf den nächstbesten Stuhl sinken. Ihre Blässe war jetzt hinter hektischer Röte verschwunden, ihre Stimme zitterte. Nein, sie vibrierte, als wäre sie mit einer Hochspannungsleitung verbunden. »Dennis ist verhaftet worden.«

Anna gab sich Mühe, genauso entgeistert dreinzublicken wie ihre Tochter. Ob es ihr gelang, wusste sie nicht. Zum Glück war Henrieke viel zu bestürzt, um auf die Reaktion ihrer Mutter zu achten.

»Mama, was soll ich tun?«

Wie fühlt man sich als Mutter, wenn man der Tochter etwas vormachen muss? Schrecklich, ganz schrecklich, das können Sie mir glauben. Unerträglich wäre es, wenn ich nicht wüsste, dass ich ihr damit im Grunde helfe. Sie sieht es nicht ein, jetzt noch nicht, aber irgendwann wird sie erkennen, dass sie diese Hilfe nötig hatte. Henrieke fühlt sich nicht besser als ich, das sehe ich ihr an der Nasenspitze an. Auch sie macht mir etwas vor, das ist nicht zu übersehen. Wir machen uns gegenseitig etwas vor. Trotzdem erlaube ich mir die Frage, wie lange Dennis Appel schon in Siena ist, warum er hier ist und warum ich davon nichts erfahren habe. Anscheinend hat Henrieke sich viele Antworten zurechtgelegt, all meine Fragen hat sie sich wohl schon längst selbst gestellt. Ich höre ihren Antworten geduldig zu, sage nichts, als sie behauptet, dass alles meine Schuld ist, dass Dennis gerne einen Besuch bei mir gemacht hätte, aber leider nicht damit hatte rechnen können, willkommen zu sein, da ich ja voller Vorurteile stecke und nichts anderes im Sinn habe, als die Beziehung meiner Tochter zu zerstören. Und dass Dennis selbstredend nach Siena gekommen war, weil er es vor Sehnsucht nach Henrieke in Stuttgart nicht mehr ausgehalten habe... An diesem Punkt muss ihr endlich eine Erinnerung gekommen sein. Sie bricht ab, ehe ich etwas sagen kann, was mich verraten hätte. Finden Sie nicht auch, dass ich einen Orden verdient habe für dieses heldenhafte Schweigen?

»Hast du die Nummer... die Nummer von diesem Typen... du weißt schon... der Bulle, der in dich verknallt ist.«

Anna beschloss, diese Frage nicht zu verstehen, und bestrich statt einer Antwort ihren Toast mit Honig.

»Die Nummer der Questura! Kennst du die?«

»Nein.«

Das Telefonbuch von Siena würde schon zerfleddert sein, noch ehe der erste Gast es zur Hand genommen hatte. Schließlich hatte Henrieke die Telefonnummer der Polizeistation von Siena gefunden und verlangte Commissario Fontana zu sprechen.

Klar, diesen Anruf hätte ich ihr ersparen können. Und heldenhaftes Schweigen ist jetzt nicht mehr gefragt. Wenn mir trotzdem nichts einfällt, was ich sagen könnte, dann nur, weil mir lediglich kleckerweise klar wird, was Henriekes Worte bedeuten. So ungeheuerlich ist das, was mir soeben um die Ohren geflogen ist, dass ich nicht einmal den Kopf einziehen kann und zu einer Entgegnung erst fähig bin, als Henrieke bereits die Küchentür hinter sich zuschlägt. Zuknallt!

»Du hast Dennis auf dem Gewissen!«
   »Ich?«

Nun haben sich in meinem Hirn alle Synapsen so gründlich miteinander verknüpft, dass ich nicht nur einsehen muss, was ich nicht will, sondern auch kapiere, dass ich etwas einsehen muss, was ich nie für möglich gehalten habe. Onkel Heinrich hat damals der Polizei gesagt, ich sei über jeden Zweifel erhaben, seine Nichte sei ein ehrlicher Mensch. Der Einzige in der Familie, dem er vertraue. So habe ich auch bis zu dieser Minute gedacht, wenn es um meine Tochter geht. Henrieke ist ein ehrlicher Mensch, leider kein liebenswürdiger, gewinnender, charmanter, kluger, aber doch ein ehrlicher Mensch. Ich denke, Sie sind mit mir einer Meinung, wenn ich sage, dass Ehrlichkeit und Unehrlichkeit Schattierungen von hellgrau bis tiefschwarz aufweisen. Schwarz wie die Nacht, aber rabenschwarz, rauchschwarz, absolut lichtlos sind Unehrlichkeit und Betrug in der Familie. Der Tiefpunkt der Charakterlosigkeit.

Anna hatte sich noch nicht vom Fleck gerührt, als im Hotel eine Tür ins Schloss fiel. Mit einem unaufdringlichen, saugenden Geräusch, das kaum störte. Das *Albergo Annina* sollte ein leises Haus sein, in dem man früh zu Bett gehen und ausschlafen konnte, ohne von Lärm geweckt zu werden. Verrückt, dass ihr diese Gedanken durch den Kopf gingen, während viel drängendere im Vordergrund zu stehen hatten.

Sie stand noch immer in der Küche, der Honig tropfte von ihrem Brot. Es schien, als klebte er auch unter ihren Schuhsohlen, denn sie war unfähig, sich vom Fleck zu rühren. Wieder fiel eine Tür ins Schloss, sie hörte Henriekes Schritte, ihr Schluchzen hatte denselben Rhythmus. Durch die geöffneten Türen ihrer Wohnung sah sie ihre Tochter auf die Haustür zustürmen. Henrieke riss sie auf und ließ sie mit einem Donnern ins Schloss fallen. Dann trat Stille ein. Eine feindselige Stille...

Was hatte Henrieke vor? Wohin ging sie? Von diesen Fragen wurde Anna durch das Schlagen von Autotüren erlöst. Ein Wagen hatte vor dem Haus gehalten, sie hörte die laute Stimme eines Mannes, die vom Autoradio übertönt wurde. Statt die Musik leiser zu stellen, schrie er gegen *Radio Kiss* an, ein Sender, der in fast allen italienischen Taxis lief. Die Stimme blieb so laut, als sie sich der Tür näherte und damit von der Musikbeschallung entfernte. Anna hörte ein mehrfach gebrülltes »Grazie!« und sah nun ein, dass Besuch gekommen sein musste. Auch das noch!

Sie verließ schon die Wohnung, ehe die Klingel betätigt wurde, und ging an der zukünftigen Rezeption vorbei, als sie die große Gestalt durch die Eingangstür erkennen konnte, die Durchlässe aus satiniertem Glas besaß. Sie öffnete in dem Moment, in dem es läutete. Und vor ihr stand ein Mann – schwer auf zwei Gehhilfen gestützt.

»Mir war so, als müsste ich mich hier mal blicken lassen.«

Emilio Fontanta schüttelte sich. Was für ein unangenehmer Typ, dieser Dennis Appel! Er konnte verstehen, dass Anna ihn ablehnte. So einen würde er auch nicht zum Schwiegersohn haben wollen. Er musste sich schwer beherrschen, ihn nicht zurechtzustutzen, wenn er Anna nicht beim Namen nannte, sondern von der Alten redete, die ihre Kohle unbedingt für sich behalten wollte, statt ihre Tochter zu unterstützen. Wenn es nicht so unverschämt gewesen wäre, hätte man darüber lachen können. Dennis Appel war es, der unterstützt werden sollte, das war wohl klar. Auch Henrieke nannte er nicht beim Namen, sondern bezeichnete sie wechselweise als blöde Kuh oder Doofbacke. Als er sich unterstand, von Anna als Auslaufmodell zu reden, reichte es Emilio. Der Zufall wollte es, dass er gerade für einen Moment mit ihm alleine war, weil Giuseppe nach einem Diktiergerät fürs Protokoll suchte und Appel die Handfesseln noch nicht abgenommen worden waren. Offenbar sah der Commissario nicht so aus, als könnte er gewalttätig werden. Kein Wunder, er hatte ja auch noch nie einen Menschen geschlagen, nicht einmal einen Kleinkriminellen, der ihn als Polizistensau beschimpfte. Bei Dennis Appel konnte er sich jedoch nicht beherrschen. Als Giuseppe wieder hereinkam, saß der Verdächtige mit aufgeplatzter Lippe da und schrie Zeter und Mordio. Giuseppe war zutiefst erschrocken, als er sah, dass sein Chef sich mit schmerzverzerrtem Gesicht die Knöchel der rechten Hand rieb. Es war sogar das erste Mal, dass er eine seelische Erschütterung nicht durch einen rhetorischen Wasserfall ausdrückte, sondern verstummte. Selbst als Emilio ihm erklärte, dass der Häftling leider bei dem Versuch zu fliehen gegen die geschlossene Tür gelaufen sei, sagte er kein Wort. Aber immerhin nickte er, das reichte. Wenn Giuseppe sich von seiner Erschütterung und der Erkenntnis erholt hatte, dass sein Chef anders sein konnte, als er bisher angenommen hatte, dann würde er alles bestreiten, was Dennis Appel behauptete. Da war Emilio sehr zuversichtlich.

Das wurde auch Dennis Appel bald klar, ganz doof war er also nicht. Und von da an versuchte er, durch sachliche Informationen und Beantwortung aller Fragen Boden gutzumachen. Nein, er habe das Geld nicht gestohlen, er habe es von Henrieke Wilders bekommen, fünfzigtausend Euro, mit der Aussicht, demnächst mehr zu erhalten.

Dabei blieb er, als Giuseppe die Toilette aufsuchte und Emilio ihm in aller Deutlichkeit klarmachte, dass er das Alleinsein mit Dennis Appel durchaus ein zweites Mal für schlagende Argumente nutzen könnte. Aber der beteuerte, dass er die Wahrheit sage. Und das machte den Commissario allmählich nachdenklich. Oh, Anna, Annina…

»War das Henrieke, die da gerade an mir vorbeigerauscht ist? Die sah aber nicht besonders fröhlich aus.«

Anna starrte ihren Bruder fassungslos an. »Du? Aber wieso… du hast gesagt…« Ihre Stimme brach, sie konnte nur noch wortlos auf seine Gehhilfen zeigen.

Valentino stützte sich schwer darauf. »Ich wollte nicht länger warten. Gestern Abend bin ich in Florenz gelandet, zu spät, um noch nach Siena zu kommen. Heute Morgen habe ich mir ein Taxi bestellt… und nun bin ich da.« Er trat ein und sah sich um. Anna bemerkte, dass seine Augen feucht wurden. »Ein Hotel in Siena«, flüsterte er. »Wenn Mama das sehen könnte!«

Anna hatte sich wieder gefangen. »Ganz schön mutig, hier aufzutauchen«, sagte sie so kühl wie möglich. Aber sie merkte, dass ihr Zurückweisung und Unfreundlichkeit nicht besonders gut gelangen. »Nach dem, was du dir geleistet hast.«

Sie zog seinen Koffer durch die Tür und ließ ihn stehen, wo er nicht im Wege war. Dann betrachtete sie ihren Bruder, während er dastand, auf eine seiner Gehhilfen gestützt, und sich umsah. Er war alt geworden. Das Leben auf der Straße, im Untergrund, in irgendwelchen Verstecken, häufig unter freiem Himmel und schließlich im Gefängnis, forderte seinen Tribut. Sein Körper war nie gepflegt worden, er hatte nicht immer medizinische Hilfe bekommen, wenn er sie nötig gehabt hätte, er war verbraucht, gezeichnet von einem unsteten Leben im Wechsel zwischen Saus und Braus in Luxushotels und dem Überleben in einem Erdloch. Er war nun über siebzig und wirkte gebrechlich, was natürlich durch seine mühsame Art der Fortbewegung verstärkt wurde. Weit weg war die Zeit, in der er sich Wettläufe mit der Polizei geliefert, in der er Schlägereien im Rotlichtmilieu überstanden und sich erbitterten Widerstand gegen die Staatsgewalt geleistet hatte. Den braunen Anzug, den er trug, hätte er früher niemals angezogen. Entweder schwarzes Leder wie ein Rocker oder maßgeschneiderter Smoking, dazwischen gab es für Valentino Kolsky nicht viel. Nun schien es ihm darum zu gehen, nicht aufzufallen, ein gutbürgerliches Bild abzugeben. Das war neu. Bisher war es ihm gleichgültig gewesen, welchen Eindruck er machte, es sei denn, für einen Coup war es notwendig. Was so ein künstliches Knie bewirken konnte!

Er hatte ihren Vorwurf nicht gehört oder nahm ihn einfach nicht zur Kenntnis. Anna vermutete Letzteres. Darin war Valentino schon immer Meister gewesen. Was ihm nicht passte, ließ er einfach an sich abtropfen und machte weiter wie vorher.

»Du hast es geschafft, Annina!« Er wandte sich ihr zu, seine Augen leuchteten, mit einem Mal war er wieder der Tausendsassa, der Desperado, der für jede Überraschung gut war. Sein zerfurchtes Gesicht sah sogar so aus, als wäre es am Morgen mit einer Feuchtigkeitscreme behandelt worden, der Hauch eines Eau de Toilette umwehte ihn. Eine Überraschung, die er Anna bisher noch nie geboten hatte. »Ich bin stolz auf dich.«

Anna versuchte, sich ihre Rührung nicht anmerken zu lassen und nicht zu vergessen, dass sie von ihm bestohlen worden war. »Wie wär's mit einem Kaffee?« Sie ging zu der Tür, die in ihre Wohnung führte.

Valentino zeigte zu der gegenüberliegenden. »Dort geht es zu den Zimmern?«

Anna nickte. »Ich zeige sie dir später.«

Valentino prallte zurück, als ein junger Mann von der Küche auf den Flur trat, gerade in dem Moment, als er hinter Anna einen Schritt in die Wohnung gesetzt hatte. Noch immer war er schreckhaft, nach wie vor fühlte er sich von Menschen, mit denen er nicht gerechnet hatte, bedroht.

»Ich bin über die Terrasse reingekommen«, erklärte Levi und ging an den Verteilerkasten, ohne sich um Annas Besuch zu kümmern. »Die Teppichböden sehen sehr elegant aus«, sagte er, während er sich in die Sicherungen vertiefte. »Die Jungs haben einen guten Job gemacht.«

»Mein Architekt«, erläuterte Anna und ging Valentino voraus, durch die Küche, auf die Terrasse.

Es dauerte eine Weile, bis er Platz genommen, sein operiertes Knie ausgestreckt und seine Gehhilfen ans Geländer gelehnt hatte. Als Anna mit dem Espresso zurückkam, saß er versunken da, vertieft in das Bild, das sich ihm bot, den steilen Garten, Levis Haus viele Meter über ihnen, den blauen Himmel, der durch die Bäume schimmerte, die den Bocciaplatz neben Levis Haus umrahmten. Obwohl der Perlenvorhang geklirrt hatte, schien es, als hätte er seine Schwester nicht bemerkt.

In Anna rührte sich ein Gefühl der Zuneigung, das sie in Verbindung mit ihrer Familie nie zugelassen, sich nie zugestanden, das Tante Rosi ihr schnell ausgetrieben hatte. Mit einem Mal hatte sie das Bedürfnis, alles genauso zu machen, wie es in anderen Familien üblich war, über jeden einzelnen Angehörigen sprechen, über Vergangenes reden und lachen und wehmütig zulassen, wenn von den Verstorbenen die Rede ist. »Wie geht es Filippo?«

Valentino berichtete lange von den gesundheitlichen Problemen seines Bruders, von seinen Schwierigkeiten im Gefängnis, von Streitigkeiten mit anderen Häftlingen, die es früher nie gegeben hatte. »Er will raus. Er hat Angst, dass er wie Papa und Mama im Knast sterben muss.«

Es war immer schwierig gewesen, über die Eltern zu reden, ihre

Erinnerungen waren einfach zu unterschiedlich. Filippo und Valentino hatten gelegentlich bei ihnen gelebt oder zumindest bei einem Elternteil, waren ihnen entrissen worden, von einem Heim zum nächsten, von einer Pflegefamilie in die andere geschoben worden, während Anna bei Tante Rosi von Anfang an Stabilität und Geborgenheit gefunden hatte. Gespräche über die Eltern liefen immer auf das Gleiche hinaus. Wenn Anna sich über die Unehrlichkeit beklagte, die es im Privaten genauso gegeben hatte wie gegenüber der Polizei, fanden die Brüder Entschuldigungen, und wenn Valentino den Eltern vorwarf, dass ihnen ihre Kinder nicht wichtig genug gewesen waren, um ihr Leben zu ändern, war Anna bereit, Zwangsläufigkeiten aufzuzeigen, die es den Eltern unmöglich gemacht hatten, zu einem bürgerlichen Leben zurückzukehren. Zwischen Valentino und dem Vater war es erst in den Jahren vor Wilhelm Kolskys Tod zu einer Annäherung gekommen, da sie zufällig im selben Gefängnis einsaßen. Die Leitung war gnädig, ließ die Vater-Sohn-Beziehung zu und ermöglichte den beiden, Freizeit gemeinsam zu verbringen.

»Papa wollte dich immer gut versorgt wissen.«

»Ich war versorgt. Mein Mann bezog ein normales Gehalt.«

»Normal!«, stieß Valentino verächtlich hervor. »Ein Angestellter im öffentlichen Dienst verdient nicht normal, sondern schlecht. Das war es nicht, was Papa meinte. Außerdem wusste er, wie geizig Clemens war. Er wollte, dass du Geld für dich allein hast. Viel Geld, das dir allein gehört, mit dem du machen kannst, was du willst.«

Die Rührung nahm zu. Anna hatte Mühe, den Weg vom Herzen in die Augen zu unterbinden. »Er hat mir damit sehr geholfen.«

»Auf keinen Fall wollte er, dass Clemens davon erfährt, deswegen hatte er das Geld zunächst bei Onkel Heinrich deponiert. Ihm hat er vertraut. Er sollte dir das Geld nach deiner Scheidung auszahlen.«

»Wie konnte er so sicher sein, dass ich mich scheiden lasse?«

»Er konnte sich ein Leben, wie du es führtest, einfach nicht vorstellen. Vor allem konnte er sich nicht vorstellen, dass du damit zufrieden warst.«

Eine Stille entstand, angefüllt mit Erinnerungen, schönen und bitteren. Dann seufzte Valentino tief auf. »Bitte verzeih mir, Annina! Dieser Ring... du ahnst nicht, was er für mich bedeutet hat. Für dich war er doch nur... irgendein Ring, den du zu Geld machen wolltest. Das hätte ich für dich getan. Achthunderttausend hast du mit Sicherheit nicht bekommen.«

»Warum hast du mir das nicht erklärt? Ich hätte es vielleicht verstanden und dafür gesorgt, dass du den Ring bekommst.«

Valentino sah sie an, als wäre ihm dieser Gedanke nicht gekommen. Anna glaubte ihm sogar. Valentino Kolsky hatte sich immer mit Gewalt oder Betrug genommen, was er haben wollte. Um etwas zu bitten, das hatte er nicht gelernt.

»Ich wollte dich nie hintergehen.«

Nun tat es Anna leid, dass ihrem Bruder sein großer Wunsch nicht erfüllt worden war. »Du bist selbst schuld, dass du den Ring nicht noch einmal gesehen hast. Übrigens... Dennis ist gestern verhaftet worden.«

Valentino erschrak. »Hat er meinen Namen genannt?«

»Es geht nicht um den Ring.«

»Sondern?«

»Um das Geld, das Onkel Heinrich gestohlen wurde.«

Valentino sah sie ungläubig an. »Das ist fast zwanzig Jahre her.«

»Aber nicht vergessen. Dennis hat sich ziemlich dämlich verhalten, hat ein paar Scheine springen lassen, registrierte Scheine. Und einem... einem ziemlich klugen Commissario aus Siena sind sie aufgefallen. Obwohl so viele Jahre vergangen sind.«

In Valentinos Gesicht arbeitete es. Er schien die Fakten mit seinen Erinnerungen nicht zusammenbringen zu können.

In diesem Augenblick wurde die Haustür geöffnet und fiel mit einem Krachen ins Schloss. So laut, dass es auf der Terrasse zu hören war. Anna wartete auf Henriekes Erscheinen, aber nichts geschah. War jemand anders ins Haus gekommen? Jemand, der sich nicht die Mühe machte, leise zu sein?

Auch Valentino schien irritiert. »Henrieke? Ich würde sie gern begrüßen.«

Anna erhob sich und ging in die Küche. Noch bevor sie aus der Wohnung trat, hörte sie, wie die Tür von Henriekes Zimmer zufiel. Sie zögerte, entschloss sich dann aber, zu Valentino zurückzugehen. Der hatte sich jedoch gerade aufgerappelt und sich seine Gehhilfen geholt. »Ich will meiner Nichte endlich Guten Tag sagen.« Er humpelte los und dankte Anna mit einem Nicken, als sie ihm den Perlenvorhang öffnete. »Wohnt sie in einem Hotelzimmer? Dann kann ich mir gleich ansehen, wie ich demnächst mit Filippo hier unterkomme.«

Anna ging voraus und klopfte schon an Henriekes Tür, als Valentino den Hotelflur noch gar nicht betreten hatte.

»Lass mich in Ruhe«, tönte es von drinnen.

»Dein Onkel ist da. Er möchte dich begrüßen.«

Die Stille, die antwortete, hieß sicherlich Verblüffung. Es war noch nie vorgekommen, dass Valentino oder Filippo einen Überraschungsbesuch machten und wie jeder andere Onkel in einer bürgerlichen Familie darauf wartete, dass die Nichte ihm ihr schönes Händchen gab.

Valentino war nun neben Anna angekommen. »Wunderbar, dieser Teppichboden!«

Henrieke schien die Stimme ihres Onkels gehört zu haben und erst jetzt glauben zu können, dass sie von ihrer Mutter nicht gefoppt wurde. Die Tür öffnete sich, sie streckte ihr verheultes Gesicht auf den Flur. »Onkel Tino?«

Dann fiel sie ihm um den Hals, sodass er Mühe hatte, sich auf seinen Gehhilfen zu halten. »Junge, Junge«, murmelte er, »selbst im Alter fliegen noch die Frauen auf mich.«

»Ich bin so unglücklich, Onkel Tino.«

So dramatisch hatte sie schon geschluchzt, wenn ihr als kleines Mädchen eine Eiskugel von der Waffel in den Dreck gefallen war.

»Ich weiß«, brummte Valentino und betrachtete deprimiert seine Hände, die nicht Henriekes Rücken tätscheln konnten, weil die Gehhilfen sie hinderten. »Dennis ist verhaftet worden. Deine Mutter hat es mir erzählt.«

Henrieke löste sich von ihm und schrie: »Betrogen hat er mich, der Mistkerl!«

»Was?« In Anna erwachten ganze Heerscharen von Lebensgeistern, die sich längst in den Ruhestand verabschiedet hatten. »Du meinst ... mit einer anderen Frau?«

Henrieke kehrte in ihr Zimmer zurück, Valentino folgte ihr. An der Leidensgeschichte seiner Nichte war er nicht sonderlich interessiert, wohl aber an der Ausstattung des Hotelzimmers. Anerkennend betrachtete er jede Einzelheit, während Henrieke berichtete, dass sie gerade aus der Pension komme, in der Dennis gewohnt habe. »Da waren noch ein paar Sachen von mir, die wollte ich abholen. Und was meinst du, was mir die Pensionswirtin erzählt hat?«

Da Valentino sich mehr für die Minibar als für Henriekes Liebesleid interessierte, war es Anna, die antwortete: »Du warst nicht die Einzige, die ihn besucht hat?«

»Das Zimmermädchen!«, schrie Henrieke. »Eine fette Schlampe von gerade mal zwanzig!«

Mein Gott, so einfach kann mit einem Mal alles sein. Hätten Sie das für möglich gehalten? Dass Dennis meine Tochter betrogen hat, überrascht mich nun wirklich nicht. Aber dass so ein Fehltritt, den eine vernünftige, erfahrene Frau mit einer Portion Lebensklugheit und notfalls mit einer Paartherapie in den Griff bekommen hätte, alle Probleme löst, macht mich fassungslos. Vielleicht hätte ich da schon früher mal ansetzen sollen. Heutzutage gibt es doch Seitensprungagenturen und Treuetester! Dass mir diese Idee vorher nicht gekommen ist…

In Anna stieg ein Summen hoch. Hatte sie eigentlich in den letzten Tagen gesungen? Sie konnte sich nicht erinnern. Jetzt aber war Dennis Appel außer Gefecht gesetzt und eine Melodie bewegte sich in ihrer Körpermitte. »Halleluja, halleluja…« Ganz leise trug sie die Melodie nach draußen, während sie auf den Gang hinaustrat. »Halleluja, halleluja…« Was diese Melodie bewirken, welche Ruhe sie erzeugen konnte! »I did my best, it wasn't much, I couldn't feel, so I tried to touch…«

Zehn Minuten später saßen sie wieder auf der Terrasse, und Valentino und Anna hörten sich an, wie entsetzlich unglücklich Henrieke war, wie wahnsinnig enttäuscht, wie sehr sie hintergangen worden war und wie wenig sie diese Untreue verdient habe. Jahrelang bedingungslose Hingabe – und nun das!

Sie warf ihrer Mutter einen Blick zu, der Anna nicht gefiel. »Trotzdem glaube ich nicht, dass er Onkel Heinrich bestohlen hat. Wie sollte er erfahren haben, wo das Geld lag? Von mir nicht! Extrem unwahrscheinlich, dass Dennis es damals genommen hat. Die Polizei muss sich irren.«

»Das glaube ich auch«, mischte Valentino sich ein. »Dennis hätte es nämlich gleich unter die Leute gebracht. Den hätten sie schon am nächsten Tag geschnappt.« Er sah seine Nichte scharf an, während er fragte: »Aber wie soll Dennis sonst an die Kohle gekommen sein?«

Henrieke stand auf, ging in die Küche und machte sich an der Kaffeemaschine zu schaffen. »Egal«, rief sie zurück, »ob er wegen Diebstahls oder wegen Untreue sitzen muss. Er hat es verdient.«

Anna schüttelte den Kopf, immer noch fassungslos über die

Kehrtwende, die Henrieke nach so vielen Jahren vollzog, in der ihre Mutter alles getan hatte, um sie davon zu überzeugen, dass Dennis Appel zu den Männern gehörte, die man auf keinen Fall heiraten durfte. Welche Farbe hatte so eine wunderbare Überraschung? Rosarot? Honiggelb?

»Wie der Griff in eine Wundertüte«, sagte sie, als sie auf die Terrasse zurückkehrte. »In eine zwetschgenviolette Wundertüte.«

Valentino grinste. »Denkst du immer noch in Farben? Eine verrückte Marotte!«

»Keine Marotte«, widersprach Anna. »Ich bin Synästhetikerin. Konrad hat mir das erklärt.«

Emilio Fontana ging hin und her und redete mit sich selbst. »Mamma sagt, ich soll zu ihr gehen«, wiederholte er ein ums andere Mal. Sie hatte schnell gemerkt, dass er einfach nicht mehr weiterwusste. Er musste ihr alles erzählen, obwohl sich ein Dienstgeheimnis ans andere reihte, während er sprach. Wenn er daran dachte, dass sie mit der Freundin der Gattin des Polizeipräsidenten einen Wellness-Urlaub plante! Aber sie hatte ihm geschworen, kein Wort verlauten zu lassen.

Sie hatte sogar zugehört, ohne ihn anzutreiben, ohne ihm vorzuhalten, dass sie seine Geschichte in der Hälfte der Zeit erzählt hätte. Aber sein Spannungsbogen war ja auch nicht von schlechten Eltern, irgendwann hing seine Mutter an seinen Lippen und starrte ihn aus weit aufgerissenen Augen an, als überlegte sie, ob sie diese Räuberpistole überhaupt glauben konnte.

Und dann sagte sie einen Satz, der bei ihrem Sohn einschlug wie eine Bombe. Es machte ihm nicht einmal etwas aus, dass sie gleich anfügte: »Darauf hättest du auch selbst kommen können.«

Dabei war er ja selbst darauf gekommen, nur hatte er nicht die richtigen Schlüsse gezogen. Er hatte gemerkt, dass der erste Einbruch in Annas Haus vorgetäuscht gewesen war. Und es war ihm sehr komisch vorgekommen, dass bei diesem Einbruch nichts gestohlen worden war.

»Das ist eine Frau mit Pfeffer«, hatte Mama sogar gesagt.

Wenn er da an die Töchter ihrer Freundinnen dachte, die sie ihm bisher angepriesen hatte, verstand er diesen Satz überhaupt nicht … Eins allerdings verstand er durchaus: Wenn Mama recht hatte, musste er etwas tun. Und zwar nicht als Mann, sondern als Polizist.

»Die Türklingel?« Anna lauschte dem Echo nach, das noch in ihren Ohren klang. Ja, es hatte geläutet. Am Eingang, wo demnächst die Hotelgäste klingeln sollten, wenn die Tür nicht geöffnet war.

»Ich gehe aufmachen«, rief Henrieke aus der Küche.

Anna sah ihrem Bruder an, dass er nach wie vor Schwierigkeiten mit Besuch hatte, der nicht angekündigt war. Ob er noch alte Rechnungen offen hatte, wusste sie nicht. Vielleicht war diese Grundangst, von einem Augenblick auf den anderen verhaftet zu werden, mittlerweile Teil seines Wesens geworden, den er nie wieder loswerden würde.

Aber auch sie selbst empfand ein spontanes Unwohlsein. Gerne wäre sie jetzt ebenfalls zum Eingang gelaufen, wollte aber Valentino nicht allein lassen und ihre Sorge nicht so deutlich zeigen. Da schien etwas in ihr Haus einzudringen, das ihr und ihrem Hotel gefährlich werden konnte, scharrende Schritte, ein Wortschwall, daneben eine leise Stimme.

Beinahe hätte sie gelacht, als es Emilio Fontana war, der durch den Perlenvorhang trat. Emilio war niemand, der ihr gefährlich werden konnte, vor dem sie Angst haben musste. Warum nur hatte er so offiziell am Eingang geklingelt? Warum war er nicht einfach durch das Tor von der Straße in den Garten gekommen? Weil er nicht allein war? Sein Assistent trat auf die Terrasse und sah sich um, als suchte er nach einer kniffligen Aufgabe, die seine Beförderung anschieben könnte.

»Buon giorno!« Emilio Fontana schaffte es, in diese Begrüßung Zeit, Gefühl und ein rollendes R zu legen, während sie aus Giuseppe herausplatzte wie eine Detonation. Dennoch war sie nicht freundlich, allenfalls konziliant. Spätestens jetzt wusste Anna, dass Emilio Fontana doch jemand sein konnte, der in der Lage war, ihr Angst zu machen. Einen solchen Gesichtsausdruck hatte sie noch nie an ihm gesehen, so ernst und gleichzeitig mürrisch, dazu sein Bemühen, vergessen zu lassen, dass sie sich noch am Tag zuvor auf einem Balkon geküsst hatten. Irgendetwas war geschehen.

Sie stand auf, um ihn zu begrüßen, erwartete eine kurze Umarmung, die gehauchten Küsse links und rechts, aber nicht einmal das geschah. Emilio war offenbar als Polizist gekommen. Das schien auch Henrieke zu spüren, die aussah, als wagte sie nicht, in die Küche zurückzukehren.

»Geht's um Dennis?«, fragte sie ängstlich.

»Gewissermaßen.« Emilio beließ es zunächst bei dieser lapidaren Antwort und reichte Valentino die Hand. »Commissario Fontana.«

Anna sah, dass ihr Bruder zusammenfuhr. Seine rechte Hand zuckte automatisch zu seiner Gehhilfe, als wollte er flüchten, sein Blick irrte panisch zu seiner Schwester. Sie sollte ihm helfen, wo er doch selbst nicht dazu in der Lage war.

Anna nickte ihm beruhigend zu. Valentino und seine Angst vor der Polizei! Dabei hatte er doch gar nichts zu befürchten! Trotzdem las sie in seinem Blick, dass er nicht erkannt werden wollte und von Anna erwartete, mit einem Namen vorgestellt zu werden, der nichts verriet.

Es war reiner Trotz und eine kleine Rache, die Anna veranlassten, dieser Bitte nicht nachzukommen. Warum auch? Ein Bruder durfte seine Schwester besuchen. Was war schon dabei? »Valentino Kolsky«, stellte sie vor. »Mein Bruder.«

Valentino sank in seinem Stuhl zusammen, während Emilio, der sich gerade setzen wollte, für ein paar Sekunden über dem Stuhl schwebte, bevor er sich tatsächlich niederließ. »Kolsky.« Es war keine Frage, sondern ein Seufzen.

Giuseppe wiederholte: »Kolsky?« Und Anna war froh, dass sein Beitrag zum Gespräch damit erschöpft war. Gut, dass Emilios Assistent kein Deutsch sprach. Warum war er überhaupt mitgekommen?

»Ein Überraschungsbesuch«, erklärte Anna. »Ich hatte keine Ahnung, dass mein Bruder nach seiner Operation schon wieder reisefähig ist.« Sie warf Henrieke einen Blick zu, während sie Emilio fragte: »Kaffee?«

Aber Henrieke rührte sich nicht vom Fleck, sie wollte scheinbar nichts verpassen, und Emilio Fontana wehrte ab. »Nein danke. Ich bin dienstlich hier.«

Giuseppe setzte sich aufrecht hin, ein wenig Deutsch verstand er offenbar doch. Worum mochte es gehen? Hatte Dennis Appel etwas ausgesagt, was zu Schwierigkeiten führen konnte? Oder ... war etwa der Hehler in Florenz aufgeflogen und hatte verraten, dass die Schwester von Valentino und Filippo Kolsky einen Ring von unschätzbarem Wert verkauft hatte?

»Dennis Appel behauptet nach wie vor, mit dem Diebstahl, der ihm vorgeworfen wird, nichts zu tun zu haben.«

Anna wunderte sich selbst, wie ruhig sie blieb, während Valentino immer kleiner wurde. »Wie kann er dann das Geld ausgeben, das Onkel Heinrich einmal gehört hat?«

»Er behauptet, er habe es geschenkt bekommen.« Emilio blickte Henrieke an. »Von Ihnen.«

»Dieser Lügner! Dieses Schwein!« In Henriekes Gesicht stieg eine Härte, die Anna regelrecht erschreckte. Scheinbar hatte Dennis mit seinem Seitensprung alles zunichtegemacht, was ihre Tochter bisher klaglos hingenommen hatte. Ausgenommen und schlecht behandelt hatte er sie, Versprechungen hatte er gemacht, die er nicht gehalten hatte, sie beleidigt, weggestoßen und wieder an sich gezogen. Jahrelang! Die Beleidigungen, die Anna gehört hatte, während sie auf dem Balkon hockte, hätte Henrieke ihm vermutlich schon längst verziehen, aber dass er sie betrogen hatte, war zu viel gewesen. Entweder hatte Dennis sich tatsächlich vorher niemals einen Fehltritt geleistet, oder dies war der erste, mit dem er aufgefallen war. »Wie sollte ich ihm Geld geben? Ich bin arbeitslos.«

»Er sagt, Sie hätten es von Ihrer Mutter bekommen.«

»Ich habe sie darum gebeten, das stimmt. Aber sie hat mir keins gegeben.« Was sonst immer wie ein schwerer Vorwurf geklungen hatte, kam mit einem Mal leichtfüßig daher. »Er brauchte Geld für ein Geschäft, in das er einsteigen wollte. Und er hat mich nach Siena geschickt, um meiner Mutter das Geld abzuschwatzen.«

Anna wollte zu einer Erklärung ansetzen, aber Emilio hob nur kurz die Fingerspitzen seiner Hand, die auf der Armlehne liegen blieb. Er wusste, was sie sagen wollte, und billigte ihre Gründe, warum sie Dennis Appel kein Geld hatte geben wollen.

»Wie kam er auf die Idee, dass Ihre Mutter viel Geld übrig hat?«

»Mein Vater hatte einiges auf der hohen Kante.«

Emilio blickte die Fassade des *Albergo Annina* hoch. »Dieses Hotel wird aber einiges gekostet haben.«

Anna spürte, dass die Hitze in ihr hochstieg. Emilio erwartete hoffentlich nicht von ihr eine Auflistung aller Kosten, die bisher angefallen waren!

»Er hatte die Hoffnung, dass Mama dennoch etwas abzweigen könnte.«

Emilios attraktives Gesicht war voller Missbilligung. Er sah weiterhin Henrieke an, während er Anna fragte: »Bei dem ersten Einbruch in Ihrem Haus ist keine Beute gemacht worden?«

Er siezte sie also wieder. Diese Tatsache erzeugte in Anna ein stärkeres Gefühl als das Misstrauen, das in seiner Stimme lag. Emilio distanzierte sich von ihr. Warum?

»Ich weiß nicht, ob ich es erwähnte...«

Anna vermutete, dass jetzt etwas folgen würde, was er ganz sicherlich noch nicht erwähnt hatte.

»...aber dieser Einbruch war nur vorgetäuscht.« Hatte er vergessen, dass er diesen Umstand durchaus schon erwähnt hatte? Auf dem Balkon, während sie in seinen Armen lag! Er wollte also ihr wunderschönes Intermezzo vergessen und so tun, als hätte es auch die Worte, die sie gesprochen hatten, nie gegeben. »Die Scheibe ist erst eingeschlagen worden, kurz bevor der Dieb das Haus verlassen hat. Das ist doch merkwürdig, oder?«

Auf diese Frage erwartete er zum Glück keine Antwort. Warum stellte er sie überhaupt? Glaubte er nicht mehr an Annas Aussage, dass bei dem Einbruch nichts gestohlen worden war? Sie versuchte, ein möglichst indifferentes Gesicht zu ziehen, als hätte seine Arbeit mit ihr nicht das Geringste zu tun.

»Wir haben natürlich daran gedacht, dass es Dennis Appel gewesen sein könnte«, fuhr Emilio fort. »Er hat womöglich einen Weg gekannt, in dieses Haus zu kommen. Er wusste, dass es selten vernünftig verschlossen ist, wollte aber, dass er nicht in Verdacht gerät. Deswegen hat er sich so verhalten wie ein Einbrecher, der sich rein zufällig ein Haus ausgesucht hat, das ihm geeignet erscheint.«

»Na also«, wagte Anna zu entgegnen.

Emilio sah noch immer nicht sie, sondern nach wie vor Henrieke an. »Aber warum sollte er sich die Mühe machen, einen Einbruch vorzutäuschen, wenn gar nichts gestohlen worden ist?«

Valentino stand so plötzlich auf, dass Anna erschrak. Er grinste Emilio frech an, als er sagte: »Ich muss mal eben für kleine Juwelendiebe.« Seine Gehhilfen handhabte er mit einem Mal, als plante er einen Coup, bei dem sie ihm behilflich sein könnten, eine ließ er sogar am Geländer stehen und humpelte recht behände auf den Perlenvorhang zu. Dass er sich den Weg zur Toilette nicht hatte erklären lassen, fiel Anna erst auf, als er schon durch die Küche verschwunden war.

Emilio lehnte sich zurück, blickte in die Bäume, kontrollierte den Stand der Sonne und zupfte sein schneeweißes Polohemd zurecht, als machte er sich Gedanken über den nächsten Satz. »Allora...«

Giuseppe hielt es nun nicht mehr aus. Vermutlich litt er jedes Mal Höllenqualen, wenn sein Chef in seiner langsamen, umständlichen Art Vernehmungen durchführte und er zum Schweigen verurteilt war. Sicherlich hielt er sich selten daran und in diesem Fall auch nur, weil er an der Sprachbarriere scheiterte. Aber jetzt war er wohl zu der Ansicht gekommen, dass er eingreifen musste, damit im *Albergo Annina* endlich mal Klartext geredet wurde und die Besitzerin und ihre Tochter begriffen, um was es ging.

Das hatte Anna nach den wortreichen Erklärungen, die Giuseppe auf Italienisch hervorhaspelte, allerdings weniger als vorher. Auf ihrem Gesicht mussten mehrere Fragezeichen stehen, denn Giuseppe sah sich genötigt, die immer wieder gleichen Erklärungen mit immer wieder anderen Wörtern und Umschreibungen zu geben, und das in einem Tempo, in dem mehrere Wörter zu einem verschmolzen, Sätze unvollendet und sämtliche Endungen sowieso auf der Strecke blieben. Für Henrieke, deren Italienischkenntnisse rudimentär waren, völlig unmöglich zu verstehen, und auch für Anna blieb vieles im Unklaren. Das änderte sich nicht, als Giuseppe aufgrund der Verständnislosigkeit in den Gesichtern damit begann, seine Erklärungen mit ausgefallener Mimik, großen Gesten und einer Körpersprache zu betonen, die nahe am Klamauk war. Erst recht, als er aufsprang und versuchte, den Einbruch nachzustellen, indem er die Faust durch die Luft schwang und imaginäre Terrassentüren einschlug, wurde alles eher schlimmer als besser. Oder hatte Giuseppe früher eine Waldorfschule besucht? Dann war er vielleicht daran gewöhnt, nicht nur seinen Namen, sondern auch die eine oder andere Vernehmung zu tanzen? Über diesen Gedanken hätte Anna beinahe gelacht.

Danach fiel Giuseppe der Erschöpfung anheim. Er hatte sich völlig verausgabt, war bei dem Wunsch, seinen Chef zu unterstützen, sowohl körperlich als auch mental an seine Grenzen gegangen und ließ sich abgekämpft auf den Stuhl zurückfallen. Hilflos sah er einen nach dem anderen an und flehte mit Blicken darum, dass sein großer Einsatz gewürdigt wurde. Aber vergeblich. Henrieke verstand seine Bitte nicht, und Anna war nicht bereit, sich positiv zu äußern, aus Sorge, dass Giuseppe sich dann zu einer Zugabe aufraffte. Außerdem hatte sie damit zu tun, Emilio anzustaunen. Wie schaffte er es, seinen Assistenten nicht zu unterbrechen? Ihn gewähren zu lassen, bis er sich gründlich blamiert hatte?

Da der Commissario noch keine Anstalten machte, die Vernehmung auf seine Art fortzuführen, entweder weil er noch von der Darbietung seines Assistenten betäubt war oder weil er viel Zeit brauchte, um sich zu fassen, kam Giuseppe unvermittelt aufs Wetter zu sprechen. Ein in Italien nicht allzu ergiebiges Thema. Es war seit Tagen sonnig, mal mehr und mal weniger, aber dieses Mehr und jenes Weniger wurde von Giuseppe kommentiert, als ginge es um den Unterschied zwischen einer Flaute und einem Hurrikan. Diesmal sprach er sogar einigermaßen verständlich, aber Henrieke hatte es längst aufgegeben, ihn zu verstehen. Sie brütete vor sich hin und wartete ab.

Schließlich war es so weit, Emilio merkte, dass Giuseppe die Luft ausging, er blickte auf, setzte sich gerade hin und machte weiter. »Allora...«

In diesem Augenblick sah Anna durch den Perlenvorhang einen Fuß, der sich in die Küche schob. Valentino konnte scheinbar immer noch so gut schleichen, wie er es am Anfang seiner Karriere gelernt hatte.

»Wenn es jetzt so wäre, dass Dennis Appel recht hat...«, begann Emilio gemächlich, »dass er tatsächlich das Geld von Ihnen, Henrieke Wilders, bekommen hat... dann würde das ja bedeuten, dass Sie, Anna Wilders, nicht von Dennis Appel, sondern... von... jemand anderem bestohlen worden sind.« Es schien ihm peinlich zu sein, einen Namen zu nennen.

»Jemand anderem?« Anna starrte ihn an, als hätte er vom Deutschen ins Chinesische gewechselt. Im rechten Augenwinkel bemerkte sie, dass der Fuß in der Küche sich bewegte und sich der Terrassentür näherte.

»Jemand, der ebenfalls weiß, wie man in dieses Haus kommt...« Diese Worte auszusprechen und Anna und Henrieke dabei ins Gesicht zu sehen, fiel ihm schwer. »Jemand, der sogar einen

Schlüssel hat...« Nun brach er ab, als hinderte ihn die Peinlichkeit am Weitersprechen.

Doch Anna war viel zu empört, um ihm das anzurechnen. Giuseppe dagegen, der wissen musste, worum es bei diesem Gespräch ging, beobachtete Mutter und Tochter genau. »Was wollen Sie damit sagen?« Es machte ihr nun nichts aus, Emilio zu siezen.

Emilio beugte sich vor und sah Anna so an, als wollte er sie noch einmal küssen. »Hätten Sie etwas gegen eine Hausdurchsuchung einzuwenden?«

Nun mischte sich Henrieke zum ersten Mal ein. »Haben Sie einen Durchsuchungsbeschluss?«

Emilio wandte sich an Giuseppe. »Mandato di perquisizione.«

Der Perlenvorhang klirrte, Valentino schob seine Gehhilfe hindurch und betrat die Terrasse, während Giuseppe in die Innentasche seiner Jacke griff und den Durchsuchungsbeschluss hervorholte.

Emilio erhob sich. »Es geht nur um das Zimmer Ihrer Tochter«, sagte er zu Anna und dann zu Henrieke: »Wären Sie bitte so freundlich...?«

Anna sah, dass Henrieke blass wurde. Kein Wunder! Wer ließ sich schon gerne verdächtigen und kontrollieren? Es war unangenehm, wenn zwei Fremde in der Intimsphäre herumschnüffelten, in der Kleidung, der Wäsche, in den Toilettenartikeln.

Valentino griff nach dem Durchsuchungsbeschluss, als wäre er Henriekes Anwalt, der die Arbeit der Polizei überprüfte. Er sagte kein Wort, ließ sich wieder auf seinem Stuhl nieder und sah zu, wie seine Schwester und seine Nichte von Emilio und Giuseppe ins Haus begleitet wurden. Als Anna einen Blick zurückwarf, sah sie, dass er zufrieden die Beine ausstreckte.

Wie hätten Sie reagiert? Hätte Emilio keinen Durchsuchungsbeschluss vorlegen können, hätte ich ihm den Zutritt zu Henriekes Zimmer natürlich verweigert. Aber so? Ich hätte ohnehin nichts machen können. Emilio... nein, Commissario Fontana hat das Recht auf seiner Seite, da ist man machtlos. Und warum soll ich mich auch aufregen? Er wird nichts finden, natürlich nicht. Wie er auf die Idee kommt, Henrieke zu verdächtigen, ist mir sowieso ein Rätsel. Meine Tochter! Ich gebe zu, dass unser Verhältnis nie einfach war. Obwohl... eigentlich stimmt das nicht. Es wurde schwieriger, als sie Dennis Appel kennenlernte. Da war sie erst fünfzehn oder sechzehn, ich kann mich kaum noch an die Zeit davor erinnern, weil die Probleme danach alles andere überschattet haben. Dass es damit jetzt wirklich vorbei sein soll, kann ich immer noch nicht glauben.

»Ich hasse Durchsuchungen«, sagte der Commissario zu seinem Assistenten. Und diese hier ganz besonders, hätte er beinahe hinzugefügt, fürchtete aber die Nachfrage seines Assistenten.

Zum Glück machte Giuseppe die Arbeit Spaß. Mit einem Hotelzimmer war er schnell fertig, erst recht, wenn die Bewohnerin nur ein paar Klamotten und eine geradezu erschreckend geringe Anzahl an Körperpflegeutensilien besaß. Wenn Emilio da an den Kosmetikschrank seiner Mutter dachte! Sogar sein eigener war erheblich besser ausgestattet als der von Henrieke Wilders.

Commissario Fontana war es immer lieber, wenn die Eigentümer der Wohnung, die durchsucht werden musste, nicht anwesend waren. Schrecklich, wenn sie stets kommentierten, was man tat, wenn sie versuchten, die Beamten in die falsche Richtung zu lenken, und nicht merkten, dass sie damit die richtige preisgaben, wenn sie einen beschimpften, weil man notwendigerweise in ihren

Intimitäten herumkramte. Als wenn das einem Polizeibeamten Spaß machte! Glaubten die das wirklich?

Bei Henrieke Wilders dachte er für einen Moment, sie hätten was gefunden. Giuseppe verstand sein Handwerk, er wusste, in welche Ecken man gehen musste, wenn man etwas finden wollte. Unter der Matratze versteckte niemand mehr seine Geheimnisse, das war ja schon in jedem Krimi vorgekommen. Trotzdem guckte er natürlich nach, aber Emilio wusste bereits, als er das Betttuch herunterzog, dass er dort nichts finden würde. Denn Henrieke Wilders blieb ganz ruhig. Aber als er sich dem Schrank näherte, wurde ihre Atmung kürzer, das merkte er, und ihr Blick wurde starr. Sie versuchte, einen Punkt zu fixieren, als wollte sie seine Aufmerksamkeit dorthin lenken, auf die rechte Seite des Schranks, wo ein hübsches Sommerkleid und daneben ein fadenscheiniger dünner Mantel hingen. Natürlich wandte sich Giuseppe der linken Seite, den Fächern zu. Die drei T-Shirts und das Sweatshirt hatte er schnell beiseitegeschoben. Wer viel zu verstecken hatte, dachte sich natürlich etwas Besseres aus. Unter der Wäsche verbarg man höchstens einen Liebesbrief oder einen Kontoauszug, den der Partner nicht entdecken sollte. Wichtiges wurde immer gern unter ein Regalbrett geklebt, wo es auf den ersten Blick nicht zu sehen war. Als Giuseppe anfing, dort zu suchen, war Emilio so, als würde Henrieke Wilders nervös. Und als die Suche ergebnislos verlaufen war, stand sie da mit Schweiß auf der Stirn. Aber es war auch sehr warm im Zimmer. Die Klimaanlage war noch nicht angestellt, lohnte sich ja auch nicht für ein einziges Zimmer.

Da blieb ihm wohl nichts anderes übrig, als sich zu entschuldigen. Das tat er gern, er war selbst froh, dass sich dieser Verdacht nicht bestätigt hatte. Dennis Appel war dran, und damit war Emilio zufrieden. Von jetzt an konnte Henrieke Wilders' Verlobter leugnen, wie er wollte, dem würde er kein Wort mehr glauben.

Es blieb still zwischen ihnen, nachdem Emilio sich mit italienischer Höflichkeit und Giuseppe mit einem seiner Silbenkatarakte verabschiedet hatte. Ein merkwürdiges Schweigen war es, das zwischen sie getreten war, das sie nicht verband, aber auch nicht trennte. Kein Einverständnis, jedoch genauso wenig Uneinigkeit. Anna beobachtete ihren Bruder und ihre Tochter, beide schienen es nicht zu bemerken. Valentino sah in den Himmel, Henrieke starrte auf ihre Fußspitzen. Beide wollten Anna offenbar weismachen, sie seien völlig entspannt oder in Gedanken versunken.

Anna glaubte ihnen nicht. »Was ist los?«

Sie bekam keine Antwort. Valentino erhob sich, griff umständlich nach seinen Gehhilfen und humpelte von der Terrasse, ohne dass Anna eine Ahnung hatte, ob es eine Reaktion auf ihre Frage war. Sie wollte mit Henrieke ein unverfängliches Geplauder beginnen, wurde aber von ihrem düsteren Gesichtsausdruck daran gehindert. Henrieke sah aus, als wäre ihr eine schwere Kränkung zugefügt worden, aber wer sie so gut kannte wie Anna, sah, dass sie sich hinter dieser Miene verschanzte, um nicht nach dem eigentlichen Grund gefragt zu werden. Also machte es Anna so wie kurz vorher Valentino. Sie blickte in den Himmel, betrachtete die Bäume, hielt ihr Gesicht der Sonne hin, als wollte sie sich bräunen lassen.

Dann hörte sie das Geräusch, das durch die Küche auf die Terrassentür zukam. Rollende Räder auf den Fliesen.

Anna setzte sich auf. »Tino?« Sie sprang auf, als sie merkte, dass ihr Bruder Probleme hatte, den Perlenvorhang zu zerteilen. Nicht nur wegen seiner Gehhilfen, sondern weil er sich zusätzlich seinen Koffer aufgebürdet hatte. »Was willst du damit auf der Terrasse? Ich bringe ihn gleich in eins der Hotelzimmer.«

Aber Valentino schüttelte den Kopf und machte Anna ein Zeichen, damit sie den Koffer neben seinen Terrassenstuhl stellte. Henrieke setzte sich aufrecht hin und starrte auf den Verschluss des Koffers, an dem sich ihr Onkel zu schaffen machte, nachdem er sich gesetzt und die Gehhilfen ans Geländer gelehnt hatte.

Seine Bewegungen waren langsam und bedächtig. Er öffnete den

Reißverschluss stockend, als wollte er für eine Überraschung sorgen. Anna dachte schon an ein Mitbringsel, ein Zenturionenhelm aus Trier, Becher mit dem Aufdruck »Porta Nigra« oder Sets mit Kaiser Nero drauf! Aber gleich nach der Sorge, dass Valentino erwarten könnte, sie würde ein Hotelzimmer damit ausstatten, kam die Erleichterung darüber, dass er vermutlich noch nie davon gehört hatte, dass es Menschen gab, die Souvenirs mitbrachten und Gastgeschenke im Gepäck hatten.

Wie spektakulär das war, was Valentino hervorzog, konnte Anna nur an Henriekes Miene erkennen. Ihre Gesichtsfarbe wechselte von blass zu hektischrot und wurde schließlich aschfahl. Als Valentino das Paket auf den Tisch legte, schlug Henrieke die Hände vors Gesicht. »Wo hast du das her?«

Ihre Stimme klang schrill, angstvoll, geradezu panisch. Anna schreckte hoch. Was war los? Was hatte Valentino auf den Tisch gelegt? Was hatte das Paket mit Henrieke zu tun? Ein flaches, etwa fünf Zentimeter dickes Paket von ungefähr dreißig mal dreißig Zentimetern, gut verpackt in starkes Papier, gründlich mit mehreren Schichten Paketband umwickelt, von denen einige in der Luft hingen, als wären sie irgendwo gelöst worden. Das Paket schien schwer zu sein, sein Inhalt so gut wie möglich komprimiert. Valentino musste die zweite Hand zu Hilfe nehmen, um es auf den Tisch zu legen.

Er war sehr ernst, als er antwortete: »Ich weiß genau, wo die Leute die Sachen verstecken, die ihnen sehr, sehr wichtig sind. Alle meinen, sie wären unheimlich clever, wenn sie etwas unter ein Regalbrett kleben. Klar, man sieht es nicht auf den ersten Blick, aber jemand wie ich guckt da zuerst nach.« Als er Henrieke nun anblickte, sah er sogar so aus wie ein strenger Vater, der darauf achtete, dass sein Kind nicht vom rechten Weg abkam. Dabei hatte Valentino mit solchen Vätern keinerlei Erfahrung. »Aber die Polizei guckt da natürlich ebenfalls zuerst nach.« Er sah seine Nichte eine Weile an, dann fragte er: »Willst du es selbst auspacken? Oder soll deine Mutter es tun?«

Noch immer begriff Anna nicht, was los war. Selbst als Henrieke zu weinen begann, verstand sie es noch nicht. Erst als Valentino das Auspacken übernahm und der Inhalt des Päckchens schließlich auf dem Terrassentisch lag, begriff sie, was sie sah und was es bedeutete.

Ich muss laufen, mich bewegen, meinen Körper müde machen, damit auch meine Gedanken irgendwann zur Ruhe kommen. Henrieke! Meine Tochter, mein einziges Kind! Was hat dieser Kerl aus ihr gemacht? Sagen Sie ehrlich, haben Sie es für möglich gehalten? Haben Sie auf den letzten hundert Seiten mal daran gedacht, dass es sich so verhalten haben könnte? Dann sind Sie schlauer als ich. Oder einfach nur... pragmatischer. Ich bin Henriekes Mutter, ich habe nicht im Traum daran gedacht, dass meine Tochter so weit gehen könnte. Wie verzweifelt muss sie gewesen sein! In Fünfzigtausend-Euro-Häppchen wollte sie sich ihr Glück kaufen. Sie muss ganz schön geguckt haben, als sie sah, wie prall gefüllt meine lila Bettwäsche war. Mit dreihunderttausend hat sie garantiert nicht gerechnet. Höchstens mit ein paar Tausendern, die ich von meinem Erbe abgezweigt und als eiserne Reserve in der lila Bettwäsche versteckt habe. An mindestens zwei Abenden war sie für Dennis wieder sein geliebtes Häschen, das er so bald wie möglich heiraten wollte. Vielleicht haben die fünfzigtausend sogar noch einen Tag länger gehalten. Fünfzigtausend Euro für ein bisschen Liebe und Hoffnung! Mein armes Kind! Wie hatte es so weit mit ihr kommen können?

Ihre Tränen und Entschuldigungen konnte ich nicht ertragen. Verstehen Sie das? So schändlich betrogen werden und verzeihen, ehe man richtig sortiert hat, was eigentlich passiert ist? Nein, das geht mir zu schnell. Und eines sage ich Ihnen: Wenn Sie durch-

schaut haben, was bei mir abgegangen ist, dann weiß ich nicht, ob ich auch Ihnen verzeihen kann. Sie hätten mir ruhig mal einen Tipp geben können. Als Mutter ist man ja betriebsblind. Welche Mutter schafft es schon, böse von ihrem Kind zu denken? Sollen sich Henrieke und Valentino jetzt ruhig überlegen, was ich mache, wo ich bleibe, wann ich zurückkomme und in welchem Zustand.

Das Hotel Minerva liegt ganz ruhig da, kein Bus vor der Tür, der eine Reisegesellschaft ausspuckt, kein Gedränge vor der Rezeption. Tabita hockt hinter ihrem Tresen und erledigt Papierkram. Sie sieht nicht auf, als ich ihr zuwinke, sie hat mich nicht bemerkt. Wenn die wüsste, was ich weiß! Sie denkt vermutlich immer noch, ich hätte keine Ahnung, was es mit ihrem Verlobten auf sich hat! Und wenn sie dann noch wüsste, welchen Ring sie ausgeschlagen hat! Daran darf ich gar nicht denken. Gut, dass sie es nie erfahren wird.

Wie finden Sie übrigens meinen Bruder? Mir scheint, er verändert sich im Alter zu seinen Gunsten. Von seinen intellektuellen Fähigkeiten habe ich nie viel gehalten, aber in welchem Tempo er heute durchschaut hat, was auf Henrieke und mich zukommt, hat mich beeindruckt. Sie auch? Wahnsinn, wie schnell er geschaltet hat! Dafür, dass er Henrieke vor Anklage und Verurteilung bewahrt hat, bin ich ihm wirklich dankbar. Wenn ich auch eigentlich der Meinung bin, dass sie Strafe verdient hat, bin ich doch froh, dass sie ihr erspart bleibt. Der wirklich Schuldige heißt ja Dennis Appel und nicht Henrieke Wilders. Und Dennis Appel wird seine gerechte Strafe bekommen. Zwar für das falsche Verbrechen, aber das spielt keine Rolle. Diebstahl ist Diebstahl! Ob man nun dreihunderttausend Euro oder einen kostbaren Ring geklaut hat, ist auch schon egal. Er ist ein Dieb, so viel steht fest!

Alle Wege führen zum Campo. Ohne dass Anna es recht gemerkt hatte, war sie den Schildern gefolgt, die zur Piazza del Campo und zum Dom wiesen. Als sie aus der Kühle der Gassen auf den Platz trat, über dem das Licht gleißte, rückten sich die Dimensionen neu zurecht. Worauf kam es wirklich an? Dass Henrieke nun die Chance hatte, glücklich zu werden, wirklich glücklich, nicht die paar jämmerlichen Sternstunden, die sie bisher für Glück gehalten hatte. Dass Anna und Henrieke sich einander wieder zuwenden konnten, ohne dass Vorwürfe und Forderungen sich zwischen sie schoben. Und natürlich das Hotel in Siena! Das *Albergo Annina* stand nun gut da. Die vierhunderttausend Euro aus dem Verkauf des Rings und der Rest von Onkel Heinrichs Vermögen! Damit konnte man arbeiten.

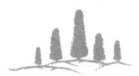

Nein, falsch! Das Geld gehörte nicht meinem Onkel, bitte denken Sie daran! Mein Vater hat es für mich bei seinem Halbbruder hinterlegt. Es sollte mir gehören, mir ganz allein. So hatte mein Vater es bestimmt. Er hatte sich anscheinend nicht vorstellen können, wie ein alter Mann sich verändert, wenn er eine junge Frau erobern will. Nicht Onkel Heinrich ist bestohlen worden, sondern ich! Ich habe mir nur geholt, was mir zustand, was mir gehörte, ehe Onkel Heinrich das Erbe meines Vaters verschleuderte für irgendeinen Maler, der vermutlich überschätzt wird. Auf zweihunderttausend musste ich sogar verzichten. Valentino hat mir damals gesagt, dass unser Vater sechshunderttausend für mich hinterlegt hat, und das Bild sollte vierhunderttausend kosten. Aber besser zwei Drittel meines Erbes als gar nichts. Wo die restlichen zweihunderttausend geblieben sind? Keine Ahnung.

Sie meinen, das Geld hat meinem Vater nicht wirklich gehört? Klar, dieser Gedanke ist mir natürlich auch schon gekommen. Mög-

lich... nein, ganz sicher, dass er es ergaunert hat. Er ist ja nie einer ehrlichen Arbeit nachgegangen. Vielleicht stammt es aus einem Bankraub, vielleicht aus einer Erpressung. Aber Sie werden verstehen, dass ich darüber jetzt nicht nachdenken möchte. Nehmen Sie mir nicht die Freude an dem Geld, mit dem ich das Albergo Annina *zu einem guten Haus machen kann. Bitte!*

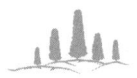

Anna überquerte den Platz und betrat die Gelateria, um sich ein Schokoladeneis zu kaufen. »Tre palle!« Mit einer Waffel, die den dreikugeligen Traum kaum fassen konnte, trat sie wieder auf den Platz und setzte zu seiner Umrundung an. Es war schön, sich mit dem Strom der Touristen treiben zu lassen, die aus den kühlen Gassen kamen, ein Stück flanierten, sich ein Restaurant aussuchten oder auf dem Platz in der Sonne niederließen.

In der Nähe des *Fonte Gaia* merkte sie, dass sie sich mit den drei Eiskugeln zu viel zugemutet hatte. Mit dem Wunsch, sich für eine große Enttäuschung zu entschädigen, hatte sie das rechte Maß verloren. Das erste braune Rinnsal lief schon an der Waffel herab und sickerte in die Serviette, die der Verkäufer um die Spitze gewickelt hatte. Lange hielt sie nicht durch, schon einen Augenblick später tropfte es süß und braun auf ihr Handgelenk. Bei dem Versuch, den Ärmel ihres Shirts zu retten und das Schokoladeneis abzulecken, geriet die obere Kugel ins Wanken und kippte aufreizend langsam von seinem Turm auf das rechte Bein ihrer weißen Jeans. Na super! Wie sah sie jetzt aus?

Verzweifelt blickte sie um sich, mit einer bekleckerten Eistüte in der linken und einer klebrigen rechten Hand, einer ruinierten Jeans und einem dicken Schokoklecks vor ihren Füßen. Sie war sehr dankbar, als ein Kellner des *Fonte Gaia* mit einem Stapel Papierservietten herbeieilte, mit denen sie ihre Hose reinigen konnte. Den

Rest erledigte ein kleiner weißer Spitz, der sein Glück nicht fassen konnte, als er endlich bekam, was er seinem Frauchen seit Langem neidete: Schokoladeneis zum Sattessen.

»Sono Matteo«, sagte der Kellner und wies auf die freien Stühle seines Restaurants. »Wenn Sie Platz nehmen wollen...?«

Eigentlich wollte sie nicht, fand es aber unhöflich, den hilfsbereiten Kellner abzuweisen.

»Sie können Ihre Hose in den Waschräumen sauber machen«, schlug er noch vor.

Anna trat aus dem grellen Licht unter die Markise, wo es dämmrig und kühl war. Erst in diesem Augenblick sah sie Emilio Fontana, der an einem Tisch an der Hauswand saß, mit einem Herrn neben sich, und so aussah, als bekäme er ein Schauspiel von höchster Brisanz vorgeführt. Er starrte Anna an, als wollte er in Beifallsstürme ausbrechen, und schien seinem Sitznachbarn gar nicht zuzuhören.

»Anna!« So zügig es bei seinem gemütlichen Temperament möglich war, stand er auf und wies auf einen freien Stuhl an seinem Tisch. »Möchtest du dich zu uns setzen?«

Aha, er duzte sie wieder.

Nun zeigte er auf den Herrn, der in seiner Begleitung war. »Signor Mattioli.«

»Wir kennen uns«, sagte der Mann lächelnd, während er sich erhob und Anna die Hand reichte. »Ist es Ihnen gelungen, den Ring zu verkaufen? Wie ich hörte, haben Sie bisher den Juwelier nicht aufgesucht, den ich Ihnen empfohlen habe.«

Emilio zitterten noch die Knie, als er sich wieder setzte. Santo Dio! Fabio musste verrückt geworden sein! So, wie Anna ihn jetzt ansah, ahnte sie, was er wusste. Auf keinen Fall wollte er mit ihr über den

Ring sprechen, dann müsste er auch etwas unternehmen, gegen sie vorgehen, ermitteln, seine Vorgesetzten einschalten. Ob das noch einmal gut gehen würde? So wie bei der Durchsuchung von Henrieke Wilders' Zimmer? Er hatte nicht damit gerechnet, erfolglos wieder abziehen zu dürfen. Ja, er hatte richtig Angst davor gehabt, Annas Tochter nachzuweisen, dass sie ihre Mutter bestohlen hatte. Die arme Anna! Und dann… ja, dann hätte er Anna notgedrungen auch nachweisen müssen, dass sie damals ihren Onkel bestohlen hatte. Was war ihm unwohl gewesen, als er mit Giuseppe und dem Durchsuchungsbeschluss losziehen musste! Aber was war ihm anderes übrig geblieben? Giuseppe war dazugekommen, als seine Mutter ihm gerade auseinandersetzte, was ihrer Meinung nach geschehen war. Er hatte sogar sein breitestes Grinsen aufgesetzt, als sie meinte, darauf hätte ihr Sohn auch selbst kommen können. Aber das Feixen war Guiseppe schnell aus dem Gesicht gefallen, als Signora Fontana ihm klargemacht hatte, dass den Assistenten ihres Sohnes dieser Vorwurf genauso traf.

Mama würde sich wundern, wenn sie hörte, dass die Durchsuchung bei Henrieke Wilders ergebnislos verlaufen war. Dieser Gedanke ging Emilio Fontana immer wieder durch den Kopf. Natürlich würde sie ihm auf der Stelle vorhalten, dass er das ganze Haus hätte durchsuchen müssen, aber in Italien war es nun mal so, dass grundsätzlich nur die Wohnräume des Beschuldigten und auch nur dessen Sachen durchsucht werden durften. Wenn er sich nicht irrte, war das in Deutschland genauso. Er hoffte es sehr, sonst würde er sich wohl wieder die Besserwisserei seines deutschen Kollegen anhören müssen.

Ugualmente! Die Sache war erledigt. Scroffa, der den Durchsuchungsbeschluss besorgen musste, hatte eine Weile genörgelt, weil der Arbeitsaufwand vergeblich gewesen war, aber im Grunde hatte er eingesehen, dass Commissario Fontana dem Gedanken hatte folgen müssen. Giuseppe hatte ihn ganz unverschämt als seinen eigenen präsentiert, seinem Chef aber freundlicherweise zugestanden, an den Überlegungen, die dazu geführt hatten, beteiligt gewesen zu sein. Eigentlich eine Frechheit, aber Emilio war viel zu matt und müde, um ihn zurechtzuweisen. Also hatte er es dabei belassen, auch weil er nicht gern zugeben wollte, dass seine Mutter die Idee gehabt hatte. Jetzt, da sich ihr großartiger Einfall als Seifenblase entpuppt hatte, wollte Giuseppe plötzlich nichts mehr davon wissen, dass er für den Hinweis verantwortlich war. Aber das spielte keine Rolle. Scroffas Frau kannte Signora Fontana gut, ihrem Sohn war sogar schon mal zu Ohren gekommen, dass Scroffas Vater zu den vielen Verehrern gehörte, die Mama in ihrer Jugend gehabt hatte. Ihre Einmischungen waren bei dem Dienststellenleiter also immer hochwillkommen.

Emilio war froh, dass Fabio sich bald verabschiedete. Aber als er mit Anna allein war, konnte er sich nicht auf die Unterhaltung mit ihr konzentrieren, weil er mit dem Gedanken beschäftigt war, welche Antwort er ihr geben konnte, wenn sie den Ring zur Sprache brachte. Sie sollte bloß nichts sagen oder tun, was ihn zu Ermittlungen zwang!

Doch zum Glück war ihr nicht daran gelegen, von dem Ring zu reden. Und er musste nicht erfahren, was mit ihm geschehen war. Grazie a Dio!, stöhnte er unhörbar. Sie sah wunderbar aus! So natürlich, ohne Make-up, mit einer Frisur, durch die sie nur mit gespreizten Fingern fuhr, um sie in Ordnung zu bringen. Wenn er da an die Frauen dachte, die seine Mutter ihm bisher offeriert hatte! Bunt bemalt und duftend, dass man als Allergiker ständig am Rande einer Ohnmacht stand, mit Haaren, denen kein Taifun etwas anhaben konnte. Frauen, die man gar nicht anrühren mochte, weil man Angst hatte, etwas kaputt zu machen!

Er weiß es also! Dieser Juwelier muss es ihm verraten haben. Die beiden sind Freunde, und ich habe ja gleich gemerkt, dass in dem Juwelier Misstrauen erwachte, als er erkannte, wie wertvoll der Ring war. Wenn man dann einen Polizeibeamten zum Freund hat...

Emilio weiß, dass ich eine geborene Kolsky bin, und er weiß, dass ich seinem Freund, einem Juwelier, einen sehr kostbaren Ring angeboten habe. Dennoch sieht er mich an, als wäre er verliebt in mich. Immer noch? Trotz allem? Immerhin muss er ja dazu noch glauben, dass ich vergeben bin. Andererseits haben wir uns geküsst. Himmel, ich bin total konfus! Was ist das für ein Tag heute!

Unauffällig decke ich meine Jeans mit der rechten Hand ab. Unmöglich, dieser riesige Schokoladenfleck! Fontana selbst sitzt natürlich da wie aus dem Ei gepellt. Seine Bügelfalte ist makellos wie immer, sein Hemd sieht aus, als wäre es gerade gebügelt worden, seine teuren Lederslipper natürlich frisch geputzt. Und seine Frisur! Jedes Haar liegt so, wie es sein Haargel am Morgen festgelegt hat. Ich dagegen habe nicht mal in den Spiegel gesehen, als ich das Haus verließ, weiß aber auch ohne jede Kontrolle, dass meine Haaransätze dunkel sind und eine neue Blondierung überfällig ist. Wie mein Polohemd aussieht, kann ich nur vermuten. Aber was ich weiß, ist, dass ich vor Aufregung geschwitzt habe, als Emilio mit dem Durchsuchungsbeschluss bei mir erschien. Nein, er ist nicht der Richtige für mich, ganz sicher nicht. An seiner Seite hätte ich Stress von morgens bis abends! Nach dem Aufwachen müsste ich sofort dafür sorgen, dass ich gut aussehe und angenehm dufte, täglich müsste ich topgestylt am Frühstückstisch sitzen, meine Kleidungsstücke müssten aufeinander abgestimmt sein, mein Make-up dürfte niemals verschmiert sein, aber erst recht niemals fehlen. Ich müsste mit High Heels durch die Gegend laufen, weil Flipflops ganz sicherlich nicht in Emilios Frauenbild passen, und ohne BH nähme er mich garantiert nicht mit auf den Campo. Da ich hier aber ohne BH, ohne perfektes Make-up, mit garantiert zerzausten Haaren und bekleckerter Hose sitze, muss ich mich, was seinen verliebten Blick angeht, unbedingt getäuscht haben. Vielleicht sieht er jede Frau so an, Italiener sind ja perfekt im Spiel der Verführung.

Anna atmete auf und lehnte sich zurück. Das war also geklärt. Emilio Fontana und Anna Wilders passten nicht zusammen! Basta! Aber was war mit Konrad Kailer?

Dummerweise war es Emilio, der diese Frage aussprach. »Was ist mit Konrad Kailer? Werdet ihr zusammenziehen? Vielleicht sogar heiraten?«

Anna lachte, obwohl sie gar nicht lachen wollte, ihre Arme flogen von selbst in die Höhe, obwohl Matteo gerade mit einem gut gefüllten Tablett vorbeiging. Und sie warf sich gegen die Rückenlehne ihres Stuhls, sodass er auf die rückwärtigen Beine kippte und Anna sich gerade noch an der Tischkante festhalten konnte, um nicht rücklings auf die Terrasse des *Fonte Gaia* zu fallen. Das brachte sie zur Besinnung. Verlegen griff sie nach ihrem Wasserglas und trank erst einmal ausgiebig, ehe sie antwortete: »Zusammenziehen und heiraten ist so ziemlich das Letzte, was ich will. Ich war einmal verheiratet, das hat mir gereicht.«

Im selben Moment verpasste ihr ein gut trainiertes Schuldgefühl einen Kinnhaken. Wie konnte sie so etwas sagen? Das hatte Clemens nicht verdient. Er hatte sie geliebt, wenn es ihm auch nicht gelungen war, sie glücklich zu machen. Aber schlecht über ihn reden durfte sie auf keinen Fall.

»Ich meine ... in meinem Alter heiratet man doch nicht mehr.«
»Du liebst Konrad Kailer also?«

Sie hätte am liebsten »Nein!« gerufen, wagte es aber nicht, druckste ein wenig herum und sagte es dann doch: »Nein!« Hastig ergänzte sie: »Aber ich mag ihn sehr gern. Wir sind gute Freunde.«

»Und mich?« Er beugte sich nun tatsächlich nahe an sie heran, ohne sich davon abschrecken zu lassen, dass sie an diesem Tag nicht an ein Eau de Toilette gedacht hatte, und sah ihr in die Augen, obwohl der brombeerfarbene Lidschatten mit großer Wahrscheinlich nicht mehr auf ihren Lidern, sondern auf ihren Augenringen klebte. Und dann fuhr er ihr sogar zärtlich durchs Haar, obwohl es an diesem Tag weder gewaschen noch mit Haarpuder behandelt worden war. »Liebst du mich?«

Sie starrte ihn an, wie Aschenputtel ihren Prinzen angestarrt haben mochte, und war heilfroh, dass sie einer Antwort enthoben wurde. Denn in diesem Augenblick fragte eine Stimme, die sie gut kannte: »Darf ich mich setzen?«

Konrad! Dass er ihr willkommen war, bemerkte er sicherlich sofort, wenn er diesen Umstand auch garantiert falsch interpretierte. Dass er Emilio keineswegs willkommen war, tat er mit einem kleinen Lächeln ab. »Wie ich höre, ist der Freund von Henrieke Wilders verhaftet worden. Und gerade habe ich im Radio gehört, dass die Geiseln, die am Bahnhof genommen worden sind, endlich freigekommen sind. Hat ja auch lange genug gedauert.«

»Es wäre schneller gegangen, wenn sich nicht eine entzückende Dame eingeschaltet und mit ihrem Geschrei die *GIS* und die Mafia gleichzeitig aufgerüttelt hätte.«

Anna fehlten vor Empörung die Worte, aber dann suchte sie gar nicht mehr danach, als sie sah, wie die beiden Männer sich verständnisinnig anlachten.

Als sie eine halbe Stunde später nach Hause ging und sich auf ihr Hotel freute, auf Valentino und auch auf Henrieke, begann sie leise zu singen, ohne sich um die verwunderten Gesichter ringsum zu kümmern. Auf der Viale Tozzi hatte scheinbar noch nie eine Frau gesungen, jedenfalls keine, die nicht unter Alkoholeinfluss stand und auch nicht so aussah, als wollte sie unter Beweis stellen, dass ihr Engagement an der Mailänder Scala unmittelbar bevorstand. Die Touristen, die ihr mit Reiseführern in der Hand begegneten, sahen ihr kopfschüttelnd nach, während die Kellner, die vor den

Restaurants auf Kundschaft warteten, ihr lächelnd zunickten und einige von ihnen sogar einstimmten: »Jeder lügt, so gut er kann.« Da Udo Jürgens in Italien genauso bekannt war wie in Deutschland, sang ein Taxifahrer mit: »Selten ist die Wahrheit angenehm«, und eine Hausfrau stellte ihre beiden Einkaufstaschen ab und fiel ein: »Und das Lügen ist leider so bequem«.

Auf der Via Garibaldi sang sie bereits sehr unbekümmert und so laut, dass ein paar Schulkinder, die auf den Bus warteten, sich die Ohren zuhielten. »Selten ist die Wahrheit schmeichelhaft, selten angebracht und unbeschwingt...« Udo Jürgens hatte recht. Und mit dem Schluss des Liedes, »dass auch der Bravste dann und wann die Lügen braucht«, hatte er ebenfalls recht...